桃花寺三部曲之❷

青曈

李寂如 著

文匯出版社

图书在版编目(CIP)数据

青瞳 / 李寂如著. -- 上海：文汇出版社，2024.
10. -- ISBN 978 - 7 - 5496 - 4342 - 4

Ⅰ. I247.5

中国国家版本馆 CIP 数据核字第 2024DE0589 号

青瞳

策　　划 / 周华诚
著　　者 / 李寂如
责任编辑 / 吴　华
封面装帧 / 王　翔

出版发行 /　文匯出版社
　　　　　上海市威海路 755 号
　　　　　（邮政编码 200041）
经　　销 / 全国新华书店
排　　版 / 南京展望文化发展有限公司
印刷装订 / 浙江天地海印刷有限公司
版　　次 / 2024 年 10 月第 1 版
印　　次 / 2024 年 10 月第 1 次印刷
开　　本 / 720×1000　1/16
字　　数 / 305 千字
印　　张 / 20.75

ISBN 978 - 7 - 5496 - 4342 - 4
定　　价 / 78.00 元

自 序

在键盘上敲下小小灰三个字后,我知道,我的气息和那神秘遥远的桃花寺又联上线了。没错,《青瞳》是桃花寺三部曲的第二部,它的前一部是《十二间》。而小小灰是虎尾山白云洞边的一只小老鼠,它的太公叫老灰。

很多年前的一篇散文里,我曾经写过童年的自己:一只爱偷吃兰花根的小老鼠。那时的我,经常蹑手蹑脚地跑上老屋的木楼。也许是木板太老旧,一踩上去就吱吱发响。也许是小老鼠的心太过紧张,反正它的耳边老是有雷声滚过。在《青瞳》里,我们的鼠二哥阿强就有一双这样的耳朵。所以它老是像个预言师一样站在白云洞边,嘴里念念有词:"雷声变了,雷声变了!"

它听到的是时代的惊雷和内心的喧腾。

小小灰没有怪自己生错时代,却一直怪自己生错了时辰:它本来是大哥,却阴差阳错成了小弟。尤其古怪的是,它有一双奇特的眼睛:它的瞳仁是青色的。它的左眼单独睁开时,看到的是这个世界的美好,它的右眼睁开时,看到的全是这个世界的丑陋——扪心自问,活在当下的我们,是不是也有一双这样的眼睛——我们用善良的那面看待外面的遥远的世界,而把许多的恶意投掷于身边的最近的人。

所以善良的祖母说:"谁家没有个小小灰呢!"

那个时代最甜美的兰花根用草纸包着。这使我后来坚信,形式有时并不重要,而内容才是主要的。好的东西放在那里,都是那么的诱人!小老鼠偷兰花根的手法颇有谋略:他拿起草纸包,从底下钻个洞,悄悄地抽出一根兰花根……

《青瞳》里的小老鼠们第一次吃到卤鸡爪,就和童年的我吃兰花根一样,舌头都鲜没了。

为什么那座山叫虎尾山而不是狼尾山？因为我家背后的山，就叫虎尾山。一切的想象都来自生活。没有生活的想象是虚空的，无根的。无根的想象不可想象。读者想来也不会答应。在我写《十二间》的那些年里，我每每苦闷着童年被困于老屋的日子。那些日子阴暗潮湿，有蚊虫、跳蚤和虱子相伴，还有我用袖子怎么也擦不干净的长长的鼻涕。

老灰家族的后代有五个，大哥、二哥、三妹、四哥、我。只有最细心的读者才会发现这里的问题。是的，这个问题可以说是老灰家族的第三个悬而未解的谜题。另外两个在书本里，相信最慧心的读者可以破解它。

那个一分钱能掰成三个半花的母亲，在晚年的时候告诉我，她有一只耳朵是听不见的。在她的可爱儿子上楼去偷吃兰花根的时候，她一定是用这只耳朵对着楼梯的。现在她已经去了天国两年，我愿她两耳灵清，能在夜晚听到她最宝贝的儿子在键盘上的打字声。

最后的结局往往是这样的，母亲经过仔细清点，发现该回的礼已经回完。她说："那包兰花根，小小灰，你去把它从楼上拿下来。"

现在，我把这个底下有个破洞的草纸包端到了您的面前——亲爱的读者，它里面全部的甜美都已经融在这三十万字里，我却无法用嘴向你说出，我只能借助于文字。我只能极其羞惭地把草纸包倒转过来，一如童年的我。

那草纸包下有个破洞，那是我永远不能用嘴说出的童年的秘密。而我偷偷在木楼上，像只老鼠一样大嚼着兰花根，那时飘荡在脑海里的所有想象，正透过草纸包上的洞，像小小灰的青瞳，看着你，也看着这个美好的人间！

世界无限精彩，人间永远值得。

2024 年 4 月 7 日晚于萧山国际机场

每次三妹向祖母告状，祖母总会笑眯眯安慰它：谁家没个小小灰呢！

天知道怎么回事。出生第一天，祖母把我当妖怪扔。现在还没三个月，兄弟姐妹全得罪了个遍。哎，这双眼睛，真是给我惹了不少麻烦。就在刚才，三妹从我身边蹿过去，我还忍不住用右眼偷偷瞧它：

"三妹，你会和一个大肚皮结婚的。"

"你个妖怪！"三妹跳上脖子把我按倒在地。三妹发动袭击，天下没人能逃过。谁让它蹄上有四圈白呢。

自从祖母扣给我妖怪帽子，它就像紧箍咒箍住了我。别的兄弟早接受了我的青瞳，见怪不怪，三妹却坚持不懈在我身上挖掘——"你一定露出了獠牙！"三妹用力掰开我的嘴，"要不，就是头上长了角。"三妹爪子在我头上把头发一根根地拨，我不得不一次次把它从脖子上抖落在地。甚至它还用石鸡腿在眼前引诱，怀疑我喉咙底下藏了几米长舌头，碰上好吃的会"嗖"地刺出来。我坚决不上它当，坚守着和祖母共同的秘密。

"见鬼，怎么可以这么正常。你不正常一次试试，本姑娘心大着呢。"

心有不甘的三妹，最后总爱把功夫施展在我脸上："你应该这样才对。"爪子挤压下，我的脸变成了猪，变成了牛，变成了马，变成了橡皮和面团。三妹对亲手造出的丑八怪笑个不停。我宁愿它笑死，也不肯说出那个秘密。

"我会有办法让你说出来。"三妹用诡异的眼神看着我。其实三妹本身是答案一部分。祖母偶尔会把我拉到边上：

"瞧瞧你老灰太公在哪里？"

"咱们马上能看到它了。"

"它是成仙了，还是成佛了？哪里能看到？"

"义鼠节上——"

我用右眼盯着桃花寺村的大会议室。

这是枫树年山楂月葡萄藤日上午10时，桃花寺村委会大会议室里，正举行着一场史无前例的投票——六十四名村民代表挨个向碗里投玉米粒，一致同意邀请虎尾山老灰家族后代参加第三届义鼠节。

义鼠节是专门为纪念我们老灰太公设立的。

前两届义鼠节，村里为老灰设了义鼠堂，立了义鼠碑。义鼠堂设在十二间五号房间。义鼠碑立在桃花寺小学后门石榴树下。关于老灰最后去向，碑文只字未提。毕竟这是我们家族悬而未解的两大谜题之一。事实上老灰从十二间天花板上扔下女人小指后就不知去向了。我们家族另一个谜题，则要从我出生那刻说起。

按虎尾山历法计算，我们兄妹出生这一年是枫树年。当春阳均匀抹上虎尾山斑驳的枝梢，枫树最先冲出嫩芽被定为年。紧跟其后的榛子和冬青，分别定为月和日。至于时辰，我们以当下阳光照到的那丛植物来定。所以完整地说，我出生在枫树年榛树月冬青树日蒲公英时（祖母后来经常笑我是蒲公英的漂泊命）。

"小五来喽。"

满爪是血的接生婆，我的亲祖母，三个月后登上我们老灰家族权力巅峰的大人物，刚从母亲身下捧起我，突然满脸恐惧，一把扔了出去——

"瞧你生了什么妖怪！"

我吱一声砸母亲肚皮上。母亲两腿叉开仰躺在窝里，处在满肚皮后代卸货完毕的松弛状态。祖母的惊叫让它瞬间胃口全无，全身僵硬。刚出货的三雄一雌，为母亲脸颊写上大大的功臣二字。母亲眼含泪花，嚼着父亲投喂的野生石鸡，嘴角流下甜美汁液。父亲独特技艺捕捉来的白云洞野生石鸡鲜美异常。在我断奶尝过石鸡后再回想这一幕，我敢保证刚生下三妹，从父亲爪间接过石鸡的母亲是世界上最幸福的母亲。大哥、二哥、三妹、四哥整齐排在母亲乳房下，屁股欢快摇动，吸奶吧唧吧唧，营造出母子和谐的温馨一幕。

母亲不敢看祖母。好在检视过往，有辱老灰家族门风的事尚没做过。母亲惊疑地把目光从大哥、二哥、三妹、四哥身上移过，刚刚抢奶吃的大哥、二哥、三妹、四哥开始哇哇吐奶。我的一砸，把母亲奶水砸苦了。

能让祖母高兴，当场把我扔进白云洞母亲也愿意。毕竟隔壁长牙婶昨天刚刚生了窝死胎，都扔进白云洞去了。可能我的蠕动引起了母亲注意，也可能是祖母的惊叫有着不绝的回音在提醒母亲。母亲鼓足勇气，把用来看妖怪的眼神投到了我身上。

母亲没有看到妖怪。母亲怎么会看到妖怪呢。母亲看到的是皮肤粉红中夹带淤青的小山鼠。而我闻到母亲奶水的气息，拼命向母亲怀里拱去。

"把它扔进白云洞。"

父亲探出爪子抓我，被母亲一爪打掉："我肚皮钻出来的，你出了多大力。"

母亲是早餐后出现腹痛症状的。它毫不掩饰地把自己吃撑了：三十个毛栗、五根鸡爪骨、五十粒玉米籽、半个番薯、七个榛子。一头小猪都能撑圆的食物量，完全激发了母亲的食欲。一直到肚皮快要炸开，它嘴里还在咕嗞咕嗞嚼着榛子。父亲恍惚间，已搞不清自己究竟娶了只山鼠还是娶了头山猪。忽然，母亲盯着爪间榛子凝然不动，捧着肚皮哎哟哎哟骂起父亲："都怪你，又害我吃撑。哎哟哎哟，肚皮要炸了。"

祖母向母亲身下看一眼，冷冷道："炸什么呀，你这是要生了。"

首次升级当奶奶，祖母爪尖冒出冷汗。它一会儿把母亲腿掰开，一会往母亲身下垫干草。母亲只顾着不停叫唤，叫唤了半天底下却没动静。祖母不解地嘀咕："你这抵得生太子。打了半天雷，不见下雨。当初我生小葫芦，咕噜一声——"父亲在边上忙咳咳两声，阻止祖母说下去。

小葫芦是父亲小名。

母亲肚皮忽然波涛起伏。母亲哎哟哎哟的叫唤声，我们在肚皮里听得清清楚楚。这可是冲锋号角呀。我们伸拳踢腿，为最后冲刺作准备。那时候我心潮澎湃地顶在母亲产门前，不管头顶如何打闹，只等着门缝打开第一个冲杀出去。

突然，我头上重重挨了一脚。接着两眼和屁股又着了几下，特别是脑袋上再次挨的极沉一下，让我再也辨认不出方向。看来想着早点冲向人间，兄弟姐妹们的心情完全一致。

"出来吧！小家伙们。"

听到祖母这句，我全身上下突然再次成了靶子。为了逃避其中一个快捷无比的攻击，我猛力一蹿，然后就晕了过去。

不出意外，我应该在车前草时辰出生，也就是上午9时。但那时，祖母从母亲身下捧出了大哥。

祖母血淋淋的爪子每捧出一个，母亲庞大的肚皮瘪下一点。随之瘪下的还有母亲的饱胀感。当肚皮不再炸痛，母亲大大松了口气，用眼光看了看父亲。那是傲娇的，也是遗憾的一望：再来一个，就可以凑成吉数。我们山鼠界，五是最好的数字。四哥捧出来之后，母亲肚皮再无动静。变魔法一般，母亲由快撑炸变成饥饿难忍。父亲极度兴奋，适时递上野生石鸡。此时母亲已经上升为老灰家族特级英雄。祖母半是喜悦半是伤感。毕竟它只生了父亲一胎。在祖母和母亲不注意时，父亲跑出窝外，对着面前的向阳坡狼嚎了半天。此时此刻，它的心情无以言表，恨不得全天下马上知道它当了父亲。它背后的虎尾山飘浮于时光之海，船上树木如桅，枝叶明亮。一枚落叶从纵起的百灵鸟爪间飘落，在地上溅起的回声让父亲惊心动魄。

父亲从未像现在这样无惧死亡又畏惧死亡。

四只小葫芦吊在母亲奶头上，无休止的吮吸令它害羞而陶醉。父亲在度过最初的欣喜之后，重新发现了眼前这个骄傲的喂奶小妇人。那一只只饱满多汁的乳房，引出父亲眼里狼的光泽——母亲怀胎的日子，多少次父亲被禁止碰触它们。极度的渴望令父亲身体某个部位快要爆炸。

"开关动不得——"

母亲打掉父亲的饿爪。父亲只能在梦中寻求补偿，结果捧到了比篮球还大的乳房，并吸出了夏日冰椰汁和西瓜汁的混合味道。至于这乳房的主人，父亲没敢坦白。很多次腰痛的母亲在半夜醒来，脚爪奇痒——父亲抱着母亲的爪子在拼命吮吸。

母亲充盈不竭的乳汁让父亲焦躁不安。母亲隔着膨大的乳房用目光安慰父亲，暗示在夜晚可以得到加倍补偿。但这显然如做梦一样虚幻。我们兄妹五个每日每夜都将奶水喝得一滴不剩。惹得父亲每次都在深夜吧嗒吧嗒叼着瘪乳房生气：

"你生了一群饿狼。"

祖母将四只小山鼠换了四只乳房后，向父亲宣布："小的们吸不光的奶，做父亲的得帮忙。"这使父亲十分兴奋，目光磊落地盯在母亲的乳房上。

祖母又威严地对收拢了双腿的母亲，宣布了它的发现："打开，还有个小家伙。"

不用说，里面蜷着郁闷的我。

母亲把双腿打开，存心看祖母的笑话。它确信自己肚皮里只可能再钻出一坨屎。这念头令它羞耻不安。但祖母命令不可违抗。母亲只得装作消耗过大的样子，啃着父亲递来的石鸡，边把腿极力向两边分开。当母亲又打嗝，祖母也开始怀疑自己的判断，拿爪子在母亲肚皮上按了按。

我从母亲产道滑了下来。

我还没完全从母亲身体里出来，祖母就瞧见了小鸡鸡，兴奋地搓着爪子。

按照山鼠界惯例，小山鼠出生五到十五天才会睁眼。但祖母把我从母亲身下举起来时，看到了一只可怜的小鼠，左眼睁得大大的看着它。祖母后来和我说，它从来没有见过这么怪异的小山鼠，瞳仁是青色的。那么纯净的青色瞳仁，让它看到一片青色的海在面前打开。它一生中最美好最善良的场景，和最年轻最美丽的自己，都如珍宝一样映在这只青瞳中。祖母真想一辈子都待在这片青光里。只是我的眼睛过于稚嫩，还不太适应人间的光。两秒半后我又啪地打开了右眼，闭上了左眼。

祖母一把将我扔了出去——我右瞳仁上清晰地映出了祖母的心上人，它并不是我的祖父小老灰……

第三届义鼠节，分配给老灰家族后代参会的名额只有四个：祖父、祖母、父亲、母亲。这个名额数让祖母很不满意，它在白云洞边跳起来，对竹梢上晃荡的王小二叫：

"欺老莫欺小。回去告诉你们书记,要么一个不参加,要么九个全参加。"

王小二肚皮当场鼓了出来:"村两委会定的还会有错?你个鼠老太,当了奶奶口气不一样啦!"

我们兄妹刚过百天生日。从这点上说,兄弟姐妹对我佩服极了。就在昨天,我断言三妹的生日愿望会最早实现。

"瞧着,三妹不仅腿跑得快,连生日愿望都跑得比我们快。"

三妹的愿望是希望桃花寺村人人知道虎尾山有个鼠三妹。实际上三妹想让大家看看它爪子上有四圈白。女孩子嘛,和其他人不一样的东西,都想到人前晒晒。

爪子上四圈白的三妹比虎尾山山风跑得还快。

加上祖父、祖母、父亲、母亲,山鼠老灰在虎尾山后代共有九个。哦,不,实际上是十个——不知是不是故意,祖母把小黑爷爷漏了。当然,我们有时也叫它老黑爷爷。

小黑爷爷又在外面野,半月没回家了。

村两委确定由王小二送请柬,是经过慎重考虑的。要说其他竞争人选,那倒也没有。桃花寺村就王小二懂鼠语。桃花寺村本来两个人懂鸟语,程老枪和他王小二。程老枪后来做木头生意,不打猎了,鸟语水平日渐荒废。王小二每天在竹梢上飞来飞去,不知是大方还是无聊,常在空中抛玉米喂鸟。结果一只百灵鸟认他做了朋友。这鸟很是通灵,为了报答王小二的玉米粒,经常去找小兽们学话。它学会了,站在竹梢尖上再教给王小二。王小二算得是这鸟博士的得意门生。

王小二于是不仅懂鸟语、鼠语,还懂了蛇语、虫语、狗语、鱼语、熊语、豹语。一来二去,王小二发现原始宫有头黑熊最不讲文明,开口闭口"我的娘!"而莲花峰有只云豹最软糯,豹语听起来有苏庄腊肉炊粉味道,他一听就流口水。他在竹子上流口水,豹子在竹子下流口水。最早发现王小二懂鼠语的是村文书蒋一军。他用老鼠笼捉到一只老鼠,当众扬言要用开水烫死。小老鼠吓得在鼠笼里作伏作揖,支支吾吾说了一大通。蒋一军管它说什么,提了开水就要当头淋下。恰好王小二来了,忙叫停:"老蒋,不要白不要，它说用金戒指换命哩。"蒋一军说："那换来，到时再浇死它不迟，我还给你一瓶高粱酒。"王小二低着头和小老鼠言语一通。小老鼠却要蒋一军发誓不再浇它才肯说。王小二果然从小老鼠说的墙角洞里掏出一枚金戒指。蒋一军得了戒指，开了老鼠笼，对王小二说："这小老鼠交你处置，祝你发大财。"王小二老实表示："不是命里的求不来。"王小二本来是想学鹰语的。他向百灵鸟说了这诉求，百灵鸟这回舌头发硬，承认鹰语太难："你有命向我学，我还没命给你教——鹰肚皮里应该不开学堂。"王小二同意百灵鸟的说法。

百灵鸟至少三次差点被老鹰提到半空去。亏了机灵才逃脱。

"看看那嘴就讲不出好话。"王小二对百灵鸟说，就此断了学鹰语念头。

王小二带了请柬，从虎尾山脚第一棵竹梢起飞。到白云洞边，不过半支烟工夫。白云洞离我们老鼠洞本来还有两百米，王小二停在竹梢上往底下瞅，嘿，真够巧！祖母带着我们兄妹五个，在洞口玩老鹰捉小鸡。这洞口有块平地，可以容几千只小老鼠游戏。

祖母见半空多个黑影，呼一声把我们全拢在爪下。

王小二吱吱两声，向祖母打了招呼，从竹梢上扔下个小降落伞。小降落伞是王小二在几年前香溪民宿开张放烟花时捡来的。当时只见夜空绽开巨大白亮花朵，几百个小降落伞从天而降，着实有趣。别人图烟花好看，王小二角角落落把小降落伞全收了，经常用来给小兽们做空投。后来香溪民宿过年过节还放烟花，放到了有降落伞的，民宿老板香就捡了送王小二。王小二少不得拿两只野兔还还情。

降落伞下系个小纸兜，放了四只卤鸡爪一张红字条。红纸黑字，反正老灰家族没有识字的，所以红纸归红纸，鸡爪才是请柬。祖母搭了凉篷看清是王小二，骂他："你个矮子鬼，我还以为来了只老鹰。"边咬开两个鸡爪，我们兄妹五个爪上各塞一根鸡指头。

王小二："我要是老鹰，第一个把你老人家叼了，省得老拿小眼睛瞧我。对了，老人家多时不见，怎么屁股看去都小掉了？"

祖母："唉，你看这群不省心的，我胖得了？腰没断掉都算不错，迟早这把老骨头搭在它们身上。"

他俩在白云洞边吱来吱去。祖母越吱越高兴，顺爪又把剩下两只鸡爪咬了，一根根鸡指头递到我们爪子上。鸡爪还没啃完，王小二在我们眼里已经成了天神。

这天神跳下竹子把我们挨个抱了一遍。原来比我们兄妹高不了半尺。他平时人前脖子仰酸，在我们面前两个鼻孔里的毛，根根被瞧得清楚，又粗又壮带着鼻屎。时不时还探手去抠一下。三妹嫌他身上味道浓，只肯让他摸一下头，反正王小二也抓不着它。王小二年龄也不小了，加上晚上贪着和李春梅干那点事，在竹子上飞还好，在路上走着，两腿间像夹个老南瓜。

祖母没当祖母不计较，当了祖母，小孙子小孙女的权益，算盘子打得精。当下朝我们指指：

"老灰后代，就看这些吵王。老的不中用就罢了，去不去无所谓，小的不能瞧不起呀。得让它们见见世面，让村里人知道老灰爷后继有人。"

王小二说村两委定的事，这不是儿戏，岂能说改就改。祖母坚持老的可以不去，小的必须去。我们真怕他们俩打起来，以后再没卤鸡爪吃。

终于还是王小二让了步。王小二在祖母屁股上拍了一把："你这是嫌我脚没跑断。"跳上竹子，赶回桃花寺村去汇报。村书记程晓军听了汇报，直拍大腿：

"生了一大窝也不报告——王小二啊，你不能只光顾着爬竹子。山上的事，还是要多留心眼，一有情况就报告。"王小二："书记，你以前管计划生育，哪家妇女的肚皮不归你管？你现在又没封我个官，我怎么知道母老鼠肚皮它什么时候生。"程晓军："你不知道了吧。这些小家伙是本届义鼠节的亮点！义鼠节不请明星请老鼠，证明的是什么？证明我们桃花寺村人与自然和谐相处；证明我们桃花寺村民风淳朴，懂不懂？按奶奶意思办，马上办，立即办。要把不可能的事变可能——小的全都来，大的抱小的来。要加强服务啊，服务到它们不好意思为止。"

王小二："什么服务都比不上卤鸡爪，还得再拿几个去堵堵那些老鼠嘴。"

程晓军大手一挥："去香那里拿九只卤鸡爪再送去，先记账上。九个啊，别贼爪子不干净。"

王小二："黄鼠狼吃鸡才不吐毛。"

程晓军："狗嘴里叽里咕噜吐什么？"

王小二一溜烟走了。

王小二朝香溪民宿去，走到半路忽然拍着额头连喊倒霉。原来前面路上光棍汉李小元挑着空尿桶迎面走来。王小二平时看到李小元，就像猫碰上狗。猫不敢惹事，狗还嫌事不够多。王小二当下心里骂句冤家路窄，硬着头皮挺上去。这边李小元却是满脸笑容，故意把尿桶左横右横在路中间，拦住王小二道："矮子鬼，请柬给老鼠送好了？怎么不给我送一份？"

王小二："呸，你又不是老鼠，跟老鼠争什么——那母老鼠要求高，我还得再去一趟，再拿几只卤鸡爪。"

李小元："奶奶的，你莫要自己偷吃鸡爪子，赖母老鼠身上。我看村里有些死吃的，最爱干这样的事。"

王小二："嗨，不能瞎说。"

李小元："呸，怕什么我前面看香在那里杀鸡，今晚必定又要死吃。"

王小二："她开店的人，那些乱吃的不来，也有客人来。"

李小元："客人？你快去那阳台上看看，不知哪来的狗杂种，抽的烟这么长。"

李小元朝香溪民宿西北角的两层阳台上努努嘴，又用手指指裤裆。王小二心里也好奇，忙跳到路下的田里，把李小元让过去。

李小元："矮子鬼吃了老鼠奶，长礼貌了。"

王小二回头瞪了李小元，直接跑进香溪民宿大门，只是嚷："香，香，拿九只卤鸡爪。"

香忙把手上拔着毛的鸡放了，走到王小二面前："不是刚送过去吗，怎么还要的？"

王小二："嗐，本来说请四只老鼠参会，现在那个鼠奶奶有脾气，说要么全参加，要么一个不参加，厉害得很。害得我又跑去跟程书记汇报，程书记说要来全来，我还得再拿九只卤鸡爪去请一遍。"

香："你这真抵得请大老爷们。"

香到冰柜给王小二拿了鸡爪，外加两个大鸡腿。王小二说："这个不要，不好分。"要把鸡腿放回去，只领鸡爪。对香说："程书记说记账上。"

香："记什么呀，几只鸡爪。鸡腿是给你的。"又把鸡腿塞给了王小二。王小二也就不再客气，拿起鸡腿啃了一只。反正有时路过，他也会给香一只野兔什么的。

香说话轻风细雨，声音又细又柔，比百灵鸟还好听。王小二目光从香胸前扫过时，就像扫过一片丰饶原野上的两个山包。

香是桃花寺的村花。桃花寺人都以为香会强过她那些堂姐，过更火的日子。不料命运弄人，眼看岁月老去，还是山里一支待嫁的百合。

香是三年前回村的。她回来时，距她离开村庄过去了七年。

十年前，程小峰老师从桃花寺小学调走，香脸上的笑容就消失了。过了不久，香也从桃花寺村消失了。

丝瓜的脸从那时起变得更长了。阿珠在夜里骂他："这下好了，脚白白摔折。侄女婿没勾回来，侄女儿都离家出走了。"

丝瓜丧气地说："唉，人家鬼都不怕的人，咱家池子小，留不住他。人各有志，强求不来。"

阿珠："你看他那鼻子，鹰嘴一样，我一看就不对劲。他要不是个老师身份，我看就算香嫁给他，要不了几天他也会飞走。"

丝瓜："夫人眼光，我越来越佩服。早知这样，老酒可以省好多。现在看来，都是给猪喝了。"

阿珠："酒喝了就喝了，反正自己也要喝的。我是不信香这样人物，难道那姓程的就一点不动心，他是不是个男人哩。"

丝瓜："男人不男人，我倒可以作证。这小程不仅是男人，还是男人中的男人。别的不说，就说他胯间那一条伟器，差不多就有王小二人那么长了。"

阿珠笑趴在丝瓜肩上，两人一场大战，丝瓜累得要死。眼皮耷下来，又被阿珠撑了上去："有一回，小程老师被你弄醉，好说歹说在咱们二楼睡的。你借口让香去照顾，照顾了两个多小时香才下来，脸蛋那么红。

你说那回香有没有吃大亏？"

"这种事，做长辈的怎么好意思问。要问也是你这个当婶子的问。"

"怎么不好意思问，香要被欺负了，能让他走？我当时是想，这都是水到渠成的事，也就放任他们。现在这结果，你明天给我去那房间用干艾草好好熏熏。"

"切，人家年轻人的事，又没亲眼见的，较那真干嘛。再说香又不是你，人家不过拉了你一下手，就要负这样大责任，一辈子做牛做马老腰累断。"

"呸，你别得了便宜卖乖，老娘这辈子跟了你，白天当农民，三餐当佣人，晚上做妖精，哪里让你吃亏了？就这根东西知道我对它好，体贴我，最近怎么回事，好像不耐磨呀，老实坦白是不是外面有狐狸精？"

"嘘，儿子都读大学了，老拐棍能上场撑一下就谢天谢地了。要说狐狸精，你就是我的狐狸精哩。"

"你看看，我这辈子什么好处没得，就死你这嘴上。你做叔叔的，真傻还是假傻？侄女儿有没有吃亏，还不是你男人最清楚，不是你这个做叔叔的该管的？"

"现在年轻人，不比咱们当年，还知道负个责任。依我看，你说小程老师眼里没有香，那显然是不可能的。可是男人要发起神经来，也是没得治的。"

"天大的事比得过结婚生子？"

"男人有男人活法，女人有女人活法。他不折腾折腾，心里窝着什么事，哪能安心生儿育女，说不定还憋出个神经病。"

"我看就是个神经病，那大半夜的坟堆里也趴得下去。这世界上多少男人得手了，还不是提了裤子走人的？我看小程老师骨子里也不是个好东西。"

"不好这么背后说人家，说不定自有苦衷。"

"人家女儿养这么大，哪里配不上他了？说走就走，一点都不负责任。"

"这事我也是越想越蹊跷。但有一点，小程老师自从破了老怪的魔阵，每天都有些魂不守舍的。"

"你说，他莫不是中了邪了？"

"什么邪？别乱说。"丝瓜脊背上一阵发凉。

私下里，程小峰确实和丝瓜说起过杨又侠、丁小艺和程德寿之间的恩恩怨怨。这些事，丝瓜自然早有耳闻。自从破了他丝瓜和程德寿的"鬼"局，程小峰似乎心里就有了一个梗。几年后，谁也不知道什么原因，程小峰突然就被调到了离城只有五公里的一所小学校去了。

香却早把程小峰埋进了心坟。

回村第一天，香着实吓了一跳。眼前的桃花寺村和她一样，七年时光变了个样。村里人见到那个头发变成黄色，描眉画唇，高跟鞋走路摇得模特一样的贵气女人，都要在她脸上看好久，才惊讶地叫一声：

"香呀！"

原来村里从她走后第二年，县交通局就把公路通到家门口了。事实上在香读高中的时候，这条路的改造就列进了县里的"康庄公路"规划。这条公路以穿隧道的方式，避开了那段八百米长的原始宫，而且改变了原来断头路模式，巧妙联通了隔壁马金镇，一下将城里到桃花寺的路程缩短了三分之一。工程并不复杂，只是新修了几公里的路，就把桃花寺村接到一条"高速公路"上去了。这条路开通后，村里运输的大动脉打通了，桃花寺人感激着好政策，纷纷掏出存款，学着城里人的样子，建起了漂亮的新房。你学我赶，村庄几年就变了样。而新上任的村书记程晓军，也是干劲十足。树路灯、建花圃、修礼堂，村庄的公益项目一个个跟上去，把个桃花寺村弄得花园一样。

此时的香，已经不再是当年那个可爱的小姑娘。在山外世界打拼一番后，她带着一大桶金回来了。

她花了两个月的时间，认认真真地把村里的种养殖业考察了一遍。又去乡里县里了解了相关的政策，香溪民宿就从设计图纸上，搬到了向阳坡山脚。去过香溪民宿的客人，都会悠闲地坐在香溪民宿二楼的平顶上，震惊于对面那条高耸入云的虎尾。

王小二眼前的香比十多年前更成熟圆润了。眉角虽添了几丝细纹，可是衣裙下的饱满多汁却更胜了几分。除了眼底多了一丝看不出来的心事，岁月几乎没有在香身上留下什么痕迹。王小二咽了几口唾沫。心里暗骂那个姓程的小学老师瞎了眼，是个没福分的。这边想到李小元的话，心里被激了好奇心，忍不住装作找人，从室外台阶上了阳台。却见一柄大阳伞下摆了休闲桌椅，一个虎背对着他，头顶上方浓烟滚滚。王小二虽然瞧不见前面的景象，那斜在嘴边的一根大烟却看得清清楚楚。王小二明白能抽这么粗雪茄的，肯定是个大老板。送了鸡爪回来，晚上跑到李春梅家，对李春梅说："老灰家老鼠又生了一窝哩。"

"又不是生了一窝老虎，有什么稀奇的。"

"稀奇得很，其中有一只——"

对着李春梅耳语一阵，李春梅"啊"地傻在当地。王小二趁机把她裤子扯了下来……

王小二走后，祖母不陪我们玩游戏了，改上思想品德课。祖母吱了半天，我们懂了，原来这矮子鬼邀请我们去参加太公老灰的节日。

"人生的最高境界，就是死后有人建庙立碑。我们当山老鼠的，千百年来就出了个太公老灰。所以小辈就要向太公老灰好好学习！到时人们祭拜它的时候，还会拿卤鸡爪给它吃。"

听说有卤鸡爪吃，我们一个个在心底立下了向老灰太公学习的志向。

"它死了能吃鸡爪吗？"

"当然，呃，我们会替它吃的。"

祖母的话我们爱听，因为话里有卤鸡爪。除了卤鸡爪，其他的讲来讲去，无非是太公老灰如何懂得报恩，如今被人类设节纪念，作为老灰家子孙不能给老祖宗丢脸。三妹它们有没听进去我不知道，听说义鼠节上有卤鸡爪吃，反正四哥和二哥把头点得打桩机一样，口水咽了几十回的丑态全被我们看在了眼里。白云洞边的卤鸡爪实在是太鲜美了。我发誓我绝不像两个兄弟么没出息，要咽口水也不能给人看到。只是万万没想到，这届义鼠节上，我却成了最出丑的那个。

第三届义鼠节升格规模，和这一年的一股风分不开。

这年年底，打开微信朋友圈和抖音，铺天盖地都是全国各地旅局长说弹逗唱的段子。为了推销本地旅游资源，局长们或骑马弯弓，或吹拉弹唱，或相声小品，真是一个比一个能演。崇阳县文旅局长张志浩，忍着牙痛亲自上场参演录制了舜山拳法和龙门太极，圆了娘胎里带来的武侠梦不算，还挖出了古佛节、保苗节、香草火龙节、耍枪、舞龙、插秧，一心想提高知名度。这天张局长到齐溪镇视察工作，在虎尾山脚和村干部聊起当地旧闻逸事节庆风俗。村书记程晓军在边上，把十二间老灰如何向人求助，得救后如何感恩回报，村里又如何在两年前设立义鼠节的事说了一遍。

听得张局长拍大腿叹："古有名马救主，今有义鼠报恩。这鼠比起忘恩负义的人，不知道强了千倍万倍。设义鼠节教化村民真是妙举，理应发扬光大代代传承。人为万物之灵，行起事来，总不能不如老鼠。"

程晓军本来就会来事，现在有文旅局长鼓舞点赞，他自然就顺着竿子往上爬。回村和两委班子一商量，决定第三届义鼠节规模要往大里办。原来第一届义鼠节，只是镇里村里简单邀请当地名流、驻外乡贤，在桃花寺小学教室举办了座谈会。黑板上请学校老师用美术字写了"桃花寺村首届义鼠节"字样。大家统一思想口径，算是有了这回事。乡土名流们个个神情庄重，边嗑瓜子嚼着花生，喝着本地黄金茶，边听丝瓜在讲台上眉飞色舞。然后各自从肚皮里搜寻出老鼠故事，说来说去尽是些獐头鼠目鼠目寸光的事，越说越是感叹老灰重情重义。众人聊兴渐减，桌上瓜子壳满，又去十二间楼上五号房间实地参观感慨一番。

程晓军早让村文书蒋一军杀了六斤重大公鸡，先拿到学校厨房炖烂在汤瓶里。还砍了五斤山溪谷土猪肉，买了两条何田清水鱼，灌了十斤大溪边乡高粱酒。葱姜蒜油盐醋一顿操作，拼了学生课桌椅当宴席，十个人喝吐了九个，皆大欢喜。临别前，乡贤程德志提议这义鼠节要么不办，要办就要定时办、长久办。当场用手机转了五千元给蒋一军作义鼠节赞助费。

"你们办起来，我们在外的，到时就成立义鼠基金会，保障经济。只是既然为节，就要有个固定日子为好。"

几个人趁着酒兴指头掰过来掰过去。有说老灰多年前从天花板往下送东西，没准儿哪天来哪天不来，这义鼠节定哪天都行；有说义鼠节还是得定丰收季，八月九月稻香豆黄，肚皮饱了，人鼠俱欢，这节闹起来才喜庆。一年十二个月，大月小月，差不多都排了一遍。哪个日子都好，哪个日子都像，又哪个日子都不像。选了这个，就亏了其他日子似的。选了上月，就亏了下月似的。最后都拿醉眼瞅程晓军，说：

"书记是一把手，这事还是得一把手说了算。"

程晓军挠挠头，说你们说的我都同意。咱们喜欢十全十美，老灰的故事发生在十二间，我个人建议义鼠节就定每年十月十二日吧。众人一听程晓军这高度，没得比了，都大拇指竖起来称书记水平高。

选这个吉日作义鼠节，程晓军老婆和他老娘心里最清楚为什么。程晓军这只老鼠每年十月十二日要吃碗生日面的。义鼠节定这天，相当于给他程晓军过一次生日。

蒋一军两天后目光偶然瞟过村书记任职公示栏，看到程晓军照片下的出生年月，灵光闪现，豁然明白。心里直骂程晓军是贼老鼠。

"贼老鼠偷了这么大个大节日庆祝生日。"

第一届义鼠节结束，崇阳县报上发了豆腐块文章。县里有人再提到桃花寺村，都说：

"那个给老鼠过节的村。"

"老鼠都过节了，你们这些阿猫、阿狗还不努力！"

第二届义鼠节程晓军灵机一动，对村两委班子成员道："同志们，人与自然和谐发展，不能只顾人发展。咱们这里念叨老灰，教化后代要感恩，可是不能忘记老灰也有后代啊！"

程晓军的提议立即得到积极响应。第二届义鼠节的重大成果，就是在桃花寺村村规民约里加上一条："凡我桃花寺村民，均应爱护虎尾山山鼠。不得捕杀虐待食用及实施任何可能影响山鼠生活的行为。违者杀猪一头，请全村人吃饭。"

我们后来能在村里自由出入胡闹嬉戏，与这条保护措施有莫大关系。

第三届义鼠节庆祝活动，照例放在桃花寺小学操场。我们九只老鼠跟着王小二从学校后门走进去，得到了到场村民和领导的热烈欢迎。他们全体起立，长时间鼓掌。而村里的小孩子则好奇地看着我们，以为是活动请来的马戏团演员到场了。

祖父、祖母、父亲、母亲，还有我们兄妹五个，被引导到嘉宾席。说是坐，其实都是跳上去的。和人高马大、面目威严的领导不同，他们坐大桌子大椅子，我们也是坐大桌子，只不过都坐在桌子上。村里专门请王木匠做了九张一尺高的小木桌，每张大桌子上摆三张。程晓军还请王小二专门为我们编了半尺高的竹椅。祖父面前的小桌子上，摆"老灰亲属"字样的席位牌。我们从祖父开始，从右往左，依次是祖母、父亲、母亲、大哥、二哥、三妹、四哥和我。我们往小椅子上一坐，长长短短九条小尾巴从竹椅后面垂下来。每只老鼠面前摆拳头大四只果碟，盛一个苹果、二十粒花生、三节香蕉和四只卤鸡爪。

四哥上桌没半分钟，面前碟子里的卤鸡爪就空了，它老拿眼睛瞟我。那眼神我还有什么不明白的。幸亏它运气好，我刚肚子痛了一晚上。我从装着卤鸡爪的碟子，捡了一只塞嘴里，其他的往它面前推了推。四哥爪子一探，一只鸡爪又下了肚。四哥那么胖墩墩的样子，比我这个瘦子多吃点也正常。

"老灰来了！"

这可是我们的太公，我们的英雄、偶像、神仙呀！我们忙停住嘴。看着老灰从桃花寺小学十二间五号房间，被四条壮汉抬了出来。我们跳下竹椅，恭敬地立在桌子上，和桃花寺村全体村民一起，向老灰行注目礼。

四个穿红色对襟唐衫的青壮年，各执木板一角，仿佛抬着大佛，步伐整齐地从楼上往下走。木板上的老灰半人高，以一个奇怪作揖姿态保持在那里，模样滑稽。看着像个谦恭的乡村小老头。这和我们兄妹脑海里的英雄老灰形象完全不同。三妹马上发表了不同意见：

"咦，就是这个糟老头儿？"

祖母瞪了三妹一眼。实际上祖母心里问号也很大。谁都没有见过老灰，他们怎么就把老灰塑出来了？也许是塑像师有意夸张，也许是老灰确实长得有点滑稽，我对着老灰那两只巨型猪耳朵，扑哧笑了出来。

"小小灰，注意场合。"

祖母声音里带着不容置疑的权威。但笑声是能传染的。三妹直接笑得在桌上打起了滚。大哥使劲咬着嘴唇，嘴唇皮上沁出了血珠。

但我马上笑不出来了。我看到老灰的眼睛是会动的。可是我不敢说出来。塑像马上就抬到台上去了。

大哥:"怎么做了英雄,还像老鼠一样的?"

我心里也很是失落。便跑过去问祖母:"奶奶,老鼠怎样才能成为一头雄狮?"

祖母:"唔,心中有一头雄狮,而又能控制住它,老鼠就能成为雄狮。"

四哥问得更直白:

"奶奶,这是老鼠,还是猪?"

祖母:"当然是老鼠,你老灰太公就是一只老鼠。"

二哥:"怎么看去又像人?"

祖母:"傻小子,这是人塑的么。他们人做什么都爱用人的标准来做。当然你们老灰太公是最会做人的鼠。不像有些人老鼠都不如。"

父亲:"这谁弄的塑像,把老太公弄得这么滑稽。"

祖母朝向父亲:"英雄哪里都要像关公庙里的关公一样的?小小灰,你看看这老灰太公像塑得好不好?"

我虽然笑了场,祖母还是相信我的目光。我看看二哥,它盯着老灰塑像闷声不吭。我刚想开口,主席台上话筒噗噗两声,中气十足的主持人用扩音器压住了现场的嘈杂:

"静一静,静一静!庆祝活动马上开始!请有手机的同志和朋友将手机关机或保持静音。

各位领导、嘉宾、父老乡亲,十二生肖,唯鼠为大;天下义鼠,独此一家。欢迎来到桃花寺村第三届义鼠节现场。愿我们的义鼠节,呈现给您不同的风俗人情和全新的做人理念。活动开始之前,请允许我先介绍出席今天活动的领导和嘉宾,他们是——"

主持人报出一个领导名字,操场响起掌声,把原本待在树枝间看热闹的两只八哥,吓得嘎嘎逃走了。那准备栖落到四棵大树上的白头翁和麻雀,在空中迷了方向。领导能在百忙之中抽出时间参加他们桃花寺村的义鼠节,这令桃花寺村的村民备感荣光。

我们提了爪子拍,拍得爪子上全是发亮的油光。我们拍一阵,又把爪尖在嘴里吮一阵，会场上荡漾着卤鸡爪的香味。真香啊！

轮到介绍我们了。我们忙停住嘴，把爪子在屁股上擦了又擦。

主持人用激动万分的声音在喊：

"今天，我们还邀请到九位特别嘉宾——"

现场所有眼睛，都望向了我们这边。在祖母指挥下，我们嘻嘻哈哈转过身子亮相。

"哇，酷毙了！比大明星还大明星。"

"这才是义鼠节该有的排场。"

为义鼠节忙了两个星期的村书记程晓军，看着眼前火爆场面，嘴角露出满意笑容。现场直播流量随着我们的出现直线飙升。

"程书记，要的就是这种效果！"盯着手机直播的崇阳县文旅局长张志浩，朝程晓军连竖三次大拇指。

他们越沸腾，我们越紧张。小尾巴在身后摇个不停。

祖父祖母自然是庄重得体的，父亲母亲也不失本色。它们甚至还学领导朝观众席挥了挥爪子。

轮到我们兄妹，大哥尚能稳住，二哥、三妹、四哥一副平时在山里偷东西被发现的窘样，在桌子上东张西望。

"山里老鼠没见过世面。"场上观众发出了嘲笑声。

"有请五弟小小灰——"

我转过身子，一心想要替虎尾山山鼠挣回点面子的我，突然想到了一个奇招：学老灰太公那样向人们作揖。虽然作揖对我来说从没作过。可老太公都那么做了，说明是个好动作。我十爪交叉，比了又比，站立不稳。背后的主持人和全场的观众都替我担心，怕我摔下桌子。可是他们很有耐心，默默地看着我，替我着急和鼓劲。我正在左爪右爪摆弄着，一只蜜蜂飞过来，直奔我鼻尖。我本来听到嗡嗡声，心里就暗呼不妙。等蜜蜂撞过来，见它屁股后面毒刺进进出出，右眼不由叭地闭上了。我这边右眼刚闭上，它又撞到左边去了。这蜂子在我眼前撞来撞去。我左眼叭右眼叭，开开闭闭，把对面观众看傻了。

背后的主持人也傻了。主持人傻是因为他看到面前几百张脸，本来是中规中矩的。自从蜜蜂一捣乱，这些脸一会儿阴一会儿晴，一会儿绿一会儿红。全体观众上一秒显出陶醉的表情，下一秒又出现无比惊讶的样子。这几百张变幻不定的脸，在主持人脑海里汇聚成一个巨大的惊叹号。他不知面前这只小老鼠焕发着什么魔力。在我转身挥爪之前，他只看到我双爪乱挥，以为我在指挥着观众的表情呢。

我终于挥开蜜蜂，睁开了双眼。我眼里的青光直射观众席。

对面观众如大梦初醒。

"洋老鼠！"

"这只老鼠卖给城里小姐当宠物，价格肯定得五位数。"

"义鼠节上讲这话，你还是人吗？"

"讲都不行？假仁假义。恐怕你连买都不想买，想去偷呢。"

"你才偷，你都是你妈偷来的。"

所幸蜂很快又飞走了。

"这哥们肯定走种了。"

"只准你六一节到别处送书包，不许老鼠改良品种？"

"我倒是想把它抓过来，改良改良我家里老鼠的品种。"

"哈哈哈，你看那小子在看你呢。小心点，别让人家晚上来把丁丁咬掉了。"

还好主持人马上请上了最大的那位领导致辞，不然我真被他们说得无地自容。人类的嘴比锄头厉害多了，挖得我全身骨节都痛。领导对着两页红纸念了几分钟，字正腔圆，让大家觉得他水平实在是高极了。

轮到表演环节了。

先是舞台上来了八个奇怪的人，前面是马，后面是马屁股。马头摇得很厉害。几个人在台上跑来跑去，好像真的骑在马上一样。主持人说这是跳竹马。我们才知道前面的马头和后面的马屁股都是王小二用篾片编出来的。又上去八个人，也是脸上画得花花绿绿的，十分吓人。四个手上拿着竹象，四个手上拿着红绸狮子，主持人说这叫狮象灯舞。最有趣的是跳魁星，先出来一个说是文曲星，拿着一支毛笔对着天空点来点去，说什么连中三元之类。三妹看得有趣，坚决说要到桃花寺小学念书，将来写文章扬名天下。后来还表演了什么目连戏和花棍舞,不是从这个村就是从那个村请来的。

最后一项是签协议。一个原本坐在我们同排的嘉宾,挺着他的大肚皮上去了。三妹笑了:"这家伙一定卤鸡爪吃多了!"

三妹不知道我说的要和它结婚的就是这个大肚皮。

这个肚皮大得要炸掉的老板,气势轩昂地上台和村书记程晓军签捐赠协议。他将给村里捐赠十万元,用于在香溪民宿旁修建一座义鼠亭。

"我对老灰充满敬意!也向老灰家族的后人致敬!"

这个协议赢得了全体村民和九双鼠爪的热烈掌声。

回虎尾山后,大家都兴奋地谈论这一天,期待着下一届义鼠节。独独我闷闷不乐地看着对面的桃花寺村。远远地,桃花寺村里炊烟升起,人烟兴旺。三妹走过来说:"小小灰,怎么卤鸡爪还没吃够,还想去吃?"

"你就想着吃。想就去呗。"

"喂,小小灰,吃难道不是最重要的?别在意那些人的话,又不是你自己拿颜料把眼睛染青的。你听咱们小黑爷爷怎么说,它说这辈子要是能坐上香溪民宿大桌子吃一顿,撑死也值得。"

我无意间向香溪民宿望了一眼,说了句:

"它早上桌了。"

三妹马上流下了口水:"小黑爷爷真厉害。"

"才不是——"意识到自己说漏嘴了,我忙把嘴闭上。我用双眼看着三妹,它是多么神往啊!我用右眼瞳仁看到的景象正慢慢地消失。

小黑爷爷是被作为一盘菜端上了桌子。

本来,这只是虎尾山一只普普通通山老鼠的死。成千上万的山老鼠死去了,都没有在虎尾山激起任何波澜。然而天下事,谁说得准呢。就是从这个晚上,我们虎尾山家族的山鼠卷进了一个看不见的旋涡,它从小黑爷爷的死,慢慢地向外扩散。它从最初的一个小点,成了风暴眼,将虎尾山和桃花寺村不动声色地卷了进去,最后演变出了桃花寺村有史以来最荒唐也最惊心动魄的离奇事件……

一个月前。

我和祖母站在白云洞前一处山坡上。

"小小灰，闭上左眼。"

我依言闭上左眼。祖母就那么静静地看着我。我从没见过这样的祖母。它像个多情的少女一样盯着我右眼。它盯的不是我右眼，它盯的是我右眼中的心上人。那只比祖父更雄壮的山老鼠。

"小小灰，知道它是谁吗？"

我摇摇头。

"它是奶奶心目中的英雄！每个人心目中都会有自己的英雄，以后小小灰也会有自己的英雄。"

我点点头。

"每个人心目中的英雄，是不能告诉别人的。要是别人知道了你心目中的英雄，它就会把你的英雄抢过去。所以，小小灰要为奶奶的英雄保密。奶奶的英雄是属于奶奶一个人的。"

奶奶鬼话连篇，但我全信了。奶奶的英雄在莲花峰当着鼠王。

确认我右眼瞳仁特别是我的嘴，不会产生任何实质性伤害后，祖母对我的眼睛表现出了浓厚的兴趣。

"小小灰，用你左眼看这是什么。"祖母拿起一块牛粪。

"奶奶，这是会长蘑菇的牛粪宝。"

祖母表示满意。随爪又拿起身边一块石头。

"这块呢？"

"奶奶，这是一块石头。"

我的双眼正常视力让祖母很满意。

"用你的左眼看看。"

"奶奶，这是一块玉石。"

"用你的右眼看看。"

"奶奶，这是一块碎掉的玉石。"

祖母完全不信。它吭哧吭哧把石头搬到悬崖边，从一百多米高处扔下后，祖母哭了。站在碎成两半的玉石前，祖母敲了好半天胸脯。

"小小灰,用你右眼看看这是什么。"

祖母顽性大发,随爪从地上捡起一段枯枝。奶奶并不知道,我不太爱用右眼看人,每回我单独用右眼看了什么,都会头痛。

"奶奶,快扔掉,你会没命的!"

我打掉了祖母爪上的枯枝。

"你这孩子,想把奶奶吓出心脏病。"

枯枝在地上忽地张开了嘴。祖母再看了一眼那截枯枝,就紧紧抱住了我:"小小灰救了奶奶哩。"

枯枝游走了。那是一条毒蛇。

这天起,祖母对我分外亲切起来。

祖母每隔几小时就会到我右眼瞳仁中看它的心上人:"看看这英雄在干嘛?"

老实说,爱情的事我不懂。我只知道祖母心中另有一只山老鼠,这又有什么值得奇怪的呢。就像我的胸中有一座城。

对面的桃花寺村在阳光下闪闪发光。

我闭上了右眼。左眼中的村庄真美啊,它是铺在大地上的一幅画,让我忍不住伸出爪子想摸一下。

"奶奶,那些楼房真漂亮,我们也要住楼房。"

"年轻人就该去楼房里闹腾闹腾。当年你们太公老灰就爱——"

我切换了右眼。右眼瞳仁展现的情景让我惊恐万分。我看到那溪中的水忽然立了起来,就像腾起一条巨大的怪物,一口把村庄吞了下去。

我簌簌发抖,叫了一声"奶奶",把头埋进了祖母怀里。祖母低下身子,捧起我紧闭双眼的脸。我嘴里仍在胡乱念叨着:"完了,完了。"

祖母忙用爪尖剥开了我的眼睑:"傻瓜,哪有眼睛闭上吓自己的。看,青天白日的,什么都没有。"

我不敢告诉祖母刚刚看见的情景,以免打搅它兴致勃勃继续讲老灰的故事:"你太公老灰在十二间扔下那截宝贝后,就再没有出现了,可是村里人记得它。你记得人家,人家才会记得你,祭奠你,为你设立节日。"

我的注意力被吸引到过节上。人类哪个节日,不是我们鼠类的节日?

丰盛的祭品是为我们鼠类准备的狂欢盛宴。

"人类一个个看去聪明得要命,怎么可能随随便便就隆重地祭奠老灰太公,看重的就是你太公知恩图报。不然别说过节,过街都不行。"

老灰太公是多么值得尊崇啊,我和祖母沉浸在老灰的故事里不能自拔。

二哥不知什么时候出现在了不远处。二哥的视力是我们兄妹中最差的。经常会把爪上捧的食物塞到鼻孔里去。我和祖母朝它走了过去。它站在那里独自念念有词。我们走近,都能听到它的声音,它还没看到我们。二哥嘴里正不停地念着:

"雷声变了,雷声变了。"

此时阳光灿烂,照得二哥一身金毛闪闪,天空半朵乌云都看不见。我和祖母变了脸色。

"二娃子,你念什么经。青天白日,哪来的雷?"

二哥仍是念念有词:"奶奶,五弟,雷声变了,雷声真的变了。"

我们被二哥一本正经的样子惊住了。我们不相信它是会预言的小巫师。祖母向我看了一眼,我明白祖母是想让我用右眼照照二哥,看看哪里出了问题。可是我们的耳边果然传来了隆隆雷声。这是晴天!祖母和我都抬起了头,看到蓝天里飘着几朵白云。我们没有看到天空打过雷的迹象。

天哪,晴天怎么会有雷声?

"我迟早给你们这些娃儿吓死!"祖母揉着胸口。很快它跳了起来:"二娃子,别瞎嚷嚷,你的雷声在那。"

村公路上,一只巨大的铁壳甲虫扬着滚滚灰尘逼近村庄,并蹿了进去。

"完了!兽进村吃人了。"祖母听到我一声惊叫,"它肚子里刚刚吃了人,他快死啦。"

祖母:"傻子,这是车。那是个开车的。"

"不,奶奶,他快死了。"

祖母转过头,看我闭着左眼,它全明白了。

"飞机,快看飞机!"

越野车从桃花寺村穿过，轰鸣声把孩子从家里全引了出来，朝天空张望。那个银光闪闪的过客，对山里孩子永远有着无穷诱惑力。

他们很快发现，这只不过是一台越野车。当车子从远处驶近他们的身边，他们被车门上的狼图案惊呆了。

"狼，狼。"

凶悍的狼眼，锋利的獠牙占了两扇车门。不要说傻子云标养的大水牛，就是虎尾山那根大尾巴，它咔嚓一口也能咬断吧。

车子保持着巨大的轰鸣，使人相信只要它愿意，它四个轮子可以飞到空中去。它实际的速度却只比人走路快一点。小屁孩们欢快地跑在车前。狼头在后面追逐着他们的屁股，这是他们从没有玩过的新鲜游戏。

狼好像有心要和他们玩一玩。眼看要咬上了，他们躲到一边。车过去了，他们又追在车厢后面跑。不，他们追着狼跑。这是他们和一头巨狼的游戏，真是快乐极了。

隔壁村王十月古开着破拖拉机，冒一股黑烟，突突突地进村送砖头水泥和木料。现在，孩子们鼻孔里喷出气：那算车吗？哼！他们大开了眼界似的，心里纷纷瞧不起了王十月古和他的拖拉机。相比之下那种拖拉机应该藏到柴堆里去，不能再出来丢人现眼。他们为自己如此接近一台豪车备感自豪。觉得他们只要离它近一些，见识上便比别人有所不同。然而他们又不好意思似的，当车子忽然停住，车子里的人在看他们的时候，他们忽然羞涩了，炸散开来。

钱多多的车在小屁孩的前拥后簇中，缓缓开到了香溪民宿门口。

听闻声响迎出来的香，尽管心里有准备，还是被这台极为霸气的越野车惊住了。

她站在民宿门口，打量着这辆她从未见过的豪车。不，这不是一台车，是一头蓄势待发的猛兽。它五彩斑斓的身上绘着巨大的狼头，锋利的獠牙令她不寒而栗。要是它的主人愿意，香相信这台车可以跃上虎尾山顶。

按着往常惯例，车上会很快跳下一个或几个大呼小叫的游客。无论多闹，他们都会听从她的安排与指挥。

香等着。

她面前的虎尾山也在等。

车子持续有力地轰鸣。这轰鸣声在虎尾山千百年来的幽深静谧面前，显得那么粗犷有力，不可阻挡。这轰鸣声在碾碎曾经静寂的一切。这轰鸣声吞没了小鸟的歌唱、微风的清闲和山泉的欢畅。

虎尾山顶飘过了阴云。

香脸上微微刺痛。

有半分钟或者更长的时间，她看似无意地把双手掩在了胸前，然后自然地垂下去，手搭掩在小腹前。她从没有这样狼狈过。

侵犯来自车内，无声而霸道。

车内两只鹰眼，隔着车窗玻璃上上下下把她看了个透。这日，她一袭孔雀羽翼般的淡绿色长裙，一头黑发披肩。尽管岁月在眼角刻下细细纹路，可是每个见到她的人都会忍不住惊叹好山好水也出好女子。眼前的女子差不多把桃花寺的风水占尽了。

从越野车上下来的客人，似乎趔趄了一下。

从这天起，香溪民宿的阳台上经常就有一位客人戴着墨镜，边在阳台上吞云吐雾边日光浴。他目中无人的样子使桃花寺村民十分生气。

"那是烟？我看是炮。他是大炮架嘴里了。"

光棍汉李小元最先在村里开炮。

"死小元，说人家的烟是炮，你把裤裆里的叼嘴上看看。"

"叼你娘。"

李小元有块地，刚好在香溪民宿阳台隔壁的坡上。李小元去挖番薯，见到阳台上浓烟滚滚。便拄着锄头盯着那个目中无人的人看了半天。李小元眼珠子里转什么对面看得一清二楚，他眼珠子里打什么小算盘高深莫测，都被两片黑镜片挡住了，实在是气人得很。李小元看看自己手上的瘦烟筒，因为吊个烟袋，他平时都是平着吸，哪里会客人那种张狂的抽法。而且他烟丝差不多塞了十多回，咳得他肺都要从喉咙里飞出来，那家伙仍手上夹着雪茄在抽。便明白人家手上的是稀奇货。

村里人本来对香开民宿心有嘲讽，以为是吃撑了没事干。当面不说，背地里都笑这山旮旯里开店,招待野猪、野兔还差不多。

李小元为表不屑,他连吸几口旱烟。叼旱烟筒的角度也比雪茄翘得更高。可是不管他翘得多高,他烟筒里的旱烟丝总是吸不了几口就剩一锅灰。他马上发现了新大陆:

"他就摆嘴上做样子。哪有这种烟,半天才抽一根。抽不起就别抽——我半天得抽它十筒。"

反正他们怎么骂,抽雪茄的听不到,也听不懂。山里叽里咕噜的土话,在他耳朵里和树梢的鸟叫没有区别。有时注意到他们,他会朝他们扬扬夹雪茄的那只手。

那动作像挥手致好,又像在赶一群鸡鸭。

三妹其实是三姐。五兄妹中它排行老三。每次想到出生那天发生的事我就来气,我明明应该是大哥,却成了小弟。可从母亲的肚皮里出来,人世间的光芒上身,我所有的委屈便再无从出口,说了也没人会信。事实就是如此。

大家三妹三妹地叫,它哎哎哎地应。我亲耳听到隔壁窝的小癞头,它比我小四天,也是三妹三妹地叫。我便跟着三妹三妹,三妹跟着哎哎。就这样,大家合力在口头上把三姐变成了三妹。也没谁觉察出异样。祖父受重伤后的某天,祖母目光忧伤地站在洞前,久久凝望桃花寺小学前方的沉船背。生活对它,对我们已然全部改变。站在祖父身后的祖母,突然被推到台前发号施令。好在祖母是大窝出身,无论站坐,都有法度。它自从跟了祖父,只顾生儿育女,衣食无忧。突然之间,千斤重担落到肩头,祖母因此经常独自发呆。

"三妹,快来,看我捉住了什么。"

我在洞口按住一只蟋蟀。这小家伙真是太会蹦跶了。刚才在草丛中为了捉它,我至少被它用后腿蹬了两次。

"叫你会蹦。"

我爪子使劲按在蟋蟀的腰上。

"腰要断啦。"蟋蟀气愤地挣扎着:"你个没轻没重的家伙!"

"你也知道没轻没重,眼睛差点给你蹬瞎。"

这小家伙的后腿上还有锯齿。要不是看它歌唱得好听,我早把它大腿卸下来了。

"给我玩玩。"只要是我爪子下的东西,三妹都会兴致盎然。祖父受伤后在洞中疗伤的日子,在洞口看到三妹屁颠的样子,曾经形容过三妹这种状态:"老五放个屁,老三也会抓起来闻闻什么味道。"我对祖父这话深为叹服。它就是伏在窝里不动,虎尾山的丘丘壑壑仍在它心里。

三妹果然屁颠过来,一爪子按在蟋蟀背上:"总算抓着你了,快说,昨晚吵得我醒来三次的是不是你?"

可怜的蟋蟀咕咕两声,默认了昨夜扰民行径。

三妹在它屁股上点了一爪尖:"有时听你唱得挺好,本姑娘高兴来着,还想赏你朵花。有时听你唱得闹哄哄,也不知道是肚子吃坏了还是怎的,老是蹲在那里哼哼哼,又想打你的小屁股。我的小歌唱家,你唱得怎么样,自己最清楚。什么时候该唱什么时候不该唱,却还得问问邻居。我就拜托你睡觉时到远处唱。我打出生来难得的一个好梦,昨晚好端端被你唱破了哎。"

这只蛐蛐实际上是虎尾山有史以来最伟大的蛐蛐,歌声嘹亮嗓音动听,无蛐可及。这几晚它心里爬进去一只蛐蛐姑娘,它爱上了这姑娘,又没别的手段,只有拼命地唱。现在美人没骗到手,听说把三妹最美的梦境唱破了,十分丧气。它原本坚持美妙的歌声可以拯救世界,现在才知道原来每夜都惹人嫌得很。它垂头丧气地不知如何是好。

我和三妹坚决不被它蔫蔫的样子所骗。商量了一番,这只蛐蛐被押着把歌声搬到了离我们家五十米的地方。那位姑娘本来想作怪一下,让伟大蛐蛐难受难受再以身相许。不想艺术家被我们发配了。它急得要命,放下了所有的矜持,赶到五十米外,被艺术家优雅地按在了身下。算得是一场误会成就了一桩好姻缘。

后来三妹曾求蛐蛐回来,帮忙用歌声打发那些夜晚的寂寞,被蛐蛐坚决拒绝了。五十米的发配距离,给蛐蛐心灵造成了难以扭转的伤害。

经过这一课,三妹终于懂得,恋人和艺术家都不能轻易得罪。得罪了恋人，会让你晚上寂寞难耐；得罪了艺术家，会让你恋人之外的时光寂寞。之后碰上类似事件，它坚持自己搬窝也不肯去得罪艺术家。

我和三妹对眼前的胜利洋洋得意。在蛐蛐身上取得的胜利使我们无比膨胀。别说老虎，就是大象，三妹自觉也能一爪子踢出十米远。我抬起爪子搭在三妹肩头："三妹，下回，要是有老虎在咱们窝边吵，给它屁股上来一脚，让它滚一百米。"

三妹"嗯"了一声："两百米，滚到虎尾山下去。"三妹忽然矮了下去。我转身，立刻也矮了。祖母不知什么时候站到了我们身边。

祖母开始并没有注意我们。牵引它视线的是沉船背。它那么深沉而持久地盯着沉船背，让我十分担心沉船背会承受不住而倒塌下去。好在祖母的视线下移，最后落在了我身上。

一种深深的压力立刻挤压着我，令我喉头发紧、全身发硬。我差不多听见自己周身的骨骼都在喳喳作响。

我走过去抱住祖母，叫了一声奶奶。三妹迟疑着是否过来，它老说祖母的目光会刺人。我赶忙叫它：

"三妹，过来。"

三妹不再犹豫，蹦过来扑入祖母怀里。祖母抚摸着我们的头。它摸着我们头的时候，我感觉身上异常轻松。很想放开喉咙，像那只被我们赶走的蛐蛐一样唱首歌。祖母的爪尖却在我头顶敲了敲：

"老五，刚才叫什么，三妹？没大没小。它比你大哩。"

祖母说完回洞去了。

祖母身影一消失，三妹马上腰杆挺直，学着祖母的样子在我头上敲了一爪子："没大没小，我是你姐。"

"知道了，三妹。"

钱多多神情漠然地坐在香溪民宿阳台上，灼热的阳光晒不暖他冰凉的手脚。他全身上下最有活力和热度的，是右手上那根来自巴西的雪茄。

此刻他左手上拿的，是省城最好医院的确诊报告。不，这不是报告，是死刑判决书。

刚拿到报告时，钱多多在人流涌动的医院候诊大厅站立了很长时间。耳边轰鸣着救护车的嘀嘟声和不知道天南地北的病人家属哭泣声、咨询声、叹气声。眼前的一切都是真实的，这些真实的人间悲欢图景，提醒他手中的报告和报告上的诊断结论也是真实的。

他多么希望诊断书上的名字并不是自己。一个穿着白大褂的医生掀了门帘，向他跑过来，他等着他跑近，真希望他来一句："别怕，哥们。报告弄错了，只是一场误会。"

可是医生向边上跑过去了。他是去追击哪位患者的死神呢？

那个三小时前，怀着痛苦与希冀走进急诊大厅的病人，现在迈着绝望的步伐走出了医院大楼。钱多多发现自己立刻从眼前这个热闹的尘世出局了。原先的那个世界，用一张看不见的膜，把他隔在了另一边，他再也走不进去。

绝望攫住了他的心——他才四十五岁呀！他从没想过死神这么早就扼住了自己的喉咙。他眼前晃过倒映在红酒泡沫中的妖艳红唇，就在昨天，这样的红唇还亲吻过他的耳垂，亲过他身体最敏感的某个部位。它们开合着为他说出世界上最温柔的情话，唱最动听的情歌。站着跪着横着，他可以指挥她们做任何使他快乐的事。现在，它们全化成了骷髅厉鬼的大嘴，狰狞地要把他撕成碎片，拽进死亡的深渊里去。

作为钱氏寰球生物医药股份有限公司的董事长，他的财富曾经冲进世界万名富豪排行榜，并且多次进入前三千的位置。钱是会跟着钱跑的。和他的名字一样，他强大的吸金能力让银行里的资金越滚越多。

他清楚知道凭世界现有的医疗技术，他确实可以通过金钱，换回生命在ICU里可悲的延长。五个月，八个月，或者更长一点的时间。但他不愿意。

他的亲外公——一位赤膊在ICU里躺了五年的离休干部，每一次探视，都带给他深深的震撼和深沉的悲哀。外公只要听到他轻唤就会眼角流泪，却因为喉管被切开不能有任何的表达。钱多多一想到自己全身插满管子，依靠各种药水和流质食物维持生存，却不能用嘴表达自己的意志与想法，他就发抖。他不要这种没有任何生活质量的苟活！他也不愿意手术刀在自己身上切除掉任何部分，哪怕它是致命的癌瘤。生命是要有尊严的，与其开膛破肚地死在手术台上或在 ICU 里慢慢死去，不如把自己完整地交回给自然。

那个不知深爱他多一点还是深恨他多一点的女人，带着儿子在国外享受美妙生活，要是知道他患了绝症，究竟是希望他早日痊愈呢，还是希望他早日逝去？那些商海搏击中的朋友和对手呢？

他突然笑起来。无声然而坚决地做出一个决定：找一个无人知道自己的地方去死！

我和祖母站在虎尾山上看到一辆越野车冲进村的那次，就是钱多多在路上疯狂地飙车五天后，无意中转进桃花寺村来的。此时，理论上距离他离开这个世界，还有三个月的时间。

但接下来的事，谁都料想不到。

钱多多喜欢虎尾山那根虎尾，雄壮有力，直刺天空。

当他恢复平静，扔掉确诊报告书，再次坐回香溪民宿空旷的阳台，他的目光一次次从天空往下跳跃。仿佛自己就是眼前这只猛虎。他希望自己体内也有这样一头猛虎，直扑病魔的喉咙，把病魔按进泥地里。

威猛的虎尾让他想到了自己搏击商海的一生。无数次孤注一掷、绝境逢生、化险为夷，都是因为生死看淡，不服就干。但是现在，那股曾经澎湃在血管里的激情消失了，留给他的是不断从身体深处传来的隐痛和撕扯感。

他想象着那个扎入地下的虎头。它究竟在追寻什么样的猎物？一只羔羊，一头野猪，还是一只小兔？

他一口接一口地抽着雪茄。没有想到身后有一双眼睛正默默地注视着他。

这双眼睛从钱多多到香溪民宿的第一天，就不动声色地观察着他。这双眼睛里的火力是那么强劲。他在车内扫射了那么长的时间，她竟然岿然不倒。

这使他有些失落，自嘲道：

"就不会替客人开个车门？"

"山没有门。门随时为山外的客人开着。"

她调整了呼吸。客人向她压近了两步。这是赤裸裸的侵略，他们几乎脸贴着脸，他的眼睛差点压上她的眼睛。她从未见过这么放肆无礼的客人。她本来是大山热情好客的主人，他却使她呼吸窘迫，仿佛要把她挤压成垂首低膝的仆人。

"香，傻站干嘛，还不请客人里面坐？"

背后一个妇人站到民宿门口。是香的母亲。香身上压力一减，顺势往后退了半步。这才发现客人比自己高了一个头，体型极为彪悍。尤其是那一双鹰眼锐利。香怕他再看两眼，她身后门厅的柱子就会被他看塌，她身上的裙子就会烧掉。

他往那儿一站，和他的越野轿车般配极了。牛仔帽下短短的板寸头，一根有一根的位置，一根有一根的派头。最奇的是整个头皮只有最左边拇指大一撮头发是白的。

这目光又一次打上香白皙的面皮，香脸上被划了一刀似的，人往后退了一步。他看着虎尾山，整个人以右脚为支点旋了一圈，他久久地凝视着虎尾山。要是他再多看一会儿，香疑心他会化为一只雄鹰，飞到虎尾山的顶上去盘旋。

钱多多就在香溪民宿住了下来。他原本只想住两个晚上。但是第三天上午，当他坐在阳台上，他看到不远处的小路上，一个担着尿桶的农民走过的时候，他改变了主意。那副吊儿郎当的模样打动了他。一个小孩子从远处跑来，两个人站在路中间交谈着。那是多么美好的景象！钱多多想到了自己的儿子钱小玄，他正在国外一所国际私立学校读着学费高昂的高中。钱小玄的人生正在一条用钱铺就的台阶上不断上升，根据他钱多多出走前的妥当安排，他会在某个时刻全面接管钱氏寰球生物医药股份有限公司，成为万人瞩目的CEO。可是自从上了初中以后，他就再没听过钱小玄发自内心的开怀大笑。是的，他们都会活得好好的。那还有什么好操心的。钱多多身上的一股劲泄了下去。

小路上的小孩正向民宿这边跑来。他的步伐多么矫健有力啊。

钱多多吸了一口雪茄。吐出的烟雾幻化出钱小玄的面容。他笑了笑。这是他生命在时空里的奔走与延续。只要钱小玄在,谁能说他钱多多死了呢?他的血活在钱小玄的血脉中,他的基因将借钱小玄继续往下流传,那么,他钱多多就等于还活在世间。他想到了钱小玄一副绅士模样,不由笑了笑。生命并非一成不变,谁曾想,一个农民的后代,子孙竟出国成了洋鬼子呢。

身后传来了脚步声。烟雾重新回归烟雾。

抓住烟,也就抓住了烟雾。这种时候,雪茄在他手中更多是一种摆设。钱多多不知道自己想抓住什么。曾经吸一口全身血液都要沸腾的刺激感消失了,他嘴里苦得要命。可即便如此,他还是要点一根叼在嘴里。

"那是什么洞?"

尽管没有转身,他还是能感知到背后是香溪民宿的女老板香。他背对迈着软步走近的香,朝白云洞一指。

"现在大家都叫它白云洞。"

钱多多眼里一亮。他喜欢这个名字。

"这洞一年有半年飘白云。老辈人说它里面有十八个洞,所以也叫十八洞。"

"十八洞?"

"对,十八洞。"

钱多多内心一声惨叫。十八,十八,为什么是十八而不是十六?他原来就对一切数字敏感,现在更对数字有着无比的敏感和尊崇。

怪不得会来这个地方,冥冥中自有定数。千辛万苦,死神的追击原来比它快多了。十八层地狱化成十八洞在眼前等着他。

"都说这十八洞上通天堂,下通地狱,里面住着神仙的。"

八月的阳光照在阳伞上,空气燥热,钱多多却全身冰凉。他转过身子,恶狠狠地看着眼前的女人。哪壶不开提哪壶,这个女人一定是阎王派来的。

香啊的一声。

钱多多两个大眼球,就像涂了墨点的卫生球,把她吓住了。

钱多多被香的尖叫惊醒。眼前饶舌的催命女鬼消失了，香溪民宿的女老板香，楚楚可怜的香，正用无辜的眼睛看着他。

钱多多明白自己失了态。

"香总，不好意思，我，我只是太想明天去白云洞看看。你能不能帮我在村里找个向导。"（唉，我这是为自己的坟墓找向导）

"钱总，你刚才看人的样子……好怕人！"

香抚着自己的胸。香有一对很好看的胸。

"不好意思，小姑娘。十八洞让我想到了十八层地狱！"

听说大老板想去看白云洞，村书记程晓军镇里开会都请假不去了。他和三个村干部，叫了程老枪，陪着钱多多向白云洞进发。

程老枪带了枪和狗。

看到全副武装的程老枪，钱多多十分满意。众人在村委会门口集合，程晓军介绍了程老枪和三个村干部。村文书蒋一军对钱多多态度极为热情。钱多多敬烟给程老枪时，程老枪抬手一挡，丢下一句："不抽。"就自顾自走在前面了。程晓军对着程老枪背影骂："山里木头疙瘩硬邦邦。钱总莫计较。"

又快步赶上程老枪："这是客人，贵客！"

钱多多是个走三步喘两步的人。好在大家不急，也没往深里想，都觉得是城里的大老板，走路本该如此。好不容易站到白云洞口，钱多多"啊"的一声，原来洞口庄严，十分巍峨，人站在洞口，就像站在十层楼下一般。那洞边草木四季常青，四周都是高大阔叶林，钱多多心中十分喜欢。

钱多多坐在香溪民宿朝虎尾山望的时候，白云洞就像鸡蛋那么大。现在站在洞前，望向香溪民宿，他看到阳台上有只蚂蚁在走动。而白云洞则在眼前张着漆黑的巨嘴。钱多多向前靠近，一阵阵风从洞中吹出来，越近越凉。

洞边突然砸下一团石块，把钱多多吓一大跳。

这石块落到钱多多脚边，忽然立了起来，原来是个才到钱多多膝盖高的矮子。小矮人看都不看钱多多一眼，冲到程老枪面前："大哥，我老远看到你到山上来，我就赶来了。"

程老枪"唔"了一声，对小人说："我爬到半路，还看见你在对面翻跟头。"

王小二摸摸头，傻笑几声。钱多多惊奇地看这矮人头后扎根小辫子，头上稀稀落落，嘴上倒留了两撇胡子，像个城里不得意的艺术家。

程晓军对钱多多笑道："这两个好伙伴，枪不离王，王不离枪，以前一起打猎的。哪有程老枪，就有王小二；哪有王小二，就有程老枪。"

钱多多："我还以为是块石头砸下来。"

程晓军："他哪里是要走路的人，飞来飞去，跌不死他。小二，你到竹子上去给钱总表演表演。"

王小二依言爬上竹梢，给钱多多表演了一场。从洞口到山脚，再从山脚到洞口，程晓军刚点的利群烟才抽了一半。

钱多多哪里看过这种表演，连称大侠。

却见王小二走到狗身边，突然飞身上狗，骑在了狗背上，对狗说："我的爷，好久没见了，怪想念的。"

本来程老枪像个将军顶天立地，王小二一骑到狗身上，那狗耳朵一竖，竟像匹千里马，马上的人变成了将军，程老枪倒变成了保镖和小兵。程老枪骂道："你个兔崽子，要骑伤了我的小霸王，我把你毛拔光了，扔进这白云洞去。"

王小二大咧咧从狗身上跳下，接过程老枪的枪往肩上横着一扛，站到他身边，虽是如此无礼，然而每个人都顿觉这是一座小山站到了一座大山的身边。

几个人跟着程老枪站在洞口，钱多多又是倒吸一口气。原来洞里比洞口又要大得多。他们七个人一条狗加起来，还不够塞它牙缝。一阵阵凉风从洞里往外扑，每个人身上都起了寒粒，牙关发紧。他们在程老枪的带领下站到了第一个大洞内。一种奇特的压力压在每个人头上，大家都不说话。只听洞顶上一线水珠，不停地注到洞中的一汪水潭里，发出嗒嗒的回音。那接水的潭看着不大，也看不出多深，也不知水是哪年开始从上面滴落的，嗒一声，发出悠远的回声。众人被嘀嗒得惊心动魄，不敢作声，都把眼睛看着程老枪。程老枪已经枪在手上。他自从在菜园地里失了魂，对于这种空旷幽暗的地方，实际上心里怀着莫名的恐惧。然而大家看他，他也就站得直直的，成为众人心中的柱子。小霸王嘴里呜呜作响，不敢汪汪大叫，仿佛洞里有猛兽正悄然逼近。

原来这洞一洞连一洞，共有十八个洞相连。从第二个洞开始，俄罗斯套娃般，一个洞比一个洞小。钱多多问程晓军："这十八洞，有人到最里面过？"他的眼睛看着的却是程老枪。

程晓军："我们普通人，最多也是进去两三个洞吧。再要进去，要么是癫子，要么是神仙。这么深的洞，谁知道里面有什么。"

王小二："可能有妖魔鬼怪。"他突然发声，声音公鸭嗓一样，加上声音从膝盖以下发出来的。大家都被他吓得脸上没有颜色，洞里似乎都是心脏怦怦乱跳的回声。程老枪骂他："死矮子不要乱开口。"他是被吓丢过魂的，如果不是边上有人，早就甩屁股出洞了。好在他比人家手上多把枪。枪杆子里出胆量，七人一狗，自然数他站得最挺拔。

"都什么年代了，还神仙妖怪。"钱多多打岔道，"这种环境，你说有什么生物还没被发现，那是有可能的。"

"什么生物？"村文书蒋一军牙齿格格发颤。他等着人群中有个胆小鬼先喊一声，他好拔腿就逃。

"其实钱总不必担心，以前我们老辈人都说这洞之前是住过人的，还住了很多年。"

"哦，不知道是哪条道上的好汉来住过？"

"不，一个女人。"

"女人？"

程晓军把老族长杀子禁山的故事说了一遍："我们虎尾山一草一木，都有老族长魂灵在护佑的。"

"这种保护生态的精神，真是令人钦佩！我钱多多五体投地，向老族长致敬。"

"只是他这种做法，并不是人人都能承受，比如他的夫人——老族长夫人因承受不了丧子之痛，当场就疯了。在这洞里独自生活了两年才出去。"

"这么说，故事是真实的？"

"老辈人代代相传都这么说。"

钱多多想到了香讲的故事。昨天他提出要到白云洞走走时，香就讲了这个故事。香为什么要讲这个故事？难道香看出了他身患绝症？总之，疯母亲最后出来时，手上拿着一截羊角。按香的说法，那并非羊角，而是"青衣皇后"的角……

"青衣皇后"到底是什么生物呢？香没有说。

钱多多深深地看了一眼洞的深处。洞里有蟒、有龙、有妖，他都不会再害怕，毕竟他是就要死的人了。他从没有像现在这样平静过，仿佛他这一生找的就是白云洞。生命终究会有归处。不在此处，便在彼处。他暗暗庆幸，如果不是随意间闯入桃花寺，他就不会发现白云洞，白云洞就是天地为他准备了亿万年的归宿。

生命应该以本体回归自然才是最完美的。

他想得更多的，是怎样在生命最后的阶段，把自己安放进白云洞而不让人知道。

他深深看了一眼洞的深处。这一眼再次坚定了他的决心：如果生命很快就要终结，那必定终结在这白云洞。

他挥挥手，"喝酒去！"他带头走出了洞。钱多多和桃花寺村两委干部先下了山。

程老枪出洞后，在洞口对着向阳坡和莲花峰看了很久。王小二静静地站在他身旁。许久，王小二两手拱在胯前无限悲凉："大哥，我老了。"

程老枪："在我面前，提都莫提老字。你几岁人，我几岁人？敢提老。"

王小二："大哥，我是真老。这么说吧，以前一见白云洞我就想女人。现在盯它半天，它就是一个山洞。"

程老枪："以前你们说这洞好，我没在意。今天仔细一看，这老天爷是你哥，和你一个德性，造出这物像。"

王小二："大哥，你是英雄，一辈子不愁女人。可你长子不知矮子苦。当年我要不是这洞，都不知道女人底下长啥样。我第一次做男人，就是对着这洞放了一铳。"

程老枪在王小二头上扇一巴掌："死矮子，不怕这洞里蹿条蛇出来咬了你？一天到晚想女人，迟早死在女人身上。"

王小二："大哥，要能死在女人身上就好了。牡丹花下死，做鬼也风流。而且，至少死的时候是美死的。"

程老枪："我看你是想得美。那么多女人，你要死在女人身上算美死的？"

王小二："当然是——嘿嘿，大哥，你也会开玩笑啦。死就死，没什么可怕。不过有句话我不说出来，死不瞑目。大哥，我这辈子其实最羡慕你，越老越羡慕。"

程老枪耸了耸肩。说他爱听这话，是难为他；说他不爱他这话，也是难为他。

"大哥，你也别骄傲，我羡慕的，也不是你这个人，而是你的女人。（程老枪瞪圆了眼睛）这女人，大哥，实话说了吧，肯下狠心，这世上就没有追不到手的女人。可要有一个女人像阿花嫂子爱你那样爱我，我现在跳进洞去死掉也愿意。"

程老枪："死矮子，你这话要是早些年说给我听，我拧烂你的嘴，丢给黑虎吃。一天到晚花花肠子里就是别人老婆。看不被人揍死。"

王小二："大哥，要说被人揍死，我宁愿是被大哥揍死的。可我又怕脏了大哥的手。我对天发誓，对阿花嫂子，我半点想法都没有过。大哥，你别不信，对女人，我有一个比喻。"

程老枪："还比喻，干脆你来个排比，去桃花寺小学当代课老师得了。"

王小二："那你当校长——程校长。"

程老枪："少让我起鸡皮疙瘩。你坦白，狗洞子钻来钻去，就没有被人发现打一顿的？"

王小二："大哥，天下的贼哪有不被抓的。你看这脸，这腿。"

程老枪："活该！狗改不了吃屎。"

王小二："其实，大哥，其实这女人就如盖浇饭，上面放豆腐放青菜，料不一样，底下却一样是米饭。"

程老枪："你吃的不是米饭，是屎。"

王小二："是，是屎。大哥批评得是。之前，我觉得天下就数皇帝最幸福，三宫六院，想要谁就有谁。现在，大哥，其实我羡慕你。你把我扔进白云洞，我还是这么说。"

程老枪默默地看了王小二许久，把目光扫了桃花寺周围的山，最后视线停留在虎尾山尖顶上的一朵云。

"大哥，你说男人一生拥有一个女人幸福，还是拥有很多女人幸福？我是很羡慕你只有阿花嫂子一个女人。"

程老枪深深地看了王小二一眼。这一眼，让王小二退三步，差点退进白云洞里。

程老枪不再说话。他像个巨人一样放眼万山。在他看不清的远处，山花烂漫地开着。可是他的眼里只有山。

山无言。山把答案写在了大地上。迷雾重重的白云洞边，程老枪身姿挺拔如虎尾山，看上去是那么伟岸。

香溪民宿莲花峰包厢。

钱多多坐在主位上，和桃花寺村两委的全体干部愉快地聊着天。从白云洞回来后，钱多多盛情邀请了村两委干部共进晚餐。程晓军把村两委的九名村干部全叫齐了。空气里飘荡着友情芳香和雪茄呛人的烟味。钱多多说："今天要感谢在座的各位领导和香总，不是香总的故事和程书记亲自带路，我还不知道桃花寺有这好去处。今天看了，真是天地造化、人间少有。我走过的地方也不算少，小村庄生态保护得这么好的，却是全国数一数二。"（他心里说的是："总算为自己找到一个好归宿了。"）

程晓军："我们随时欢迎钱总来投资兴业，把桃花寺村风光和美食推介出去。"

钱多多："这洞号称十八洞，肯定有来头。改天我让人来勘探勘探，要是条件适合，咱们可以把它当旅游景点来打造。要是专家分析白云洞有望成为旅游景点，我负责投资，和村里股份七三分成。"（钱多多心里说："我会让人打造一个不为人知的坟墓。"）

掌声阵阵。

程晓军："钱总，你这话我是录了音的，可不能打水漂哦。"

钱多多："嗨，程书记见外。你要说我钱多多是块硬石头，那我有时可真比石头硬。你要跟我讲义气，我钱多多又恨不得把心掏出来给你。我到现在就没搞清楚怎么会来到咱们桃花寺村，一住就是这么长时间。什么原因？缘分。请书记放心，我现在人在桃花寺村，就是你的子民，你就是父母官。父母官一声令下，村民钱多多唯马首是瞻。"

程晓军："钱总这话说重了。钱总来桃花寺村，就是桃花寺村贵客，是全村荣光。我们桃花寺人，别的本事没有，对客人都是真心实意，心掏出来炒给钱总吃都愿意。钱总来这么长时间，我们山野村夫照顾不周的地方，还请钱总多担待。"

钱多多："在家靠父母，出门靠朋友。我就敬佩看重咱老百姓的领导。我钱多多什么都喜欢多，特别是交朋友。朋友交得多多的，钱才能赚得多多的。咦，还有两位大侠怎么没来？"

刚好包厢门打开，程老枪和王小二走了进来。要不认识，还以为是个江湖大汉带了只猴子。钱多多跳起来，招呼程老枪和王小二："两位大侠，快快请坐。"

钱多多见识过的人多，那些村干部不在他眼里。这门口刚进来的两位，却是让他坐不住。

蒋一军朝边上两个空位子指指："老枪，小二，这边坐。"

程老枪在蒋一军右手边坐了，王小二坐程老枪隔壁。他哪里是坐，他要坐下去，嘴连桌沿都够不着。王小二就把鞋子脱了，跳到椅子上站着，这才勉强和程老枪齐平。

钱多多让香搬出两箱茅台，每人面前摆一瓶。

程晓军对香说："钱总来你这民宿住，相当于种下一棵摇钱树。"

香："人家哪里是树，蒲公英还差不多，明天一阵风就到天南海北去了。"

钱多多讪笑道："我这辈子但求能在桃花寺村当个普通村民。"

程晓军："只要钱总愿意，现在就聘钱总为桃花寺村荣誉村民。每年来住个三月半年的。"

那边王小二眼睛直直地盯着酒瓶，问程老枪："大哥，这酒比咱桃花酒好？"

程老枪："茅台不好哪个好？桃花酒桃花寺人说好，这酒全国人民都说好，你说它好不好？你今天喝死了，天下也没人笑你。"

王小二："这么好的酒，都舍不得下嘴，怎么醉得死。钱总，你这一人一瓶，是一瓶都给我一人的，还是喝不下要分给别人的？"

钱多多："一人承包一瓶。喝得下的装自己肚皮，喝不下的装兄弟肚皮，内部消化。"

王小二："我是说这瓶我喝不完，剩下的可以带走？"

钱多多："哪有这事。"

众人都吓了一跳，嫌恶地看着王小二，怪这矮子鬼丢光了桃花寺的脸。只见钱多多又瞪着两只大眼睛，对王小二说："放开肚皮喝，一瓶不够两瓶，喝完了等下再带一瓶回去。"

王小二看了程老枪一眼："大哥，我看这钱总像咱桃花寺村的人，爽气。钱总，我喝不下你两瓶，也不另带你一瓶。我就喝半瓶带半瓶。等哪天要死了喝上一口，再去天堂报到。我这辈子做梦都想到天安门一次哩。"

大家都笑。

程老枪骂王小二："你这贼，这次就开我这瓶，一起喝掉。你那瓶带回去，等哪天要去天安门再开。"

钱多多："想去天安门还不简单，找个机会我带大家去一趟。就咱们这桌人，加上香，一个不准多，一个不许少。"

王小二："妈也，那得多少钱？每个人怕要几千元。这一下几万块，去不了，去不了，没那么多钱。"

程老枪骂道："山里小螺蛳没见过海，一天到晚钱钱钱。我明天就请你上北京，别在这儿丢人。"程老枪没看过天安门。有时在梦里嗖一声到了北京，醒来还在床上。一辈子打了那么多猎物，没去过北京不丢人。他就是见不得王小二没骨气的样子。

钱多多把手一挥："程大侠、王大侠别把我钱多多当外人。这点小钱我包了，大家只顾去玩去开心。我钱多多没什么优点，要有一个，就是钱多。也没什么缺点，要有也是一个，也是钱多。话讲错了，兄弟们多担待。好，这事就这么定了。下面，喝酒。"

程晓军见钱多多几句话就把他的弟兄们全征服了，忙带头举杯："钱总用这么好的酒招待我们，我们借花献佛先敬钱总吧。"

钱多多把酒杯举举，又放到桌子上。烟他照样抽，酒却无论如何不敢再喝了。

"大家看看，今天的白云洞像什么？"

一听钱多多这个问题，王小二来了兴趣。他刚刚和程老枪在白云洞口谈了半天，当下抢口道："钱总，我看呀，这白云洞最像女人下面。"

众人轰地笑了，骂王小二："都是被李小元带坏的，嘴上没女人就不会说话。"

钱多多："我看这位王大侠有慧根的，一语中的，一语中的呀！不知各位兄弟怎么看，我看这白云洞是越看越像一张嘴。可见这大自然也是谋略大师，它造的老虎，嘴不是长在头上，而是长在腰上的。在座的男同胞们可要小心喽。"

"钱总高论呀！老虎嘴不一定长在老虎头上，也可能长在老虎腰上——女人就这样。"

大家又是一阵哄堂大笑。茅台酒的劲道狂热地刺激喝惯土酒的嘴巴。从今天起，他们可是喝过茅台酒的人了。他们恨不得这酒香永远回荡在嘴里，在和人讲话时把这酒气喷到对方脸上去，好听到惊讶的一声：

"哟，什么酒这么香！"

程晓军先捧了酒杯去敬钱多多，大家跟在后面一个个捧了酒杯敬。他们简直想把眼泪滴到酒杯里去，表达他们的感激和敬意。事实上，他们在闻到酒香那一刻就醉了。他们沉浸在这种醉的氛围里，喉结急剧地上下颤动。一遍遍吞咽着口水。他们彼此看到了一遍遍地吞咽着口水的样子，头一次没有露出不屑或者嘲讽的神情。

王小二像蝴蝶迷醉在花香里。他想抱着酒瓶跳个舞，或者干点别的什么。他发现这个酒席最大的缺点是没有女人。一想到这个问题，他忍不住朝着钱多多的方向喊了声："钱总，你这么好的酒，怎么不请香喝点的？"

钱多多："对对对，怎么好把香总漏掉。香总，快，来一起喝点。"

王小二："香，这可是茅台酒。钱总的茅台酒，不喝白不喝。"

程老枪："你能不能闭上臭嘴，别说话？净给桃花寺丢脸。"

香："我喝不来酒，我给大家做好服务。大家慢慢喝，这么烈的酒，我闻闻都醉了。"

王小二："香，刚才钱总说女人腰间有一张嘴，你同意不同意？"

香白了王小二一眼："小二叔喝多了。"

在酒的香气里，王小二蓦地发现香的容颜里藏着年轻时的李春梅。王小二头昏脑胀，一次次举杯，敬程老枪，敬程晓军，敬钱多多。很快摇头摆尾的都不知道方向了。

程老枪："矮子鬼，怕钱总不肯让你把酒瓶拎走？这么敬来敬去的，要全装在肚皮里？"

钱多多："酒嘛，水嘛，喝嘛。香，你马上打电话给城里的名酒店，让他们拉十箱来，酒管够。还有，雪茄，来，雪茄，每人一根，点上。"

每个人捧住一根雪茄，王小二更是小猴儿捧住孙悟空金箍棒似的。这根雪茄使他们大感自卑，自卑于它的沉重而长，自卑于它坚挺的阳刚。这雪茄有着他们熟悉而不敢亲近的香气，它的青黄色的烟纸使他们既感亲切又陌生。他们忽然就想到了钱多多抽雪茄的样子和李小元咒骂过的话。他们不由得相互对望一眼，而后看着钱多多笑了起来。

钱多多以为他们得了雪茄高兴，他有义务在这高兴上加点劲。他拿出一个圈，套在雪茄中间旋了一圈。雪茄分为两段。他将其中一段叼在嘴上，点上。很快一缕奇异的烟气在酒香里窜进鼻孔。众人大笑着，一个个点上。雪茄让大家一样粗细长短，十分快乐。

香捂着嘴鼻开窗："熏獾猪，你们这是在熏獾猪。"烟熏獾猪，是捕猎手段。现在抽烟人是猎人，也成了猎物。

窗子外透进一阵清新。大家抽了几口，学钱多多的样子，把雪茄架在烟灰缸上。不一会儿，雪茄自动灭了。钱多多说："这烟一根可以抽好几天。"

王小二捧住雪茄，对程老枪说："大哥，反正一根可以抽几天，咱们以后就抽这个。我现在一天要两包，还是抽雪茄俭省些。"

程老枪："你得问问钱总这根你扛得动扛不动。"

王小二："钱总，难道这根要三十五十？"

钱多多："别管钱，钱不是问题。这都是巴西朋友送的。我这抽完了，让公司寄过来就是。兄弟们以后想抽，来我这抽就是，只要我这还有一根，就有半根是兄弟们的。"

王小二白了钱多多一眼："大哥问你多少钱一根，你直说就是，干嘛说这么多废话。"

程晓军忙道："钱总莫跟矮子鬼计较，我看他酒喝到脑子里不灵清，自己是谁都不记得了。"

钱多多："没关系，我喜欢这脾气。王大侠，其实这烟是朋友送的，不要钱。这位巴西朋友，他自己有雪茄工厂。每年给我寄十箱雪茄。他呢，喜欢吃衢州的'三头一掌'，我每年给他寄这个数。"钱多多伸出五根手指。

"五百斤？"

"不，五吨。"

"那这巴西朋友嘴还不辣成鸡屁股。"

"他说三头一掌配雪茄，最男人。"

"钱总，你还没告诉大家这雪茄多少钱一根。你老人家脸比盆大，有人送你雪茄，我们可是要自己掏钱买。"

"唔，商场买，一百八十元一根。我这拿，一分钱不要。"

王小二忙不迭把雪茄架上烟灰缸，仿佛这根雪茄马上变成了烫手铁棍："妈妈呀！大哥，咱们还是抽自己的过瘾，这烟太辣了。"

王小二咳了起来。大家在王小二带动下，一个比一个咳得有劲。脸上的笑成了无根笑，轻飘飘，和雪茄冒出的烟，和菜盆上冒出的热气一样。只有举在手中的雪茄忽然重了起来。

王小二平时抽五块钱一包的雄狮。当他横叼着烟在村里走动时，心里住着的就是烟壳上的那头雄狮。现在这头雄狮被眼前的雪茄打败了。

他重新把雪茄拿来含在嘴上。

蒋一军见王小二抽雪茄的样子，逗他："小二你以后怎么会没雪茄抽？想过雪茄瘾，就把裤裆里的叼嘴上。"

程晓军见越说越不像话，举了酒杯："一条条都是嘴里吃过屎的狗，说的话臭烘烘。钱总莫要跟山里人一般见识,他们平时就是这副嘴脸。你钱总给他们一点腥尝尝,他们就能为你杀人放火两肋插刀。你钱总捧他一寸,他就能飞到天上去。来,你们这些没见过世面、不怕丢人的家伙,来,一起感谢钱总盛情款待。"

大家又敬了钱多多一轮。

钱多多见眼前烟雾缭绕中,一个个面孔鲜活胃口奇佳,口袋里钱不多而心上快乐多。他活在钱堆中,从没领略过这种宽松愉悦。想到自己在人世四十多年,一心只是钻在钱眼里,如今濒临死亡,反倒是放松一回。把杯子一举:

"我钱多多,今天算是上了梁山,看到了好汉。我是感谢大家呢!我早想感谢大家了,不瞒大家说,一到桃花寺村我就喜欢上了这个地方。不知不觉都一个月啦,吸桃花寺的空气,喝桃花寺的山泉水,吃桃花寺父老乡亲种的粮食和蔬菜,我常想我上辈子肯定是和桃花寺村有缘的。来,敬大家一杯。"

王小二:"钱总,有钱就有缘。你是钱多多,钱多了和谁都有缘。"

钱多多:"王大侠说得很对,钱确实会跟人,缘也会跟钱,但这世界上最重要的是人跟人要投缘。"

程晓军对钱多多说:"钱总,你也莫要看不起山里人。就咱们坐在这里的人,要是你钱总会写书,他们都是书里人。要是你钱总投钱拍个电影,他们都在银幕上晃,说不定都是闻名全国的。"

钱多多:"拍部电影还不简单,大家自己演自己。"

程晓军一指王小二:"钱总,你以前见过这家伙上山?"

钱多多:"我眼力不好,当时没注意,他就在山上了。"

程晓军:"他不走路,你怎么看得到。他是飞上去的么。"

钱多多惊道:"山里果真有神仙。来来来,我敬神仙。我最近身体不适,不能多喝。但今天奇怪,就想喝点。"

"钱总别眨眼,他等会嗖一声,不知道飞进哪个狐狸洞里。"

王小二突然跳下了地。他本来是站在椅子上吃饭的。钱多多忙拦他:"饭吃饱了再走不迟。"王小二哭笑不得:"钱总,我这是要尿尿呢。"

王小二满嘴酒气走到民宿后院。一个青碧菜园连接了园边竹林。菜园里丝瓜挂藤，辣椒青红，茄子滚圆。天上月光照，地上路灯照，小菜们丰美得要命。王小二闻着酒气，差不多舍不得呼吸。他边感慨世上有这么烈、这么香的酒，边朝天上的月亮吐气，月亮要不躲进云层，都要被他熏醉。他尿尿时，心里痒虫爬了出来，决定今晚去找李春梅。他要让李春梅也尝尝这酒劲道。

　　这酒烧得他心头难受。

　　没想到尿里也是擎着一柱酒气。他把瞬间硬起来的家伙塞回裤裆。听到菜园里窸窸窣窣。他是跟惯程老枪打猎的人，知道有货。悄悄走过去，见到月光下，山鼠一撮毛正带着几只小老鼠在啃香倒在菜园的骨头。王小二不看到还好，看到一撮毛在月光下那圆滚滚的身材，心上的痒不由转移到了手上。他将裤袋里一个拳头大的石头握在手中。本来这是他的防身武器，不到万不得已不用。可今晚被钱多多这豪华大餐往肚子里一填，把他的格局气量撑大了不少。他想，钱多多吃遍天南地北，这虎尾山的山鼠想必他是没吃过的。村规民约里不准捕杀山鼠的事也被他抛到了九霄云外。

　　一撮毛和几只小山鼠咔呲咔呲啃得欢。自从香开了香溪民宿，一撮毛的生活质量便提升到了高处。最初是它额头上的那撮白毛打动了香。香看到一只大老鼠在菜园地里，捧着一根鸡骨头在啃。捧的姿势动人，而一撮白毛尤其洁白闪亮。这撮洁白打动了香，让香不由得想到老灰。香不知道一撮毛正是老灰的后代。和老灰喜欢到学校打食不同，一撮毛一日三餐东奔西跑不讲章法。直到它进了香的菜园。

　　香投进菜园的鸡骨头鱼骨头有时还冒热气。这使一撮毛十分感动。它一感动，就迅速圆胖。和它一同胖起来的还有几只小老鼠。这圆胖果然使香欣慰。没有客人的日子，都不忘给它们一碗白米饭。一撮毛习惯了白天黑夜有人来投喂，对王小二的到来毫不在意。何况还是个孩子。

　　它竖竖耳朵抖抖尾巴，对身边的小家伙说："看看这回是什么好吃的。"

　　它们停下了嘴，抬头看着那个蹑手蹑脚靠近的家伙。他完全不知道，即使他的脚步放得很轻，对它们来说也是震痛耳膜。人类究竟是可爱的，把脚步声放轻当作文明的某个表现。

"唔，这孩子是个文明人，走路都这么轻。瞧它手上拿着什么，一定是个好东西——啊！"

一撮毛发出这声"啊"后就死去了。

王小二手中的石头稳狠准地击中了它额头。这股奇大力量的打击，透过它的额骨造成了颅内大出血。一撮毛脑死亡后，四肢还抽搐了很长一段时间。小老鼠一哄而散。它们只不过是普通食友，远没达到守望相救的深情厚谊。其中一只胆略大的小老鼠，回头看见王小二走近一撮毛，整个人突然腾空而起，右脚在一撮毛滚圆的肚皮狠狠踩了一脚。一撮毛嘴里发出"呕"一声，完全断了气。它肠子都被王小二踩得从肛门里喷了出来。

王小二到一撮毛头边上，又一脚把它的头踩扁了，这才捏住一撮毛一条腿，提到民宿的厨房里。找了一把剪刀，三下五除二，剥皮抽筋。嘱咐了香怎么料理，自己回包厢去了。

包厢里热火朝天。钱多多见了王小二这么久才来，忙说道："快来快来，大家又喝一杯了。"

蒋一军骂王小二："你这是拉尿？你莫不是出去拖了妇女回来。"

王小二不理他，走到程老枪身边，附耳说了几句。程老枪诧异道："让钱总吃这个？"

王小二："你不说谁知道，就说是崖上刚掉下来的野味，也有四五斤的。"

程老枪点点头："小心那些小家伙报复，晚上钻被窝咬你裤裆里的家伙。"又问："这么不声不响，你怎么得手的？别是死的捡来，丢脸。"

王小二："用石头砸的。"

程老枪："你什么时候练这梁山好汉的功夫？"

王小二指指袖口："大哥，这么新鲜的血，能是死东西？"

这却是程老枪不知道的，王小二在竹子上飞来飞去，原来早暗中又练了一门投石神功。拳头大的石头，在百米内指哪打哪，威力惊人。不要说一只山鼠，上回有头小野猪，被王小二一石头砸在脊梁骨上，当场就瘫痪。

那边程晓军正举着雪茄，透过雪茄冒起的烟看钱多多。心里思谋着怎么样让钱多多帮忙，完成村集体经济提升的考核任务。这边蒋一军走过来，又在他雪上加了点霜："书记——书记，呃，刚刚那个、那个乡纪委吴书记，来，来电话，说是明天县里来检查，检查村级自建项目。咱们村三个项目，有两个是你指定的，实际上是空的，这检查组要检查台账资料，怎么弄？"

程晓军："怎么弄，怎么弄，女人你都弄得来，这点小事不会弄？按要求弄呗。"

蒋一军："可是没有，什么都没有。怎么弄？"

程晓军："你呀，就是这个脑袋不开窍。他们不是还没来吗？你照着有的那个，弄那个没有的。照搬照抄都不会？我看就是笨和懒。我看你也喝得差不多了，你别喝了，马上去准备。明天晚上，还是这里，你再陪检查组好好喝。今天没喝够的酒，明天补。喏，你自己喝剩的带回去。"

蒋一军一听没喝光的可以带回去，那脸上又泛出笑容，把茅台酒瓶抓在手里："钱总，书记，各位，我有紧急任务，得马上去村委会准备。大家慢慢喝，先撤了。"

程晓军："抓紧弄，对县里的检查组咱们得招待要好，材料要齐。"

蒋一军抱着还剩半瓶的茅台酒，一路晃晃荡荡去了村委会。半路上忍不住拧开瓶盖闻闻，又喝了一口，边喝边骂："一年到头七检查八检查，查你娘哩。"

这边大家一个个肚皮滚圆。晚餐渐渐进入尾声。钱多多正要宣布结束，那边香捧了热气腾腾一大盆肉上来："好东西来了，趁热吃。"可怜一撮毛一个小时前还在享受美好晚餐，现在成了别人热乎乎的盘中餐。要是有来世可选择，估计打死它也不吃免费餐了。

香先往钱多多碗里夹了一块："钱总尝尝这新鲜山货。"钱多多还以为是山里什么宝贝，忙咬在嘴里。鸡肉不像鸡肉，鸭肉不像鸭肉，十分鲜嫩。忙竖了大拇指，心想到底是山里有好货。

程老枪道："这是王小二撒尿时打来的好货。也是钱总的口福，尽量放胆吃。"

钱多多："这山里真是好，撒泡尿都能弄到好菜。"

程晓军："咱们桃花寺，还有更稀奇的哩，老枪是不是？左耳朵进右耳朵出。"

程老枪："嘿嘿嘿。"

程晓军："嘿什么呀，嘿出来让钱总听听。"

程晓军自从和程小峰讲了这故事，起承转合，多少有些技巧在里面。当下把个钱多多听得目瞪口呆。程老枪的左耳朵进右耳朵出，王小二的竹上飞，徐老秃的尸变，一直讲到兔娃儿的麻将牌，丁小艺的坟墓，程德寿的鬼……这边的气氛越热烈，钱多多的心里越透亮。香讲的故事和酒桌的故事，像两道洪流在一个路口相遇，它们冲走了钱多多心中的疑虑。黑暗中黎明的曙光乍现。他忽然站了起来，举了一盅酒，对着桌子画了一个圈："各位兄弟，都是我钱多多路上的贵人，我今晚真是高兴，敬大家一杯。"一饮而尽。

钱多多吃惯山珍海味的人，山鼠肉却是从来没有吃过。也不知什么原因，他本来只想吃一块尝尝味道。等到那鼠肉从舌尖上滑过，他的筷子就再停不下来。他完全忘记了自己是一个重病在身的人，一块块地往嘴里塞，边塞边对着王小二说："好吃，好吃。"

王小二万万没料到，他用一只山鼠就把钱多多忽悠得团团转。不由得心下大是宽慰，等到散场时拿了面前的茅台酒瓶子，不再有丝毫不好意思，反而分外地趾高气扬，觉得一泡尿立了大功。

忍不住去找了李春梅，嘴对嘴喂了她两口茅台，高兴了一回。李春梅也是十分惊讶，这个上下喷着茅台酒香的小猴子，干起活来竟又回到了年轻时的劲头。

钱多多在香溪民宿住到第七晚，晚霞在天空开出火红的鸡冠花色。他在雪茄腾起的烟雾中，看到远处一个瘦得竹竿般的男人越走越近，走进了香溪民宿。

丝瓜找到了香。怕被阳台上的人听清楚似的，把手轻轻捂在嘴边："香，村里人嚼舌头，说这个大老板是为你来的。一天到晚没事，一杯茶一根那个那个——"丝瓜看了看香，"雪茄。大家说他一天到晚就盯着你屁股看哩。"

"叔，你别担心我。我又不是十八岁的小姑娘。人家大老板什么花没见过？人家是打拼累了，来咱们山里休个闲。村里人少见多怪，让他们嚼舌头去。哪家店不招待客人的？他要住这里，难不成还把他赶出去？"

"话是没错，你爸妈还不是怕你吃亏，让我来跟你说两句嘛。"

"叔，我的心你还不知道？"

"嗐，香，你别怪叔啊。你爸妈是怕你经验浅，上了坏人的当。他是飘来飘去的云，咱们是根往地下扎的树，不是一路的，玩不起。"

"叔，你不相信我？"

"叔不是不相信你。叔要不相信你，怎么会让你婶来给你当厨师？你也不要太自苦。都过去这么多年了，你就断了那份心吧。再说你也不小了，虽说现在这个时代不讲年龄，可是——"

"香，香，香香在吗？"

香探头出走廊，见下方路上一个年轻人拎着瓶瓶罐罐。忙哎了一声，跑下去接了。两个人有说有笑地上来。

"云成，又去城里潇洒了？"

"什么呀，叔，我不是去买肥料嘛。顺路给香带点货。"

"现在开了新路，咱们村去城里就方便多了。村里去城里近了一半，地球小了一号。"

"叔，你这话改成诗，你就是李白。路改了，外面离咱们村近了。咱们村离发展也近了。"

"云成，你真是越来越会说话了。以前我教你时，你什么时候这么会说过？咱们国家这些年，就像一片春天的竹林，全国各地的新房子如笋一样长出来，又高又洋气。和外面比，咱们落后了。村里的发展，还是要靠你们年轻人。"

"香这民宿要是开在城郊，这几间客房哪里够住。香，你说是不是——"

"我可不这么认为。"香把一提纸拆开，一包包码进酒橱下的柜子抽屈,"你要地方好了,珠穆朗玛峰顶照样有许多人去爬!"

"香,你这话,高。"程云成跷起大拇指。

"不过先前来,去走那片林子,心里怪瘆的。"

香眉头轻皱。

"确实是。"程晓军搓搓手。

"咱们的退伍战士也怕?"

丝瓜打趣道。

"叔见笑了。叔走得比我多,感受肯定比我多。坦白说,那没人去过的地方,却是很多人爱去的地方。对了,我这次去城里,还碰到一件奇事。我跟你们说——"

香:"村里故事多,城里新鲜事多。快说来听。"

程云成:"哪里,这事不是城里,是咱们桃花寺的。我早上不是去城里嘛。我妈说要给个亲戚拿点自家种的菜。那个亲戚,以前教书,叫那个那个……对,江上丘。他和他老婆本来都是老师,硬都调进城去了。我妈说他教书有本事,我听人说他教书之外的本事更好。"

"江上丘?我知道的。这家伙嘴厉害,活人能被他说死,死人能被他说活。至于什么本事不本事,他不是傍了个局长?这事全教育系统大家都知道。"

"这个世道肩上挑脱皮的,不如会磨嘴皮的。干得好不如说得好,说得好不如送得好。叔,咱们不提这些烂人烂事。咱们说自己的新鲜事。我不是拿菜去吗,我妈又是萝卜又是青菜,还有鸡蛋粉皮豆腐干。我两手拎着吃力,就在菜刀冈下砍了根硬木条。结果到了城里,刚下车,就被人瞄上了。"

"被扒手盯上了,还是被林业警察盯上了?"

"哪里。我这模样,扒手敢来那他就是讨打。街上有个退休干部,叔你知道的,山里麻雀多,街上退休干部多。整天吃了饭没事干,背了手在那儿踱。这位干部一看就是早年城里的大官,挺着一个大肚皮在街上逛。

见了我,就向我招手。我就奇了怪,初次见面的,怎么像个老熟人。

难不成他还是我爸老朋友？但我爸一辈子没进过城的人，哪有这号朋友的。他手挥着，我就被他吸过去了——他手上有磁。原来他看中了棍子，要我五十元卖给他。"

"五十块，那都是金条了，还不给他。"

"给，当然给。只是这不是咱们桃花寺做人的道理。我不就是随手砍了根棍子吗，哪里值这么多的？"

"看来咱们桃花寺，随手砍根柴就是宝贝。只是不知道他看中的是什么？"

"看中它能治病。他的宝贝孙子身上长了两粒小疙瘩，需要这棍子治一治。我想，这在咱们桃花寺就是根柴，怎么到了城里就是宝贝了？能治病？我就对他说，等咱把这些菜送掉了，就把这根柴棍送给他。

他竟然真跟着，看我把菜给江上丘老师送了。站在那里，把两只手在肚皮下搭成圈，笑眯眯地看着我。叔，他要是来抢，我也不给他了。可他笑眯眯地看着我，嘿，我就把柴棍往他手里一塞——"

"送。"丝瓜说，"送他十根有什么关系的。"

"他硬要塞五十元钱给我，我怎么好要他的。结果不要钱，他把柴棍还我了。说钱不收，东西也不能要。叔，这可真是难办。我先前就知道城里人爱贪小便宜的。"

丝瓜挠挠头："难办，真是难办。"

香："有什么难办的，收下就收下呗。你重情，人家重义。你越有情，人家越有义。所以世上人，不用怕吃亏。再说，用钱能解决的事，才最利落。人家城里人不像咱们桃花寺人，牵来扯去，就是扯不清。他们喜欢拎得清清的，谁都不欠谁，不然保不准要吃大亏的样子。"

程云成："香，你这真是说得透，比在城里住了十年的人还活得明白。你瞧，这是他给的五十元。我给收下了——叔，咱今晚就在香这里叨扰一顿，把这五十元给吃了？"

"吃！这桃花寺的宝贝，我老余也有份。香也一起吃，香也有份。"

香："那我出两斤大溪边高粱酒，大家好好唠唠。婶，你炒几个菜，把这五十块钱给安排安排。"

方金珠手在围裙上搓搓:"今天我也沾点光。等把客人的菜烧好,我也陪两个男子汉喝一杯。老余,你去把青鲥的屁股剪剪。"

"婶,我来。"

方金珠安排了一碗白腊肉、一盘青椒炒豆腐干、一碟石斑鱼干,外加一盘地衣。青鲥却是给那城里的客人炒的。四个人就在一起吃了。

丝瓜在程云成杯上叮地一碰:"别说,我当了这么多年老师,才知道咱们桃花寺随便一根手臂粗的木棍就值五十块的,你快跟大家说说,这是什么宝物,明天我也去找根来,到城里去看看能不能碰上个离退休干部。"

程云成:"叔见笑了。我这根木头选的还是看去不成材的,身上坑坑包包。"

丝瓜:"我是说这城里人是有心请咱们吃饭——你有没有问问,说不定这根东西是宝贝,你五十块卖亏了。"

方金珠:"快闭住鸟嘴,有得吃就给我老实吃去。你要觉得亏了,我等下柴火灶下给你搬一捆来,你一根给我三十块就行。"

丝瓜马上闭嘴:"嘿嘿,夫人批评得对。知足常乐,知足常乐!来,咱们喝一口。我只是有点想弄明白,云成,那老干部就没说怎么治的?这个你要问来了,下回咱们又卖药又治病,赚的就不止五十块了。"

"非法行医的事可不敢干。不过我当时心里也挺好奇。五十元一根棍子,这根棍子是我随手砍的。要么这根棍子是金条,要么他的脑袋装满木条。反正总有个不正常。当然,作为桃花寺人,收了这钱,我感觉自己不正常了。叔说今晚把它吃掉,我又正常了。"

"你这是要拉我们一起下水。"

"嘿嘿,这叫有福同享,有难同当。叔,说句难听的,我就是敢害叔你,我怎么好害婶的。你说是不是。"

"你这臭小子!"

"叔,别说这退休干部也是骨头硬的,我说送,他偏不要我送。还说本来要请我到饭店吃饭,只是小孩子不舒服,他心里急,下回有缘再请我吃。叔,你知识广,这种树是什么宝贝,或者是什么灵丹妙药,你就不先排排?"

"咱桃花寺山上哪样不是宝贝？你还是别摆龙门阵了，让叔也长点知识。"

"他说是治皮肤病的妙药。"

"云成，不知道江湖水深了吧。他把东西买去，编个故事送你，你也信？"

"叔，我别人信不过，自己还信不过吗？这些年在外面，好歹坑子、蒙子、拐子、骗子见识了一些。他要骗我，当柴棍讨去就是，何必再出五十元。何必还当我面用柴刀把树枝劈开了，捉了三条虫子出来。这虫子，跟条蚕一样。他把脑袋掐了，让孙子生吞下去，说是以后不生疮。五十块三条虫子，一条虫子差不多二十块。你说咱们山上是不是全是宝？"

"可不是，老祖宗就是要咱们守着这些宝么。守着金饭碗，捧着讨饭碗，脸红是脸红，可是有这些绿水青山在眼里，心里就踏实。"

程云成："叔，话是这么说，可咱们也不能守着金饭碗过苦日子啊。香，还是你进步。"

香："云成，你这说法我赞成。祖宗的规矩是要遵守，村里的宝贝是要守着。可是村庄的经济也要发展呀。你看看咱们村里的孩子，初中毕了业，还不都是出门打工。外面的千万亿万富翁，他们有钱了有闲了，倒来咱们村里看山看水了。说明老祖宗是对的。金元宝不用花出去，给人看看就能生钱。"

程云成："就是，喏，香，你店里现在就住着一个。你看那车子，送给我开，我都供不起它喝油。那发动机的响声，比在舞台上跳舞还带劲。"

香："羡慕人家了？他的也不是偷来的抢来的。我在想，为什么咱们村的年轻人，就不能在本地赚到钱，而非要背井离乡。辛辛苦苦一年到头，回家过个年，春节一过又要出门。说是山里人，我看更像是山里的客人。"

几个人唏嘘一阵，散了。晚上方金珠对丝瓜说："你看这云成是不是对香有意思？有事没事往民宿跑。"

丝瓜："云成几岁人，香几岁人？好像香还大了三岁的。"

方金珠："女大三抱金砖。我看云成也不会比那小程老师差。是我们没出息，守着编制这个铁饭碗，那些做大事大生意的，谁稀罕你这个，我的余老师，你说是不是？"

丝瓜："夫人见识，向来是高明的。至于香的事，我可不敢管了。你知道不，我今天去，是想探探她知道不知道，那个程小峰，被人打坏啦！"

"啊，怎么回事？家长打他还是同事打他？现在的老师可真是没法当，你还有这两三年，抓紧退休了，咱们过安稳的日子。"

"我看他是捉鬼捉上瘾了，这回捉到杨又侠家里去了。结果呢，这杨又侠的女婿那天刚好来看望老丈人，就睡在程小峰进去的那个房间，人家女婿是拿过省散打冠军金牌的！"

"哎哟喂，那他不是要被打坏了？"

祖父血淋淋跌进家门口时，我们兄妹正拱在母亲乳房下抢奶吃。

母亲八只乳房只只饱满甜美，望去像两排粉草莓。我左爪按住一只，右爪使劲往外推三妹的头，推得三妹吱吱直叫。同一个母亲的奶水，三妹每次都疑心我吃到的味儿不一样，我喝在嘴里的要比她甜。我俩最接近时，它拱在我嘴边，闭着眼睛咂咂咂吸得欢，我嘴边溢出的奶水都被它吸走了。我恨不得爪子塞到它嘴里去。我这边推过去，那边它的下半身被二哥阿强用屁股顶过来。三妹在我和二哥推顶下，黑泡般浮了上去。

"妈，它们不让我吃奶！"

叫声是三妹的武器，也是求援的烽火。母亲嘴里适时发出了威严的"唔"声，我们马上收了爪子和屁股，安心吸奶。毕竟被从嘴里没收奶头可不好玩。

向阳坡上的夕阳把九月的光芒射入老鼠洞，温馨柔和的光线将我们身上的乳毛镀得油光发亮。在母亲辽阔的乳房下抢奶吃，这情景永远那么动人。这正是最美好最温馨，也最热情洋溢的夏末。不出意外，严冬到来之前，我们会茁壮成长。

门口一暗，祖母右眼皮重重一跳。

祖母常在我们面前叹气，说自从我们这群小崽子降临虎尾山，它就没有睡过安稳觉。它睡不着觉，就常在夜晚咬祖父耳朵：

"老头儿,这五崽来了之后,我怎么日日右眼皮发跳?"

"睡吧,你就是爱东想西想。"

"左眼跳财,右眼跳灾。老头儿,我不是怕咱家不好嘛。"

"你们这些妇道人家,不是我说你们,个个是无中生有的乌鸦嘴。"

"老头儿,你说你家那个老祖宗,究竟去了哪儿?依你看,它是无中生有还是有中生无?"

"嘘,别说它,说不定就在边上听哩。"

"哪壶不开提哪壶,不知道人家胆小吗?"

"哎哟,又拧人家。你这爪子不能长点眼睛,瞧瞧拧什么地方,要断啦。"

祖母右眼皮跳个不停,总感觉有大事要发生。它没日没夜在心里盘呀、算呀,终于发现那件让它眼皮发跳的事,是它的小叔子老黑一个多月没回家了。

"当家的,你那弟弟不管管,一天到晚让它在外面当野人?"

祖母咬了祖父的耳朵。祖父本来为这事睡不着觉,腾地就爬起来,满山满野地去找。前三天没事,也没找着。第四天找到了一根线头……

没有任何犹豫,我狠狠一口咬住母亲奶头。

母亲果然吱一声竖起来。一排小屁股晃荡在母亲胸前。母亲的心脏有力地敲打我们肚皮。一下、两下、三下,我们和母亲都在坚持。被芬芳母乳喂养的我们,正用尖牙对付母亲柔弱的乳头。那是爱的源泉,也是我们的希望。母亲绝望地发现它的小崽子,一个比一个咬得狠。

三妹嘴里没有奶头可咬,惶急中在我和二哥头上身上一阵猛抓。谢天谢地,我们被奶水滋润的皮毛光滑油润。三妹爪子一次次落空。它抓一次低一次,越抓越低。最后终于坚持不住,砰一声滑落地面,哭天抢地起来。

祖母在三妹哭声中轰然倒下。

三妹痛彻心扉的哭声,后来使它获得无限疼爱和奖赏。母亲和祖母通过一遍遍回放筛查,从音高和音色上找出线头并最终锁定三妹,一致评定它为我们老灰家族最具孝心的典范。它们坚定认为,三妹不仅为了自己摔疼的屁股而哭，也为了祖父受难而哭，为了母亲不能摆脱乳头被咬的痛苦而哭，更是为了祖母的倒下而哭——

而我，母亲边跺脚边极力拍打也不肯松口，导致母亲乳头出血，并且另一只爪子还比别的兄妹多抓伤母亲一只乳房，被判罚取消吸奶资格一周。如此严重的判罚，只归结于母亲的乳房受伤一个原因，显然是有失公允的。可是对于母亲来说，又有什么办法？在我离家出走的孤独背影消失在洞口的瞬间，母亲的眼泪悄悄地流了下来。而它的身后，祖母眼里的阴郁似乎一下减轻了许多。

这是母亲这辈子最英明的决定，也是母亲这辈子最痛心的决定。我没奶喝，不得不每天沿虎尾山涧觅食。亲爱的读者，你要是在当年路过虎尾山看到过一只孤单饥饿的小山鼠，请伸出小指头让它吮一吮，你的指头尖有爱的味道。

感觉被全世界抛弃的我，一心想着从虎尾山那团浓墨般的绿意里，突然走出垂着两排辽阔乳房的母亲。我相信它只是暂时受了祖母的影响。我相信祖母从我出生那天，在我右眼瞳仁里看到心上人后，它就把我当了妖孽，要把我从这个鼠洞里清除出去。长辈的威严总是容易影响小辈。只有母爱永恒，我期待着母亲的出现。无论它从哪个角度出现，我一定飞蹿上去，嘴里吸着一只，四只爪子各按住一只。剩下的，就让它们白白地鼓胀着，馋死我那些饿死鬼兄妹。

我边想边走，嘴里发出咂咂咂的声音。好像真吸着一只奶头似的。我心里恨恨地说："馋死你们，馋死你们！"我发誓下回天塌下来，也不肯咬伤母亲。可是不知怎么的，泪水却不争气地流了出来。我恨不得拣块石头把伤害母亲的牙齿敲了，都是它们把我害得这么惨的。不该那么狠地咬我亲爱的母亲，不该！我是这么强烈地内疚着，模糊中只见路中间横一根黑筷子。我没在意，一步跨了过去。

"喂，信不信我一口吞了你？"

我吓一大跳。忙擦了泪水回头张望，空荡荡的路上除了我，什么人都没有。往常这个时间段，正是我们五兄妹大口畅饮母亲奶水的时光。我忍不住又抬起爪子打了自己一下。哎，为什么偏偏是我呢？难道那些狗屁兄妹就没伤害母亲，就不应该受到惩罚？现在好了，大白天都见鬼了。

"说你呢，傻子。"

这回确认无疑，发声的是筷子。它昂起了南瓜子大的头。我端着三百度近视的眼睛走向筷子。在家里犯了错误接受惩罚，那是接受家规管理，天经地义。随便走在外面，一根筷子也要让人受气，这还了得。我想一脚把它从路上踢出去，又觉得这么干脆太便宜它了。我应该抓着它的尾巴，甩它三百圈，再一把扔出去，能扔多远扔多远。刚凑近，一股腥臊气冲得我剧烈咳嗽起来。

"小黑炭，你身上什么味？"我捂住了鼻子。

原来是条小蛇。

小蛇很不礼貌地用眼睛斜了我一眼。说实话，它不用眼睛斜人，它不会这么令人讨厌。我绕着它全身走了一遍。要是在往常，我可没这份心情。现在我孤独着。孤独是让人无聊的。

这小蛇真黑真瘦啊！我估摸着它比我更惨，刚才说不定是饿晕过去的。我好歹没奶喝两天，我疑心它从小就没奶喝。这又使我对它同情起来。我真愿意让它把我吞了，让我曾经喝了奶的身子使它壮实一点。要不然，它长得小蚯蚓样，我一爪子下去，它就断为两截。我鼻子凑到它嘴前，上下嗅了两三回，肠子里一阵痉挛，忍不住大笑：

"就你，哈哈哈，哈哈哈——"

我在地上打了三个滚，蜷成一只球滚到它嘴前。

筷子尾巴一卷，盘成一个圈。它南瓜子大的脑袋朝外吐着长舌头。妈耶，原来还真是一条不自量力的小怪蛇。我一股怒气冲上头顶心，把头探到了它嘴前：

"吞，吞不下小爷，顶也要顶进你喉咙！"

筷子毫不客气缠上我的身子。我皮毛上一阵荫凉。我以为它会一口含住我嘴尖，再一口口往里吸。我想象自己撑进它肚皮，把它气球般撑起来，我在它肚皮里运气，砰地把它炸掉。小蛇儿，我叫你狂，我炸死你。结果它一点都不急。它先咝咝吸两口气，一股气流灌进它的肺里，然后猛地一缩。我立时掉进了一个从没有去过的维度。那里，它就是一根铁链条。我听见它全身的骨节吧吧作响。我真怕它把自己绷断了。但是很快，我听见身体里发出了一阵阵的响声。我的心肝肺扭曲变形，我的骨节叭叭作响。我一次只能吸进半肚皮的气。再后来，我的气到喉咙口就下不去。

"小子，你玩真格的？"

我生气起来。这世道怎么了？母亲不让喝奶也就罢了，路上碰到一截筷子也这么猖狂。我心一横，没有奶水吃的日子反正没法过了。既然没法过，到人家肚里过也挺好。我把自己的嘴使劲往筷子的嘴里钻。

毫无疑问，筷子有吞下我的心，可惜没有能一口吞下我的嘴。

"啊呸，你这小老鼠什么味，这么苦？"

我忽然哭了起来。这是什么筷子啊，这一定是世界上最善解人意的筷子，它连我心里的苦涩都尝了出来。士为知己者死。我继续努力地往它嘴巴里钻。

筷子却往后退却。

"啊呸呸，回家洗刷得清新点，下回再吞你！"

它的嘴离开了我的嘴，长舌头却舔得我一脸涎水，骚臭无比。

"下次躲远点，最好别让我再碰上，不然肯定吞了你。"

它尾巴一卷，朝虎尾山方向滑去。我追了过去。

它滑了三尺，忽然停下来："小老鼠，真没见过你这么不要命的。虽然是只老鼠，老鼠里也有英雄。凭你这胆量，你以后会是一个英雄！快回去长成英雄——我就爱吞英雄！"

我差点追上去，把它踩成两截，或者把它的小脑袋咬碎。但是我真的好喜欢它自以为是的样子，我朝它挥挥爪子：

"有种，等你来吞！"

我忽然好想吃奶。

我边走边抹着眼睛。突然，我想起了什么，用爪子使劲搔自己的眼睛。要不是这双眼睛，也许祖母不会这么不待见我。要是祖母的态度不影响到母亲，我就不会被取消喝奶资格。怪来怪去就怪眼睛。为什么上天给其他兄妹的是普通眼睛，要分配给我这样一双怪眼？

我和三妹特别好并非没有原因：在我被取消吃奶资格的第三天，三妹用它的飞毛腿找到了我，宣布了祖母的决定——我可以回窝了。

祖父晕过去之前嘴里喊出的"黑"字，让父亲一下子做出了神明般的判断：

"老黑叔叔没了。"父亲抱着祖父，哀伤地对着乳头上挂满小老鼠的母亲说。祖父是在外出寻找老黑的日子出事的。以祖父的身手都受了这么重的伤，我们那好吃懒做的老黑爷爷，也只有上西天的份了。

"我也快没了。"母亲半是哀怨半是无奈地指指自己的乳房。父亲明白过来，轻轻放下祖父，走过来一个个地掌嘴，将我们从母亲乳头上拿下。

洞里一时哭声震天。

祖父和祖母差不多同时在哭声中醒来。祖母只看了一眼祖父的伤势，就又晕了过去。祖父的右腿被齐根切断，只剩了一层皮连在那里。白花花的腿骨从肉里戳出来，血液不断地喷涌。当祖父痛醒过来，让父亲抱着它到洞口。看到自己骨头的惨状，一生英雄的祖父忍不住心底的悲怆，再次晕了过去。

父亲和母亲面面相觑。刚刚还在眼前晃动的幸福场景，说没就没了。母亲看着地上躺着的二老，还有眼前一个个挂着泪水的娃儿，它的乳头忽然剧痛了起来："这日子再怎么过呀。"

幸好祖母又醒了过来。

它找出洞里草药，咬碎了吐到祖父断腿处，咬牙切齿地骂老黑爷爷："老天爷早该收了你，现在好了，把这个家害苦了。"

祖母没天没地地号啕，把祖父从鬼门关拉了回来。它摸摸祖母的头，虚弱的胸腔，飘出了让祖母魂飞魄散的一句——

"黑三郎来了！"

而此时，被挖掘机救出来的黑三郎，正游走在虎尾山和莲花峰的沟壑草丛。独眼里喷射着仇恨的火焰，这种火焰连高处的树叶都能感受到灼热，连泥土下的蚯蚓都会被它烫伤。莲花峰和虎尾山的山鼠全部被它列入复仇名单。

黑三郎一遍遍仰望天空和天空下的两座大山，血债血还！它余生的目标只剩下一个：灭绝莲花峰和虎尾山的全部山鼠，把老灰家族的所有后代，一只只吞进它被诅咒和怒火烧得通红的肚皮。

即便哪天从地里耙出老灰没有烂掉的骨头，它也会毫不犹豫地吞下去。

它是如此仇恨，而它的头脑却如此冷静，它的脊柱如此强健有力，它的毒牙闪闪发光，毒液蓄势待发。

而我在被判罚不准吃母亲奶的日子，曾毫无知觉地，向着它埋伏的方向，一步步走近。它静静地埋伏在那里，仿佛它已经不是一条眼镜蛇，而是土地的一部分，是那个一想起就万箭穿心，恨不得把自己都一口吞下的夜晚——

老铁四爪撑石，出神盯着十二间四棵大树。

老铁最近睡眠不好，内心灼热四肢发烫，泡在月光里才舒服一些。它享受这种半梦半醒的状态。四棵树在瞳仁里像刚出土的油菜苗，朦胧中有蚊子飞进飞出。它吐出舌头去卷，卷到的是虎尾山清凉的月光。

半小时前，老铁发明新玩法：爪尖抠进石缝，把头往前探，油菜苗似乎大了一点；往后退，油菜苗又缩小了一点点。它不停重复同样动作，发现天地间并无太多秘诀。有趣的游戏治愈了不安。它决定天亮后，把蚊子发出鸟的怪叫这个发现告诉心爱的姑娘。姑娘说不定会奖赏拥抱或别的——那正是治疗失眠的良药。

突然，它跳起来。四爪离地，眼球暴凸——崖石下掠过一道闪电。

山林里经常有家伙月夜发疯。唱歌，跳舞，东游西逛，做愤世嫉俗的事。

闪电后面追着闪电，追闪电追着逃闪电。老铁头一顿，抬爪擦擦眼睛，判断情况异常危急：那不是发疯，是——逃命！

老灰逃成一道闪电。

月亮镀在老灰身上的光泽，让黑三郎欲罢不能。

为了这道光，黑三郎破了一击不中就收兵的铁律。按时间成本计算，猎物的鲜美度完全不一样。一击得手的猎物最为鲜嫩。黑三郎不喜欢半死不活的。这种负能量堆积的猎物吞下去会胃部返酸、头脑昏沉，并在夜晚升腾为噩梦。黑三郎跟闪电较上了劲。它腹部一万多个鳞片嚓嚓作响，整齐划一，推进有力。高昂的蛇头犹如统帅，发出咝咝鸣叫。扭动的腰身欢快流畅。追杀已经不再纯粹为吃而为争气。为这口气，哪怕老灰现在从悬崖上跳下去，它黑三郎毫不犹豫跟着跳。

它们一时在前，一时在后；一时在上，一时在下；一时在明，一时在暗。老灰不知道月光在自己皮毛上铺了白糖。不知道这么跑来跑去，皮毛里已然浸透山间百合花独自开放的美妙气息。二十世纪末虎尾山眼镜蛇和山鼠的追逃纪录，在这个夜晚粲然诞生。明月如奖牌高悬，银光闪耀。

老灰哼哧哼哧，把黑三郎祖宗十八代骂了个遍。顺过去骂一遍，倒过来骂一遍。爪子下嚓嚓作响，都是意念中黑三郎祖先的骸骨。它无数次诅咒黑三郎口吐白沫肚皮朝天而死，或者天降霹雳将它电成黑炭，它好杀回去再踩几脚。然而回头看看，这道阴魂还紧紧贴在屁股后。

绝望中，老灰眼前现出门缝。管它天堂地狱，嗖地蹿了进去。

老灰舌尖第一次被潜龙潭水唤醒是在春天。

开着红的紫的杜鹃花的虎尾山，任谁看了都心跳跳的。春光在老灰头顶晃荡着，老灰从半山腰往下跳，一步一跳，三步一跳。那时它是虎尾山可爱的山鼠少年，被山间空气中随处飘荡的、令人发狂的香气折腾得热血沸腾。老灰忽听到有人在潜龙潭边唱歌。它闪到树后，唱歌的人蹲着洗衣服。它从没看过那么清澈的人和那么清澈的潭水。暖暖的春光中，潜龙潭就像明晃晃的镜一样亮着。岸上一座花虎尾山，映出水中一座花虎尾山。岸上一个美人洗搓着衣服，水中映出一个美人洗搓着衣服。洗衣服的人走了，老灰心里空落一阵，站在她刚才洗衣服的地方，往潜龙潭探。这使它吓一大跳。刚还在潭中洗衣的倩影变成一只大山鼠，獐头鼠目一身灰毛。但水依然那么美好着，清澈着。

老灰花了很长时间，接受了潭中怪物就是自己。接受了，顿觉水面的龅牙可爱起来。它还跟它在水面亲了一下。老灰的舌头接触到潜龙潭水，脑袋里噼里啪啦一阵乱响，恨不得一口把它吸光。眼前升腾起无数朵白花，全是冰块雕刻成的。潜龙潭水真是无比冰甜。它知道自己完了，不再喝从瀑布上直冲而下的急水，嫌它急；也不喝在小沟里过于迂回的水，嫌它曲；更不喝那些不知道从哪里冒出来的水，嫌它们不凉。它的饮用水基本上都包给了潜龙潭。潜龙潭的水喝多了，老灰牙齿白白亮亮，身材高矮适中，眉眼间一股高山流水气象。

那个叫丁小艺的姑娘不知道一只叫老灰的山鼠偷偷喜欢着她。

要是哪天看到她了，潭水喝起来不仅仅是水。要是哪天没看到，潭水里就只是水。

它不知道为什么后来再没等到丁小艺。

却等到了黑三郎。

清甜潭水还没从喉咙下去，水波中突然映出血盆大口。老灰当场吓得差点掉进大口里去。这天杀的黑三郎，让老灰搞不清究竟它是从天上蹿下来还是从水中跃出来的。

老灰用一个后滚翻有效降低了自己的鲜美度，完美避开黑三郎袭击。

老灰的优秀基因能在时光的河流中哗哗流传，事实证明，是一次次的不犹豫在逢山开路、遇水架桥。老灰这辈子后来再没有过那么疾速的后滚翻。当它躺在草地上晒肚皮的时候，它会想起年轻时这一幕。黑三郎的毒牙是死神发亮的镰刀，带着凌厉的刀锋，却被它完美地避了过去。一大帮子孙咧着鼠牙，崇敬地围在它身边，听它一遍遍："我年轻时——"

黑三郎突然出现，身周那些小家伙体温总会突然下降三度。当老灰完美避开黑三郎袭击，虎尾山的温度至少上升十度。每个子孙都用装满赞美话语的眼神望着它，如望一尊神。这时老灰全身骨节叭叭作响，暮年英雄的豪情在体内推动它渐渐老去的齿轮。它会转转爪子、深吸气，把肚皮完全收进去，然后把两只前爪抬到与脑袋齐平，两条后腿高高举起并突然落下，鲤鱼打挺跃起来。其实它的子孙并不要它重新演绎出那一幕，它们的头脑里早就八仙过海、各显神通，涂画出各种版本。老灰笨重的姿态不符合想象。但老灰每次都会忍不住，老灰就好这一口。当它对着儿孙吹牛皮传授逃命心得，捧着大肚皮成功跳起来，它会"嗯，就这样"。要是表现不佳四脚朝天，十分狼狈："嗯，这样——不行。你会让一条蛇肚皮变大，变这么大。"它照着其中某个子孙，比出了它在蛇肚子里的形状。

一个椭圆形的球。

黑三郎气得牙尖冒毒汁。好几次舌尖舔上老灰屁股，然而牙齿总是差一点点没钩住，或者它极厉害的牙针搭上了老灰的皮毛又从毛上滑掉，打不到老灰屁股里去。

它气急败坏，发誓咬到老灰后给三针。

第一针先要它小命，后面两针专门用来出气。哼哼。

黑三郎的冷笑，老灰的脚后跟都能感受到。

死就死了，死了还被嘲笑，这谁能忍受。它雄心顿起，臀肌里马达轰鸣。黑三郎马上被饱满弧度里的力量甩开三米。

它们在虎尾山下半身绕了几大圈。

被两个疯家伙弄得晕头转向，下到山路上准备看个究竟的老铁，突然在空中回旋了两圈。逃回头的老灰一爪子将它打翻在地。

"好狗不挡路，滚你娘的蛋！"

老灰爪子打在蜥蜴牙齿上冒出了火星。

"瞎眼啦！"老铁愤怒地跳起来摆出决战姿态。但是它头脑一阵眩晕，牙神经痛入脑髓，几乎无法站稳。

逃命当然不用讲规矩，但出爪如此野蛮，实在出乎老铁意料。老铁骂完，觉得远没骂够，还想再骂点什么。然而它词库里骂人的词不多，翻来翻去没翻到新词，叭，身上又被着实抽了一下，横摔在地。

"我和你拼了。"

老铁再次跳起身子摆出决战姿态。失眠本来让它暴躁，不明不白着了两下，它刚刚从月光里获得的身心平衡完全崩溃。蜥爪功苦练多年，它自信还能让对手皮开肉绽。

它头摇了两摇，往前探探，骨节发出叭叭声响。

黑三郎只回头眨了眨眼，老铁便认清了形势。它迅速向相反方向逃离。逃出老远还对着那根越来越小的大尾巴惊惶不已，庆幸自己当机立断逃走，庆幸不是自己被追杀。

牙齿上传来的剧痛，让它朝老灰逃走的方向吐唾沫：

"明早太阳不会再有你份。"

老灰速度太快，老铁歪头想半天，确定不了究竟是山鼠还是一头野猪。

"一根棍子追一个球。"

蜥蜴为自己如此高明的比喻打了个后滚翻，觉得自己实在是太聪明。然而只诅咒一半，从来不是它的风格：

"傻瓜才吃蠢货。"

骂了黑三郎，它心里舒坦多了。

似乎蜥蜴的诅咒起了作用，老灰眼前发黑，腿脚渐渐无力。

它后悔涧中清水不喝，要作死到潜龙潭去。整个虎尾山的山鼠界都称赞它老灰胆子大，它也以此为骄傲。别的山鼠不敢干的，它老灰干了。别的山鼠不敢喝的，它老灰喝了。现在报应到头上来了。

它围着潜龙潭上上下下绕着圈子时，心底曾有小小希望：那个年轻姑娘突然出现在潭边，一棒槌敲死了黑三郎。

黑三郎骨节响得比老灰还厉害，源源不竭的凶悍在脊柱与脊柱之间传递。它听到眼前绝望的胖子气息越来越沉重。它听到空气中隐隐传来胜利的凯歌。黑三郎心里阵阵狞笑。胜利就在前方。它即将拥有老灰型的胖肚皮。它会捧着这个大肚皮，到石崖下趴几天。这个马达发达的家伙，营养必定不赖。今晚所有的消耗会加倍补回来。它想顺便找块卵石按摩按摩腰部，找点青草擦擦鳞片。

跑吧跑吧。跑到树上当飞鸟，跑到天上做星星。黑三郎尾巴上翘，为自己坚持不懈的精神暗暗得意。老灰眼神绝望，爪子半撑在地上呼哧呼哧看它。

那几颗丑鼠牙真是爱死人了。

黑三郎也停住鳞片，对老灰顿顿头扬扬下巴：逃呀，快逃呀，看能不能逃到天上去。漫山遍野跑，它拿老灰没办法。进了学校，那是关笼子捉鼠，嘿嘿。

老灰果然升了上去。

十二间深沉的阴影里，黑三郎近视眼中映出四柄巨伞。巨伞下的操场月光汹涌，金星闪烁——这是一场眼冒金星的追逐。

黑三郎曾经多次从学校后门溜进去偷鸡蛋，熟悉这一带的墙洞和阴沟。鸡蛋有时装在肚皮里走，有时抱着走。有一次时运不济，它被捉蚱蚂的小学生发现了。一个个捡了石块来砸它，差点将它砸死在墙角。幸好上课铃响，及时中止了暴戾攻击。这次遇险让它对学校留下恶劣印象——

学校在培养混世魔王。

"别让我在山里碰上！"它恶狠狠吐出长舌头。

任何攻击过它的人，都会在它心里刻下影子，这印记只有死亡能消除。

老灰一级台阶一级台阶把自己抬上去。动作滑稽，膝盖嚓嚓作响。两条后腿更是酸胀要命，不听指挥。它爬到第五级台阶的时候，黑三郎从第一级台阶斜游了上来，姿势难看而阴险，完美地阻绝了老灰原路溜走的可能。

老灰是喜欢这个学校的。它从小听着学校的歌声和读书声长大。它喜欢风中充满活力的乳臭味和尖叫。知识是个好东西，它在孩子脸上映了温暖文明的微笑，把他们的野蛮倔劲都赶跑了。但它完全没料到自己会以如此狼狈的姿态进入学校。

它上楼就拔腿狂奔。

楼上住着老师，这使它升腾起希望。只要躲进老师的房间，就算给打死，也是死于斯文人之手，比死在黑家伙的毒牙下强。何况老师心地善良，应该不喜欢做让人血肉模糊的事，除非他想吃老鼠肉。再说，这草鞋头对老师也具致命危险。老师不救它老灰，不可能不保护自己。老灰内心升起火焰，生的希望给了它力量。它发誓，今晚谁救它，它会用一生去报答。

第一间门敲三下，第二间敲两下，就闪到第三间。

老灰心里默数着数，不停地念着快快快。它最担心的是敲到第三间时，第一间门开了。那它还得跑回去。

黑三郎似乎有意折腾它，要看它求救无门的笑话，没有马上从楼角冒出头。

每回头一次，老灰都心惊肉跳。

要有个老师刚好外面回来，一脚把黑三郎踩死，那是多么美妙。就算胆子比它老灰还小，什么都不敢做，大叫一声也好。

还好爬楼梯对黑三郎是个考验，它的三角头暂时没探出。这家伙顶恶心的是行动起来没有半点声响。恶人似乎都有这德行，行动悄无声息，出击快如闪电。

第三间敲两下，老灰脊背紧贴着门，把肚皮吸进去。

第四间敲三下，闪到第五间。

命悬一线的紧迫感又卡上了喉咙。楼梯口探出了黑三郎的头。

老灰狂敲第五扇门。

嘭嘭，嘭嘭嘭。

嘭嘭嘭，嘭嘭。

这么美好的月夜，蜥蜴都爬出来看月亮。这些怕死的老师，还不如一条蜥蜴哩。老灰鄙视地吐了一口唾沫。月光打在门上，门纹冰凉而丑陋。老灰怎么看都觉得门是和黑三郎一伙的。它忽然很想撒尿。

突然，奇异光彩在空中绽放，房间里传出咳咳两声。

老灰激动得飞起爪子朝门又踢了一爪子。

哦，美妙的咳，救命的咳，伟大的咳。这是老灰听过最美妙的咳嗽声。这咳嗽声比诗美，比诗暖，比诗更震撼人心。现在要评选世界上最伟大的诗，它一定投票给这咳嗽。要评选世界上最伟大的诗人，它一定投票给这咳嗽者。

老灰在咳嗽声中立起来，它的爪子变成了希望之槌，用尽全力敲上了门。

嗒嗒嗒，嗒嗒嗒。

这是救命鼓，也是催命鼓。

黑三郎锁定老灰，游过来了。老灰心里咚咚咚的。那个死家伙，老灰心里咚得越快，它游得越快；它游得越快，老灰咚得越快。

老灰闻到了黑三郎嘴里吐出的死神气息。

老灰准备拔腿再逃。

门吱地一声开了。

汗衫短裤的丝瓜探出头，月亮刚好躲进云层。丝瓜朦胧中只见一条空走廊。

"见鬼。"

自从程德寿开始作怪，丝瓜经常起来开门、关门，忠实履行老兵职责，已经很长时间没睡过安稳觉了。

这回虽然没有明显痕迹表明是程德寿的功劳，但是也没发现别的东西，这笔账看来还是只有算在程德寿身上了。别的不说，明天土鸡蛋是要敲他两个出来，好补补夜晚睡不好的损失。

"死德寿！"他骂骂咧咧转身子关门。这不明真相的敲门声让他全身长了疙瘩，想抓紧逃回房间去。

老灰哪里肯放过这机会，"吱"地攀住他，爪尖扎在他多毛的小腿上。

"哟呵呵。"

丝瓜如电触到，麻到大腿根部，整个人差点软掉。

他眼睛本来小，这一电，电得眼珠子骨碌碌地转。

他在上面眼睛骨碌碌地转，老灰在下面眼珠子骨碌碌地转。见丝瓜看它，马上放开爪子，立着身子还作起揖来。

鬼没碰到，碰见妖了。

顾不得理老灰，丝瓜手电筒往老灰屁股后照，照到黑三郎浮在空中的黑草鞋头。

黑三郎立在半米外，扑哧扑哧吐着长舌头，差不多有丝瓜半人高。那架势明白不过：谁救老灰，谁就是黑三郎敌人。

丝瓜看老灰没出息的样，好笑又好气——小家伙向他求救哩。

他当然对老鼠没什么好感，一天到晚偷吃乱啃，在头顶上跑过来跑过去。有时还把屎和尿从天花板缝里拉下来。他十二间房间的地上经常会出现鼠屎鼠尿。有时蒸饭的米里也会出现鼠屎，实在可恨。

自然界的生杀本来不应出手干涉，只不过黑三郎爬上了十二间楼上，它就不仅是老灰敌人，也是他丝瓜的敌人，是危险分子、侵略者。一切侵略者都必须就地消灭或驱逐出去。

丝瓜转身拿了扫帚，倒抓在手。棍头朝黑三郎刺去，黑三郎扁脑袋一晃，向边上灵巧避开。黑三郎虽然避开了，但明白眼前这个瘦子手底有功夫，和只会乱投石块的小屁孩完全不同，不敢大意。

这一来一去，看起来就是一根硬棍子和一根软棍子在进进退退。有时看去是硬棍子在进攻，有时看去是软棍子要扑上来，硬棍子舞得不透风。

丝瓜和黑三郎斗得着实吃力，边上老灰却倚在门边挤眉弄眼，一副小人得志模样。把黑三郎惹得七窍生烟，竟抛了丝瓜，直向老灰扑去。丝瓜手上的棍子当然没同意它这种草率的做法，趁着黑三郎转身，丝瓜用三棒结束了战斗。

第一棒落下，黑三郎右边的月光不见了。

棍子打在右眼上，黑葡萄爆出了黑汁，嘴里冒出了血。

第二棒落下，黑三郎听到肚子里咔嚓响，下半身起了剧烈痉挛。它第二十五节脊柱断了。体内有河流失控和山峦崩摧，黑三郎丢失了一半的身体知觉。

第三棒落在黑三郎下体，黑三郎尿水当场喷了出来，楼板上印下耻辱的脏痕，它后半生再没能造出后代。

剧痛的晕眩中，黑三郎被丝瓜一挑，甩出十二间走廊：

"让你尝尝打狗棒的滋味！"

黑三郎奇怪自己不恨丝瓜，它恨老灰。

当它倒挂在十二间楼前龟背竹的竹叉上，上不着天下不着地，无法洗刷干净的不是离死亡很近的剧痛，而是血水一样滴不尽的羞辱。

它恨不得用怒火把老灰烧成灰烬。

这个为了生命没尊严地求救于人类，毫无廉耻地对着老师作揖鞠躬的家伙，丢光了动物界的脸。

它尤其不该在丝瓜后面现出那副小人得志的嘴脸！黑三郎在濒临死亡的幻觉中一遍遍咬向老灰，咬死一次再咬一次。

它不知道自己的劫难还有没有到尽头。

天亮时，昨夜打它的人在楼上喊："可惜了可惜了，一时大意，扔掉一盘好菜！"

"你个算盘子打到九十九档的人，会舍得把好菜扔掉？你不要是做梦还没醒。"

一个女人接嘴道。

"老南瓜，真是天下奇闻。昨晚有人敲门，我以为老怪又吓尿裤子来求救了。开门一看，你以为有鬼？啥鬼也没有。我要关门了，它来扯我大腿了。原来是一只山老鼠求救。后面还有条大眼镜蛇，那个威风！我用扫把棍跟它斗了十几个回合，才把它尿打出来，扔到楼下了——你们小心点哈，那家伙估计没死透，趴在哪个角落里。我得找找看，要是没死，剥了皮拿来炖鸡。"

南瓜："你个死吃的，一天到晚吃吃吃。恶心死人了！"

黑三郎死蛇一样挂在竹叉上，哀叹自己这回不炖到砂锅里去过不了关。老灰啊老灰，你这王八蛋原来不是美食，是死神的诱饵。

大地在鼻下两米处晃荡。六七米高的竹竿，按受伤前的手艺，根本不在话下。卷上卷下，黑三郎保证自己干净利落。现在竹竿是猎户的叉子，把它叉向天空示众。

丝瓜到围墙边的草丛这里拨拨那里敲敲。

南瓜："龙凤汤不龙凤汤我不管，快点把蛇找出来弄死才是大事。我最怕蛇了，等下别龙凤汤没得喝，午饭都吃不下了。"

丝瓜："说死话，你老公那条蛇都不怕，怎么就怕别的蛇了。"

南瓜："又没嘴巴咬人，难道你那条会咬人的？老不正经，讲台上也站得上去。"

丝瓜："不咬人，捅人他总要吧。哎哟哟，没空和你闲弹，拉屎要紧。"

真是一泡救命的黄金屎。

黑三郎昂起了头，运了一肚皮气，准备把自己从竹叉上弄下地。娘的，就算摔死，胜过这么笔直地挂在这儿等死。它一运气，脊梁骨就刺痛，二十五节脊柱之后的身体丝毫不听使唤。它一次次像人类仰卧起坐一样，把头昂上去，准备咬挂住自己的竹枝。要是它能对折成功咬到那个竹节处，它就可以借自己的力倒翻过去，落到地面上。它这个主意本来绝妙，可惜一只老鹰发现了它。

老鹰本来发现不了它，可黑三郎头一昂一昂，昂到鹰眼里去了。

黑三郎从竹叉上腾空而起。

这时候它却巴不得被丝瓜用木棒打死，好歹到时在砂锅里有只鸡陪伴几小时。炖烂了，还能赢几声"好吃"。

"快看，老鹰抓到蛇啦。"

操场上小家伙们大呼小叫。这种事对他们可不稀奇。

"这蛇要被摔出屎了。"

"尿，它尿被吓出来了。"

丝瓜从厕所出来，看到天空这场面，伸手往天空抓了一下凝在那里。突然，他跺了脚，猛地拍大腿：

"我的龙凤汤，我的龙凤汤没了。"

他拉尿时还在想把家中养了五年的老母鸡杀了炖蛇，好补补自己夜夜笙歌的小老弟呢。

黑三郎很快升到一千五百米高度。

这是比虎尾山还高的高度，先前高大的矮小了，先前广阔的狭窄了，先前在意的不在意了。从这高度看桃花寺小学只是个火柴盒子。别说老灰，就是老虎也像老鼠。自己昨晚追逐的，在这高度根本连看都看不到。它真该早点到虎尾山顶看看。黑三郎替自己瞎掉的眼睛可惜。要是瞎前能够到这高处看一眼，它不会花那么大的气力去追老灰。

根本就不值，呸。

老鹰接下去要干什么，黑三郎清楚得很。它从小受到的教育，就是如何极力躲开这能轻易啄开蛇皮的家伙。

"你会被拎到那上面，叽——"

黑三郎扭了扭脖子，从鹰爪间往下探头。它第一次发现高空下的世界这么可爱。它曾经要仰视的一切，现在统统在下边变得矮小。这是它蛇生中最高光的一刻。死亡迟早降临，而在死前领略如此美妙的风景，却不是每一条蛇都有机会。大地稳定而令人踏实，四季曼妙如诗。死神藏身于翠绿的田野，即将迎接并亲吻它。黑三郎心潮涌动。

老鹰带着黑三郎在空中盘旋了几圈，突然向低处疾驰而下。

大地上升，河流上升。黑三郎闭上眼睛。

无视可以战胜恐惧。

风的急流里，黑三郎头下尾上，血液贯向尾巴。下半身竟隐隐然恢复了感觉。

按惯例，老鹰从高处先把活物掼死在乱石堆上，再去享受美餐。但它要先松开爪子呀，黑三郎对老鹰很是不解。它在风中动了动身子，感受到鹰爪紧扣着它，没有松开的意思。

也许，老鹰已经判断出来，掼死它黑三郎不需要太高的高度。

这使黑三郎十分气愤，觉得简直受了奇耻大辱。

竹林扑面而来。老鹰果然和黑三郎想的一样，准备站到竹子上享用美餐。

"着——"

一道黑光从竹枝间激射而出，将老鹰打得在空中翻了两个筋斗。

老鹰剧痛，丢了黑三郎，"嘎"一声向天上蹿去。

黑三郎睁眼时，天空上方几根鹰毛轻轻飘荡，那么轻盈、悠闲，与世无争。它真希望自己也是根羽毛。

但它正在空气的旋涡里急剧下降，只能看着羽毛离自己越来越远，越来越小。在竹枝间叮叮当当落了一阵后，它眼前一黑，从一个小孔里坠了下去，不知身到何处……

祖父钻进香溪民宿菜园，是下午3点45分。一片金光镀在菜叶上，让整座菜园很是庄严。

想到自己都当爷爷了，它对钻来钻去的老黑弟弟一肚皮意见。祖父决定趁小辈不在，以大哥身份好好教训教训。

"吃喝玩乐，就不考虑考虑以后吗？"祖父捏住喉咙，连自己都觉得声音不够严厉。

"都当小爷爷了。嗯，小爷爷。"它说得自己都笑了起来。

它进入菜园子，就闻到了熟悉的气息。祖父把菜园的角角落落绕了一圈。很快发现这座生机勃勃的菜园，到处印着弟弟老黑的脚印，飘着老黑身上独有的懒汉气息。

"老黑，老黑——"

祖父躲在一丛大叶菜后面轻声叫唤。自然它没能叫出老黑爷爷。它就是用十倍百倍的扩音器来助力，也没法把老黑从头一个晚上的肚皮里唤回来了。

它不知道自己弟弟老黑，正在钱多多肚皮里翻江倒海，几下子就将钱多多折腾得气息奄奄。

先是钱多多人在酒桌上，看出这桌上最奇的人是程老枪。看着是个人坐在那里，实际上是座山坐在那里。当程老枪讲到"左耳朵孔进右耳朵孔出"，他是第一个鼓掌的人。那个王小二，站着到人的膝盖高，坐着却和大家差不多高度，仔细看去，原来他是站在椅子上吃饭的。这小矮子人畸形，眼神却热火，且举止坚定自信，也是不好随意惹的料。至于几个村干部，一眼望去，高低起伏，都是眼神活络半点亏不会吃的样子，一看到好酒好菜，就手舞足蹈乱了阵形。

程老枪和王小二说的故事越神奇，钱多多心中的火焰就越炽热。人到将死，谁不拼命伸手抓稻草？等说到王小二在竹子上飞，和徐老秃在泥浆里对峙，钱多多恨不得自己钻到现场去。特别是徐小汉起死回生，令他目眩神驰，整桌菜立马不香。一心只想着马上喝一碗青衣皇后的角磨出的红汤。这神秘的青衣皇后的角，究竟藏了什么神奇的物质可以让人起死回生、更新换代？那个族长夫人和徐老秃家究竟是什么关系？不然那截"青衣皇后"的角为什么会藏身在徐老秃家的樟木箱里？不管如何，钱多多敏锐地意识到，这里还有故事可听，有谜题待解！但是别人暂且不说，程老枪不经意间看过来的眼神，都似乎有颗无形的子弹藏在其中。他便明白，在这块土地上，自己的一举一动、一言一行都得加倍小心，一切从长计议。

钱多多在床上翻来覆去。他太激动了。自从确诊以来，他从没有这么兴奋过。他抚额相庆。吉人自有天相，冥冥中自有定数。不然，自己怎么会无缘无故地钻进这山旮旯里来？怎么会坐在香溪民宿的阳台上，对着白云洞一坐两个月。人洞之间，怎么说都是一种缘分。洞虽不来，人是有脚的。要是命该绝于此，索性把自己留在白云洞里。要是命不该绝，说不定真从洞的角落里又跳出一截青衣皇后的角来。以自己掌握的资源和人才，不难把这青衣皇后的角的成分分析出来。到那一天，世间有了人造的青衣皇后角，世上就再无绝症，人人活过百岁了。那时别说百亿千亿财富，就是把虎尾山用纯金来打造一座都成。钱多多的眼前飞起无限的黄金，铺天盖地，如雪一般将他笼罩在黄光之中。

现在，事实证明世上没有神仙皇帝，只能自己救自己。这些可爱的村民给他开了药方，天地给他准备了救命药。他只需负责把药拿到手，吃下去。

可是他能从传说中把青衣皇后的角拿到手吗？

恍惚间，他又到了白云洞前。和白天的黑完全不一样，夜晚的白云洞透出光芒。钱多多走进洞里，不知从哪里散发出的青蓝黄紫光线，将洞壁和钟乳石笋点缀得光怪陆离，乍一看牛头马面隐现。钱多多毛发一根根竖了起来。一股无形的力量牵着他的脖子，他沿着乱石往下走，脚下高高低低，光线忽明忽暗。洞里回荡着各种暗声怪响，有如鬼叫。

钱多多后来那个惊世骇俗的创意就来自这些声响。

钱多多对于鬼魂倒也不怕。人生在世，无非生死。有什么好怕的，谁过段时间不是一个鬼魂。只不过时间段长短不一罢了。有的人将时间段拉得钢丝绳那么细长，长得身边一个同辈人都没有。那多孤独啊！有的人短得像一个泡泡，只在阳光里露了一下脸，就"啪"地破了。而有的人看去在人间走着，说不定皮囊里连个魂都没有。而有的人，皮囊早就蜕下，灵魂却一直在行走。

钱多多小心翼翼地陪伴着自己的灵魂，不让肉体掉在灵魂后。他担忧的是那高旷的洞顶会飞下一只翅膀巨大的翼龙，将他一叼而起。或者某根石柱的后面，虎豹正用它们比剑还锐利的眼神盯着他，只等他靠近时一口咬住。那样的话，他只能到动物肚皮里先来个轮回了。

一只蝙蝠贴着鼻尖飞走。这些蝙蝠在空中从来不会撞在一起。预知前路的危险是必要的。也许只有它们知道这个洞的全部秘密。可是谁来破译它们含混不清的语言。钱多多渴望此刻有个人在身边。要是有，他希望是程老枪。一回头，程老枪果然就在身后。这个头发斑白的神枪手，原来一直在他身后，默默跟随着他。王小二也来了，在某个暗处遥相呼应。

洞里的滴响比白天更清脆更惊心动魄。一只癞蛤蟆爬向水边，水滴使它沉思，也使它静默。从未见过阳光的泥鳅冒出水面吐泡，目光阴沉地钻入泥中。钱多多担心那从洞顶滴落的水滴会将癞蛤蟆滴穿。但是水潭承接了它们的任性，又收容了这些在黑暗中坠落的孤单的孩子。

他们一洞一洞地走进去。洞忽大忽小，最窄处仅容一人通过。他们手脚并用。有几个洞中似乎挤满了影子，飘飘忽忽，风一吹又散了。有的洞摆满了锅呀釜呀，显然热气腾腾，仔细看去，都只不过是目光中的幻影。他们来到了最后一个洞中。这个洞大过钱多多见过的任何一个溶洞。他们一走进去就呆住了。

来自桃花寺十万大山上的动物济济一堂。黑熊、黑麂、豹子、野猪、野兔、蛇、鸟……它们是那么安静，向着同一个方向目不斜视。仿佛在一个灵堂，共同向着某位大人物致奠。

钱多多心内发颤，尽管这是自己的想象，可是他分明又不太搞得清楚是不是自己的魂魄真的飞到了白云洞中。他慢慢地走到了前面。他看到了一个矮小的背影。王小二！碰到有趣的场面，他总是能够站在人前。

"小二。"钱多多轻轻叫了一声。

程老枪捏了捏钱多多的肩膀。那是会说话的手，钱多多明白了程老枪的意思，不再说话。抬头向王小二的前方看去。那是一面渐升上去的坡，有如通向王座的台阶。台阶顶端，钱多多的视线和王小二、程老枪的视线汇聚一起。钱多多的心差点没有从喉咙里跳出来。

一排整整齐齐的"青衣皇后"的角排在台阶顶部的平台上。

那位伟大的母亲，族长夫人，她一定是从这里取到了"青衣皇后"的角。

为什么会有这么多"青衣皇后"的角？钱多多的眼珠又暴了出来。这暴出来的眼珠似乎有放大镜的作用。他看清楚了，那些角的颜色并不一样。有的像黄金一样黄，有的像黑炭一样黑，有的半黄半黑。钱多多的灵魂嗖一声就粘到了"青衣皇后"的角上。还用说吗，这一定是"青衣皇后"的祖庙。那一个个角，就是"青衣皇后"祖宗的灵位。这些动物，仔细看去，一只只都战战兢兢，目光噤若寒蝉。

或者——钱多多的冷汗冒了出来——它们是活的祭品。

程老枪打了一个呼哨。王小二突然腾空而起。原来他手中还有一根细竹竿,他是撑着竹竿跃上去的。王小二从一排角中选了最黄的一个,得意地对着钱多多晃晃。钱多多忙示意他抓紧下来。却见王小二把角往头上一放,那角马上生在他头上一样。他再跃下来时,他的头忽然变成了头上长角的巨蛇的头。它朝着钱多多张开了血盆大嘴,猛地蹿了下来,后面拖着长长的尾巴。

钱多多大叫一声,从床上滚到了地上。他的肚子里电闪雷鸣,奇痛无比,似乎有把锯子在一段段地割着肠子。他从床上跃起,冲进卫生间。眼睛晃过卫生间的镜子,他重新把自己拉回镜框,看到自己满脸青绿,一双眼睛红得要滴出血来。他再也忍不住,向马桶冲过去。刚坐上马桶,底下已洪流滚滚。这一番大泄,不要说肠子,差点心肝肺都从肠子里拉了出去。拉舒畅了,钱多多站起身,双手靠在洗脸池边沿。看到镜中的自己,青绿色不见了,一层浓黑的黑气笼在脸上。他刚接把水洗脸,喉咙里一阵奇痒,忙低头趴下,"哇"的一声,吐出黑泥样的一摊浊物。这一吐一泄,把钱多多折腾得一佛出世二佛升天,气息奄奄。他明白大限已至,强拖着身体坐到台灯下,用尽最后的气力在纸上写了一份遗嘱。

写毕,他趴在桌子上休息。好不容易存起来一些力气,又拿了一张纸。那么多女人他没有想到写,他竟然想给香写一封信。写什么呢? 大意无非是感谢。感谢她这两个月的照顾,感谢她留下的温馨美好的记忆。他本来还想抒发两句,除了感谢还剩什么呢? 说真的,他有时真想抱一抱她。他走南闯北,见过那么多的女人,却没有一个像香这样的,让人一看就想抱抱,而且这抱和欲望没有半丁点关系。

香究竟像什么呢? 有时钱多多觉得香是一团火焰。任何一个正常的男人见了她,都会被她眼里的火种点燃。有很多次,钱多多盯着这双眼睛,心里不免会产生些鄙视:哼,还不是差不多的货色,一双眼睛是会勾男人魂的。可是后来发现完全不是这回事。香眼里的火,只是她自身生命的热情,是像一堆熊熊燃烧的篝火,温暖并照亮每一个靠近她的人。但你要是靠得太近了,她就会灼伤你。

有一次他坐在阳台上,香给他送茶。他去茶几上取雪茄时,手指头碰到了她的手指头，香缩回了手指没有说话。但当他想伸手握握那双美好的手时，他看到她的眉头蹙了起来，眼里射出了寒光。这使他明白香是不可随意侵犯的。

他敬重这样的女人。

钱多多被程晓军在门外敲醒，已经是第二天上午十一点。

他开了门，"呀"一声把程晓军吓一跳。你，你也——他指着程晓军。程晓军你也下地狱了？这句话他没好意思出口。

昨晚扔了笔之后他就死了。眼睛一闭完成了在尘世的最后一个动作。他太累了，需要休息。死亡是最长久的休息。

"钱总，怎么了？昨晚喝多了？"

"呃，喝多，是，有点。你，有没有，有没有那个——对了，拉肚子，还上吐下泻？"

"上吐下泻？钱总开玩笑，那么好的酒菜，我精神百倍才是。你看，我早上五点钟就起床，忙上忙下到现在，像上吐下泻的人？钱总昨晚肚子不舒服？"

"昨晚真是有点奇怪，我都以为阎王爷要将我收了。你问问其他人怎样，有没有和我一样的情况。"

"还用问，一大早几个家伙就在村委会门口活蹦乱跳吹牛皮。说钱总给喝的酒，亲起老婆来，老婆都不嫌嘴臭了。哈哈。"

程晓军昨晚回家，老婆谷仙已经睡下。知道他回来，故意身子一转，拿屁股对着他，只是不吭声。

"哟，我的小宝贝生气了。来，抱抱。"

他去搂住女人的肩膀。女人使劲一抖，女人不高兴了。

"一天到晚钱总、钱总，你跟钱总去睡。还记得回家的？"

女人越不高兴，程晓军越喜欢。在意你的女人才会不高兴。这点他和别的男人不一样。别的男人婚后对女人嫌烦，程晓军从不嫌烦。撒娇的女人是公主，你不宠谁宠。他越宠女人越爱撒娇，女人越爱撒娇他越宠。两个人活得皱纹满脸了，还像新婚夫妇一样。

当下他趁着酒劲,把茅台酒瓶拎到女人面前,出奇地到裤袋里七掏八掏,竟还掏出两只通红的烤虾来。女人少不得用眼睛白他:"算你有良心。"当下顾不得羞耻,披件衣服坐起来,任两只奶子布袋一样垂着,手举了虾在咬。咬了半只,让程晓军去拿碗倒酒。程晓军忙先用瓶盖倒了眼泪水那么两滴,递到女人鼻子下:"闻闻,看不香死你。"这女人是个爱酒的,闻到酒香,嘴里咕嘟咕嘟吞了几大口水。一只手叉上去,把程晓军拿瓶盖的手擒住,嘴凑上去"呋"的一声,差点没把程晓军手指吸进去半截。那边一口一只,两只虾就没了。程晓军:"你这真是老虎吃虾。莫急,我给你拿碗。"女人却拦了他:"为什么要拿碗?我就这样喝。"举了瓶子往嘴里倒。

两只虾啃完,谷仙眼睛光光地看着程晓军:"就两只虾?在其他裤袋里掏掏。"程晓军去裤袋里摸,竟又摸出两只卤鸡爪来。女人嘴候在下面,等瓶里注下的白线汪了一大口吞下,感叹:"算你机灵,还给老娘留了一手。说说那下酒菜,我听听就可以下酒。"

程晓军报了半天菜名,女人果然咕嘟咕嘟听了菜名下酒。边喝边骂:"我看你以后这种白食还是少吃。你吃了,我怕你们不消化。"

程晓军:"夫人教训得是。这钱总果然不是一般的人。别人不敢吃的,他一个人吃半个脸盆,还说好吃好吃。"

"你们拿什么作弄他了?"

"还不是王小二去拉尿,弄了一个宝贝来。啊呸,快别提,这钱总,嘴也是贱的。我说来你也不信,那下贱的东西,他还吃得欢,像猪一样。"

"什么东西?不给我钳一块来。说不定我也喜欢吃。钱总的嘴,他难道会比你们差的?"

"我说出来,怕是要反胃。这钱总他爱吃的,是山老鼠哩。"

女人果然作怪,骂道:"前世没得吃的,连老鼠都吃。这老鼠什么地方没拱过的。茅厕里的屎都要偷吃的家伙!"

"什么不能吃,他一个人吃了半盆,那老鼠皮剥了,就是头小猪。"

女人突然从床上跳了起来,放了酒瓶擒了程晓军的耳朵:"给老娘坦白,你有没有吃过?你要吃过一块,敢亲我一次试试,我割了你舌头。啊呸呸——敢亲老娘!"

"哎哟哟,轻点轻点。你呸个屁啊,我们兄弟就没一个吃的。我要吃一块,罚我变只猫,喵喵。"

女人放了手,突然将男人扑倒在床上:"老娘睡觉你将我弄醒,现在反正睡不着。这酒厉害的,烧人。来,让老娘也宠幸宠幸你个大书记!"

……

程晓军让香给钱多多烧了面条煮了鸡蛋,热了几块排骨端到房间里吃下。吃完,香又把钱多多吃剩的骨头拿到了菜园,丢在老黑它们曾经聚餐的角落。程晓军本来是想找钱多多谈谈村里未来的规划。他想这样大的老板来桃花寺村,合作成不成是次要的,借他钱多多的嘴,把桃花寺村好好宣传宣传,也是一件好事。

钱多多却对昨晚喝酒的人有没有上吐下泻感兴趣。

"除了我,就没一个肚子吃坏的?"

"绝对没。要是有,这些娘稀皮的,还不来找你钱总要赔偿——开玩笑!山里人肚皮没有钱总的尊贵,只要不给他们喂毒药,放心,一个个都还猛虎下山似的。"

其实是除了钱多多,其他人根本就没朝一撮毛的肉下过手。

钱多多心中大是奇怪。他和程晓军走上阳台,扩扩胸,踢踢腿,呼吸了桃花寺的新鲜空气。发现昨夜那种累到要死的感觉荡然无存,相反,源源不断的新生的力量从心灵深处升起。

程晓军仔细地盯着钱多多的脸,看了好一阵子。程晓军喝了茅台酒,身上湿气除去不少,早上起来也是心明眼亮。钱多多给他看得不好意思:"我不是女人,怎么要这样看的?"

"钱总,你这哪像个上吐下泻的人!我看你精神比昨天好十倍。不瞒钱总,我祖上虽然不是中医,可我也自学过一些。这人的面相,可以反映内在疾病。之前我看钱总,脸上看去胖乎乎,实际上绕一层黑气。你去照照镜子,钱总你看看你自己的脸,是不是有变化。"

钱多多拍拍自己的脸,有些狐疑地看着程晓军,不知道是不是这家伙昨晚酒喝多了还没醒,在说醉话。但是程晓军是那么真诚地回望着他,令他不由不相信。正好香从屋子里走了出来。程晓军忙叫香看钱多多的脸："香，你过来看看钱总的脸。"

香过来看看钱多多的脸，左看右看没看出什么名堂："书记，这脸不好好的吗？我看没多条疤，少块肉。"

程晓军："气色，我是说气色。"

香仔细地看了看钱多多，不由一惊："怪不得男人喜欢喝茅台，看来茅台酒比什么化妆品都好！程书记年轻了五岁，钱总今天的气色，比昨晚好像年轻了十岁——钱总，我可不是恭维你。当然咱桃花寺的负氧离子也有功劳，电视台都表扬过的哦。"

程晓军的话，钱多多当他是玩笑，现在香也这么说，钱多多有些诧异。按理说，一个上吐下泻到把遗书都写好了的人，虽然暂时没死成，脸上一定会留下痕迹。可是照程晓军和香的说法，自己脸上不仅不是不好的状态；相反，呈现的是极好的状态。

吃一样的菜，喝一样的酒，吃完饭后自己也没再吃过什么东西。要说有什么不一样的，无非就是在似梦非梦间进了一趟白云洞。虽然见到"青衣皇后"的角了，毕竟没有喝到用角磨的水。再说，就算喝到了，是在想象中喝，不是真喝，不可能有什么作用。

钱多多深吸了一口气，他在找肺部时时存在的刺痛点。但今天他找不到。他每吸进一口气，吸进的仿佛不是空气，而是天地之间无穷无尽的力量。

"天气真好。"他说。

眼前的一切都那么清晰可爱。一直罩在眼睛前方的一层雾状的东西豁然不见。他看着程晓军的脸，头一次发现这家伙的脸上尽是密密麻麻的雀斑。这是一个肝火旺盛的家伙，脾气必定火爆。再仔细点，他看到程晓军的脖子上好像有个女人的唇印。能印下这种唇印的女人不是狼就是虎。

不用说，唇印是谷仙杰作，只不过程晓军自己看不到罢了。女人总能在男人不注意的地方留下记号，以宣示主权。

钱多多让程晓军先在阳台上坐着。不顾程晓军心急火燎，忍不住还是回房间照了镜子。这一照，把他给照呆了。

钱多多看到一个崭新的自己。

为什么独独自己经历了濒死体验，其他人安然无恙？

钱多多一拍脑袋，猛然想起香说过的徐小汉的故事。正是这个故事燃起了他的无穷的生的希望。现在，又是这个故事激发着他回头探寻奇迹的源头。

从疾病的表征看，徐小汉当时并不比自己好到哪里去，脚后跟都踩到死亡线了。作为最亲的亲人，徐老秃已经做好了迎接最坏结果的准备。不肯放弃最后一丝希望与幻想的，永远是母亲。世上的儿女都嫌母亲啰唆易怒，谁又能真正理解一块肉从自己身上掉下的母亲，在面临子女绝症时的伤痛？

一定是母亲的诚心感动了天地，不然又怎么能够找到那箱底的宝物。不然又怎么会福至心灵，磨了汤水喂下去。

一碗"青衣皇后"角磨的汤，让徐小汉起死回生。

而自己只是在模模糊糊间看过"青衣皇后"的角，不可能有徐小汉的幸运。难道是茅台加雪茄的功劳？虽然有报道说茅台有抗癌的功效，可是那只是报道。再说茅台酒配雪茄，他二三十年前就有过尝试，不可能之前不灵，现在突然显灵。是桃花寺的气场帮自己调理了身体，由量变到质变？这个也不太可能。是白云洞里的某种物质进入他的身体发挥了超凡作用？问题是进入白云洞的并不是他钱多多一个人，他也并未脱离大家独自单漂。

究竟是什么神奇的物质让自己脱胎换骨？

钱多多对着镜子摸了又摸自己的脸颊。很明显，新生的力量正从皮肤底下透上来。身上所有的不适都消失了。不仅是肺部的刺痛点，连双肩一直困扰他的肩周炎，也不再找得到那种酸胀的感觉。

一种力量像蛇一样在他周身游走。

难道是哪位好心人在饮食中放进了"青衣皇后"角磨出的汤水？这个显然不可能。大家同吃一桌菜同饮一种酒，没有人被优待。那么究竟是什么在起作用？

"程书记，我想去一个地方看看。"

"哪里？"

钱多多报出一个地方，程晓军和香听了都"啊"的一声。

祖父等香走开，悄悄地走到了香刚刚弯腰放下排骨的地方。它在那个大屁股女人弯腰离开的地方，豁地就明白了老黑的生活要比自己幸福得多。香放下的排骨，让祖父整个身体都飘向了空中，只剩一根舌头待在原地鲜住了。

"黑，你该有自己的窝了。"

"哥，你不理解我。你不知道我的生活多幸福。"

祖父曾经和老黑爷爷谈了不止一次。希望它能早日成家，有个自己的窝。直到我们出生那一天，祖父才绝望地把这个念头熄灭了。

这些天，在祖父寻找老黑爷爷的过程中，它开始理解了老黑，理解了老黑的幸福。祖父像风一样奔跑在虎尾山间，它的身心从来没有这么轻松愉悦过。它渴望早点找到老黑爷爷，他又害怕太快找到了老黑。它的亲弟弟，老黑，好像明白它的心意似的，一直没让它找着。

"这浪子果真如此幸福！"

祖父仰躺在虎尾山尖，看天空一朵云悠然来去。它毫不怀疑老黑就藏在那云朵之上。直到它在香溪民宿菜园地一丛菜根下找到了一撮毛。

不用说，那撮毛就是老黑爷爷的。这撮毛有半尺来长，成人的拇指粗细，通体洁白有光。老黑爷爷携着它跑起来时，这撮白毛就是它自带的闪电。

"大哥，你是天上下来的，自带闪电。"

和老黑爷爷一起在菜园地共度美好时光的两只小老鼠，为了让老黑爷爷多分点残羹剩菜，时不时地会恭维老黑爷爷一下。它们甚至断言，老黑总有一天会长出翅膀飞到天上去。

"瞧这撮毛，啧啧。"它们恨不得拔一根下来，栽到自己身上。

它们的态度如此真诚，言语如此酥软恭敬，让老黑爷爷身心俱醉。竟把最大的鸡腿骨都让了出去："可怜的小家伙，瞧你们多瘦，快多吃点。"

老黑爷爷本来除了懒，身体各方面并无异样，最长的毛也就是嘴上的胡须。不知怎么回事，懒汉的胡须总是很稀疏。有一个春天，老黑爷爷唱着歌，从一片竹林地里经过。看到一根生笋从坟墓中间穿了出来。这使祖父眼睛很是不顺眼。它自作主张，决定替这坟墓的主人清除清除。它从这坟墓的侧边钻了一个洞，钻进坟里去了。谁也不知道老黑在坟里待了多少时间。也有说法是他进进出出至少五六十次。最后一次钻进去时，老黑爷爷脸上的神情很像英雄。竹子上一只松鼠看到老黑出来时，哗啦挤塌了坟上的石块——它吃得太饱了。

"黑爷，竹笋有那么好吃吗？"

松鼠喊道。

"吃你个鬼。"老黑爷爷慌慌张张地走了。

这年冬至，胡子花白的徐小汉回家扫墓，惊讶地发现母亲坟上破了大洞，洞边还遗了几颗老鼠屎。这使他极为气愤，请了村里的泥瓦匠，将母亲的土坟浇筑成了水泥坟。坟墓浇好那天，边上一只松鼠窸窸窣窣很是不舍的样子。徐小汉看到这松鼠，奇怪地长了一条白尾巴。他管它白尾巴不白尾巴，它绕着坟墓丢了一圈虎皮鸡爪，上面下了老鼠药。

祖父扯起那撮毛，发现下面还连着一张皮。它扯起这张皮，将它披到了自己身上。

"黑……"祖父哭了出来，"我没照顾好你。"其实老黑根本不需要祖父的照顾。很多时候，老黑爷爷都看不起祖父："你就这个老婆讨坏了。"老黑看不惯祖母从莲花峰带来的作风。

皮像老黑爷爷在世时一样，紧紧地抱着祖父。

祖父泪水滴落到菜根上，很快把菜根浸湿了。祖父一遍遍地捋着那簇白毛，就像它生前捋着老黑爷爷一样。

祖母却骂道："不正经，一看就不正经。你少跟它粘。"

祖父想，不正经就不正经吧，又不是染出来的，是长出来的。这世界需要正经，也需要不正经。正经创造财富，不正经创造浪漫和诗意。

老黑爷爷的白毛是它从长笋的坟墓里出来后开始长的。它不仅开始长白毛，它还多长了两颗尖牙。它越长越年轻，以至于它和祖父一起时，祖母会骂祖父："你看你们兄弟，像兄弟吗，像你儿子了。肯定是吃了什么宝贝，就会吃独食。"祖父对这个也是很惊奇。嘴上却说："混饱肚皮就算不错，它这号浪子，哪里有宝贝吃。"

出洞时完完整整一只老鼠，再见时只剩一张老鼠皮。这使祖父无比愤恨和悲伤。它没能找到老黑爷爷的头。老黑爷爷的头骨被王小二踩了个稀巴烂，剥皮时直接剪掉了。这更增添了祖父的怒火。

它想象不出在尊鼠敬鼠的桃花寺村，还有如此歹毒的心肠和恶劣的手段对付鼠类。它连咬了十五丛菜才停下来。喷着火的眼睛，看到菜叶下四只小眼睛，惊喜地看着它。

"老黑，你又活了？"

不用说，这两小家伙正是那晚和老黑爷爷一起的两只小老鼠。老黑爷爷被王小二打死的当晚，它们都吓破了胆。逃回窝里躲了两天，才敢出来觅食。

见它们犹疑的目光，祖父这才想起自己还披着老黑爷爷的皮。它把皮脱了，两个小家伙立刻现出悲伤的神情。祖父明白眼前的两个小家伙一定知道内情。

"是着着！"大只点的小老鼠说。它叫老三，它的兄弟叫老四。老三当时正凑在老黑爷爷嘴边，啃着一片鱼鳍。王小二出现的时候，它还提醒过老黑爷爷：

"有人来了。"

"一个小屁孩，别理他。"

"着——"

"哎。"老三只听到一声"着"，老黑就躺在了地上，四肢抽搐一阵，死了。

老三和老四忙跑回了洞。为了吃食把命送掉，这种亏本生意它们向来是不愿做的。

"亏了我灵活！"老三对老四说，"我把头一撇，着着就'着'到老黑头上去了——活该！"

"可不是，我听得'着'的一声，就先逃了。"

"你都不管我死活就逃，看下回有好吃的还叫不叫你。"老三狠狠打了老四一爪子。

"我们本来想把老黑哥拉出来,可是那着着实在是太厉害了。你看,老黑哥被它整张皮都打下来了。这着着实在是太厉害了!"老四说。它顺嘴就给王小二起了个名。

"着着真是太厉害了。"

"着着!"祖父眼里冒出了火。杀弟之仇,不共戴天。

祖父刚想问"着着"的一些情况,老三老四眼里突然露出了极为惊恐的神色,一溜烟向边上蹿走了。"着着——"老四嘴里还没来得及说出"不是它",菜园开始震动,祖父耳边响起剧烈轰鸣声。一回头,空中一只巨爪,向它头顶直铲下来。

着着!祖父从老三老四的表现判断这就是着着。

祖父勇敢地冲上去——着着,我跟你拼了!

原来它们站立的位置,刚好在菜园地最边角上。这个角香早想改造为凉亭,因为运挖掘机的路没修好,一直搁置着。现在村里的经济合作社买了台小型挖掘机,香就请来平整土地。祖父从没见过挖掘机,以为这就是杀害老黑爷爷的凶手。报仇心切,哪管太多,挥着老黑的皮,迎铁爪而上。

我们老灰家族的血脉就这样,有仇必报,有恩必偿。

年轻的挖掘机师傅看到菜叶下突然蹿出来的山老鼠,爪子上还握着一张鼠皮,这使他大大吓了一跳。挖掘机是他合伙花了几十万贷款买来的,这才刚上阵,技术上还不熟练。操作杆一抖,铲臂就抬了上去。

祖父扑了个空。

挖掘机师傅终于看清了挖齿下纵来跳去的祖父,按桃花寺村的村规民约,虎尾山的山鼠是不能伤害的。他把操作杆轻轻一摇,祖父被挖掘机斗拨到了一边:

"小老鼠,一边凉快去。"

按香的意思,今天挖掘机师傅的工作,是把那片布着乱石和坑洞的小坡给挖平。整出一片平地好造个亭子。祖父想的却是要在那从天上落下的巨掌上狠狠咬上一口,以示报仇。

"嚓嚓，嚓嚓——"

挖掘机的铁爪切进泥石，撕扯着大地的肌肤。只要不是死人，都能感受到挖掘机无与伦比的威力。这种威力要是在平时，祖父看了早就逃之夭夭。现在它被怒火蒙了心，只想着在挖掘机的铁爪上咬一口。

可是挖掘机凶狠地上下，祖父根本就近不了身。小土坡就像小蛋糕一样，被削了一大片。挖出来的土石随即被放进拖拉机里运走。祖父站在边上喘着粗气，它看明白了，它最好的机会就是在挖掘机把牙齿咬进土地的那一瞬。

趁着挖机挖进土地的一瞬，祖父冲了过去："着着，我要咬死你！"

它对着沾满泥土的挖斗猛啃。它啃到的是泥屑，里面的钢铁硌了它的牙齿。边上人看出了端倪，对挖掘机师傅喊："小程师傅，你莫不是挖到山老鼠祖坟了，怎么它这么凶地咬你的挖掘机的？"

师傅说："我这挖掘机不是今天才动土嘛，上面还系着红绸子的。这山老鼠我看是癫了，好好的日子不过，要跟机器斗。"

跟香一说，香说："它要咬挖掘机，反正也咬不伤，你就让它出口气，别伤了它就是。"香心里是明白的，这山老鼠是寻上门报仇来了。

挖掘机左避避右避避，把个祖父弄得以为自己很厉害，越跳越高。

这片小坡的薄土层下，原来都是些大青石，挖掘机的爪子敲不动的大石块，挖掘机师傅换了大钻头继续钻探。这一钻，竟把囚在石窟中一个多年出不来的魔头给放了出来。

挖掘机再次换上铁爪时，祖父已经斗得筋疲力尽。那挖掘机师傅为了赶进度，他一个小时租机费用几百元，实在是和一只老鼠耗不起。他一急，加上祖父大意，那挖掘机的利爪挖下去时稍稍一偏，把祖父的右腿齐根切断——

"找死呀你，死老鼠。"祖父被拨到了一边，晕死过去。

香那时刚好外出有事。和挖掘机师傅同来的，本来就嫌祖父跳来跳去碍事，现在祖父中了大招，只当它是自讨苦吃。

祖父右腿筋脉齐断，血液不断喷射出来。挖掘机师傅头天上阵，就碰上这血腥事件，连叫"晦气"。撇了挖掘机，到边上好好抽了两支烟，才又回挖掘机上继续工作。

那边祖父悠悠醒来,见铁家伙不再动弹,大喜。忍着剧痛爬上土堆,对着铁齿一阵狠咬。尽管没有咬下哪怕一块铁屑,祖父终于算是咬到了。它在心里对老黑爷爷说:

"黑,哥只能帮你报仇到这步了,哥不行了。"

它躺在土堆上再不想动弹,眼见着挖掘机又发出轰鸣,向一块大石进攻起来。祖父眼睛一阵花一阵清晰。心里只是痛恨眼前的"着着",让它兄弟俩都殒命在香溪民宿。

在挖掘机的猛攻下,竖石忽啦啦倒了下去。一阵浓烈的腥臊气扑面而来。原来竖石下竟是空空的一个洞。挖机停了下来。师傅从驾驶室跳下来,爬到祖父身边的位置观察。没看两眼,突然"妈吔——"一声,连滚带爬摔了下去。

塞满腥臊气的黑洞里,一个蛇头探了出来——

"黑三郎!"

祖父又晕了过去。谁能想到把太公老灰追得屁滚尿流的黑三郎,这些年一直被囚禁在香溪民宿边上的石壁洞里。乍得自由的黑三郎,哪里管得了祖父,如闪电般地往旁边逃逸去了……

祖父醒来是在第二天早上。

它晕过去这段时间,钱多多好奇地走下来,替祖父拍照配文,发到了网上。这条山鼠大战挖掘机的抖音点击量当天晚上便突破了千万以上。这一晚,祖父成了网红。无数人在网络上为祖父狂呼点赞,盛赞祖父是山鼠界的"唐吉诃德",是勇于斗争的楷模。可是网上有多轰轰烈烈,事件的主角就有多凄凉冷清——大家忙于传播这事,把祖父忘记在边上了。祖父到第二天,一只公鸡的啼叫才把它唤醒。

"死也要死到家里去。"

它低头察看了伤势。严重的伤情把它吓得差点又晕过去。只见右腿骨从大腿根部戳出来,毫无知觉的右脚仅剩一层皮连着。要不是虎尾山山石壁间的石苇在挖掘机的作用下,和在潮湿阴凉的石壁泥,刚好裹在了它的腿根，恐怕祖父早就失血过多而死了。它们像药包裹住腿根出血口，但对那已经断掉的骨头和肌肉组织毫无作用。

祖父发现自己被拎在一个有草垫的角落。不知道是谁把它拎过来的。昨天的小坡已经消失，代之的是一块十多平方米的空地。它叹了口气，受伤的不是只有自己，山也受伤了。

"大哥，你醒了！"

祖父一看，昨天的两只小老鼠正关切地看着它。它们看着它，目光却聚焦在它的断腿上。祖父下意识动了动双腿，发现能听它话的只有左腿。它用爪子捂了一下伤腿，可是有什么用，除非它整个消失了，才能不让人看到那个触目惊心的伤口。

"我要回家。"祖父翻了个身，对老三老四说："就算死路上，也要回去。"

两只小老鼠点头表示理解。

老三甚至找了一根木棍递给祖父。祖父撑起来，"哎哟"一声倒了下去。健壮的大腿在断离之后，成了负担。

老四看看老三，欲言又止。但它马上看到老三点了点头。两只小老鼠冲了上去："大哥，我们帮你。"

它们扶住祖父，后来发现这样做并不能够帮到祖父。两个小家伙站到了伤腿边，老三在根部，老四在爪部，它们咬住了，把伤腿抬了起来。祖父则撑着木棍，一步步往前移。

这是多么动人的一幕！

老三老四把祖父送到洞口。

父亲第一个见到血淋淋的祖父从家门口跌了进来。

在挖掘机劈开石洞，黑三郎眼前绽放出万道白光之前，黑三郎默默地用黑暗编织着咒语献给老灰和虎尾山的山鼠们。后来，它发现这样的范围不足以容纳它的仇恨。它把莲花峰也包括了进去。它的心吞噬了两座高山，它头顶的天十几年来，却始终只有碗口那么大。它一粒黑豆那么大的独眼，对着那块碗大的天空，越看越觉得自己被那只叫老灰的山鼠害死了。

"老灰，我操你祖宗十八代啊！"它把自己所知道所能组合出的世界上最难听的话，全倾倒在老灰身上。

"老灰，千万别早死，你的后事交给我黑三郎的肚皮来操办。"

怨恨在最初的日子，有效抵抗了创伤剧痛和囚禁的绝望。它抱着怨恨取暖，完全忽视自身存在的环境多么险恶。相反，它喜欢这个狭仄的角落。令它舒适而安心，安心又安全。也不知道躺了多久，等它确认自己不再会死于伤势而有可能死于饥饿时，它看到了黑暗中有根细细的小蛇。

这使它极度狂喜。

"妈吔！"

它不是狂喜于食物，而是狂喜于老天不曾完全抛弃它。它精准、果断、迅速地含住了这条小蛇，拼命把它往肚皮里吸。吸到半尺的时候，它开始狂呕并哭了起来。

黑三郎吐出了自己尚没有知觉的尾巴。

一天，一只白头翁站在那碗口朝下瞅。它看到碗大的太阳光照在蛇身上。

"喂，你是不是一条死蛇。"

黑三郎没理它。白头翁实在想不通一条蛇为什么会死在洞里。它低头想了半天，明白过来："笨死的。"

不笨，为什么会钻进这么深的洞里去？

但无疑，一条蛇的死亡在虎尾山是大事件，特别是一条笨死的蛇。白头翁决定让虎尾山所有的动物知道这件事。特别是它想让小白头翁知道这件事，好引以为戒。

自从它小白头翁上了初中阶段的鸟语班，这只母白头翁的头就没有消停过痛。它头上的白羽毛，白得越来越憔悴，越来越无力。它生怕自己的儿子将来捉不到虫子吃，犹豫着先让它进修唱歌还是进修捉虫。洞里的这条死蛇让它想到了自己的老公。

"子女的未来由父母的格局和眼界决定。"它早上出来前教训了自己的老公："你有格局和眼界吗？"

现在，这条死蛇的样子再次激怒了它。它竟然从洞口飞了进去，准备再骂几句。

"所有躺平的死蛇，都是不负责任的，是世界的耻辱。"

白头翁还没有靠近黑三郎，就被黑三郎暴起的大嘴咬在了嘴里："真躺平假躺平，不是你说了算。"

黑三郎尾巴恢复了知觉。

碗大的天空，离黑三郎趴的地面有两米多高。黑三郎无数次立起身子，都只能达到一半的高度。它渐渐明白囚禁自己的不是脚下阴冷的大地，而是头顶碗大的天空。它的独眼看着云流过，星流过，鸟流过，雨和雪流过。它看到时间化为落叶和花瓣从洞口飘下。

不能移动的是自己。它明白自己会死在这里。

在梦中，它一次次与老灰相遇。老灰变得更胖了，一看就知道偷吃了好吃的东西。腿脚有力，毛发发亮，朝它露出在丝瓜房门前那副得瑟的嘴脸。

"来呀，黑三郎，来追我呀！"

它气疯，纵起来去追，不是被绊倒在地，就是被什么压住尾巴。醒来，老灰不见，只有天空碗大的眼睛和它的独眼相对。

有老灰的梦境使它气愤，没有老灰的梦境使它失落。更多时候它睡不着，患上了抑郁症。一次次地在洞里把自己当成皮鞭抽打着大地。它要狠狠地教训这个使它失去自由和快乐的地方。最后大地沉静，它在遍体鳞伤中一次次痛醒。

痛，证明还活着。

它一次次从旧我中蜕出来。十几年，山洞里本应多出十几条蛇蜕，可现在一条都见不到。它把它们全咽了下去。它吞下了旧我，越来越瘦。别的蛇是越蜕越粗，它是越蜕越细。旧我没有什么营养。当它终于"唉"的一声，明白眼前的处境是自己解决不了的，才完全地放下。

这时它发现了这个洞的好处。外面有什么声音，洞里都会有嗡嗡的回响。但那回响中是放大了声音，并非不清晰。

尤其美妙的是，这洞是天然陷阱。不断有小虫小鸟和糊涂蛋往下坠落。甚至有一次，一只小野兔蹦过了头，从洞顶落了下来。黑三郎用了半天吞下野兔，之后差不多半年再没吃过别的。

还有一次，风把挂在树上的一根藤条的下端吹进了洞口。这根带着绿叶的藤，像一个绿火把一样，燃起了黑三郎逃出洞外的希望之火。藤果然慢慢往下生长。黑三郎坚信，只要它继续往下长，它就会长到自己的头顶。到时它就可以通过这藤爬出洞外。

"别急，你会长下来的。"黑三郎给藤条打气，其实是在给自己打气。

藤条往下长到三分之一处，不再往下长。相比洞中的黑暗，藤条更爱洞外的阳光。

一只癞蛤蟆跃了进来。

这回黑三郎老练多了，像存款一样把这只癞蛤蟆存在了洞中。

癞蛤蟆从黑暗中适应过来，看到黑不溜秋一条独眼龙瞅着自己，它开始蹦跶。无论它向哪个方向蹦跶，转身都能看到黑三郎的头就在自己头顶。

癞蛤蟆迅速地瘦下来。最后它恳求黑三郎把自己吃掉。

"相比天天活在被吃掉的噩梦中，还是待在你的肚皮里舒坦。"

黑三郎成全了它。癞蛤蟆像一剂强心针，酝出了黑三郎的一个毒誓：谁要能把它从洞里救出去，这辈子就是它黑三郎的主人！

戳出大腿的腿骨让祖父日夜嚎叫。它不断因伤口发炎和过度惊吓刺激而发高烧、说胡话。它的嚎叫和胡话，让我们这一洞日夜陷入无尽的恐慌与悲伤。

祖父发高烧说胡话，并不影响祖母对它温柔细致的呵护和照顾。可不知怎么的，竟会从它嘴里跳出一个用极为温柔细腻嗓音演绎的名字："小咪咪"！

这三个字，让原本心甘情愿服侍的祖母突然暴跳如雷。祖父在最甜美最激情最浪漫的日子喊给祖母的可不是这三个字。

祖父叫祖母"老妖婆"。

祖父叫祖母"老妖婆"时，声音威严而不乏柔情，年轻时这叫声使祖母腰软如酥，常揪祖父的耳朵骂讨厌。随着年份逝去，祖母越来越感觉这三个字缺失水分严重，干巴且有种不可言说的压抑之感。"小咪咪"三个字从祖父的胡话中一蹦出来，祖母立即找到了这不堪的源头，意识到自己多年来过的是何等委屈、何等不受爱宠的日子。

高下立判，甜美度立判，浪漫与激情的温馨和谐立判。

对祖父伤腿究竟是弃是留犹豫很久的祖母，亮出了它白光闪闪的利齿。祖父的伤腿按祖母最初的意见，是无论如何要保留的。一个只有三条腿的英雄还能称得上英雄？祖母不能接受心目中的英雄缺胳膊少腿。它一次次亲自去请我们虎尾山医术最高明的老杏，让它攀上绝壁为祖父采来白芨和石苇，以使祖父的腿得以暂时保全。甚至老杏在祖母接到药时，顺爪在它腰间掏了一把，它也只是轻轻骂一句：

"死鬼，看小老灰好了不打折你爪子。"

然而，连骨髓都断掉的腿骨是老杏无能为力的。老杏把两爪一摊：

"神医都无法保全它的断骨不烂。"

又怕祖母会以为它不想被祖父打断爪子故意不用全力，自己拔了一根白胡子对天发誓：

"就算被打断爪子，我也希望小老灰好起来呀。在下实在无能为力。这样吧，药钱我给你打个七折。"

"滚！"

祖母的大吼让老杏落荒而逃。占了便宜还要打这么高的折扣，这几乎使祖母气坏。它的腰就这么不值钱，难道是可以给白掏的？它宁愿给白掏，也不愿被人打这种折扣。

至少应该低到三折。不，根本就不该要钱，提钱就伤感情。

这么多年，老杏看祖母的眼神一直异样。祖母早有察觉。这眼神大夏天是凉飕飕的，像有把扇子在扇；这眼神在大冬天是热乎乎的，仿佛村里人的火盆在烤。老杏碍于祖父的神勇一直不敢有丝毫逾矩，没想到现在祖父一躺下，祖母的腰就给它掏去了。

祖母暗中抹了泪。为老杏的恶爪，为小老灰的腿骨，更为自己被掏去的腰。在祖父躺倒之后，祖母希望来掏它腰的人绝不是老杏，而是我右眼瞳仁里映出的那个老家伙。

祖母决定不声张,不然那些小老虎似的后代会把老杏撕成碎片。泪抹干后,它做出一个惊人决定——它要进白云洞给祖父找神药。

它相信白云洞里会有它要的神药。

"你不敢去的地方,就是有神或者恶魔守着它们的宝贝。"

祖母的决定使我们惊讶万分。被祖父宠坏的祖母,眉目间展现着慈祥和威严的祖母,它可能不知道自己早就胖成一个圆球。每当它对自己身材不自信的时候,我们神勇无比的祖父总会用爪子拍拍它屁股:

"多好,美丽的南瓜,是我最爱的菜!"

这棵被甜言蜜语喂养着的菜,现在竟然要进白云洞给祖父找神药!这件完全关乎我们老灰家族声誉的事,自然被我们几个小屁孩举爪坚决否决了。

我尽管两个小腿打着颤,也仍然高举两爪,申请一起进洞找药:

"我,我,我,我也去。"

"小小灰你是冷吗?"三妹拍拍我的肩膀。三妹比小小灰镇定多了,但它拍肩膀的爪子也在轻微发颤。

"三妹,我不冷。我要去给爷爷找药呢。"

"我也去!"

"我也去!"

大哥二哥不甘落后,声音一个比一个响。我悄悄舒了口气。真怕它们都不应声,或者喉咙没我响,舌头比我结巴,祖母最后只带我一起去。天知道我对白云洞有多恐惧。我怕我没走进洞去就会晕倒。我还没到懂爱情的年龄,不知道爱情的力量。我不理解祖母,但我支持祖母,感谢着祖母让三妹把我又找了回来。不然我可能就被黑三郎伏击到了。

祖母言语里的悲壮感动了我。那些敢于冲锋的人,一定都是这样被感动的。但我还有我的秘密,我从小对看不到底的黑洞都充满了恐惧。我时常吹着巨大的牛皮,原因无非是想用牛皮遮住我的恐惧不让人看出来。

"还轮不到你们这些小屁孩。吵什么吵。"

被母亲频频怒目的父亲终于闷声闷气开了口。我们立刻噤声,不再吱吱乱叫。和父亲相比，我们是多么浅薄和不自量力，明明是在演戏，自己却不知道。明明都想当戏里的主角，明明都在用吵吵嚷嚷宣示自己的存在感，不管自己上场演好演砸，却个个感觉好得不得了。我甚至被自己感动得不行，无视了父亲的存在和自己的排行，眼睛红红地对三妹说：

"三妹，我们一定可以的。我们一定可以在白云洞找到神药治好爷爷的腿。"

我一定是入戏太深了。当我说完，慢慢地睁开眼睛，发现刚刚还在面前的三妹不见了。活蹦乱跳的三妹，正可怜兮兮地偎在母亲身边，拉过母亲的爪子揉它的小腹：

"妈，我这里突然好疼的。"

我的耳边回荡着自己的豪情壮语，看看大哥二哥和擎天柱般顶在那里的父亲，深深的孤独袭击了父亲。我抬爪摸了摸耳朵，不知道自己哪里说错了。我不知道自己正卷在一场戏里，其他人都可以演戏，随便怎么演，演好演砸都没关系，只有一个人不行——父亲！

聪明的母亲在边上，默默地看着父亲被我们一步步推进白云洞。

我们对此毫不理解。在父亲再三劝说祖母，并成功让祖母同意放弃亲自进白云洞后，母亲流下了我们完全无法领会的泪滴。一座无形的大山压上了父亲的肩头。这使它站在那里时，身上有了祖父一样的英雄气概。

"你们为什么不让它去？"

母亲在我们出洞避开祖母时，极为愤慨地责怪我们。

"是它要去采药救自己的老公，你们凑什么热闹？你们这是在害自己的父亲，它是你们的父亲呀，为什么要逼它！这下好了，你们马上就要没有父亲了。"

我们不知道错在哪里。我看看三妹，三妹看看大哥，大哥看看二哥，二哥看看我，我再看看四哥，四哥看看三妹。我们头一次感受到，成人世界一点都不好玩。不，半点都不好玩。我们只是想当英雄，为什么在母亲嘴里会是害了父亲？

祖母自己对我们这些小屁孩的表态是相当满意的。特别是父亲的孝心让它有了极大的满足和欣慰：

"你们都是好子孙,老灰会以你们为骄傲的。"

但它没有把父亲要去白云洞找神药的事告诉祖父。

临行前,它秘密交代父亲:"逃得快才是最厉害的招,哪怕用到滚。"父亲用力点了点头,一转身就把它传给了我们兄妹。

钱多多在程晓军陪同下,站到徐老秃老屋地基上。一片荒草铺地,哪里还有房屋的影子。钱多多走在山路上时,便不停张望。他问过徐老秃是单门独户,最后停下来之前,他的心早就凉了。一路上连房子都没有的地方,怎么还能找到人呢?

钱多多想找的人是徐小汉。越是对照,越是发现自己吃了"着着"肉后,身上的反应和徐小汉喝了青衣皇后角汤是多么相像。他想,只有两个同病相怜的人,才会有共同语言。但是嘴上,他对程晓军说:"不到现场看看,都不敢相信这世界上真有过徐老秃这个人。不然还以为是个妖魔鬼怪。"

程晓军:"我们和他一个村,从小见过的,想起来仍觉得他是妖魔鬼怪。"

钱多多打个哈哈,在草地上捡块碎瓦片,许久不说话。

"要是当时没烧掉徐老秃,哪怕留张照片,这里都可以再造个纪念馆。"

钱多多的话让程晓军直拍大腿:"村里那些废柴干部,不是我骂他们,除了回家抱老婆厉害,估计当时吓都吓尿了。搞得现在什么都没留下,说起来,后人等下还会说我们瞎编故事。"

钱多多:"什么都没留下?"

程晓军:"听说上头是留了老秃的血液和指甲的,还剪了点毛发。"

钱多多:"上头到底英明!留了底,又照顾了小汉感受。"

程晓军:"现在看来,徐老秃是烧错的。希望能研究出来,他的血液能够造福于民。徐小汉那个,我和他确认过,可以肯定,得的是癌症。"

钱多多叹:"想不到桃花寺村有这么好的东西,为什么之前都没听说过?"

程晓军:"谁能想到那是超级宝贝,当时还以为徐老秃是尸变,要出来吃人了——没想到是重生。"

钱多多忽然盯着程晓军身后,大眼睛又瞪圆了。程晓军吓了一跳,忙回身看,却什么也没有。他疑惑地看看钱多多。

钱多多笑道:"书记别紧张,我只是奇怪,你们是不是把一个人忘记了?"

"兔娃儿?"

"不,兔娃儿奶奶!要是她喝过青衣皇后的汤,会不会像徐老秃……"

程晓军看着慢慢落下去的夕光,群山的脸黑了下去。几个人匆匆离开了老屋基。钱多多第二天坐在阳台上和香说起头天下午的经历,香扑哧一笑:"钱总多虑了。不过,不是钱总一个人这样,之前有个老师和钱总一样,也探究过这个问题。他不仅去兔娃儿奶奶的坟上探究过,还捉过鬼。"

香将程小峰在十二间后的坟场里捉鬼的事说了一遍。

钱多多听得眼里放光:"哈哈哈,果然看去最老实的人最鬼!那个老师现在还在?"

香脸上飘过一丝不易察觉的阴云:"调走了。"

"小学老师中竟有这样的天煞星,真是个人才,绝对是个人才。这样的人,他怎么可能会在这里待太久。"

"你确定他一定会走?你们男人都这样?"

"嘿嘿,男人么,都爱拼一拼、闯一闯、闹一闹。闹累了,自然会停下脚步的。"

"什么都留不住?"

"唔,除非,除非像程德寿碰上丁小艺。"

钱多多没有注意到香眼里的光黯淡了下去。

"这家伙估计看世上鬼多,又去捉鬼了?"

"……"

钱多多:"唉,想不到世上真有这样的爱情。程德寿老师现在怎样了?"

香:"他虽然退休了,可是一生都在学校里教书,老了没地方可去,还住在学校里。"

钱多多满意地点点头,不知他是对自己的判断满意,还是对程德寿没离开学校满意。

一个人用一生守护爱情，对他这样的情场浪子来说，有如神话。

创造不了神话，为神话鼓鼓掌也是好的。

"这位程小峰老师估计想不到，会捉出这样一个鬼。只是不知他对兔娃儿奶奶什么感兴趣？"

"他想看看上吊的人有没有喝下汤。"

"兄弟呀。"

"不会又到人家坟后去埋伏，等着人家从坟里跳出来吧。"

"才没那么无聊。"香扑哧一笑："上吊的人还能喝下汤？"

钱多多："自然，是喝不下的。"

他心里希望那个上吊的人喝过青衣皇后角汤。为什么不能喝呢，她可以喂儿子之前尝一点，在上吊之前喝一点，或者，上吊之后被喂一点。也许她体内的角汤量没有徐老秃那么多，再生的速度远远慢于徐老秃，只要假以时日，她还是会变成……那位古怪的程小峰老师究竟是怎样探究的？钱多多无法想象。任何事情不亲眼看到，总是无法完全信服。

"那位程小峰老师该不会去把人家坟墓耙开来看吧？"

香啐了钱多多一口："人家是老师，做事有尺寸。"

钱多多自有尺寸。他望着莽莽群山陷入了沉思。也许小峰的尺寸是对的。这么长时间，如果喝过青衣皇后角汤的再生人能活转，也该从坟墓里跳出来了。

"看来钱总也对这些奇里八怪的事感兴趣。"

"唔，自然永远神秘迷人的。自然才是人类的母亲。人类以为自己无所不能，其实在自然面前，是脆弱和渺小的，甚至是忘恩负义的。"

"人类保护自然，自然就会反哺人类。人类越不折腾，自然就越美，越自然。"

"哎，真愿天下处处是桃花寺村，人人是桃花寺村人。"

"可是不瞒钱总，像我们桃花寺村，一天到晚守着这片宝地，大部分青壮年却外出打工。真希望你们这些有钱人能够来投资开发，让村民在家门口就能赚到钱。"

"未来社会，桃花寺村才是人人梦寐以求的福地啊。"

"钱总还得多为我们做做广告。"

"兔娃儿现在还在桃花寺？"

钱多多的两只眼球不觉间又暴了出来。这就是他日常要戴一副墨镜的原因，不让人看到眼睛，就不会让人看到内心。

希望兔娃儿还在桃花寺村，这只是他自己内心的一个希望。

香被凸出的眼球吓住。钱多多马上从香脸上照出自己又一次失态，颓然倒在椅上，双手一摊："你这故事怪吓人，也怪吸引人的。说得我现在就想看一眼那块麻将牌。"

"想看还不容易——不过要等过年喽。女儿过年才回娘家。"

"嫁人了？"

香笑弯了腰。

"难不成你希望她变成老姑娘等你？"

香说出这话，自觉失言，脸红了起来。要说老姑娘，她才是村里最老的一个。她笑出了泪，笑痛了腰，笑得心里如针一扎一扎的。

"就算嫁人，也该有个乡，有个村，有个落脚的地方。"

"村里这么多的姑娘往外嫁，嫁出去的女儿泼出去的水，平时哪有人这么关心的。虽说是一个村，可是嫁出去，就是山里螺蛳入了大海，哪里知道她嫁哪个乡哪个村。你想想，平时没有往来，谁会去注意那些，又不是户口登记员。你们城里人，门对门几十年叫不出名字的多得是，怎么一到乡下，个个就像肠子透明一样，要人家互相知道底细的。"

钱多多哑了炮。男人要想和女人比机灵，直接闭嘴是上上策。可他毕竟忍不住：

"不知香姑娘可否帮忙问出地址？我可以给香总付大工钱。"

"你想干嘛——"香睁大了眼睛看着钱多多。钱多多发现香瞪圆的两只大眼睛，一点不比他差。他明白自己有点急切，伸出手把眼球揉了又揉。把渗到眼球上的狼光一点点地揉掉，揉出了好奇与惊讶："没什么，不过是想看一眼——她带着这宝贝，不怕被人抢了去？"

"难道外面有宝贝就怕人抢的？钱总开着这么好的车，戴这么好的表，不照样没人抢?"

"香香,我说的这个抢,也是买的意思。这世界只要有钱,还是可以买到很多好东西的。"

"买买买,你们有钱人有钱了,就觉得天都可以买下来,星星月亮都可以摘下来。你买得来人心,买得来爱情、亲情、友情?"

钱多多想到自己得病前一呼百应,但现在哪个关心自己的身体呢?不由有些黯然神伤。

香见钱多多变了神色,晴变多云,忙换了语气:"这么说钱总想买下兔娃儿的麻将牌?老实说吧,你要是只想看一眼,我或者可以有机会让兔娃儿给你看看,你要是说买,这个忙我就帮不了,估计兔娃儿那儿是松不了口。再说,钱总见的世面多,外面的东西都可以用钱解决。在我们桃花寺,这样的东西钱再多也不会出手的。"

"不瞒姑娘,在下平时也收藏一些物件。这搞收藏的人,对于稀奇古怪闻所未闻的,总会特别留意,只要有缘,总千方百计想要入手的。"

"哟,这么说来,钱总还是个收藏家,和一般人不一样。俗人爱俏,光看表面。这世间谁爱的不是晶晶亮亮的东西?要说那黑不溜秋的,自然没有人关注。绣花枕头和花瓶爱的人最多。"

"嘿嘿,姑娘嘴里有针,一针见血。不过我看人无数,像姑娘这样外表光亮又腹内藏珠的,也是人间少有。"

"钱总莫要取笑山里人。"

"照姑娘这么说来,茫茫人海,一时半会是找不到兔娃儿了?"

"说简单也简单,说难也难。说简单么,有机会去我帮你问问她父亲。女儿嫁哪里,哪有父亲不知道的。只是她父亲现在跟了她,什么时候回村说不准。说难么,你就算把地址问来,以我对兔娃儿的了解,你就算有一座金山摆在她面前,她未必肯把麻将牌给你。"

"可是他家都没了,难道还住村里?"

"他住乡里的敬老院好几年了。"

"怪不得。"

香专门去了一趟,为钱多多带回来满脸乌云:"兔娃儿女儿生二胎了,她爸两个月前去看太外孙了。他每次去，都住上三月五月才回来。而且这家伙有个脾气，从来不用手机。"

钱多多在心里默默掐了半天。上天还给他留了多少时间呢？三个月五个月？

"除了她父亲，就从没有人知道兔娃儿嫁在哪里的？"

"说是同一个村的人，其实也没管那么多。谁还会问得那么细，自己家的生活都忙得很。"

香又去问了一圈，也没问出个甲乙丙丁。

钱多多想，要是有命，或者能等到兔娃儿父亲回来，问他要出兔娃儿的地址，付天大的代价都要去把那块麻将牌买来。要没那个命，就算找到了，那牌也不一定在。罢了，罢了，要是真的命绝于此——他的目光越过香的黑发，看到了虎尾山腰的白云洞。他的眼光暗了下去，但只暗了一下，又闪出火花来：

"你帮我再约约几个村干部，我明天还想到白云洞里去看看。"

"你想去找青衣皇后的角呀。"香扑哧一声，"这个主意倒是不错，半分钱都不用的。要是找到了，按你们市场的眼光，还价值连城呢。"

"这宝贝莫不是姓钱的，哪有想要就要得到的。"钱多多讪笑道，"宝归有缘人，强不来。"

香："别人我不知道，钱总这么有福分的人，说不定去了它就从角落里跳到钱总脚边。"

"姑娘见笑。"钱多多朝香看了一眼，觉得这姑娘心思敏捷，自己想什么，她马上就能说出来。说的话又妥帖暖心，实在是不可多得的宝物。只是自己来了这么长时间，似乎都不见她另一半的身影。她每天大方爽朗，仔细看去，眼角眉梢，一段隐忧微月般吊在那里，分明是个有故事的人。

钱多多心下暗忖，自己坐在香溪民宿的阳台上，对着白云洞坐了两个月。人洞之间，怎么说都是一种缘分。洞虽不来，人是有脚的，理当再去走走看看。要是命该绝于此，就索性按之前考虑的，把自己直接留在白云洞里。要是命不该绝，说不定真从洞的角落里跳出一截青衣皇后的角来。吉人自有天相，冥冥中自有定数。不然，自己怎么会无缘无故地钻进这山眷兄里来？

钱多多是个说行动就行动的人，同样一帮人，又去了一趟白云洞。晚上回来，又是一顿好喝。

王小二喝得醉醺醺，对李春梅说："天神的，这么喝下去，他亿万富翁也要被我们吃穷。"

政策犹如春风吹拂，之江大地处处繁花似锦。省市县委配套政策紧锣密鼓地往欠发达乡村跑步前进。这里建个康庄公路太阳能路灯，那里建座文化礼堂歇脚凉亭，还有的吹来香榧、冬桃、猕猴桃、中草药种植项目和湖羊、金华猪、江山鹅、清水鱼养殖项目。连光棍李小元都在一亩三分地上种了中药柴胡。每天要到地头看三遍。捧个茶杯在村里的时间减少了许多。真个是人人有事做，家家有收入。

钱包鼓起来，旧房子推倒了。先富后富依着时差盖起了三层楼、四层楼。站在虎尾山顶望去，桃花寺村原先的黑瓦黄墙倏然不见，树起的是瓷砖红白黄绿，屋顶避雷针球银光闪闪。村道宽阔如街道。最使桃花寺人舒心的是205国道改道，直接从桃花寺村穿了过去。他们站在村里就可以搭上去城里的车。他们也可以直接从城里坐车到家门口下。就好像有根魔力棒，点到哪里，哪里就会发生翻天覆地的变化。最奇妙的是，桃花寺人到城里，或者城里人到桃花寺，不再是原来的要花上一天半天，而是一个半小时。村里的年轻人于是买起了车子，福特、起亚、大众、别克，都是十万左右的家庭版。家家户户门前筑了花栏，牵上牵牛花，下面种了蝴蝶兰、一串红。村里雇了保洁员石玉，整天清运村里的垃圾。

这石玉干着清运垃圾的活，心里装满的却是田里地里对庄稼的美好情感，一见这些花花草草就骂：

"种得花花绿绿，又不能煮不能吃的。"

刚好程晓军走过去，听到这话折了回来，双手背在腰后训他："不种这些，种哪些，不种这些还轮到你来扫地？文明创建，懂不懂，这是文明！"

石玉连连点头："文明，文明，我懂了，是文明。"等程晓军走过了，他对着花草挠头:"山上这么多文明还不够,要你们来家门口文明——文明能当饭吃?"

程晓军蹙眉走进了村委会。他上午从镇里开会回来,妻子谷仙便发现他神色不对。

"怎么了,书记大人,挨骂了?"

"唉,去年那个村集体经济收入刚达标,好不容易凑齐了,今年指标又变了。唉,现在是村干部难当哪。"

"我看你还是别当了,不就是图年底那几餐杀猪顿?咱们自己养两头大肥猪,包你一年到头嘴上有油。"

"不说了,抓紧烧饭,下午村两委开会要研究这事。"

"吃饭是小事,这么干下去,我都怕被你卖了,拿去充集体经济。"

吃过午饭,程晓军走进会议室,村两委干部和一些村民代表已经在会议室里等他。他一走进去,会议室里烟气腾腾。分管计划生育的女支委陆如冰正捂着嘴咳嗽。见了他,忙往他座位前端了一杯热气腾腾的茶水过去,趁机说道:

"程书记来了,大家快把烟熄了,准备开会。"

这次会议,程晓军当场给大家提了一个年年提、年年头痛的问题:怎么把村集体收入提上去。他话没说完,就看到会议桌两边的人头都蔫了下去,仿佛提升村集体收入是他程晓军一个人的事。

村民兵连长程石平狠狠抽了口烟,然后把烟头在脚下踩灭了,嘴里随烟喷出来的却是一句:

"难哪!今年过年能把大家去年的工资发了,就谢天谢地了。"

程晓军:"难是难,年年难,哪年不难?我当这个村书记,哪一年容易过?可是今年,上级明确要求了,要么村集体经济提上去,要么书记帽子提掉去——同志们,我程晓军的帽子提掉了,你们想戴的、能戴的,尽管拿去。可是问题摆在这里,你拿去了,这三十万元的村集体收入还是要在年前完成。"

蒋一军嘟囔着:"你晓军书记完不成的任务,我就不信村里还有谁能完成的。你当了这么多年书记，我们兄弟哪个不是跟着你死命冲。谁敢说句他来顶，我蒋一军第一个跟他急。"

程晓军显然很满意蒋一军这话。他从口袋里掏出镇党委书记吴盛为勉励他扔过来的一包中华香烟，每人扔一根过去：

"吴书记的烟，中华，要不是任务紧，你们想都不要想。这烟抽了，大家紧起来，谋划谋划难关怎么过。实在没办法，还是得口袋里先掏出来垫上的。"

"书记，我去年垫上的，利息还没付我呢。"

"知道知道，今年一并算。"

"我老婆都骂我了，说钱借村里还不如借给个人。"

程晓军是见过风浪的，明白坐在面前这些人，表面上书记书记嘴里甜出糖，背地里往乡里县里告状还不止一个，最远的还告到了中纪委。乡纪委书记已经找他谈话核实了好几次了。每次都让他说某次接待请了哪些人，有没有喝酒上烟，有没有套取工程款胡吃海喝。他心里骂蒋一军村会计当到狗屎里，连个账都做不好。钱多多请客那天，要不是他第二天仔细核对查验了一遍，还是要露馅。

"你看看你，造个假连时间都不对么。"

现在好歹是应付得一茬算一茬。检查、考核、验收，走马灯一样转。没个不变应万变的风度，根本就玩不转。乡纪委书记问询他的时候，嘴上他坚决地否认了乱吃乱喝，表示他要乱吃喝，吃什么拉什么，坐在茅房里起不来。纪委书记笑着说，你想起不来都得起来，现在全市都在搞公厕革命，你回去把茅房都给我拆了，看你还能不能赖在茅房里。纪委书记一方面是信访谈话，一方面是拆茅房工作不积极约谈。

茅房不拆村里臭气熏天，说要拆茅房村里怨气冲天。八十七岁孤寡老人郑方莲站在茅厕口边系裤腰带，边骂程晓军："你们吃香的、喝辣的，啃骨头不吐渣，都不用上茅房的。我们小老百姓，你想憋死我怎的？你把茅房拆了，我拉你堂前去。"

程晓军："婶，这公厕造好了，比你家还亮堂。说不定你还想抱了棉袄住里面。"

郑方莲："你们听听，让人住茅房，真是坏哩，坏透啦。"

程晓军："婶，我这不是说公厕好吗？你现在住楼房里，怎的还要到茅厕拉屎？公厕和你在新房子里一样，到时候造好，里面香喷喷，还有歌听。"

郑方莲："那拉屎还得交钱。我没钱交给你。"

程晓军："现在都不交钱哩。你想怎么拉怎么拉。村里天天给它保养着，比你家厨房还干净。"

郑方莲："你看看，说茅房比厨房还干净。"

程晓军见这嘴咬尾巴没个尽头，忙顾自走了。

村里拆了二十多座茅房，村头、村中、村尾各造一个公厕。程晓军累得喉咙起烟，本想消停几天，好好调理调理身子。

现在村集体"消薄"* 任务又压上来，他不由牙齿痛了起来。开完会回家，他老婆喊他吃晚饭，他赖在床上哎哟哎哟不起来。直到谷仙跑过来一句：

"钱总来了。"

他从床上跳下，一声"哎呀呀，什么风把钱总吹来了，请坐请坐"，牙齿马上不痛了。

钱多多："程书记，又来麻烦您了，在您负责任的带领下，我看咱们桃花寺很快会变桃花源。"

程晓军："钱总莫要取笑山里人。你钱总才是干大事的人，北京上海都有公司。大风把您刮来，有什么需要尽管说。"

钱多多："哪有那么多事。还不是来找大哥闲磕闲磕，喝点你家的黄金茶。"

程晓军："谷仙，上茶。"

谷仙："钱总大老板，也喝山里野茶？"

钱多多："书记说，喝了这茶头不疼脑不热，肚子也舒坦。我晚饭多吃了两口，讨杯茶消消食。"

---

* 消薄：指的是消除集体经济薄弱村。

两个人喝着黄金茶，东一句西一句，天南地北。

原来钱多多自那天去了白云洞，回来请程晓军他们吃了饭，吃了王小二打来的一撮毛的肉，虽然上吐下泻，可是第二天起身体竟一日比一日舒服起来。不要说原来的胸闷症状，就是好久都不理他的腿间老二，也隐隐有了反应。作为生物制药公司的老总，他对于自然界的一切生物原本抱着强烈的好奇心。他在一周后去了县城体检了一遍，发现各项指标竟好转了。最令他绝望的瘤体不仅没有增大，还缩小了一半。思前想后，他脑袋里就是找不着北，但隐隐又觉得有些大概。

"青衣皇后！"他一个人对着天花板的时候，忽然头脑中一个闪电，便迫不及待地来找程晓军了。

"程书记要是方便，我明天想请上次的原班人马吃餐饭。感谢感谢大家。"

"有什么好感谢的。要说感谢，这群山里佬还要感谢钱总，就钱总让他们有口福喝上茅台酒。"

"那明晚再来喝！"

"怎么好意思的，要请也该村里请钱总吃餐饭。说不定有些事还要请钱总帮帮忙。"

"嘻，什么忙不忙的，只要我钱多多帮得上。咱们兄弟，有什么事明天饭桌上再说。"

"钱总要是不答应我来请，那我们弟兄们也不好意思去了。怎么样，我来请，请钱总赏脸。"

"你请、我请、谁请都一样。那好，就这么说定，你出菜，我出酒。"

钱多多回香溪民宿去了。

程晓军把钱多多送出门，高兴得在原地直打响指。

谷仙问程晓军："牙齿不痛了？"

程晓军："被你的黄金茶治好了。"

谷仙："啐，是人家老板替你治好的吧。"

程晓军："治，他肯定治得好，就看他愿意不愿意治。这么着，明天我请他吃餐饭，看看他接不接这招。他要接，我的牙就少痛几天，他要不接，我估计这牙痛一时半会好不了。"

谷仙："人家钱总是海里来的天上来的，你没搞清楚，就敢去招惹。我看你的胆子也是够肥的。"

程晓军："他钱总有三头，还是有六臂？还怕他飞到哪里去。再说，我们这个不是生意，只不过是流水过一下。"

谷仙："你这里羊儿想吃他的草，说不定人家是老虎想吃你的肉。"

程晓军："我这剥剥皮没三两肉，到哪里去吃肉？就拿吃饭来说，人家钱总端出来的是茅台酒，咱们要请他喝的是高粱酒，要亏是他亏，没有我们亏的道理。"

谷仙："凡事小心点，总没错。"

说是程晓军请客，这边钱多多早让香一大早去城里采购了海鲜。这钱多多脑子活络，想山里喜欢看的是海，喜欢尝的肯定也是海鲜。而他钱多多，爱的就是王小二打来的"山珍"！一想到王小二的"山珍"，他的脸上绽放了不易察觉的笑容。

他最想知道的，就是那天晚上王小二究竟给吃了什么小兽的肉。而他最不想让这些山里佬知道的，就是这小兽的肉和青衣皇后某种看不到的关联……

对他来说，这场晚宴关乎的不仅是他的身体健康，更有可能前后跟着的是一个无比庞大的商业帝国。到了晚上，果然原班人马会齐。还是每人面前一瓶茅台一根雪茄。

王小二看着满桌都不是本地菜，全是从城里或者海边寄过来的大海鲜。他没怎么吃过海鲜，拿着一个生蚝连壳就咬下去，"哎哟"一声，差点把牙齿都崩了。

程老枪："没见过世面的狗，把壳去掉再吃都不会，丢人哩。"

他自己捡了个漂亮的贝壳放在面前，只是舍不得吃。回家把肉挑了，阿花当宝贝藏了起来。

那些村干部又吃又喝，一个个活络热情起来。程晓军见不得他们的谄媚样，骂："平时叫你们干活，个个愁眉苦脸。钱总一喊吃饭，脚后跟在前，跑得比谁都快。"

程石平："老大，这是真冤枉，你哪次喊我，不是我打急先锋？"

程晓军："不是说你。"

各支委同声喊冤："老大，吃饭不积极的，工作不见得好到哪里去呀。"一个个拿了酒杯去敬程晓军。

程晓军端了酒杯，把一双醉眼从每个人脸上扫过："话挑不出毛病，态度肯定是不对的。来，一起敬钱总。我宣布，从今天起钱总就是咱们桃花寺的荣誉村民。为荣誉村民干杯！以后荣誉村民的事，就是桃花寺全体村民的事。"

"为荣誉村民干杯。"

"为有钱总的桃花寺村干杯。"

钱多多的酒菜，使他们的肚皮和见识似乎一下联通了外面的世界。这肚皮吸收的酒精和营养，似乎让他们的头脑突然开窍，灵魂突然高贵起来。

钱多多也不劝他们。好酒无须人劝，好菜自有人夹。钱多多只是把吃不穷的微笑挂在嘴角。当然，程晓军也严肃地批评了分管村里民政工作的程小苟。这家伙后来喝到嘴甜，也不管肚皮装得下装不下，举起杯子就敬程晓军：

"书记，我的好书记，这辈子我就认你这个大哥。大哥，你干了我随意，不不不，我干了大哥随意。"

他"咕嘟"一口，干下满杯。众人"好"字还没出口，他"月"一声，嘴里喷出洪流，绿的黄的青的，刚才吃进去的全都白吃了，地上好大一摊。程晓军转头对钱多多："你看，我这兄弟就是实诚，喝酒半点不赖皮。酒品即人品，这个好兄弟我认。"

钱多多连连称是。他在外面混，世面见得多，阅人自然多。这种把自己喝得现场直播的，要么酒量差，要么是根直肠子。虽然吐得一地狼藉，众人若无其事，看香养的狗阿财进来一阵猛吸，把程小苟喷出来的吃了个干干净净。等香发觉要打它时，它摇晃着身体逃走了，跨出门时四条狗腿趔趄，"汪"的一声，差点摔出门去。

香骂道:"这狗嘴,喂它好吃的不吃,吃起别人的不嫌脏。"

不知是不是闹哄哄的众人没听清,众人只是赞程小苟心诚。当下其他村干部也一起敬了程晓军。直敬得程晓军舌头发卷、脖子发硬、嘴角冒出白沫才罢。香泡了黄金茶给大家解酒。程晓军嚷嚷着要打牌。钱多多、程晓军、程小苟和民兵连长四个人组了局。程晓军抓三张牌掉两张,也没人怪他。和谐欢愉的气息洋溢在每个人的心中。大家大呼小叫,彼此互相恭维,吼出来的话差不多要把香溪民宿的屋顶掀翻。打了好长一阵,不过才打了两局。两局中程晓军的庄家红五又被倒抓了一回。赢钱是无望,要是那个被倒抓的红五算在账内,他藏在口袋里的一点私房钱还不够付。当下他把牌一推,说了句:"明早还要到乡里开会,今天的不算正式打。下回来真的,好好陪陪钱总。"回到家,他老婆早窝在被窝里睡着了。他一钻进去,一只手就伸过来:"我得检查检查,看有没有在外面乱排的。"

程晓军早是一团烂泥,哪里会理她。半夜时,女人在被窝里撩半天没动静,便骂:"就知道死吃,吃吃又不干活。"把身子一转,屁股对着程晓军。到了第二天,又和村里其他村干部的女人一起谈老公,嗓门不得了洪亮:"钱总又请吃饭哩。""每次钱总请吃饭就喝多,都不知道少喝点。"

恨不得全村人都听到。

钱多多本来想趁着大家在时问问王小二,后来一想,这事不能当着人问。来日方长,着急不得。

钱多多请了几次,程晓军在一次村两委会后,对村干部说:"我桃花寺人没有吃白食的。这钱总客气,请了我们几次,哪次是把我们当外人招待的?蒋一军你说说看,你这辈子吃过几次正宗的野生黄鱼?"

"钱总不请我吃,我蒋一军估计下辈子才有这口福哩。"

程晓军:"程小苟,你都喝吐了,知道那一口吐掉多少钱?"

程小苟:"我吐掉的该有百来块吧。"

"你这吃食瞒食的家伙,你那晚一个人差不多喝了半斤多,少说一肚皮吐掉了上千元。"

程小苟吐吐舌头:"还好都被香的狗吃了。我吐了千元,它吃了千元。这账要算香头上。"

蒋一军骂道："要么有本事像模像样地回请人家钱总一餐，要么以后钱总有什么事请到咱们，咱们撸了袖子给他往前冲。"

程晓军："一军这话，就是我要说的话。咱们今天议一议。上回钱总说到一个项目，叫白云洞探险。这个项目要说投入多，它也是个无底洞；要说短期效益，宣传宣传，说不定收益不见得少。这个都不管，反正投资钱总会安排，我们只管好服务。按钱总计算，开发起来，每年来两万人探险，每人收他一百块门票，就是两百万收入。不说两万，打个折，来个两千人，乘一乘，我的数学家，二千乘一百，这个这个，是多少？"

"两百万减个零么——二十万。"

"对对，你看，程小苟，我都跟你一样了，酒喝到脑子里了。就算它来个两千人，也有二十万，咱们还愁什么，还不是天天和钱总一块喝酒抽烟打牌晒太阳？"

"钱总是桃花寺的菩萨，咱们白天不请晚上都要请他吃饭。"

"请，请，今晚就请。"

"话是简单，十月古，我就问你一句，请请请，你用什么来请？你是砍了你大腿呢，还是卸了你胳膊孝敬钱总？"

"大哥一句话，我家里其他的也没什么，就一根挂了六年的腊猪脚。大哥如果觉得可以，我等会带上。"

"怎么不可以，六年的腊猪脚。十月古啊，十月古，要不是我今天激你，你还不坦白家里有这好货，我算是懂了。我的真兄弟啊。"

"大哥，我这原想着留给自己五十大寿的。等会把它拎过来，听大哥发落。"

"这个倒也不必。你拎到香那里去。大家再看看，钱总对咱们实心实意，咱们不能把桃花寺的脸丢到餐桌上去。"

"书记，山里人就要吃山里货。今晚我去程老枪家，看看他那还有没有好货。"

"程老枪那老倔头，他什么时候买过你的账？人家钱总既然来了我们的地盘，说明是喜欢我们这个地方的。咱们就以全土来孝敬。这样吧，大家家里有什么好货，给我全拿出来，到时村里也给补贴点。一军，账就靠你来做，可不能露馅，被纪委查到，咱们可是吃不了兜着走。"

香溪民宿马金包厢。

钱多多举起酒杯向全桌："各位，承蒙看得起我钱多多，先敬各位一杯。"

程晓军："钱总客气，哪有钱总先敬的道理，肯定是我们兄弟先敬钱总。弟兄们，来，咱们先干为敬——"

众人喝了一杯。肚里肚外都飘出高粱酒的香气。

钱多多："这两个月在桃花寺，我好像在自己家里一样，不想回去了。"

程晓军："钱总看得起桃花寺，一直住下去就是。要是安家落户，我给钱总找块最好的地。要是看上了哪家的姑娘，只要她愿意，我们还来帮钱总抬轿子。"

钱多多看了一眼端菜进来的香："你们桃花寺的姑娘人是美，心也硬哟。"

众人领会了钱多多的话，哄地笑了。香的脸一红，白了钱多多一眼。

钱多多又说道：这么说吧，在家靠父母，出门靠朋友，有缘千里来相会。我钱多多没来过桃花寺也就罢了，既然来了，就是桃花寺的一分子。我敬大家，干——"

"干——"

程晓军："钱总能在桃花寺住两个月，是看得起咱们桃花寺。只要钱总愿意，以后在桃花寺安家落户颐养天年。"

钱多多："我正有这个打算。桃花寺哪里是桃花寺，分明是个桃花源嘛。你别看外面那些老板什么的，口袋里十亿百亿，住的地方跟皇宫一样堂皇，可他钱多买得来菜园里一棵没有农药的青菜？他钱多买得着这空气和水？钱多买得来这清静？买得来你们这帮好兄弟？"

程晓军："兄弟们，听明白没？别不知好歹，光知道羡慕人家钱多。钱总一下子把咱们全升级为亿万富翁了。以后谁跟我说桃花寺不好的话，我就跟谁急！"

钱多多："程书记说得对，咱们可不能身在福中不知福。依我看，在座的各位个个是咱桃花寺村的诸侯,都能干出大事业。这个朋友我交定了。以后不管是村里的还是个人的事,只要用得着我钱多多的地方,尽管开口。"

"这个,"程晓军看了一眼蒋一军。蒋一军马上会意,端了酒杯走到钱多多面前:"钱总,现在村里还真有件钱总小指头动动就能帮上的忙,就看钱总方便不方便了。"

钱多多:"嘻,什么方便不方便的,我都把自己当桃花寺村村民了。有什么事,领导吩咐。"

程晓军:"说来惭愧。钱总,现在村集体经济薄弱,上级要求高时间又紧。而且每年都往上提指标。咱们这个地方,要是空气和泉水可以卖钱,那我倒是不怕。问题是这些值钱却卖不了钱。你看我,昨天从乡里开会回来,头发又白了好几根,就是为这村集体收入愁的。"

钱多多:"我看咱们村里一家家新楼房造得亮堂堂的,村集体经济想必不错,怎么还有难处?"

程晓军:"钱总有所不知,楼房造得漂亮,是村民有钱。村民口袋里有钱,跟村里没有一毛钱关系。现在指标每年要有增加,去年是二十五万,今年又增加到了三十万。你看虎尾山从我出生都没长过高度,谁吃得消这年年涨。也不是说不涨,是这涨得有些快。就这些山,这些人,每年出去的人还在增多,你叫我往哪里涨去?钱总有什么项目,还请多多支持。今年的'消薄'任务重哩。"

钱多多:"不知书记说的'消薄'任务数差多少?几百几千万现金那是一时半会筹不到。几万几十万的,兄弟我自当尽绵薄之力。"

程晓军把手一挥:"弟兄们,钱总一看就是仗义之人。你们还不快快敬大哥。"

钱多多连连摆手:"折煞小弟,折煞小弟,论年龄我最小,怎么当大哥。书记是大哥,大家听书记的。"

程晓军:"这个却要听我的。大哥你看梁山上,宋江难道是年龄最大的?肯定不是。那为什么大家都叫他大哥?实力在此,大哥你说是不是。"

钱多多:"书记,咱们不是梁山,今天不叫大哥就叫兄弟。书记放心,只要我钱多多能出得了力的地方，一定全力支持。没有及时雨，下场阵雨、细雨总是行的。"

程晓军："钱总，兄弟不说二话。本来么，只想请你的钱从我们账上过过，应付的只是燃眉之急。可这不是长久之计。要是钱总看得上桃花寺，山啊水啊菜啊，弄个项目出来，咱们就双赢。"

"对，双赢，双赢。"边上一阵起哄声。

钱多多："项目？让我想想。桃花寺在我看来，遍地是项目。我打个比喻，你们这是好比一个美人摆在你面前从没拒绝过你，你不亲她抱她吻她，却怪她不爱你，兄弟你说奇怪不奇怪？"

大家哄地笑了，抬手挠头，挠出了一片片雪花往地上飘。

程晓军："钱总说得没错。你看咱们这儿，满眼绿水青山，可是按老祖宗的规矩都是只能看不能摸的。这山上的树木就是烂在山里也不能砍。要是可以砍，我随便指哪片砍伐，我还愁这几万元？几百万几千万都不愁。关键是不能动它。你说能有什么项目？我看香这个民宿是个好项目，可它又不是村里的。"

钱多多："兄弟们，不是兄弟我喝了酒多嘴。咱们这个地方，偏僻归偏僻，地方是个好地方。老祖宗守着这一草一木，那没错。这草木就是衣食父母。不过现在形势变了，你还按老祖宗的规矩，这又是不懂权宜变通了，是守着金饭碗讨饭。我这两个月来，在村里山里走了走，替你们可惜，又替你们难过。特别是你们当村干部的，捆了手脚去和人家跑步比赛，怎么可能跑得赢？"

程晓军："钱总这话真是说到我心里了。"

钱多多："这人啊，现在看着好的，将来却是没什么花头的。"

程晓军："钱总是在外面见大世面的人，请钱总明示。山里人愚钝，只会高山打鼓扑通扑通，不懂钱总的意思。钱总要是指明了一条活路，以后，这个村你说了算。"

钱多多："咦，书记，你这是要捧杀我不是？我一个生意人，讲的是生意话。我丑话说在先，只帮兄弟不帮村里。"

"帮兄弟，帮兄弟。"

程晓军一碰就一口干下一大杯："有兄弟这句话，你就是什么都没做也是我大哥。其实兄弟可以什么都不做，只要帮村里流水做一做，也可以完成'消薄'任务。"

钱多多："这些事，我做生意的人实在是不太懂，书记你辅导辅导。怎么做做流水就可以完成任务的？"

程晓军："其实就是钱总帮我们应付过一关。钱总找人往我们村账户打上五万元，理由么，可以说采购村民的山茶子油。然后，我们找个理由把钱拨还回去，我们的'消薄'任务就完成了。"

钱多多："哎呀呀，当我没听到，当我没听到。还是喝酒，兄弟们，承蒙大家看得起我，今儿个大家只喝酒，我陪大家醉一次。"

程晓军一看前面说了那么多，这钱多多给他打马虎眼。自己一片苦心付了流水。当下举了杯子冲到钱多多面前急道："钱总，兄弟我这个书记当得窝囊，钱总为难的话，就当我前面的话没说。买卖不成仁义在，兄弟永远是兄弟。"

钱多多把程晓军杯子一按："程书记，你我兄弟情谊比天大，其他都是小事一桩。莫急莫急，我不是坐这儿嘛。前面你都说了，那么简单的事，转进转出，比女人生孩子还容易。你先说说这'消薄'的任务时间和期限。要是今晚截止，我马上给你办。要是没那么急，今晚咱们兄弟就是喝酒吃饭，不是说吃饱了饭才有力气干活嘛。对了，你们今天准备的菜，没有一个不合我胃口，超级棒！只是我这个人嘴贱，这两天不知怎么的，老是想到那天晚上小二兄弟打来的那兽肉！"

程晓军："只要不是天上的大鹏海里的龙王，要说这山上有的，钱总放心，其他人没得吃，钱总要尝点鲜，都是手到擒来分分钟的事。"

钱多多："我这人，做人做事讲求个根源，不能吃了人家的肉，连人家是个啥都不知道。"

程晓军："小二，还不快告诉钱总。"

王小二："我去问问菜园里的兄弟。那天天黑，我也是随手打来。说起来也是钱总口福，别人吃不到的。"

钱多多这么问，王小二不好马上告诉说是只山老鼠。他装模作样到菜园地里绕了一圈,看到老三、老四在吃东西。

老三、老四一看到王小二,明白了,这个对那个说:"着着。"

那个对这个说:"着着来了。"一溜烟跑了。

王小二本来是想应付钱多多,听到两只小老鼠嘴里喊着"着着,着着"。王小二回去对钱多多说:"那小兽叫着着。非常珍稀,钱总想吃,总有办法搞到。"

钱多多等的就是这句。对程晓军说:"这着着的味道,还要请程书记多多上心。"

程晓军:"着着啊,是着着,本地山里肉最鲜嫩的着着。你们要马上搞到着着给钱总尝尝。"

程晓军看看程老枪和王小二。程老枪伸手在王小二腰上捏了一把:"你老祖宗!我看你怎么'着着'出来。"

王小二:"哥,先喝酒。大不了以后不来喝就是。"

钱多多那边却是高兴得要命:"期待,期待。"

事实上,钱多多嘴上不急,心里早已是万分期待。只不过他不知道,是一只山鼠把自己从死亡边缘拉了回来。

第二天,钱多多就找人把钱转到了桃花寺村的账户上。蒋一军把这钱往香的民宿、乡里卖建材的老板李文成和几个小包工头上转了转,又凑出一笔,转给钱多多。一件大事就此落地。镇里文件上,桃花寺村提升村集体经济落到实处,还受到了通报表扬。程晓军少不得又请钱多多喝了一场。至此他通晓了道道,知道村集体经济提升,只要几个数字转转。他由这思路,联系到其他工作,豁然开朗。此后专心钻研,果然常常在镇大会上作典型发言或经验交流。他有了这一手,外面渐渐知道县里还有个桃花寺村。

按车程计算,钱多多请来勘测白云洞的专家,还要三天才能到桃花寺村。钱多多运筹已定,不再一天到晚盯着白云洞。他转过了身子,把目光对准了村庄和香溪民宿边上来来往往干活的村民。

"当个村民也不错哩。"钱多多想。自己脑汁绞尽,虽说钱赚了不少,却赚不来眼前这些人的自由与自在。

正羡慕着,他见一个老太婆,背个竹篓,里面放几个大萝卜。那萝卜水灵透绿,让钱多多看了很是喜欢。

"大妈,你这萝卜种得真好呀。"

"给你两个。"

"我要么买两个。"

"买,不给你,你拿两个去。香,给老板拿两个萝卜去。"

香去拿了两个萝卜。

钱多多:"多少钱?"

香:"阿婆不是说给你两个?"

钱多多:"市场经济,哪里还能不付钱的?你明天帮我把钱给她。"

香:"她不会要你钱的。"

钱多多:"那我帮她卖掉,她还要不要钱?"

香:"你帮她卖,把钱给她是行的。但这两个还是不要钱。"

钱多多好一阵感叹。

过了两天,李小元挑着一担玉米棒子从山上下来。钱多多问:"老乡,一担玉米要是卖到城里,值多少钱?"

李小元:"你个大老板,烟都不发一根,让我站在这里跟你说话,你是想让我腰断掉。这一担玉米你来挑试试。"

钱多多忙丢了一根雪茄给李小元。

李小元歇了担子。双手接住雪茄,比担子还重似的。闻了又闻,才用打火机点上:"大老板,听说你这根烟要一百八十元钱。你的命好,今天抽你一根,沾点财气,等下下午打麻将赢它二三十元。"

钱多多:"祝你发财,祝你发财。"

李小元:"发个屁财啊。玉米五十块一百斤,我这里卖三十块差不多了。来去车费二十元,我再吃盘炒粉干,就赚到了到城里晃了一回。不如直接给猪吃,给我长两斤肉,我过年吃嘴上还油两天。"

"我可以让它卖二百块。"

"五十块全给你,多收一分我李小元不是好汉。"

结果李小元把玉米挑到他面前,钱多多傻了:五六十根玉米棒子全是老玉米。和他这个不种地的老板眼中的玉米是两回事。他还以为李小元挑着的是嫩玉米。

他摸着硬邦邦的老玉米棒问香:"香总,这玉米放锅里煮了就变嫩?"

香哭笑不得:"我的钱总,你要是钱多,给李小元捐点也没关系。可是这老玉米要煮成嫩玉米,我可没这本事。"

钱多多挠挠头,他是个从小没摸过锄头种过玉米的人,在城里只看过煮熟的嫩玉米。平时一根五元,风景区卖十元,最贵的十五元二十元。他估摸着李小元那一挑,卖个两百元没问题。他哪里想到嫩玉米是嫩玉米煮出来的,老玉米煮不出嫩玉米。

"我们桃花寺,这玉米人吃一点,大部分用来喂猪。到猪身上变成肉再卖出去,才会变成钱。"

"怪不得这里猪肉特别香,原来它过人的日子嘛。"

"可不是,这猪吃一餐,按城里人吃饭价钱算,也要一二十块。可是在咱们这里,猪是老朋友,自己吃不饱,猪食里也要倒碗饭下去。卖掉一头猪也值不了多少,猪肉十几元一斤,算起来还是亏的——农村人就不计算成本了,反正每年得养上一头。"

"应该把猪肉卖掉,再买猪肉吃。"

香笑得花枝乱颤:"有钱人的想法,村里人不懂。你钱总想吃桃花寺的土猪肉,到哪家都会招待你。哪里卖了猪肉买猪肉的。你在城里没人笑你,你在桃花寺要么做,人家当你神——神——"

香神了两下没神出来,钱多多自己接了过来:"经——病。"

香:"我可没骂你神经病啊,你自己骂自己。"

"不神不经怎么发得了财。我现在要又神又经地卖掉这些老玉米。让大家看看嫩有嫩的优势,老有老的味道。香,你帮我把它全晒干,咱们不卖嫩玉米,卖爆米花。"

这下香傻了。她没想到钱多多脑子转得这么快。

钱江源"多多牌"爆米花品牌,在玉米粒晒干后的第二天,在香溪民宿的露天阳台上发出了噼里啪啦的响声。

钱多多的"多多直播室"也正式开播。

"亲，这是来自钱江源头的直播第一现场，我是多多直播工作室主播钱多多。

站在我边上这位，是我助理——桃花寺村美丽的香香公主。多多进了直播间，绿水青山绽笑颜；香香来到直播间，一个能顶半边天。今天来一起助阵的还有两座可爱的大山，大家看到了吧，我面前的那座尾巴翘上天的山，就是未来即将闻名天下的虎尾山。站在虎尾山上，你尾巴翘上天都没关系。我背后这座，它是一条伟大的江的母亲——莲花尖。什么江？'八月十八潮，壮观天下无'的钱塘江！没错，到这里，你可以一步跨过钱塘江。山水为证，我钱多多为证，镜头前的观众们为证，今天你们将共同见证一场世界上最乡土最热烈的爱情直播。

首先出场的，是咱们最纯朴的铁锅大哥，你看它多憨厚，不敲不响，一敲就响——"

钱多多拿起锅铲，在锅上叮叮当当地敲了几下。他把锅放到了锅架上。

"接下来出场的，是咱们最甜最糯的玉米妹妹。甜到什么程度呢，我保证和你的爱情一样甜，和你的初恋一样甜。

铁锅哥哥，你别看它黑不溜秋，其实它就差一把火。来，让我们为铁锅大哥点上这冬天里的一把火——你就像那一把火，熊熊火焰温暖了我。现在，铁锅大哥浑身发烫，迫切地想它的新娘。好，有请新娘玉米妹妹——"

一把黄玉米粒刷地下了锅。

钱多多挥舞铁铲不停翻动。他是个没拿惯锅铲的人，哪里像是在炒玉米，分明是和锅里的玉米军作斗争。那玉米粒翻过来铲过去，不时有几粒跳到阳台上，钱多多也不去捡——他哪里来得及捡。

香像看怪物一样看着，不明白一个亿万富翁何以会有如此雅兴。她却不知道他这么做，都是为了逗她这个桃花寺村的女儿高兴。

啪一声，锅里一粒玉米绽开肚皮，冒出了白花。

"瞧，美丽的爱情之花盛开了，多么洁白多么甜美！"

钱多多把爆米花塞进嘴里，仿佛那已经不是爆米花，而是他塞到嘴里的一颗糖：

"同志们，铁锅哥和玉米妹的爱情之花，怎么形容，怎么形容呢？看来，我还得到桃花寺小学的三年级课堂里再去学学语文。一定要形容我现在心里的滋味，一个字，甜！两个字，很甜；三个字，超级甜！为了这甜，这第一包爆米花，我们必须竞价，价高者得。喜欢的朋友抓紧扣1，五块起步！"

"一个1，五元；两个1，十元；三个1，十五元……"

香眼睁睁地看着那包爆米花，从五元到十元到二十元，到五十元，一直噌噌噌地窜上了三百元！

这一下午，钱多多卖出了二十五份爆米花。虽然从第二包起没有竞价，但受了第一包三百元高价的影响，后面的爆米花都按每包三十元包邮的价格卖了出去。

香："钱总，你心好，不会两边串通演双簧。怎么真有傻人花三百元买一包爆米花？"

钱多多："人傻钱多是有的，但有些人精，做生意赚他们一分钱试试，半分都赚不来。都是千年老狐狸修炼来的。这个一包爆米花值多少钱，得看放在谁手上。我钱多多手上是三百元，马云手上可能就是五百元。那个股神巴菲特，人家请他吃饭，注意啊，是人家请他吃饭，出场费都要几万美元。这世界上，喜欢就行。你知道不，我有些兄弟为了吃碗面可以驱车两百千米。为了吃块生鱼片，可以打飞的。可不能骂他们人傻钱多，只是一种生活方式。市场经济，你有货他有钱，感情世界你有心他有情，一个愿打，一个愿挨，都是和谐美妙之境。要喜欢，把心掏出来给你。要不喜欢，钱包上虽然没有锁，撬都撬不开。"

香："我搞不懂你们有钱人玩的游戏。可是我真心感谢你把钱江源头的玉米，炒到这么高的价格卖出去。"

钱多多："我多多直播室，为桃花寺村的父老乡亲敞开着。"

李小元拿着钱多多给他的五十元，一连几天到村里的小超市买青岛啤酒喝。边走边喝，还时不时往嘴里扔粒鱼皮花生米。村里人嘲他："小元，捡到钱当仙人，天天买啤酒喝。"

　　李小元："还不是猪嘴里抢到吃的。"

　　李小元酒喝出味道，顺嘴把钱多多五十元买他一担玉米的事说了，村里人人羡慕，说小元命好，猪嘴里都抢出啤酒吃。过两天香到小店里买调料，说到钱多多一包爆米花卖了三百元，半天就卖了一千多元。说得人人叹息，骂钱跟有钱人，不进穷家门。李小元等香走远，更是脚跳得老高："娘的，老子干得累死不如他嘴皮子动动。"

　　手里的啤酒马上不香了。

　　边上人笑了："他嘴皮子抵过你十只手。"

　　李小元："我呸，我都担心外面的钱没咱桃花寺的钱干净。"

　　钱多多炒了一个下午的爆米花卖完，香一算，他竟然赚了一千多元。

　　香："钱总，你把桃花寺村炒炒吧。你看李小元的玉米，在你手上翻了几十倍。"

　　钱多多："这一大袋，不是才炒了一点点？至少要让它翻五十倍。"

　　一包包爆米花打包送出去，钱多多深深体会了直播卖爆米花的喜悦。他决定要把从李小元手上买来的玉米全部变成爆米花卖出去。

　　"多多牌爆米花，吃了就是爱多多。"

　　每天下午两点，他准时出现在阳台上开始直播。不知是广告语深入人心，还是李小元这个大懒汉种的玉米食材好，"多多牌爆米花"人气在极短时间内暴增。

　　李小元的玉米是真的好。他种玉米不施化肥，施自产的生态有机肥。

　　钱多多从原来每天下午二点到四点卖两小时。买爆米花的人越来越多，爆米花供不应求。钱多多哪里吃过这种苦，晚上躺在床上哎哟哎哟叫，一到第二天下午，照样精神抖擞去直播。玉米实在来不及炒，他请香在阳台边上支了锅一起炒。阳台上噼里啪啦，爆米花香气让从香溪民宿路过的乡亲不停嗅鼻子：

　　"香，真香。"

　　就连探险队员来了，钱多多也没停止直播。他在边上另架了一部手机,边直播卖爆米花,边看探险队的直播。

"快看,那是什么?"

探险队员进白云洞第三天下午,钱多多盯着面前的手机显示屏发出了惊叫。几天来,他都通过眼前的显示屏,片刻不停地看洞内探险直播。为了这个,他把"多多直播室"暂时关停了。

太阳不时躲进云里,只把光芒在云边绣上金。天空下的虎尾山忽明忽暗。

钱多多时而悠闲地感受耳边的清风,时而望望那远处一会儿发亮一会儿发暗的白云洞。不知怎的,那天空暗时,他便觉得吹过竹林的风是妖风。光线一明,那拂过山峦的清风又是人间的小清新。无论看云看山,他有一只眼睛始终粘在显示屏上,有一只耳朵始终贴在扩音器上。而另一只耳朵,他始终留给一个人。

恰恰在香端了水果走上阳台时,钱多多发出了惊叫。

香加快脚步走过去,看到屏幕上一团漆黑——探险队进入了光线不足的暗黑处。

钱多多拿起盘中一颗西红柿咬进嘴里。

两个月来,钱多多已经光凭脚步声,就能判断出是不是香了。这使香既感惊奇,又有些不安。香的脚步声是整个桃花寺最轻盈的。听到香的脚步声,钱多多就会想到三月紫云英开遍的田野,一只白蝴蝶在风中轻舞。香身上有三月的气息。这种芬芳的三月的气息和城里女人身上的气息完全不同,它是纯天然的。田野、炊烟和三月春雨的气息。钱多多甚至闻到了奶水的气息。有时他盯着香饱满的胸脯陷入遐想,不知谁有福能亲到那么好的一对奶子。每当这时,他的一双眼珠是藏在黑镜片后的。他再放肆,香也看不到他的贼眼。

香只看到他的喉结在上下蹿动。

摘下墨镜,钱多多的目光里永远流动着绅士动人的光芒。那是香平时在村里根本看不到的,见识过大世界风雨也见识过十里洋场风月的人才会有的目光。它像蓝天大海一样容纳你,又像蓝天大海一样永远看不透。有时,他的大眼睛里似乎流露出了感情,但仅仅一瞬,他又换上了对谁都一样的笑容。香就是在这样的笑容里，一步步地走近钱多多。近到能闻出他身上雪茄的味道，荷尔蒙的味道和沐浴露的味道。当然，还有隐藏在深处的狼的味道、病的味道。

钱多多邀请来的三名探险队员，白天进洞探险，晚上住香溪民宿。

前两天的探险并无多大收获。两天时间，他们拍下了六个洞的全景。前六洞比想象中要直白坦荡。那些对于普通人来说艰险的沟沟壑壑，对他们只是小菜一碟。

探险活动开始的当天，白云洞口举行了隆重的祭奠仪式。队长罗亦龙神情庄重，和两名队员一起在洞口摆了猪头、鸡、鸭，烧了香纸锡箔，嘴里念念有词一阵才入了洞。进洞前，钱多多把他拉到一边：凡是在洞里发现的类似羊角状的东西，管它是石块还是化石，管它是整块还是半截，都给他带出来——谁让他钱多多是个化石收藏爱好者呢！

就在香从阳台露出头的一瞬，钱多多看到罗亦龙从地上捡起了一块羊角状的东西。

"钱总是看到龙了还是看到豹了？"

香对着漆黑的屏幕和钱多多开起了玩笑。

钱多多指指身边的另一张椅子，让香坐下。

"香总，你说徐小汉母亲磨的青衣皇后的角，真是白云洞里捡来的？"

"村里人都这么说的。传说么，说来说去就这么传下来了。但有人去查过族谱，徐小汉就是族长的第七十一代孙子。"

"哦，这就可以连起来了。村里什么时候开始有这传说的呢？"

"这个要问村里的老人家哩，我也不知道。反正我听说的时候，他们已经不知道传了多久了。我叔叔是见过徐老秃从坟里蹦出来的样子的。只是徐小汉究竟是不是这青衣皇后的角治好的，这个要问徐小汉本人。后来喝过的估计只有丁小艺老师了。"

"丁小艺？"

香把丁小艺的故事又说了一遍。

钱多多沉默了许久。

"按理说，徐老秃埋在坟墓里，只过了二十年就成了猴子大小。要是丁，丁老师也会复活，她该早就复活了对不对？"

"丁小艺老师可能并没有喝下那碗汤。汤磨出来后，已经太迟了。"

钱多多眼里射出了奇异光亮，又马上黯了下去："真希望丁小艺老师的坟墓裂开，从里面飞出一只蝴蝶，程德寿老师也变成一只蝴蝶——后来就没有人再进白云洞去找过青衣皇后的角？"

"不要命啦！咱们的老祖奶奶一定是爱子心切，天地都被感动了，老天爷才会赐给她一根。平常人怎么能得到呢？再说平常人得到，你争我抢的，哪里有个出头。最后无非都是为了钱。你看看桃花寺村这些老百姓，钱虽然没有你们当老板的多，可脸上笑容多。他们住的房子比不上你们的豪宅，可是喝起土酒来的快乐可不比喝茅台酒少。咱们这里要那么多钱干吗，生不带来，死不带去。"

"可是没钱，要交个学费医疗费用什么的，不是挺头疼？"

"以前确实挺头疼的，要到县里医院治个病，都得到乡信用社贷款。现在县里有了合作医疗，当农民的交个几百块钱，也可以和当干部的一样报销医药费。命就值钱起来了。"

"就不怕生大病？"

"你们有钱人才怕生大病。你看这些父老乡亲，哪个怕生大病哪个又有那么多病？我从小到大，到现在没有去过医院哩。病这东西，你不把它当回事，它也就这么好了。你要太把它当回事，小病治成大病，大病治成绝症也是有的。这个我是听我们村里的赤脚医生说的。他说最好的药我们身上自己带着，不用到医院去配的。"

"神人呀！"钱多多一声喟叹，"要是城里医院个个像你们村的赤脚医生，多少医院要关门。"

"我们村里的这些村民，你带他们查查，说不准八九十岁的，比你钱总还身体好。他们不是怕活不长，还怕自己活得太长，孤独呢。"

"孤独？"

"从小玩到大的人都走了，和小辈又没什么话讲，能不孤独？要我说，我可不要活得太长，九十岁就差不多。"

"啊——"

九十岁离他多远呢,这个数字想想都让钱多多头晕。他才四十五岁,按香的理想岁数去活,人生的路一半都没走到。可是他走得多沉重呀,别说九十岁,七十岁对他来说都是个跨不过去的天坑似的。生命之脆弱,在健康时感受不到,一到临界点上,脆弱得就跟风中的秋叶一样。

他不说话了。忽然无比羡慕眼前这个单纯快乐、健康得像粒古铜色麦子的姑娘。他真愿意拿出他一半的家产,不,全部的家产换眼前这个姑娘快乐无忧的生活。可是,他很快发现,眼前的姑娘眼里飘过了一片愁云。

哪个负心的家伙才能惹动这样美妙的愁云?钱多多不由有些嫉妒。

"你刚才,究竟看见什么了?"

"哦。"钱多多从遐想中醒来,"洞里乌漆墨黑的,灯光又一闪而过,我怎么感觉那看不见的地方,有条大蛇似的。可是一闪又不见了。"

"钱总一定是想多了青衣皇后。那蛇该不会还头上长角吧?我听说青衣皇后是头上长着鸡冠的。这回要是你的探险队发现了,咱们桃花寺就天下闻名了。"

"一个尼斯湖水怪都兴风作浪了这么多年,要是真有青衣皇后,不要说普通人,就是探险队都会踏破你这民宿的门槛。到时,你就天天忙着数钞票喽。"

"我也不求多的,只要有钱总这样的客户住在店里,我就心满意足了。像我们这种小本生意,不求撑死,别饿着就行。"

"唉,桃花寺村真是处处有高人啊。对了,香总,那天晚上请程书记他们吃饭,最后上的那道什么着着肉,不知道什么时候可以再尝尝?那味道,香!"

钱多多得意扬扬地看着香,这是他这辈子用得最妙的一次双关。

香果然脸红了起来。

"这个我看着也不知道是什么好货,小二叔提在手上进来时,已经是剥了皮的,那么光溜溜,我可连看都不敢看。"

"按说我钱多多这辈子吃过的山珍野味也不少,舌尖记忆也还有一些,那天的东西确实是之前没有领教过。"

"只要不是国家保护动物,让王小二再给你打一只来——"

钱多多来了兴趣:"那要靠香总了。"

香:"国家是规定有些保护动物不能吃。不能吃的是第一代,后面自己人工养殖的,就可以食用。"

"你抓紧问问,最好明天就端上桌。"

"明天绝对上桌。"

王小二拍着肚皮保证。他随后弯着腰差点没把肚皮笑破。吃龙肝凤胆,他王小二没这个本事,想吃只山老鼠,不要说明天,现在就可以提一只来。石头砸不到,锄头挖都要从山鼠洞里挖只出来。只是钱多多上次问他时,他实在是不好意思如实相告。毕竟人家招待自己是海鲜茅台雪茄,总不好意思说桃花寺给客人吃山老鼠肉。

王小二刷刷刷在毛竹上飞行时,他可从来没有把这些小家伙放在眼里过。

"叫你们资格老,瞧不起我王小二,老子给你们喂老鼠肉吃。"

整桌人,就他王小二没主动去钳一撮毛的肉。程老枪去盆里钳了一块,被王小二装作不小心用筷子敲落下去:"大哥,你还有什么没吃过?省一块下来给书记,给钱总他们。"

王小二筷子上有话,程老枪的筷子就不向老鼠肉的盆里去了。

有人吃老鼠肉吃出瘾来了,还居然是钱总。王小二想到钱多多一根雪茄叼在嘴上,现在这嘴来向他讨山老鼠肉吃,他自尊心得到极大满足:

"香,你说人嘴是不是很贱?没喝过茅台酒、抽过雪茄烟的,都当宝贝喝、当宝贝抽。我看钱总是见大世面的,那么笑眯眯的,其实看我们都是乡巴佬。没想到他老人家好东西吃滥了,咱们看不起的东西他倒香了。"

"钱总面前可不兴说这话啊。天下东西本来不分贵贱,就看摆在哪张桌子上。你说说,那天晚上打到的究竟是什么好东西,剥了皮怕人家知道。还着着、着着呢——你快说,别搞得这么神秘兮兮的。"

"好东西,我需要剥它的皮?还不就是只山老鼠。"

"是这个呀,我是说你怎么那么快,就打到好货了。我以为是只獾猪呢。"

"獾猪我舍得剥它皮？那是宝哩。熬出油来煎鸡蛋，胃溃疡吃一个好一个。这个秘方我算教你啦。钱总想吃山老鼠，我明天给你提一只来就是。你要剥皮的，我就给你剥好皮；你要自己剥皮，我就活蹦乱跳地给你拿过来。按上次的烧法，可不能技术走样。不能让钱总笑咱们技术发挥不稳定。"

香："要说山老鼠，你到我后面菜园里看看，说不定现在就有。不过，别说是山老鼠，还是叫着着吧。"

王小二挂掉手机，从竹子上飞到香溪民宿菜园时，看到莲花峰的山鼠老妙、小棋正在菜地边上啃骨头。

王小二从裤兜里摸出石块，考虑是打老妙还是打小棋。这老妙长得长而壮，小棋却胜在看去肉嫩。王小二最后决定打小棋，哪个老板不爱嫩的。

王小二手中的石块正要飞出，一团黑影射向老妙。可怜老妙只来得及发出一声"吱"，就四肢抽搐，被黑三郎的毒液毒死了。

小棋吓得傻在那里，底下滋出一股尿水。

黑三郎凶狠的袭击让王小二都看呆了。他平时印象中眼镜蛇攻击时，都是高昂着蛇头，用毒牙和毒液攻击的。黑三郎攻击的姿态完全不同，王小二只看到一个飞旋的三角一晃，老妙就倒在地上抽搐着死翘翘了。

王小二手中大卵石捏出了汗。这种石块他家里捡了一大堆，每次出门他裤袋里带一块，大部分时候是防身用的。他本想一石块砸死黑三郎，想到这么歪歪扭扭的一条蛇，模样难看不说，眼神又实在不讨喜。要是条乌梢蛇它就死定了，王小二铁定把它进贡给钱多多喝蛇汤。正好小棋傻在那里，他就砰地打翻了。

"臭草鞋。"

黑三郎冷冷看了一眼王小二，卷着老妙越缠越紧，把老妙的舌头都勒了出来。眼见老妙死到位了，黑三郎把身子松了，闪电般消失了。

王小二骂道："神经病。"下竹子拿碳铵袋把小棋装了，扔到了香溪民宿厨房。香给了王小二一包阳光利群。王小二接过，说了句："今天你菜园里有条蛇奇怪，像把弯镰刀飞来飞去，还咬死一只山鼠，快得不得了。你要小心些。"

香："都老朋友了，哪天不见到蛇啊鼠的。不管它们，我只是把些肉骨头放那里，谁来吃谁来抢是它们自己的事。"王小二跟李春梅说起黑三郎，李春梅也暗自称奇，对王小二说："你这天上飞的人，不怕它地上的，可是也还要小心点。人要比武艺，这些山里精灵也是勤勉得很，会苦练技艺的。"王小二暗暗点头。别的不说，他自己就是憋屈着一股暗劲，练出了硬功夫。江湖上奇人多奇功，这条蛇也是让人开眼界。尤其缠着老妙时那眼神，够狠够毒。

钱多多又吃了一盆山鼠肉。

香看他一块入嘴，另一块钳在半空，忽然想到王小二的话，不由抿嘴一笑。

"钱总，慢慢吃，这儿可没人跟你抢。"

钱多多指指身边的位置让香坐，不料嘴里一时空不出来说话，只顾着撕扯山鼠肉，这块刚咽下去，那里一块又塞了进去。

好不容易腾出一张嘴对香道："吃，一起吃。好吃！"

香抚着胸口，她怕中午吃的东西从喉咙里跑出来。事先不知道是山老鼠，让她尝一块说不定还行，现在知道了再让她尝，那除非有人把她嘴捏开，从喉咙里捅下去。自从王小二说出山老鼠三个字，上一盆山鼠肉留在空气里的腥臊味似乎又冒了出来。

她哪里知道，钱多多嘴上吃山老鼠肉，心里却如在吃神药。他吃得鼻尖冒汗，想到等会这神奇的肉会在他肚内翻江倒海驱除病魔，他恨不得把整个盆子都咬进自己肚子里，一滴汤汁都不浪费。哪里会想到香抚着胸口是想吐。

香抚胸口的样子真好看。钱多多真想腾出手替香抚一抚。相比虎尾山和莲花峰，钱多多觉得香胸前的山峰更好看。

和生病之前前呼后拥的热闹，现在有香在餐桌另一头看着自己吃饭的日子，是多么温馨。他在花丛中用金钱买来的那些短暂的欢乐，换回的只是事后无尽的疲倦与空虚。它们和雪茄烟头上冒出的青烟一样，只是让寂寞隐身片刻。等青烟散尽，寂寞依然会紧紧地抱着孤独的自己。眼前的温馨，他并没有刻意付出什么，可是却让他实实在在感受到了家庭般的温暖。

这餐饭钱多多吃了很长时间。

罗亦龙他们就坐在桌子另一边。这些天南地北漂泊的探险家，见惯了自然中的险恶，对于饮食上的要求根本就等于没有要求。他们不再坚持自己的口味，习惯性地选择入乡随俗。越土越地道的，他们越喜欢。香每天给他们上的都是不同食材的本地菜，桐村三层楼、辣椒包、腊肉炒白苦瓜、汤瓶鸡、何田清水鱼、马金豆腐干、青蛳……只要不怕辣，钱江源头的菜着实是好吃的。罗亦龙他们吃得胃口大开，顾自嘻嘻哈哈。偶尔对着钱多多举杯敬一下。对钱多多面前的那一盘，他们却是筷子都不去沾一下。这使钱多多很满意。

吃饭之前，钱多多和罗亦龙交流了一天的收获。对显示屏上巨蟒的闪现，找到了合理解释：确实在罗亦龙头顶的上方，有一条石钟乳像巨蟒。而钱多多看到的眼睛，是洞顶水滴在额灯亮光下的反光。

钱多多吃完小棋的肉，抽了半根雪茄就早早上床了。他准备着和第一次一样，电闪雷鸣，风雨交加。

他静静地把自己捂在被窝里，想起小时候看祖母在锅里蒸麦粿，祖母边揭锅盖边教给他的道理：

"锅盖揭开之前，不要给锅里的麦粿下结论。"

祖母定义一个麦粿成功的标准，是起锅时表皮的泡要大个。有大泡的麦粿咬去松软香甜，鼻端的麦香能让人想到辽阔的麦地。要是一个泡都没有——

"那你啃的就是麦地，而不是麦粿。"

钱多多想到这里，不由得笑了。

今天他差不多独自吃了一盆肉。和上次一样，那肉鲜嫩极了。难道这就是青衣皇后的肉？钱多多自己拍拍额头，无声笑了起来。

吃到青衣皇后肉显然不可能。王小二没那能耐不说，他钱多多自认也没这个命吃。按香的描述，青衣皇后是一条蟒蛇的样子。他在钳盆里的肉时，至少钳到了两条腿。难道是烧的汤里有青衣皇后的成分？他装作请教的样子，仔细地询问了厨师的烹制过程。油多少，盐多少，黄酒多少，姜椒蒜多少，就没说还加了一碗或一勺什么红汤。

他回头想到那日程晓军来喊他，自己躺在床上，身体没有一丁点气力，要么是拉肚子拉糊了，要么是吐糊了。一个快死的人，眼前经过的一切都成了救命稻草。那时他被重病困住的身子原本多么僵硬沉重。现在一切都在松弛、升腾，看不见的深处冰山在消融。自然界的冰山神圣而冰洁，他体内的冰山却是不通气血的痞块，冰凉而坚硬。他沐浴在泡泡中，随泡泡起来的还有灵光一闪：徐小汉在喝了一碗青衣皇后角磨的汤后，也是上吐下泻气息将绝的样子！

这中间究竟有什么看不见的关联？

他等待薄荷糖掉进可乐的感觉，全身都在冒着泡泡。

他在床上躺了半天，只有吃撑了的饱胀感一直陪伴他直到沉沉睡去。那让他无比渴望又无比恐惧着的上吐下泻没有到来。

第二天清晨，钱多多小腹剧痛，放了长长一串响屁之后，听到门口传来敲门声。

钱多多跳了起来，冲过去一把就开了门。门口和前一次一样，站着程晓军！

父亲进白云洞那天清晨，是探险队到桃花寺村的第七天。

有了探险队当先锋探路子，父亲跟在后面，顺利进了前六个洞。对于白云洞的前三个洞，父亲闭着眼睛都可以跑进来。有神勇祖父的照顾，父亲这辈子很少独当一面，除了抓石鸡。它做什么事都按指挥行动。祖母说到白云洞找神药，它连神药是什么都不清楚，就被自己的母亲和子女推进洞里来了。

洞里的幽深将它压缩成小小一粒时，它才深深地体会到这世间唯一关心它的是它的爱人——就是我们的母亲。至少在它这个年龄段是这样。父亲还发现自己什么都没准备就来了。它心中的神药，是长在洞边的一朵灵芝，是开在洞内的一朵奇花，是千年没有孵出小龟的一只龟蛋，或者是洞最深处的一把湿泥土——把它撒在祖父断腿骨上，骨头就会自动连接上去，肉会自动长出来。对这些，它还没完全心中有数。所以它站在洞口和刚进洞的样子是可笑的，茫然的。好在它站在洞里茫然无措时，罗亦龙他们有说有笑地钻进来了。

对父亲来说，罗亦龙他们就是三道白光和洞里嗡嗡的回响。

父亲忙闪到角落，心里惊惶不已。洞里面有什么危险暂且不说，现在看来，从洞外进来的就是一帮要命的，听听那脚步声就知道彪悍难对付。父亲趴在洞口的一丛杂草下一动不动。它本来对黑黑的山洞并不恐惧，之前进来捉石鸡，每次都感觉这白云洞就是上天赐给它的一个粮仓。他的注意力全转移到了洞外的探险队身上。好在黑暗为它穿上了一件保护衣，黑暗使它心安。

叮零当啷的声音越来越近，探险队每人的身上都挂满了绳子和搭扣。

它很快听清楚了，这是一群来白云洞探险的人。他们向洞里走去，熟门熟路的样子。它悄悄地跟了上去。和探险队员保持着刚好能听清楚他们讲话声的距离。

"这么大的洞，要搞旅游项目，那不得投资几个亿、几十亿的。"

"人家大老板，爱投的就是这种项目，把旅游的人吸引过来，子孙后代就等着数钱。"

"其实他不投资，喜欢这里的人自己会来玩。他一投资，这块地就成了他的，咱们下次来，还要花钱买票——会不会有哪里不对劲？地球难道不是大家的，不是人人有份？凭什么他们挖挖弄弄，加个门、加个锁、加圈栏杆，就卖起票来了？"

"喂，老李，谁叫你这么喜欢在洞里钻来爬去，不像人家就专心钻一个钱眼。你看你，这个洞里爬爬，那个洞里爬爬，没有一个洞留得住你。"

"哈哈，罗总，你说错了，还有一个洞是留得住他的。老项，你看罗总把你的那点秘密都暴露了。快坦白，最近有没有被哪个缠丝洞迷住。"

"少来——嘘，你们停停，我怎么感觉有人在跟踪。"

三个人停住。父亲听到了洞里的滴水声和自己的心跳声。这老项的耳朵真是太灵了。它把爪子放得够轻了，难道还给他听出来了？

"嗐，老李，你莫不是昨晚没睡好，到了这洞里开始说梦话了？这种地方，谁会来跟踪？你花钱请他们还不来呢。再说要来的话，咱们还多个伴。"

"话是这么说，人心比山洞深哪。咱们不来，他们未必敢来。咱们来了，他们可能也就来了。不管怎么说，大家小心点。"

父亲不管他们谈什么宝贝，它想着它的药。这黑咕隆咚的洞，就算有神药都不知道藏在哪个角落。它决定一路跟着碰碰运气。爷爷曾经告诉过它，运气好了，踩上狗屎堆都会变黄金。

父亲跟着电筒光一路走。它决定要是电筒光照到了那神药，它一定不顾一切冲上去咬一口。它极为后悔没问清楚祖母神药究竟是什么就出发了。它都是五个子女的父亲，办事还是这么草率，活该经常挨祖父的白眼：

"儿子像娘，我看是儿子像娘。"

对祖父的话记仇，父亲就不会来白云洞找药。要说一点不记仇，它又没这么大的肚皮装委屈。所以总计起来，父亲来白云洞找药，更多是替祖母来。自己的母亲在小辈面前表出那么大的态，当儿子的无论如何要造个台阶让它下。不好说出口的是，冥冥之中它一直在等待一个机会。

一个当英雄的机会。

"罗总，你说钱总让我们捡个牛角羊角什么的回去，你说这洞里会有？"

"他也就说说吧，这种地方牛羊会来？那肯定是头笨牛。或者，他只要牛羊角状的物体吧。当老板的人，白天晚上没啥事，谁知道他们心里装些啥。"

"他不说自己是化石收藏爱好者嘛。"

"老板的话你也就只能听个十分之一或者百分之一，你要认真，就天真了。他说要捡牛角羊角，就给他捡呗。"

"我可不信他让咱们来就是给找块化石。"

"格局，你看你这格局，活该这洞钻钻那洞钻钻。人家钱总什么人，你什么人，借你个登天梯也没人看得高。他是准备和村里合作搞个旅游大项目。要弄一个十八，嘿嘿，十八那个洞……"

"十八什么洞?"

老项牙齿格格抖。

"是那个什么十八……转运洞什么的。你丢人丢在兄弟面前就算了,出了洞一定给我闭住嘴,不要乱说话。钱总他说什么能成,那肯定能成。咱们最后在这转运洞开发成功后来好好转转运,说不定离开这里马上就发大财。"

三个人边说,边把电筒光在洞里这儿照照那儿晃晃。父亲哪里想到自己可以沾这光,把洞里的景象好好地看了几眼。硬生生把一个指头大的胆吓成了芝麻那么大。它看到的洞里,全是鬼影幢幢。

父亲跟着探险队七拐八转,来到了第十五个洞。这洞极为宽大。父亲一走进去,立即被那种没有边际的黑暗震慑住了,它感受不到自己的存在。三个探险队员也不再说话,电筒的光射来射去,往洞顶照去不见反光。洞里回荡着呜呜的回声,有如鬼哭狼嚎。父亲转了身想逃,可它是跟着电筒光来的。眼睛一离开电筒光,它就在梦境里一般,不知道出路。

要不跟紧点,怕是要死在这里了。父亲内心惶惶不安,耳边突然传来"啊"的一声,姓项的队员掉了下去。好长时间才听到他滚落到底的声音。

父亲的心一下提到天灵盖,气不都知道怎么喘了。

罗亦龙急道:"老项,老项你没事吧?"

底下呻吟了一阵,传来老项回应:"我没事,能走动。"

老项深吸了几口气,胸口虽有些发闷,肋骨隐隐发痛,并不碍事。挪步时,右小腿一阵剧痛,忙用电筒照了,原来被尖石划了半尺长一条口子,深及半寸。老项忙再走两步,痛归痛,却还能走,暗叫侥幸。这么深不见底的洞,万一落差大,粉身碎骨也就罢了,要是跌个半死不活不能动弹,才是最可怕的。

罗亦龙放下了心,嘱咐道:"自己包扎一下,用酒精消消毒。看看底下的情况,怎么上来?"

老项坐在地上处理了伤口。用酒精消了毒,洒了云南白药,上了绷带。一时舒服了许多。他本来是个谨慎的人,没想脚下原本踩牢的石头突然松动,另一只脚要支援,没想踩到青苔上,整个人便沿着一面坡滚了下去。这一滚,落差已是四五十米。好在底下是一块阔地。他跷着脚走了几步,隐隐听到细细的水声。只是不知水从何来,也不知流向何处。他走到中间空阔处,电筒光照到四四方方一张台子。不由大为惊奇,以为走进了哪个大户人家的院子,中间摆个茶水台,供人吃茶消遣的样子。但这洞这么深,外面的人不会这么无聊,要摆张桌子进来吃茶,只能说明是有人住过的。心里咯噔一声,嘴里不知冒出什么滋味来。能住这么深的地方,怕是只有三种:要么神仙,要么鬼魂,要么大侠。是福抢不走,是祸避不掉。老项硬着头皮走过去时,等看仔细了,不由得暗暗叫奇。发现哪里是台子,原来是一块石块摆在中间。又分明不是摆的,底部连着下边的巨石,竟是一张连体石桌的样子。不由感慨大自然鬼斧神工,伸手在石桌上摸了一把。

入手冰滑,竟像摸在冰块上一般。老项心下奇怪,伸出右手中间三根指头又抚了一把。这一抚真使他心神摇荡,觉得手上的细腻,竟是他摸过的女人没一个比得过的。这些年自从他跟了罗亦龙到处探险,几个人一路拉赞助发直播,日子不说富足,倒也逍遥自在。罗亦龙是白天黑夜闲不住的人。老项和老李跟着他瞎混,最后都败下阵来,惊叹罗亦龙日日笙歌夜夜艳舞,白天夜晚都在钻洞也不嫌累。

昨天他和老李睡下了,罗亦龙还独自去村里转了一圈才回来。

老项这边惊奇手上感觉不像是水。放在鼻端闻闻,有一缕人间没有闻过的说不出是香还是腥的味道。罗亦龙和老李在上面走一阵,用电筒找了一阵,没有发现下一个洞的入口。

老李:"这桃花寺人看着实诚,说白云洞有十八个洞,怎么到十五洞就没了?他们把洞闭掉了?"

罗亦龙:"老李,我之前小看你哩。闭洞这样的大事,亏你想得出来。不是没有可能,但这么大这么深的连环洞,你我空手进来都不容易,要不是吃饱了撑的,谁有这闲心去闭洞。除非——"

老李:"除非什么——"

他本来爬高摸黑惯的人,对于自然界的鬼斧神工并不害怕,对于有人为痕迹的却每每使他感觉深不可测,从心底冒出寒气来。罗亦龙这声除非，背后的内容似乎超越了他的想象。尤其老项跌了下去，在这漆黑的洞中回声又空旷。

"除非这闭洞的人是能指挥一大帮人的，或者，这被闭的洞口只有很小的一处入口，就像第七个洞。"

第七个洞口他们三人是爬进来的。罗亦龙身材庞大，还差点卡住。

他们这边交谈着，那边老项不停用手电筒照来照去。一道光柱子在洞里划过来划过去。

洞里太黑，电筒光一大半被黑暗吃去。老项略走了走，明白滚下的地方是重新上去的最佳路径。便手脚并用往上爬。爬到一半，那边罗亦龙和老李垂了绳子下来，老项抓了绳子攀上去。

罗亦龙把绳子和老项一起拽到身边，鼻端传来一阵香，问老项："你怎么这么香的，下面有老妖婆给你摸到了？"

老项把底下石桌子的事一说，惊奇道："这真是香？我鼻子闭的人，还以为是什么妖骚气。"

罗亦龙："不懂了吧，骚气最香。你看世上女人，那正经的，她搽得再香，你闻去不过是兰花味。你闻着香，可不敢靠近。那腰间放出骚劲的，她搽的是天底下最差的香水，你闻去却是最香的。"

"骚不是臭吗，怎么会是香？老大，你是怪人有怪鼻。"

"有些女人是骚，有些女人是香，不一样。譬如你吃菜，菜香不同，菜味自然不一样。那香气生猛的，滋味也生猛。"

"老大，这洞看来也就是十五个了，咱们又不能变它三个出来，怎么样，打道回府吧，不然站在这里冷飕飕的。咱们还是回去骗钱总拿瓶好酒出来吃吃实在。反正他们有钱人，难道还自己走进来查证不成。"

"有酒喝，没女人陪，有什么意思。"

"看来老大又想女人了。要不，今晚咱们到城里去转转？找个妞给你好好捏捏，让你舒坦舒坦。"

"这小村旮旯的，要说女人，自然都是些山野村姑。屁股大块是大块，手脚都是硬邦邦的。不过要说一片荒漠倒也不会。你看这民宿的老板娘，要屁股有屁股，要奶子有奶子，放到城里去，还是个头牌哩。"

"哈哈哈,老大瞄准的,还有什么拿不下的。要么今晚灌醉她,随大哥怎么摆弄。"

"你就没见钱总看她那眼神?这眼神,对他喜欢的是柔情蜜意,惹到他说不定下一步就是杀人放火。所以但凡老板瞄中的女人,嫌命大就去,想多享受几年美好人生,我劝你在被窝里自己撸撸算了。"

"嘿嘿,是,罗总。老板看中的女人,都是天上派来的仙女。我们平时看都看不到。对了,老大,这钱总让我们给他弄点化石出去,咱们反正要收兵了,要不捡块石头交交差。钱总一高兴,说不定就请咱们吃茅台酒、抽雪茄烟。"

"你小子一天到晚就知吃吃喝喝。把活干好了,烟酒都不是事。不过你不提,我差点忘了。钱总是交代过要给他留意一下洞里有没有化石。化石不化石我们不管,这地球上哪块石头不可以叫化石?哪块石头不是千万年前来的?只要不是人工造出来的水泥块,都是化石。人家有这爱好,我们就满足他。他先满足了,才会让我们满足一下下——老项,你坐这儿休息休息,我和老李下去再转转。那么香的桌子,我也去摸摸,说不定能让女人都酥倒,我以后就手都不洗了。"

老项嗯一声,坐下去看罗亦龙和老李往低处走。他看到的实际是两柱电筒光撑在黑暗中往下走。那两白点越走越小,他真怕他们被黑暗吃了,或就此跑了。

脚上剧痛稍解,白云洞在老项耳边安静下来。他听到了有什么在喘气。

这让老项大为惊吓。这不是第一个洞,是第十五个洞。而且那喘息就在边上,极力压抑,仿佛只等老项一转头,好把他一口吞下。

他使劲憋住呛到喉咙口的咳嗽,倾着耳朵听。

这是老项头一次感觉虎尾山是活的。十五洞是虎尾山的胃。自己与罗亦龙和老李在山的胃里,排队等着被消化。这念头使他恐惧,血压随着心跳马上飙升上去。如果白云洞真的是虎尾山的胃,他们很快会成为一堆消化物从山某处排泄出去,分不出你我。还有一种可能,是永远在这洞里化为尘埃或微生物,千年万年亿年再不见阳光。这使他异常紧张。他已经有了女儿。天哪，那个浑身散发着清香的小天使让他这辈子都爱不够。他活下去的希望、动力和支撑，都藏在她嘴角的微笑里。他真想抱抱她。他果然眼一闭就抱到了她，抱到了所有他在她身边或不在她身边的日子，抱到了洞外的世界。她糯糯软软的小嘴嘟在他脸颊上亲他。他闭上眼睛，忘却了黑暗和痛苦。

老项坐的地方离父亲半尺。

父亲也不敢动弹。父亲不知道老项正闭着眼睛，陷在父女情深中。老项不知道背后还有只山老鼠趴着。他只是惊觉了有什么在喘气。父亲应该是在虎尾山的雾气里钻得多了，气管里经常会有棉花糖似的东西塞着。越是安静的环境，喉咙里的痒越喜欢爬出来折腾它。

父亲从老项刚才忍受痛苦的哼哼中，听出是个狠角色。惊动他惹怒他，大概率有自己受的。好在洞里的黑压迫着它，也保护着它。它将肚皮收紧，放轻呼吸，拿爪子轻揉了胸口，继续融在黑暗之中。黑暗中虽有凉意，对一身浓厚的皮毛来说，算不了什么。它年轻有力的心脏泵出的血浆，让它周身暖洋洋的，它几乎要在静谧与温暖中睡去。自从那五个不知天高地厚的小家伙从娘肚皮里蹦出来，它这个当父亲的比陀螺还累。它差不多每天进窝出窝上千次，空瘪着肚皮把捉来的蚱蜢、蚯蚓、石鸡塞到一张张小嘴中去，看它们圆滚滚起来。

母亲的奶水越来越不够我们喝了。

父亲是被老项的呻吟唤醒的。这呻吟让它忽然想到了祖父。它张开眼睛，感觉有个神灵一样的东西站在黑暗中闪着光芒，默不作声地提醒它不是来白云洞睡大觉的。

祖母交给的任务把黑暗更沉重地压到了它肩膀上。

"神药！"它嘟囔了一声。清醒了些，又重复了一遍："神药！"

老项听到身后吱吱两声。

这使他大为吃惊，向身后猛转过去。电筒光当然没能照见父亲。父亲是趴在他身后的，只是比他的脚后跟略高一点。老项电筒的探照光在父亲上方扫来扫去，至少有一部分光落到了父亲的皮毛上。父亲偏灰黑的毛色完美地融进了黑暗中。父亲就像黑暗的一小片皮肤，令老项难以察觉。

父亲自有打算。它决定电筒光什么时候打到它身上，它就什么时候逃。至于逃跑方向，那是亮的时候才做的决定，黑暗从不替人决定方向，只要电筒照不到就行。

这时它和老项都听到下面传来惊呼："哈哈，瞧，宝贝！"

这话使老项忘了脚伤，从地上猛地站起来。剧痛令他一阵趔趄，他一甩右手后以求平衡。电筒光自前往后，直直地刺入父亲眼睛。

父亲毫不犹豫跃起，向边上蹿去。

这一蹿让它在接下去的很长一段时间四爪落不到地。它听见耳边风声呼呼，心肝肺却直往喉咙口顶。它明白自己在急速下坠，而且越坠越快。它迅速蜷起身子，保持我们老灰家族从高空坠落的自救姿势。运用这种姿势，可以让从一百层楼那么高的地方坠落的山鼠也不会遭受严重的伤害。父亲保持这个姿势的同时，四爪不断在空中抓着，它努力地想在着陆前抓住点什么，比如一根藤条，一根树枝，以使伤害减轻到尽可能低。谁说它什么也抓不着呢。你看，它在狂喜中抓到了一根细细的、硬硬的东西。这根救命稻草使它获得了心安。这样，它在一个圆形通道里乒乒乓乓的时刻，它始终紧紧抓着它，并没有意识到它是自己的尾巴。最后它砰一声砸进了水。在水的溅起中毛发上竖，身体却像一发炮弹继续在水中呼啸前进。

水面以坚硬迎接它，以冰凉包裹它。水减缓了速度，又将它揉进漩涡。它无法呼吸，知道自己陷入了另一种险境。但它是欣喜的，至少在水里可以死个全尸。巨大的惯性将它一按再按，深深地按进了水中央。好在它的爪子还没有触底时，就停止了下坠。这时，水变得温柔起来。它们拥围着它，轻轻将它托了起来……虎尾山和潜龙潭千百年来的秘密，就是这一天被父亲发现的。

钱多多久久盯着羊角，不时放到鼻子下闻闻。

羊角状石块散发出的神秘气息使他迷醉。他血液里的脉动和这香气有着奇妙的呼应。他每多吸一口，便往身体里吸入了能量似的。这正是他最想要的东西！

他早在显示屏上看到了这根东西。尽管没有声音，他还是可以看到老李脸上的激动和罗亦龙双手舞动的样子。他和罗亦龙他们约定过，显示屏上他只看图像不听声音。

"要不然你们放个屁我都听到，岂不是很不美妙。"

屁声自然不美妙，钱多多怕的是洞中有什么突发状况，他们的声音会传入自己耳中。自从患病之后，他对于突然而起的惊叫充满了畏惧。

他不知道老李为什么那么激动。这激动使他疑心老李知道了角的秘密。好在角现在到了自己手中。他最怕的是今晚等不到他们。

现在他们就坐在他面前。他满意地看着他们实诚的脸。他最想要的东西在他手中，酒杯也在手中。

他走到他们身边敬酒，闻到了他们身上的香气。

"厉害，这香气厉害。"

"钱总，我不过在桌子上摸一把，这手就——"老项接口道。

"香了？"

钱多多把杯子举向老项。十五洞太黑了，钱多多也没有每分每秒都盯着显示屏。在那么黑的洞里，就像在那么黑的夜里，爱摸啥摸啥，摸啥都看不见。至于香臭，全凭运气手气。

罗亦龙向老项使眼色，老项没看见。罗亦龙忙挤向钱多多："钱总，我敬你。这桌子香是香，可是摸起来，滑腻滑腻的，像鼻涕虫爬过一般。不说这个了，我怕钱总听了饭都吃不下。对了，还有件事还得跟钱总汇报汇报。"

钱多多："别说汇报，咱们兄弟还客气什么，请罗兄直说。"

罗亦龙："钱总，我向钱总汇报的，就两件事：第一件，钱总要的石头，我们给拣了一块出来，合意不合意，这个钱总定；第二件要向钱总汇报的，就是我们的任务已经完成了。来，老李、老项，咱们兄弟一起敬钱总。不是钱总关照，咱们也不会来白云洞。还好老天照应，到今天好歹完成了钱总交给的任务。"

"完成任务？"钱多多的眼珠又大了起来。

"钱总要的羊角化石我们捡来了，洞也探到底了，自然是完成任务了。"

"你们今天进的是第十——"

"十五洞。"

"十五洞就完成任务了？白云洞不是十八个洞？你们还有三个洞的任务哩。来，喝了酒早点休息，明天还要干活。我那最好的年份茅台酒给你们准备着办庆功宴哩。"

"钱总太客气了！我们兄弟能得钱总这份心意，实是感激不尽。不说上刀山下火海，为钱总两肋插刀是不在话下。不过这洞真的只有十五个。要说十八，我估摸是这里的先人出于某种目的编造的。或者十八个洞是有的，恕兄弟无能，找不到继续下去的洞口。"

"哦，这就奇了。你们看到十五个洞，桃花寺人为什么会说是十八个洞呢？难不成这里还有什么秘密？"

"钱总钱总，罗总他们勘探得怎样了？"

钱多多正犹疑不定，程晓军带着蒋一军推门进了包厢。

"还怎么样，十八个洞被你吓跑了三个，现在只剩了十五个。"钱多多半开玩笑半认真地对程晓军说。

"十五洞？难道我桃花寺的老祖宗也骗人？罗总，你确定只有十五个洞？我和钱总还说开发十八层地狱，这可怎么弄？总不能对外宣传咱们桃花寺的地狱是十五层的。"

"程书记，这个项目呢还是得叫转运洞项目。至于是不是非得十八个洞，那个咱们等会儿饭后商讨。香总，再添两副杯筷，让程书记坐下一起喝两杯。"

程晓军："钱总，这酒就不喝了。我这被县里追着赶着的，实在是焦头烂额，没有法子，这村集体项目还是得钱总帮忙。不然，我都得解了皮带找棵树把自己挂了。"

钱多多："程书记言重了吧。民以食为天，这吃饭喝酒都不积极的，我看工作能积极到哪里去，我也是不信的。来，先喝上，你那点项目，今天当着罗总的面我就说一句：包在我身上，怎么样？"

程晓军要的就是这句。实际上他虽然吃了晚饭，却还留了三分肚子在这里。他从上午就计划好了晚上要找钱多多，他老婆问他："晚饭怎么吃这么点?"他把筷子一摆:"这饭哪里吞得下。上面逼得这么紧,任务不完成,这顶帽子明天就是别人的。我看程家那小子,早就想尝尝这帽子的滋味了。不行,我得去找找钱总,咱活人让尿憋死也不行。就算不干了,也不能让人指着脊梁骨骂不干活。"

他老婆倒是直白:"你是想喝尿了明说,别给我摆这么大谱。先前没钱总,你照样干得好好的,还超额完成任务。现在钱总来了,你就不行了?我看是人家钱总的烟酒贵些、香些。"

程晓军嘴上"你当吃吃喝喝是享受,有人是受罪哩",转了墙角,却狠狠"呸"了一声:"狗娘养的东西,拉尿没三尺高,就喜欢管东管西,也不撒泡尿照照自己下面是雌是雄。"便转到蒋一军家去叫他一起找钱总。这蒋一军正津津有味吃着晚饭,听说一起找钱多多,把半碗饭往桌上一摆:"走。"

他老婆阿玉说:"就差这半碗饭会噎死你?天塌下来有你程书记顶着,你一个会计这么心急火燎,不怕人家会笑话你。"

蒋一军:"书记,你看这婆娘像话吗,你这军令都亲自传到门口了,她还瞎嚷嚷逼人吃饭。"

程晓军:"阿玉,村两委要都像蒋一军,我程晓军天天搂着老婆在家里困觉。不该只有一个蒋一军。这么着,晚上他在你床上我不跟你争。现在在床下,你却得放他一马,让他跟我为村里办点事。现在你看,村里的事,不就是我和一军两个撑着?不过你放心,很快要换届了,我就是自己不干,一军我还是要推他一把。谁好谁坏我分得清。"

阿玉:"靠书记你栽培。我家一军也没别的本事,全靠书记你,将来书记你有需要他的地方,做牛做马都得牢牢记在心上,每年孝敬你老人家烟酒的。"

程晓军忙摆手:"可不敢乱说,现在风气跟以前不一样哩。你敢这么说,小心套个贿选帽子上去,不要说进步,等下连个会计都保不牢。"

阿玉吓得不敢吱声,把蒋一军剩在碗里的饭扒自己碗里。想到自己男人跟着村里最大的官在一起,自己保不定就是村里的一品夫人,她不觉胸脯挺了起来,对蒋一军说:

"少喝点，保护好程书记。"

两人出了门往香溪民宿赶。蒋一军对程晓军说："书记你真是有闲心，跟这种女人闲扯。女人家尿尿不到三尺高，下次她再插嘴村里的事，我把她赶到厨房里吃饭去。"

程晓军："莫要吹牛。算账你是一把好手，算长远账你不如你这个老婆。我看村两委成员家里这些货色，就你家这个还有点目光，其他的还不如人家普通妇女算得清楚。加点班干点活，哪个不是扯耳朵拉大腿的，眼睛只盯着裤裆里那点货，割了也没三两肉么，都一个个出不得世的样子。以后有他们后悔的。"

蒋一军："书记批评得是。我们跟书记比，书记是大海，我们只是小溪。我们肚皮里这点小九九，都逃不过书记的大湾大浪。书记你在村里跺一脚，虎尾山都要摇三摇，书记你放个屁，村里都要刮十级台风。我蒋一军别的话说不来，今后就是紧跟着书记干。"

程晓军："一军，我现在酒没喝醉哩，你这样捧我不嫌害臊？别说跟着我，咱们跟着党中央，好好为村民服务。"

蒋一军："是，是，书记站位就是高。书记年纪还这么轻，再干它三届没问题。我蒋一军永远是书记的兵。"

程晓军回过了头："哟，你小子批评两句就开窍了？我看你的小脑袋瓜里不知道在打什么小算盘。你说说，最近村里有什么风向。特别是程家那小子，你可时刻得关注着。"

蒋一军："是，书记，我会随时盯着他。这小子最近都在指导人家卖土货。帮这家卖卖，帮那家卖卖，笼络人心呗。他一个退伍军人，我看那两下子也没什么花头。不就是在手机上帮村民卖个菜？靠这小恩小惠，比得了书记你这么多年修大路、起大屋？我看书记身上拔根毛都要压折这小子的腰，书记放心，他就是条山沟里的小屁鱼，翻不了大浪。"

程晓军："不可大意呀。我本来是说退下来算了，让你们年轻人上。可是我想想，这些年打下来的基础，还得要有实诚人来把把关。除了你蒋一军，其他人我还信不过。我不是想当这个村官，我是怕你们稳不住呀。"

蒋一军："全靠书记英明，全靠书记英明。书记连任，是民心所向。

书记千万记得拉小弟一把。我搞不来那些家伙的鬼招数，要靠书记罩着。我以后有什么出息，都是书记栽培指导，我蒋一军做人，这么多年来书记是清楚的。书记肯关照我，我这辈子都是书记的人。"

程晓军："一军呀，有你这话，算我没看错人。你不要急，我可是将你当接班人培养的。我再当它一届，下届扶你上马。你可得记牢我今天这句，平日里骂你几句，那都是做给外人看的。"

蒋一军："书记的心意，我铭刻在心。书记不骂我，我还怕书记去骂了那些不识相的。书记尽管骂，书记骂得心里舒坦了，干活劲头足，就是咱们桃花寺村老百姓的福分。今后跟着书记好好干——把事情干好，把那些不识相的癞蛤蟆干到阴沟里去，让它们翻不了身。"

程晓军："今天谈的这些，外面莫要说，特别是女人面前。女人嘴最是没门。成天不是说这个，就是说那个，比鸡鸭还吵闹。你要给她们透露一点，保管那嘴上会新闻联播。所以做事，一定得避开女人。换届这事，过两天咱们还得细细谋划谋划。打仗，你以为赢在打？是赢在打之前哩。"

"书记英明，我听书记的。"

香那边按钱多多的吩咐，在桌上摆了两副新碗筷。程晓军拍肚皮说，吃过了，吃过了，钱多多说你吃的是饭，没喝酒算什么吃饭。程晓军和蒋一军就坐下，香早把杯子里茅台酒倒满。那酒花堆在杯中，珍珠似的排了一个圈往上涌。两人忙举了杯，钱多多说："我们都喝了好几轮了，你们现在才来，该罚一杯的。"

两人连连称是："该罚，该罚。"

各喝了一口杯中的酒，蒋一军一口喝到了半杯处，程晓军喝了一大拇指高。两人菜不顾得吃一口，把嘴里的酒抿下去，先敬了钱多多，又敬了罗亦龙、老李、老项。这酒入了嘴，两人把路上说的话早抛到天边去了。只把眼睛盯着钱多多，看他会说出什么妙语来。有时并不好笑的话从钱多多嘴里说出来，他们也笑得什么似的。好像他们比钱多多肚皮里的蛔虫还懂钱多多。

钱多多见两人一杯酒很快见了底，赞道："程书记和蒋会计都是直爽之人。咱们明人不说暗话，我先前说过这白云洞要开发个转运洞，不想罗总说白云洞不是十八个洞，只有十五个洞哩。"

程晓军和蒋一军各吃了一惊，惊奇道："怎么会只有十五个洞，老祖宗上传下来的数字也会错？你们明天多带几个人进去看看，说不定还有入口暂时没发现。"

罗亦龙："按我这多年的经验，这山里的洞，要么是一路向上，或者是平的过去。这电筒光一到了洞里，跟只萤火虫似的，实在是看不清楚。明天再去瞧瞧。"

程晓军："你说咱们的祖宗，算他百分之九十九是背锄头的普通人，总有万分之一或十万分之一罗总这种人才吧。他们进去过了，数出了这洞的个数。现在到咱们手上，总不能把个数折掉，那村民是要戳咱们脊梁骨的呀。"

钱多多："程书记说得对，我赞同程书记这意见。这么着吧，罗总你们就安心在白云洞勘测，要多少时间就测多少时间。你们的工钱，一分不会少。需要的设备，你们尽管开口。一句话，咱们就是要把这个洞弄明白，开发好。"

罗亦龙："钱总说到这份上，我们兄弟一定尽力。其他的也不用，就弄个柴油发电机，把灯架进去，每个洞都亮灯，这样就可以把图描下来。下步你们要开发什么项目，也可以省力些。"

钱多多："这个都是小意思，将来项目弄成了，人家老总随便往你功德箱里扔一点，也能撑死你。咱们前期这点投入，根本算不了什么。"

罗亦龙酒后回房，全身燥热。眼前飘来飘去都是香的影子，恨不得拉过来轻薄一番。香隐在衣服下的身体，透着成熟水蜜桃的香甜，对罗亦龙有不可抵挡的诱惑力。

"穷山恶水出好女人哩。"

罗亦龙平日除了在山川险要处讨生活，头脑里经历生死一线的险境多了，对于人生看得越来越淡，对于风月场里的事倒是越来越沉湎。烟、酒、女人，这是他在工作之余的一条龙需求。他在女人身上释放了压力、疲惫和对生活的茫然，又重新激发了奔赴下一个目标的勇气和动力。

罗亦龙很快发现，灼热的不仅仅是他的心，还有他的手。他摸过白云洞中石桌的那只手。他把手抬到鼻下，异香并没有被洗手的水流冲走。香气渗入了皮肤。这倒是向女人炫耀的好资本。他幻想中只要把手向女人一招，闻到香气的女人便会向他走来，神魂颠倒任他摆布。

"大哥，大哥。"门外响起急遽敲门声。是老项和老李敲门。这两个浑蛋看来和自己一样，喝了老酒精虫上脑，来找他外出胡混。

罗亦龙极不情愿地收回手。就在刚才，他在想象中用手招来了自己喜欢的女明星，他已经嗅到了她身上的香气，剥开了她睡衣下白得雪一样的肉体。他在想象着怎样进一步深入，却被那两个家伙打断了。

他不爽地打开门，骂道："就知道鬼叫。这么晚了还让不让人睡觉。"

"大哥恕罪。大哥你看——"

"你看！"

两个沉不住气的家伙把手递到罗亦龙面前。罗亦龙大吃一惊，原来那两只手血红，刚刚杀人放火回来的样子。忙看自己灼烧的那只手，一看傻了。

也是一只"血"手！

"娘的，中毒了？"

罗亦龙眉头皱了起来。

"痛不痛？"

"不痛。"

"痒不痒？"

"不痒。"

"唔。"罗亦龙把手在嘴边比了个嘘，示意两人不要再声张。他这个动作纯属多余，他嘴上早说了出来："不可声张。这是福是祸还不知道，既然来了，咱们也不怕。观察观察再说。要是毒，这手废了就废了。要是宝，咱们兄弟还得分一杯，脑瓜子灵光点，嘴巴闭牢点。钱总那里，由我跟他谈，你们不要乱搭话，懂不？"

老李、老项自然是懂的，不懂不会十几年跟着他混。罗亦龙是头，他们是罗亦龙的手脚。手脚再厉害，怎么可能不听头的。三个人交流了好一

阵,老项问罗亦龙:

"头,今晚要不要去城里一趟?"

"去你个头,不看看几点了。你以为你是唐伯虎,那妞都在原地等你的。你现在一上车就是个醉驾,别给我丢人。"

"是,大哥。"

程晓军联系了乡里县里的供电所,一根长电线从桃花寺小学的十二间楼后出发,直通白云洞。十多个供电工人一起施工,嗨呦嗨呦,白云洞第一洞很快亮堂起来。

"同志们,白云洞从此亮起来了!沉睡亿年的山洞我们都能让它重见天日,绽放异彩,试想我们还有什么干不成的?同志们,我们要鼓足干劲,带领全体村民早日全面建成小康社会,奔向现代化,把我们桃花寺村建设成人人向往的桃花源!"

钱多多站在香溪民宿的阳台上,神态庄严、慷慨激昂地发表演说。仿佛他才是桃花寺村的当家人领导者。站在钱多多边上的程晓军、蒋一军心情激动,他们仿佛看见了白云洞前人来人往,人人或扫码支付或现金支付,功德箱里的百元大钞很快溢了出来。钱多多的钱包更鼓了,桃花寺村集体账户上的数字噌噌噌地往上蹿。这可是他们治村史上无比辉煌的一笔!

他们特意爬上虎尾山,站在白云洞前感慨:

"千洞万洞不如钱总脑洞。"

罗亦龙他们每天只是吃吃喝喝。手没痛没痒,裤裆里的家伙却憋坏了。三个人向钱多多请假去城里。钱多多看他们眼睛贼亮,把手挥挥:"去吧去吧,好好放松放松。带薪休假。"

三个人玩了什么项目放松不知道,回来时一个个神清气爽,上火症状豁然不见。

"钱总,明天就上工。"

"上工,上工。"

钱多多心知肚明地笑笑。男人你不放他玩高兴,他哪有什么心思替你干活?

"你们的手?"

"完全没问题。"

三个人把手递到钱多多面前。

钱多多狐疑地看着三只手,又把他们另三只手扳上来,放在一起。

三个人同时跳离原地一步。看怪物样看着对方。然后互指对方,大笑不已。

"香总,香总。"钱多多喊香。香过来,钱多多又让三个男人伸出手。香不知道钱多多葫芦里卖什么药。

"你看看,你看看,香总。"钱多多指指三只手。

香看了看钱多多指的三只手,又看看三个男人另三只手。眼睛里满是不解。

钱多多竖了食指对着四人嘘了一声:"这事天知地知你们知我知,不能再让第六人知道。这个世界,信息就是财富。从目前看,是个好东西。但好事怎么办好,还是得有规程,不能你抢我抢,最后大家锅砸了,碗砸了,大家都没饭吃。"

四个人点点头,不知钱多多脑袋里装了什么怪主意。他如此认真庄重,不由他们不想到这事重大。

"罗总,我们不会死吧。"老项看着钱多多神秘兮兮的样子,忍不住问罗亦龙。

钱多多笑笑:"不仅不会死,想死都死不了。你们看,这手吃了什么?分明是返老还童药嘛。"

三人的手实在太奇怪了:一只娇嫩异常,一只皮粗肉厚;一只是闺中少妇,一只是关东大汉。手龄至少相差二十年,深究起来,无非是在白云洞第十五洞中的石桌上摸了一把。

"唉,早知这样,应该让香总去摸的。咱们这粗人弄得这么细皮嫩肉,这是耽误干活嘞。老项、老李,你们这手去摸女人,女人还嫌弃你,说是左手摸右手。"

"可不是,还得用点沙磨粗来。我是说这两天怎么摸起自己来,特别来电,原来是这样。"

"你们真该把两只手都摸摸——现在就去，把另一只手去石桌上摸摸——再弄个棉花球蘸点，咱们送去北京或者美国研究研究，分析分析这里面有什么因子。别的不说，就是用这个办化妆品厂，全地球的女人都感谢咱们，往咱们钱包里砸钱。"

"对对对，听说赚钱就要赚女人的钱。"

香白了老李一眼。

老李忙加一句："还有孩子的钱。你看我一年到头在外辛苦，我那孩子一开口，我的钱包就得瘪。"

"这是幸福瘪。你这长线投资，将来孩子大了都会还回来，现在出再多钱都值得。"

"哎呀，钱总，这事真奇了。你不说我还不注意，我想起来了。我这只手掌上原来有个风瘤子，这么大。"老项向钱多多比个黄豆大的样子，"现在，没了。"

"岂止没了，你现在这手，比香还嫩。来，香，跟老项比比。"

香笑着伸出手，香的手看得四个男人都心底发慌。罗亦龙他们三个的手，和香的一比，高下立见，分明是乡下丫头见了城里小姐。

钱多多："你们这手，我比喻得难听点，就是李逵扮东施——和西施没得比。只有和我钱多多有得一比。"

钱多多把手一伸，三个男人马上把手缩了回去，留下了香的和钱多多的。

要是光看这两只手，那真是天生的一对。香忙把手收了回去。钱多多顺势收回手，往白云洞一指：

"你们进洞，直接到十五洞去，看看还有没有通到十六洞的口。别管用多少时间，工资奖金我一分不会差。你们再仔细地考察考察，桌子上那滑溜滑溜的东西，是它自己生出来的，还是上面滴下来的，或者还有别的什么东西留下的。我的意见是你们带部红外线摄影仪进去，装在角落里，咱们二十四小时观察着它。要把它给查出个究竟，揭开这个谜底。"

三个人摩拳擦掌准备大干一场，两手合上却一个个哎哟哎哟。原来是老手摩擦上嫩手，把自己弄疼了。

"瞧，娇贵了吧。人不能娇贵哩。一娇贵就干不了活。"

钱多多让三人在手上戴了白手套，"那手呀，以后专门留着摸女人"。

"钱总啊，女人不喜欢奶油，女人还是喜欢咱们这粗手，摸着舒坦。"

"哈哈哈……"

罗亦龙和老李老项又进了白云洞。按钱多多意思，他们这次的任务是找到通向下一个洞的洞口，寻出石桌上黏液的来源，采集样本供研究。

第一洞有人施工，叮叮当当，声音往里传，一路陪伴罗亦龙和老李老项。三人胆气豪起来，说话声音都响响的。他们背上各背了大捆电线，包里装了几十个百瓦灯泡。三人边走边放，把电一直往洞里引，每进一个洞都装两盏灯。一路亮到第十五洞。

有了灯光，洞愈见阔大。三个人听到了自己胸膛里的喘息声，哼哧哼哧的。

"你们听，你们有没觉得，这洞里不止我们仨？"

老李对老项说。

"上回我就觉得了，吱吱吱的，照照又看不见。反正肯定有东西。"

"还不一定是吱吱吱的，我感觉这东西是没声音的，它在看着我们。"

"老李，你还有什么没给人看过？天地万物什么时候不在看着我们？快别说了。它喜欢看就让它看，等这洞里都亮起来，我们也去看看它，就知道是什么在看我们了。可不能给别人白看。要不要石头剪刀布一下？我的建议是先去看石桌。"

三个人意见一致，不由自主站到了石桌前。电筒照着石桌，只见桌面莹莹如白玉，说不出的润泽清凉。

老李："大哥，这张桌子要是背回家，咱们几代人天天坐在桌子上打牌都吃喝不尽——咱们要是吃点这桌上的东东，不知道会不会返老还童？"

"这个——"罗亦龙犹疑着，尝，说他没这心思肯定是假的，他到底当大哥的人，手一拦："也不是不可以，你看咱们的手，没有往坏里去，是往好里来的。说明这是好东东，绝对的好东东。可是好东东吃下去和抹手上又不一样，外面有问题，大不了把手砍了，这里面出问题，烂出来就麻烦了。要么等检验结果出来再尝不迟。反正这里暂时只有我们兄弟进来，别人就算进来，这桌子他也搬不走。"

听罗亦龙这一说，老李把舌头顶住上颚不张嘴了。三个人把石桌前前后后上上下下用手电筒照了个遍，没找到石桌冒泡的小洞。

"大哥，这石桌上没有洞，那这些滑手的从哪里来的。"

"难道？"罗亦龙抬起头，老李老项也抬起头。高高的十五洞顶是那么高深而无法看清，他们看到漆黑的一团悬在头顶。

"大哥，会不会十六洞以上在这上面？"

老项指指头顶。

让人绝望的高顶，就算有口子怎么上去？如果不能上去，桃花寺的先人又是怎么数出十八个洞的？如果桃花寺的先人上去了，而二十一世纪的人没能上去，那是多么丢脸的事。

三个人深深感受到了渺小。人类再骄傲再吹牛，不如一只有翅膀的蚊子，可以随时随地腾空而起。智慧诚然可以改造自然，可是一切的科技创新，在自然面前是多么可笑又是多么缓慢啊。

这种感受并非现在才有，每次面临绝境时，罗亦龙都会有深深的无力感。科技的进步在自然面前永远显得过于粗糙。自然一发力，科技就傻笑。天地之间万物齐发，可是又有哪种科技能造出一个有机的生命体？人类沾沾自喜的，不过是让四肢不勤、头脑变笨的小发明罢了。

"大哥，为什么我总感觉这个洞是活的？它会喘息和叹气呢。"

老李对罗亦龙和老项说。

罗亦龙的眉头皱了起来："你是说有人在跟踪？"

老李："那倒不是。可是确实有东西在里面，上回——"

罗亦龙朝老李做了嘘的手势。老李明白过来，除了洞里不知为何物的活物，他们还被自己相互监督着。头顶的摄像头正通过无线信号，把他们的一举一动发送到钱多多面前的屏幕上。

他们站在石桌前。老项脱了手套，伸手又要去摸，被罗亦龙抓住："老项，你个大老粗要那么嫩的手干吗？又不是要去当小姐。听钱总的，先把这样本采集一点。"

老项取出一个小玻璃瓶，用根竹片子刮了些黏液，刮到瓶里去。

"罗总,"老项又从口袋里拿出三个小瓶子,"罗总,我们要不要也带点回去。这说不定化验出来是神药,以后就——"

罗亦龙忙把摄像头一转:"我这有摄像头,我们讲话钱总听不到,干什么他看得一清二楚。要弄点抓紧。"

出了洞,老李灵机一动:"罗总,这东西咱们不能带回去啊。"

罗亦龙:"为什么不能带回去?不带回去,那你不如不刮它不更好?"

老李:"刮是要刮点出来。要是那石桌上只有这些,它被证明是什么神药,那就是绝版了。可是带回去要是被钱总知道了,他会多心。不如咱们在这里藏了,以后要真是验出是个好东西,咱们离开桃花寺那天再来取也不迟。"

罗亦龙:"有你啊老李,你们两个快去埋了,做好记号。不要给人看见了。"

他们出了洞。把准备私藏的三个小瓶子埋在了白云洞前的一棵树底下。树是最好的标记。天知、地知、树知、他们知。他们不会想到,父亲正在不远处默默地注视着他们。他们交给钱多多的样本,钱多多连夜让他们去城里,一分为二,一份寄有德国专家的北京,一份寄有美国专家的上海。

自从领受祖母寻找神药的任务,父亲再也没有回过家。在罗亦龙他们休整的日子,它一直徘徊在白云洞口。它跟随安装灯泡的工人进了第一个洞,发现他们不再深入。按父亲的胆量,它最多只敢进入前三个洞。它所有的石鸡都是在前三个洞里捉到的。可是祖母的指令和想象中祖父的痛苦折磨着它,令它痛苦不堪。有几次它甚至闭了眼睛想冲进洞去。但是它的腿肌完全不支持它的冲动。它一日日候在洞口,希望和之前一样,能跟进洞里去再找找神药。找不到又有什么关系,它宁愿死在最深的洞里当彻底的失败者,也不要被人嘲笑是洞外的懦夫。

它成天躺在白云洞口的背风坡上,阳光晒得它的肚皮热乎乎的,它翻过身子把背也晒得热热的。有时它看着云朵一次次从桃花寺上空,从虎尾山上空飘过。它真希望云朵能带走它,到没有人认识它的地方去,这样它就不必为那自己也不认识的神药苦恼。它希望到那里有无数的神药,它弯下腰就可以采到很多。它又希望祖母可以改口，承认白云洞并无神药，这样它就不会因为找不到神药而丢脸，就可以重新回到窝里去，和它可爱的孩子们一起玩耍。

一想到孩子们，它的嘴角翘了上去——孩子们，是你们把我变成了懦夫！是你们让我感觉世界如此美好，未来如此甜蜜。

它傻傻地笑了。

"小小灰，你应该用右眼帮爸爸看看。"一个声音在父亲心间响起。

父亲后悔不已，怪自己走得太匆忙了。尽管它并不清楚祖母那天究竟在我的右瞳仁里看到了什么，可让我瞧瞧又有什么损失？

"小小灰，过来。"

父亲果然潜了回来。

"快帮爸爸瞧瞧能不能找到神药？"

"快去，爸爸，神药现在就能到手！"我在父亲耳边耳语了几句。那几个家伙的神秘举动又怎能瞒过我的右眼。

父亲没有被潜龙潭的水淹死，这使它坚信前方必然有好果子在等着自己。他按我的指导提前伏在了边上。

父亲等罗亦龙他们背影消失，去树下嗅了一阵。

白云洞十五洞石桌上神秘液体的气息从树下泥土中窜进来，钻进了它的鼻孔。父亲不明白这三个人埋下了什么，可是气息使它极为兴奋。它的爪子情不自禁地去耙泥土。它越耙越快，三个小玻璃瓶露了出来。父亲一嘴一个，全叼了出来。它先是把它们横叠成山形，感觉不足以表达它此刻的心情，又将它们竖着排成一排。啊，它们多听话啊，排得直直的。它兴奋地在树下跳起来，转了好几个圈。它想就这样找到了神药。至于是不是神药，它不知道，祖母也不知道。谁知道神药是什么呢？只要是从白云洞里出来的就得了。

准备拿走时它犯了难。不知道该不该给那三个家伙留点。全拿走并不困难，嘴里叼一个，胸前捧两个，或者三个全叼嘴里。但这不是父亲的胸怀，也不是它行事的风格。如果是偷，它愿意做个小贼而不是大偷。

它决定留下两个玻璃瓶，重新埋了回去，把泥土上的爪痕抹平。它们是种子，能长出一大片玻璃瓶，那时再带小的来采。

它用爪子捧着玻璃瓶进了窝，刚好听到祖母正为祖父梦中犯的错误大发雷霆。

"你应该马上去死。"

从美梦中跌落到悬崖下的祖父，不知怎么应付祖母的暴怒，哎哟哎哟叫唤起来。

刚进洞的父亲却着实吓了一跳。让它找神药的是祖母，让祖父去死的也是祖母，这令它捧着神药不知进退。

祖母头上毛发炸起，状若疯婆。嘴里白沫喷射到窝里的角角落落，重重地砸在我们心上。我们噤若寒蝉，害怕不小心把火引到自己身上。试图用呻吟来唤起祖母同情心的招数没有起效，祖父强撑起爪子想站起来到祖母身边，安慰祖母几句，但这更加引起了祖母的怒火：

"去找狐狸精心疼你。"

祖父咬牙，强行站立起来。这个举动犯下了大错，它腿骨断的地方，因为身体倾斜往大处撕开了新的口子。鲜血迸射出来。祖父立时瘫软在地，哀号不已。

祖母刚平复的心情再次暴怒，它冲了过去。发红的眼里已不是当年从另一只山鼠爪下抢走自己的祖父，而是被狐狸精压倒在地的祖父。你不是能站吗？你不是能跑吗？祖母的怒气全转到了祖父的断腿上。断腿已经不是断腿，而成了祖母誓不两立的狐狸精。它冲过去，趴下身去，做了一件祖父最神勇时都不敢做的事——祖母张嘴把祖父的断腿咬了下来！

祖母把隐藏在心间一生的恨，都化作了齿间的咬合，果断坚决毫不留情。

突然之间，洞里安静下来。

祖父不再哀号，它看看满嘴血水的祖母，不，它已经不是我的祖母，它是一个恶魔，嘴唇血红，眼睛血红。祖父又看看地上的断腿，看看自己腿根处喷涌的血。它用两爪捧起了断腿，嘴凑上去也咬了一口。

然后，晕了过去。

祖母抹抹嘴巴，丢下一句："让你再找狐狸精。"面无表情地转过身子，向洞外走去。可是它走了几步，突然又跑了回来。它抱起那条断腿，凑到祖父喷血的腿根，凑了两下没凑上去。它放下断腿，用两只爪子使劲抽自己的脸，大哭起来。

父亲冲过去，顾不上理会祖母，蹲到祖父面前，边查看伤情边把玻璃瓶打开。洞里马上飘满我们没闻过的奇香。仿佛有种力量把我们按在原处，有一把刷子从头到爪尖在刷，把我们刷了一遍。我们全身舒爽，祖母的嚎叫、祖父的晕倒和喷射的鲜血造成的所有不适，都被这香气给捋顺了。我们长长地舒出口气来，胸口不再发闷。

父亲从玻璃瓶中倒出两滴黏液，滴在祖父伤口上。晕过去的祖父低低发出呻吟声。父亲眼里射出讶异的光芒：

"神药啊！"

祖父伤口的血立刻止住了。我们跑过去，见证这不可思议的场景。

我们低声惊呼，祖母听见，停止嚎叫，转过头来。

"神药？"它问父亲。

父亲点点头，用爪尖指指祖父的伤口。祖母的眼睛立刻直了。它的见识远超父亲，迅速移过去，从地上捧起祖父的断腿，往祖父腿根凑了上去。神药封住了血水，却没有把断腿粘上去的功能。祖母试了一次又一次，最后捧着断腿茫然在那里。

"神药不能把腿粘起来？"

祖母问父亲。父亲忙接过祖母手上的断腿凑了又凑。奇迹没有发生。它坦白地告诉祖母：

"神药是药，不是胶水。接不上去了。"

"我这是造了什么孽呀，老天爷要这么对我！"

祖母哭声把祖父从晕厥中惊醒过来。它从地上一跃而起，又马上失去平衡，跌倒在地。它挣扎着跳到祖母身边，抱住它的肩膀：

"别哭，你看，我好了！"

祖母停住哭泣："不痛了？"

"一点都不痛。"

"那，真的是神药？"

"是神药！"

"我不该把你的腿咬断呀，要是没断，说不定你还是四条腿。"

"不，夫人，你看看这截腿脚，它早烂了。要不是你替我做这手术，什么神药都没有用。"

"这么说，你不怪我？"

"你是医生，我怎么会怪你。"

"还是你儿对你好呀，你看看，出去这么多天，瘦了这么多，都是为了你这老子的伤。"

"是啊，亏了你这肚皮，生出这么好的儿子。不然我这关难过哩。还有，夫人，你这一手真是不赖。你再不把它咬下来，估计我要被这截断腿拖死。"

祖父受伤以来，头一次从地上站起来。祖母忙把身体靠上去，用身体作拐杖，扶祖父出了洞。

"我以为再见不到这洞外的风景了。人间真美哪！活着真好。"

"以后再敢去找狐狸精，看不把你另一条腿也废掉。"

"夫人，我没找过呀。"

"哼，还敢骗我，梦里都在喊'小咪咪'。"

"唉，夫人，梦里的事不能算数，要看梦外表现。"

"不行，梦里也要归我管，梦里也不能去找狐狸精。"

"知道了夫人，梦里也不能找狐狸精。"

"瞧，承认了吧，梦里是找过狐狸精的。"

"夫人，话真是难讲，我是附和你，才这样说的。说了又要被误会，我是老实说还是当哑巴，我都不知道了。"

"你就给我老实点就行了，梦里梦外干什么都要汇报。"

"好吧，梦里有什么事都要汇报，经你同意才能干——每天先把你放进梦里，随时听你的，夫人，这样总行了吧。"

"这还差不多。要敢不这样，我现在就把你另外的腿也咬掉。"

"你要再把我腿咬掉，我一辈子趴在你背上，累死你。"

二老的讲话，除了父亲母亲，我们这些做小的，不知道他们在胡扯些啥。母亲用爪子捂着嘴笑。三妹它们围住了父亲，它们更感兴趣的是父亲怎么得到神药的。有这样的父亲，我们是多么自豪啊！我们希望听到父亲在白云洞里大战妖魔鬼怪，最后从洞的最深处抢到了神药的故事。

"这个——小小灰！"父亲用爪尖挠挠脑门，讲故事不是它强项，一开口就把我暴露了。我忙用目光制止了它。母亲适时解了父亲的围：

"你们爸爸找神药容易吗，还不让休息。"自己的男人在公婆面前露脸，母亲也是备感兴奋。它看父亲的眼神不一样了。

我们用力点着头。有个英雄的父亲，就算不会讲故事，也无比值得自豪。三妹它们站到了洞外，望着白云洞，凭想象给父亲编出了一个又一个寻神药的故事。不管它们怎么编，我们都坚信，父亲没有讲出来的故事是最好的……

罗亦龙把羊角化石交给钱多多的夜晚，钱多多拿在手中把玩了一夜。又沉又重的角握在手里，他却如在梦中。钱多多在灯下把角照了又照。他的内心欣悦又迷茫。他希望罗亦龙他们在白云洞找到角，他又没奢望罗亦龙他们真的从白云洞找到角。

现在，角在手中。可是把玩着角，他又不自信了。

说它是某种动物的角吧，根部粗糙并不圆润，没有羚羊挂角那样无懈可击，不像是从动物身上掉下来的。说它不是吧，它分明有着角的形状与纹理，而且闻去那股腥臊气和异香，不像普通石块，更像是从羊头上硬拔下来的。

钱多多哑然失笑。这是大自然借罗亦龙他们的手和他开玩笑。他把角一次次凑向鼻尖，一次次拿到眼前。

这个石块一样沉重又坚硬的角，怎么可能长在蛇一样柔软的长虫身上？他把角装到自己额前，他马上成了一头犀牛。他带着这角杀入百兽群中，所向披靡。

他把角放到鼻下闻了又闻。那种香气，他在罗亦龙他们身上闻到过。只是不知，这香气究竟来自罗亦龙们的手上，还是罗亦龙们手上的香气来自角。

他问香拿底部刻有字的碗时，香笑他：

"钱总，你不会真以为这是'青衣皇后'的角，要磨一碗汤喝了长生不老吧？"

钱多多白了香一眼，一个一眼能看到你肚皮里蛔虫的女人，有时真不讨人喜欢。可是他这一眼白，又分明是透着喜欢。

香一眼判断是石块。至少她认为是石块。虎尾山的青石，哪块不是这种材质？她从小看得多摸得多也拣得多。只是能生成这形状，她也百思不得其解，只能感叹造化神奇存心要与世人开玩笑了。

钱多多"嘿嘿"两声。是不是真的，磨点水不就知道了。他往碗里倒了小半碗水，当着香的面开始磨角。

角和碗底的字相接触，发出令人皮肉发麻的声音。

香："钱总，这咯吱咯吱咯吱，脑浆都要给你磨出来了。我要逃了。"

香逃到菜园里去看菜，留钱多多在阳台上磨啊磨。磨了半天，小半碗白水还是白水，只是水上多了一层浮油。钱多多见水不红，想到香说的"青衣皇后"的角磨出的汤是血红的，心下明白。看看角，底下磨的地方光滑锃亮，被磨掉的似乎还是碗底。钱多多把水在眼睛下看了又看，闻了又闻。水虽然还是白水，闻去却有香味。

他一顿操作，正好嘴巴有点干，仰头把碗里的水往喉咙里倒了下去。

不一会儿就听到肚子里传来闷雷声，四肢百骸里有无数细针在游走。三分钟后，从菜园讨菜归来的香，看到钱多多从阳台上猛地站起，像被猎豹追击的羚羊，左拐右弯，眨眼不见。

原来钱多多腹如刀绞，跑到房间里坐在马桶上大泻去了。这一场痛快，把心肝肺差不多都从体内排了出去。与上次吃山鼠肉不同的是，这次泻过后，钱多多精神并没有见差，相反，他很快又坐在了阳台上，从显示屏里查看白云洞的项目进度来。

那根羊角化石，被他用塑料袋封了，当作传家宝般藏了起来。

程晓军又找钱多多至少喝了三次茅台酒。转运洞建设项目就这样定了下来。

"别看项目大不大，要看创意好不好。"

按和程晓军商量的结果，白云洞究竟有没有十八个洞，对转运洞建设并无实质性的影响。毕竟传说摆在这里，何况真有十八个，也不是人人都有胆量爬进去，效果不一定好。取传说中的精华加现实中的可行性，钱多多脑洞大开，将自己的设想全告诉了程晓军。

"全放第一洞？"

程晓军嘴咧在那里，他对钱多多简直佩服极了。

白云洞就在远处，在视线中。这个洞，从程晓军很小的时候，就那么悬在虎尾山的山腰。他一直以为，这个洞会一直张着嘴巴，千年万年，直至永远。

现在，钱多多给他上了一课。这简直是天才的创意，也是神经病的创意。

他吃惊地盯着钱多多，不明白那个锃亮的额头下藏了多少妙招。

按他程晓军的设想，他们这回是要大干特干一场。这个洞如何那个洞如何，他晚上睡觉的时候在他老婆大腿上不知道用手指画了多少遍宏图。搞得他老婆都很烦他，骂他是中了邪，在她身上鬼画符！

鬼画符就鬼画符吧，桃花寺的美妙前景都在这符中。他把符往大里画，画得大大的每一个洞都辉煌灿烂。他甚至大胆构想，那阎王簿的纸就用本县的桃花纸，一页一页，装它一千二百八十页。两千八百年不会烂的好纸，把改命的美好愿望牢牢记下来，让子孙后代也看看。

这白云洞没个几亿元，那是小鱼扔进大海里——一声不响。要把这么大的工程完成，不要说他程晓军，连他儿子有没有机会看到完工那天都难说。满打满算，他这届村支书干满，也只剩了一年零一个月。他边想边急，肝火上窜眼睛发红，不知道从哪里下手才好。恨不得直接在纸上画出他的惊天蓝图，把全世界的游客都吸引来桃花寺。

这一点，他无比敬佩钱多多：举重若轻，举轻若重。

"白云洞目前只勘探到十五个洞，那又有什么关系——不换频道换思路。十八洞的概念就让它留在传说中留在人们的头脑中。当然如果有一天能发现十八个洞那更好，到时按一洞一层地狱的理念来设计线路也不迟。我的想法是目前阶段咱们先来个小投入大产出。第一期先实施在第一个洞，来个十八层地狱的浓缩版。一洞游完十八层地狱，也就是说，普通人只要进了第一个洞，就可以完成最关键环节的游戏，满意而归。"

"妙呀钱总。"

"而且我们还可以在第一洞开两条路线，对地狱场景有兴趣的，就按闯关模式一关关走。对有些不感兴趣害怕的游客，开辟绿色通道，直接到最后一个环节：改命！"

"改命？"

"对，我上回已经说过。我们分十八个单元从洞口一路往里排。每层地狱的内容都让大家看看，了解了解。当然，你说进洞的人是为了来看地狱鬼魂？不，那些都是配景，我们要把项目做到人心尖上去。这个项目最吸引人心的是什么？两个字——改命！"

"钱总，这上级会不会说我们在搞封建迷信活动？"

"傻了吧？咱们这是旅游项目，是对传统神鬼文化的展示，怎么会是封建迷信？这是旅游文化，懂吗？咱们就是要做到天衣无缝不留痕迹。阎王簿上判生死，也改命运。谁给判？以前是阎王判，现在自己判。以前是阎王改，现在自己改。咱们只是服务员，只是提供道具，不帮忙，不添乱，不出馊主意。"

"钱总怎么说咱们就怎么干。只是村里集体经济钱总是知道的，这个投资的资金，要靠钱总来筹集。"

"程书记啊，钱是小意思。我钱多多命里不缺钱，缺真兄弟真朋友。但今天我要说，我什么都不缺了。我到桃花寺，也是改了自己的命——兄弟，我到桃花寺，绝对不是为了赚钱，是我喜欢这地方，我爱这土地。"

"钱总，这里的土地也爱你！"

"咱们的项目就是为了桃花寺的明天。要抓人心！咱们这里怎么抓人心？一本簿子一支笔一套阎王服——人人是自己的阎王判官，人人是自己的命运改变师。我们不是讲迷信，我们就是要告诉大家，自己的命运自己掌握。至于你想当皇帝还是当乞丐，就自己写。写好了，投到火里烧掉，不烧掉不行哦,哪个男人不想当皇帝,哪个女人不想当皇后?这不反了吗,都要烧掉。想想,想想就好了。"

"高明,钱总真是太高明了,一点痕迹都没有。你牵着牛鼻子,却说牛牵着你。厉害,大哥真是厉害!"

"为大伙服务。"钱多多有点粤音的腔调把程晓军逗笑了。

桃花寺村与白云洞旅游投资有限公司,签订了开发意向书。在此期间,白云洞旅游投资有限公司负责前期建设及运营,桃花寺以白云洞及周边适用的土地资源入股,股权三七开。桃花寺村占三成,白云洞旅游投资有限公司占七成。本着因地制宜合理利用空间的原则,钱多多请了理念前卫的设计公司,结合当前最先进的光影技术,对白云洞第一洞开启了为期三个月的打造。

在这三个月里,他除了坐在阳台上看着显示屏里的施工进度和罗亦龙探险队的深入细致的勘探,他的"多多直播室",又开始飘出了爆米花的香气。

"多多牌爆米花"的香气随风飘到虎尾山半腰。三妹鼻子灵,在洞口嗅来嗅去:

"哪里的东东这么香。"

它边嗅边往香的地方移,竟走到了香溪民宿阳台下,听到锅和铲在阳台合奏。它也不说话,安静地待在阳台下等。它这一等,成了我们兄弟姐妹中最早吃到"多多牌爆米花"的老鼠。

祖父的伤腿痊愈之后,对我们兄妹五个的逃命训练,成了它的主要工作。

"跑跑跑,快快快,你还得更快再快!"

"小小灰,注意别跑直线,要绕弯弯跑。"

我们被严格限制在白云洞周围二百米的范围活动。每天进行着无休止的跑跳训练。按祖父的说法,我们虎尾山的山鼠和莲花峰的山鼠,每隔三年就会有一次比武。

"谁是鼠王,那根老虎尾巴尖说了算。"

祖父说的，其实就是我们山鼠界的登山比赛。

"爷爷放心，我们会赢的，因为我们有三妹。"

上午练功，下午我们被安排到桃花寺小学的教室窗外听文化课。桃花寺村村民要学鼠语，我们山鼠当然得学学普通话和其他知识。而学文化的第一课，却是由我引起的。

最初是一道白光吸引了我。

当我跑过潜龙潭，跃向崖角攀向一棵树的时候，我在一回头时看到了那道光。山林里有雨后蘑菇的初绽，有榛子砸到脚尖的惊喜，会有一大树紫藤流成紫色的瀑。那些阴暗的角落，也会潜藏看不见的危险。但从来没有这样害羞的，绽放着喜悦的光芒悄然抵达。

我以为是天空发生了闪电，把头抬向了天空。但显然不是。晴天怎么可能闪电。无穷多的树叶镶嵌在天空，那叶之网里漏下的光线曾使它无比着迷。光线会成珠成串。我恨不得沿着那根彩线一路攀爬，直到云朵上去。一只蜘蛛凌空而下。我看不清那隐在暗中的细线。蜘蛛是唯一没有翅膀而能在空中飞翔的生物，我羡慕蜘蛛永远摔不死的样子。此刻，我特别羡慕它们的学问。有一回，我鼻子差不多凑到一只花里胡哨的大蜘蛛身上去，为了辨认这只看去极为妖艳的家伙，到底在网上织了什么字。

那是安放在蛛网上的字，线条纯白，字形优美。

花蜘蛛跑过来，嫌弃地朝我挥挥爪子："土包子，看什么看，这是文化，懂吗，文化！"

我气得要命。这个成天吃死苍蝇、烂蚊子的家伙，它只是织了一张网来捕蚊子、捉苍蝇，它在上面胡乱织了东西，就开始谈文化。难道我小小灰看上去是个没文化的？我气得跳起来要把蜘蛛网撕了。

我爪子刚伸出一半，花蜘蛛斜了它一眼："瞧，没文化就是没文化，一言不合动手动脚。君子动口不动手，实在没事干，我劝你去桃花寺小学教室窗外旁听。别被那根黑不溜秋的家伙带坏，成天东游西逛不学好。"花蜘蛛说完，再不理小小灰，迅速冲向一只刚撞上网的苍蝇，抱着啃起来。

我听到苍蝇喊了两声救命，转眼被啃得汁水四溢。但是它临死前的哀叹,被我牢牢记在了脑海里:"还以为它妈的是文化,没想是个陷阱。"

我不明白这有文化的家伙,为什么吃得这么粗鲁,为什么就爱吃那些成天在屎尿堆里爬舔的蚊蝇,还吃得这么津津有味。我恶心地呸了一声,转身走了。但第二天清晨,当虎尾山尖的阳光透过雾气,照在那根摇曳着的狗尾巴草上,那挂在草尖上的露珠的光芒让我想到了花蜘蛛身上文的花纹,和网上那四个扭来扭去的字。我对文化来了兴趣。便决定去桃花寺小学教室窗外听听课。我想,有一天,我要当面对着花蜘蛛把这几个字念出来。省得这八脚家伙骄傲得不行,以为虎尾山就它有文化。

当我伏在桃花寺小学教室窗外的番薯藤叶下,文化从窗格子里以声音的形式冲进了我的耳朵。我的耳朵变得异常柔软透明。

我抬头看到了虎尾山尖。在文化熏陶下,第一次发现虎尾山是那么柔软和慈祥。以往看到那根直插天空的尾巴,我心里就会簌簌发抖。

"一,这就是一,一横的一。"教室里传出了声音。

我高兴极了。

文化是多么简单,一横就是一。

我回到洞里。洞里嘈嘈杂杂。一股暖烘烘的骚臭味和漫溢到空气中的两股交战着的焦躁扑面而来。至少有三只跳蚤被我的脚步声和洞里的怪味惊动同时起跳。一只从祖父的断腿跳到了母亲的乳房上,一只从祖母的头顶心跳到了二哥阿强的尾巴尖,还有一只是从三妹的脊背上跳起的。这只跳蚤准确地跳进了祖父仰天的鼻孔里,弄得它连连喷嚏不止。

"你有完没完?"

祖父打到第三十一个喷嚏时,祖母在黑暗中刺出不满的一句。祖父的喷嚏马上就止住了。一同止住的还有洞里的嘈杂。这是祖母整个晚上说的第一句话。我立刻觉得,这不是一句话,而是一个时代。一个时代在祖母嘴边开启了。祖父受伤之后,祖母的话越来越少,眼神越来越凌厉。那些从祖母嘴里出来的话,不再像原来那么温柔可亲,越来越具有力量。它能让一些东西拧成一股绳,还能让一些东西消失。

和喷嚏同时消失在黑暗鼠洞中再不回来的,是祖父的威严。

我们在夜晚感受到整座虎尾山都在颤动。

"三妹，别动。"

我悄悄地对睡在身边的三妹说。

"我停不下来。"

三妹牙齿打着战。这种深入骨髓的寒战，我后来在白云洞口敲冰柱时感受过。我咬了一口冰柱，向白云洞的深处望了一眼。

"你这样抖动，搅得我没法睡觉。"

"你也抖——"

"别嘴老，说你就是你，别死不承认，你别抖动就行了。"

"三妹，你就别抖了。"

四哥也开了口。三妹就不再说话。慢慢地不抖了。

对我们来说，母亲就是一只大奶罐。除此之外，在父亲耳朵里，母亲似乎越来越不会说话了，只是不停地"嗨"着。母亲的"嗨"在不同场合音量、音调完全不同。比如刚刚这一声嗨，在我耳中如同催眠曲，受用得不得了。它及时地阻止了阿强的继续进攻和三妹令人无比讨厌的矫情。让阿强适时地缩回了爪子和身子，让三妹熄灭了哭声。我大大地伸展了身子，放松了自己。"让让，给我让让。"三妹"吱"的一声。三妹把屁股顶在了我的肚皮上。阿强则一爪子踢了过来："滚一边去。"它踢的是我，不料踢中的是肚皮上三妹的屁股。倒霉的三妹又一次被一爪子踢得摔了出去，头咚地撞在洞壁上，哭了出来。母亲朝阿强头上就是一爪子。母亲有太多的事要操心，要不停地找最营养的食物补充奶水，还得时时管着那个从它怀孕起就鬼鬼祟祟的父亲。

"要是让我发现，我就咬碎你的蛋蛋……"

它咬牙切齿地警告父亲。

长久以来被祖父威严的声音统治着的空间，现在更多地刺出祖母的声音。祖父的话并不多。

"吱吱，吱吱。"

它只要这样吱两声，大家都懂了。

很明显，祖父受伤之后短短的几天，祖母胸腔里发出的声音已经有了某种变化。最初，它借着祖父的名义传递信号。后来，它的声音慢慢地变得尖锐而高亢。我希望那个走路像雄狮一样骄傲的祖父重新回来。第一次的出走,已经为我留下了经验。

"我要去听课了。"这句话我没有特意说给谁听。也可能是给自己一个交代。

这一听,世界通过耳朵打开了另一扇门。

桃花寺小学六位老师,五男一女。女老师的课我不大愿意听。一节课,她有半节课在骂人。这个骂骂那个骂骂:

"程子涵,当年你爸程小牛是蜗牛,做作业速度慢,可做出来全是对的。你快是快,一匹快马,可你是一匹没有方向的快马。你看看,这是加法加法,同学,你做的是什么,做成了减法。你个神!"

"神,嘻嘻。"

"神"红了脸。他做作业的速度快极了。他的想法很简单,做得越快,玩得越多。

"你这么不认真,不怕老师到你家吃熊掌——我听程老师说过,之前你爸读书不认真,老师去家访,你爷爷给他吃熊掌的。什么?只有一只熊掌了?哦,够了够了,我最多吃半只。"

女老师把肚皮拍得咚咚响:"我这肚皮够辛苦,天天被你们气,气得这么大,你们要有熊掌给它补补也就算了。要是没熊掌,就给我认认真真读书。"

那些骂人的话,祖母和母亲比她骂得精彩多了。所以我们也不大愿意听。

这学校有个年纪大的老师,头上堆了一层雪,脸上的皱纹让我想到虎尾山的沟沟壑壑。不知怎么的,小小灰一看到他就想哭。因为它不喜欢他讲课,讲来讲去都是课内知识。还有一些它顶不喜欢听的大道理,声音又硬硬的,藏着钢筋似的。他其实早就退休了,可是桃花寺老师不够,他反正一年到头住在十二间,这课便一直教下去。我听了一阵,屁股一转,又向前移了一个教室。这回,我听到了年轻老师的课。正好听到他讲自己小时候吃奶,一直吃到了三岁。我扑哧了一声,这么种人怎么也可以当老师。当了老师怎么可以这么讲。我正想换教室，忽然听到他讲有一天又去捧了奶，结果啊，呸呸，吸到的奶苦得要命，以后就再不吃奶了。我就停了下来。想他既然没奶吃了，我也没奶吃，那么这课可能就可以听听。我小小灰因为咬破了母亲的奶头才没奶吃，这年轻老师冤大头一般，莫名其妙就吸到了苦奶。奶成了美好的陷阱。他和我都中了奶的招。不听他的课，我觉得心里过不去。

我学得五十多个字时，雄赳赳挺着肚皮去找花蜘蛛了。我满心要把蛛网上的文字大声读出来，让整座山整片森林都回荡我的读字声。

花蜘蛛透过八卦网，远远地就看到那个走路张扬的小家伙。花蜘蛛心里想，老鼠再怎么走也是老鼠，不可能走得像老虎。可是它仔细一看，又觉得这小老鼠走路的样子有点像小老虎。

"这是三字！"

小老虎对着花蜘蛛挺起肚皮，指着西南角的一堆笔画。

"呸，两天不见，逞能了。滚，回去让你爸再教教你，别见了三横就是三。"

"那么——"

我被花蜘蛛一凶，又变回了小老鼠。蜘蛛网上明明是三横，一横是一，两横是二。那个女老师的课虽然没怎么听，可是"三就是三横，三横就是三"这句话，我听得清清楚楚，弄得明明白白。我咬着嘴皮，明白要么是花蜘蛛在耍赖，要么是自己错了。我盯着蛛网上另一个字，眼睛亮了：

"你说前面的不是三，这个肯定是二。"

"睁大鼠眼再仔细瞧瞧，这是二吗？"

我迷糊了。严格说来，那是二，又有点不像二，毕竟中间有一撇连在一起。

"回去吧。我这是英文，懂不懂，英文。看你还有点上进心，今天蛛爷就教教你。"

我看着花蜘蛛轻盈地把一根爪子踩在网结上，指着它读三的那个字形，念出了极为妖娆的声音："E，这是易！"

我在心里跟着念了几声易。

花蜘蛛又爬向另一边，一根爪子指在小小灰念二的那个字母念出了一个音。我跟着念了两遍。

回家的路上，我飞了起来。我是整个桃花寺最先会念英文的小山鼠了。

但是临进家门时，我清了清喉咙，坚定地告诉自己："嗯，是三，是三。"

夜里，我做了一个梦，梦见花蜘蛛来回在它的八卦网上跑了好几圈，好不容易才把它粘着苍蝇屑的牙齿合上："土包子，你这个土包子真可爱。知道吗，就因为你们这些土包子，咱们桃花寺会一直土下去——你能不土点吗，英文，这是我祖辈传下来的英文。"

我们兄妹五个在母乳的滋养下茁壮成长。捕猎回来的父亲，用它初为人父的不竭精力和望子成龙、盼女成凤的巨大梦想，坚持要把自己变成一个幼教专家。

"天才源于早教。"

父亲对这确信不疑。

父亲教给我们的，其实是一项独特的捕猎技能。通过这种特殊的方式，食物的滋味鲜美到了顶峰。

"你只需等待它跃起——"

父亲亮出爪子，仿佛面前有一只跃起的石鸡。

蹦在空中的石鸡，比准备起跳而趴在石上的石鸡好捕获多了。这是父亲不传的秘诀。也是父亲捕到的石鸡鲜美异常的秘诀。

不知是父亲坚持不懈的功劳，还是时间在我们身上赋予了能量。继我之后，大哥最先露出了异能。大哥牙齿长出六颗那天，父亲递给它一只石鸡。过了一会儿，母亲看到了两爪空空的大哥。

"大娃子，你石鸡呢？"母亲问大哥。母亲以为大哥不小心让石鸡逃走了。

大哥拍拍肚皮。不用说，石鸡已经装进了肚皮。

"那么，骨头呢？"母亲吃完一只石鸡，还能用骨头拼出一只。大哥面前一根石鸡骨头都没有。

大哥张开大嘴,指指喉咙。母亲吓一跳,以为石鸡骨头卡大哥喉咙里了。忙仔细检查了大哥的喉咙。顺带检查了大哥的牙齿,发现六颗还是六颗。

母亲把左爪食指放进了大哥嘴里:"你轻轻咬一咬。"母亲想感受大哥的咬合力。

大哥轻轻咬了下去。母亲听见"咔嚓"一声,把左食指拿出来,发现只剩光秃秃一根鼠指,爪尖被大哥咬掉了。

"你看看这儿子。"

父亲自然不信。一只石鸡,它吃完至少还留两根腿骨。一个小屁孩,怎么可能吃得连骨头渣子都不剩?晚上,它又递给大哥一只石鸡。这只石鸡比中午的更大,骨头更硬。大哥当着父亲、母亲、祖父、祖母的面,轻松让一只石鸡消失了。

果然半根骨头不剩。

二哥除了那句令人心里发毛的"雷声变了",实际上厉害的是耳朵。一次,我和它一起走过一根横躺在树林里的大木头。它突然嘘了一声:"轻点,它们在伸懒腰。"它听到了烂木头上小木耳伸懒腰的声音。

四哥曾在山里绕来绕去,竟绕到白云洞上方不远处一座小庙里去了。原来这庙平时也没什么香火,冷寂在山野之中,只有一个守庙人。四哥看到守庙人点火烧面条。柴是他自己从山下背上山的。吃了面,他跪在蒲团上念经。四哥听不懂他念什么,只见一串串白莲花从守庙人嘴里吐出来,在空气中又消散了。这使四哥十分惊奇,忙潜到念经人对面的泥菩萨后细听。哪里听得懂。听得久了,听到一句"唵嘛呢叭咪吽"老是在单循环。便明白这句最要命。它知道了这句好,当下跟着在心里念,念到天黑了下来,才把这句刻在了心上一般。

等它潜出庙门,吃了一惊。那天上的红日已换成一团银月,把天地照得落雪一样。四哥心下慌张,它是没有走过夜路的。耳边传来风声、虫声、扑杀声、哭泣声、呜咽声、狂笑声,糅合在一起,像无数根刺往耳里扎往心上钻。它也没有好的法子,只是"唵嘛呢叭咪吽"地念。这样念了几遍,山林间渐渐清晰起来,能看出模糊的路。暗叫佛祖厉害,只用一句口诀就让路显现出来。

当下埋头在林间疾蹿。只听得爪间落叶沙沙作响。猛一抬头，见一白兽在头顶追自己，不由哎哟一声，吓倒在枯叶堆里了。它正要爬起来，听到不远处嗞嗞作响。偷偷一看，月光下一条五步蛇，正向它的方向游过来。四哥闻到了越来越浓的腥气，恐惧立刻攫住了它的爪子。它发现全身已硬如石块，不能动弹分毫。它在想自己出家门是没有向父母和兄弟姐妹报告过的，要是被五步蛇吞了，过两天变成一堆蛇粪，世上就没有它老四了。这时天边一道流星划过，四哥想到自己死就死了，却是半点光芒没有放过，实在是悲哀莫名。它无比想念父母亲，然而它又是清醒的，明白就算父母亲来，不过是给这蛇多吞两只。自己是断断逃不过去的。它想索性放开喉咙大哭一场。想通过哭声引来各方救它的，但只会更快吸引吃它的，就又忍住不哭。

眼看着蛇头越来越近，它头脑里灵光一闪，闭了眼睛只是念"唵嘛呢叭咪吽"。也不知念了多少时辰，四哥想这口诀真是厉害，念了被蛇吞半点不痛。睁眼一看，哪里还有蛇的影子。四哥明白自己得了佛的护持，以后遇事难过，嘴里只是"唵嘛呢叭咪吽"。

我的两只眼睛，不用多说了，是祖母研究了很久才破译出来的：我两只眼睛能看到两个完全相反的世界。单用左瞳仁看世界时，世界单纯而美好；单用右瞳仁看世界时，世界丑陋而邪恶。特别的，右眼还兼有看到未来的功能。当我两眼一齐打开时，我只是一只普通山鼠。

每个夜晚我抬头望向天空，缺月残月无月，左眼映出的都是一轮圆月；而右眼，就算是圆月，映出的都是一轮残缺。左眼看善，右眼看恶，双眼开合是普普通通的人间。

还是再说说三妹吧。它自己坚持要和我一起去听课，可是刚到窗外听课，一眨眼它就不见了。回来时，嘴上叼个大栗。

"小小灰，请你吃炒大栗——呃，刚才实在是太可怕了。"

"你到菜园地里去，碰到了鬼不成？"

"哪里呢，是到村里转悠了一圈。碰上一条大狗，差点把我吃了。"

"三妹，你是不是梦游到了村里？"

桃花寺小学到桃花寺村毕竟还是有两里路的。

"小小灰,说什么呀,这颗大栗就是村里人的。快剥开吃,还热着。"

三妹把大栗给了我。我接过温热的大栗,咬开,甜香占领了舌头。这纯正的甜里,没有丝毫撒过谎的味道。我用右眼看了一眼大栗壳,相信了三妹。

听到读书声就头大的三妹,趁着我认真听讲的当儿,果然去了一趟桃花寺村。它到底跑得有多快,连桃花寺村的狗都没看清。反正它刚进村口刹住爪子,守在桃花寺村口的老狗阿黄闻到了一股焦味。

"什么味道?"

三妹抬了抬爪子。它刹得急,爪尖冒了烟。

阿黄把三妹的爪子放到鼻子下闻了闻,很是不解地看着三妹:"你个小老鼠跑这么快,是给我送小点心来了?"

三妹:"爷爷,我没有小点心呀。"

阿黄坏坏地笑了。它摸摸三妹的头:"小点心呀小点心,你就是我的小点心哩。"这老狗已经在村里很多年没有被人瞧得上眼,村里的母狗们见到它也从不让上身,见到三妹这么清清秀秀一只山老鼠,浑身散发着七分熟牛排的美妙香味,不由得它口水挂了半尺长。

三妹恶心那口水,只想着快逃,对阿黄挥挥爪子:"爷爷,我到村里走走。"

三妹说着,往村里走了几步。阿黄本来无聊,见三妹好玩,想调戏调戏三妹再下口。现在三妹一副清纯好骗的样子,竟然也不理它,想到那些母狗的眼神,它的心中不由腾起一股怒火,一时竟把村规民约里狗不准吃山鼠的约定抛到了九霄云外。

"站住!"阿黄扑了过来。

三妹本来是到村里找乐子的。它怕的是阿黄不追它,谁要追它就是谁给它送乐子。现在阿黄来追它,它也就不客气地让阿黄追得上气不接下气。它们从村口跑进了村里。

"快,快,拦住那只小老鼠。"

阿黄自己追不上,气急败坏地招呼伙伴帮忙。

村里的狗平日看不上阿黄，可是阿黄这么被欺负，令它们十分不爽。它们加入了战团。

天哪，要是我不用右眼看三妹，只看现场，我一定会认为三妹完蛋了。这些狗里不乏吃过屎的狗，嘴里哈出的气，臭都要把三妹臭死。

"停，停，停！"三妹终于发火了。它果断停住，用爪子拦停了身后的十几条狗。

"喂，你们这么多狗欺负一个小姑娘，会不会被村里人笑。"

十几条狗，黄的花的黑的白的，都咧出了白白的牙齿笑："有小姑娘吗？我们只看见一只小老鼠哎。"

三妹气得跳了起来，它这一跳，狗狗们看清楚了：这真是个小姑娘。它们都有些惭愧，骂老黄："你个黄八蛋，想坏我们英名明说。"它们把嘴里的口水咽下去。围着三妹的圈子放大了一圈。

要是只有一条狗遇上三妹，趁着没监控，当然可以把三妹吃了不吐骨头。这么多狗，自然不好再做那见不得人的事。老实说，这些狗本来对村规民约中狗不得欺负山鼠这一条很不服。现在一只小雌鼠杀进村来，把它们逗得团团转，说什么也得羞辱一番出口恶气。这狗群里有个狗头军师，当下走出来对三妹说："这么着，我们这群狗里，除了老黄，你随便挑一条，来个跑步比赛。你要赢了，这桃花寺村以后你们虎尾山山鼠横走竖走由你走。要是输了，嘿嘿——"

狗头军师用爪子指指三妹，又指指自己胯下："你得从大家胯下钻过去！"

狗们都汪汪附和："钻过去，钻过去。"

三妹眼珠子一转："等等，钻胯也没问题。但丑话要说在先，我鼠三妹要赢了，你们跟着我在村里走一圈。"

狗头军师："就这么定。它们不跟你走，我跟你走。"

其他狗"汪汪"地都表示跟三妹走。

三妹："另外，要我选对手，等下你们说我选了条病狗。这么着，你们自己选条出来。说定，输了不许哭的！"

十几条狗都在地上打滚，它们都气疯了。最后它们根据平时的表现，民主推荐了一条跑得最快的阿才来和三妹比试。

阿才:"三妹,不是我要欺负你,你看我一步跨出去,抵你几十步。不过它们既然把我推出来,我也不好留情面。"

三妹:"不就是跑个步,哪里用得着这么文绉绉。就快点说长跑还是短跑,小小灰还在学校听课,我等会还要接它放学呢。"

阿才:"那就短跑吧!咱们也别跑多,就跑个两米吧。"

三妹一听,咦,这狗有文化的。两米的话它一纵两纵就到了。这不是欺负自己腿短吗?阿才见三妹为难,又道:"要是三妹觉得太长,也可以减个半米。"

三妹想:天,这狗比那狗头军师还狡猾。只是人家好歹有气量,为对手考虑了半米。三妹也不省油,说:"一米半还是太长,就比个一米吧。"

那些狗们又是一阵打滚。它们想,世界上最傻的就是鼠三妹。随便挑一条狗,它一蹦出去就是一米多,这个比赛还用说谁赢谁输。它们又是一阵吵吵嚷嚷,个个捋了狗腿子要上场。

狗头军师说:"就阿才吧。"

三妹和阿才站到一条横线前。狗头军师的"跑"字刚出口,阿才的爪子就搭在了终点线上——它根本不用跑,把自己的爪子探出去就到终点。

阿才得意扬扬地回头看看三妹,哪里看得到三妹。它嘀咕一声:"这小老鼠吓逃走了。"它得意扬扬地甩甩耳朵,等着狗群响起掌声。却见一条条狗耷拉着耳朵,垂头丧气的样子。

三妹在前方十米外叫阿才:"才哥,我在这儿呢。"

阿才看到前方那个黑点,低头想了一下,看看狗头军师。狗头军师已经带着狗们跟在三妹后面了。

方金珠正在家里炒大栗,香气扑鼻。见了三妹带着一大群狗,忙叫住三妹:

"三妹,你这是当驯狗师还是怎的,快来吃大栗。"

给了三妹两颗大栗。那大栗刚炒熟,三妹把它们捧在怀里,烫得吱吱吱的。

有了大栗,三妹不想游村了,对狗们说:"解散吧,我要去接小小灰放学了。"不管狗们死活,捧着两颗大栗,一溜烟跑远了。

自此,三妹时常去村里玩。狗们见了三妹,都"三妹,三妹"叫得亲热,有的还想用舌头舔它。桃花寺村人见了三妹,也是"三妹,三妹"地叫。光棍汉李小元见了三妹,每次都伸出双手:

"三妹,来抱抱。"

三妹才不理他,每次都逃得远远的。李小元在背后骂它:"看不出来,这小老鼠屁股还扭得挺欢。"

三妹骂:"村里就数这家伙眼最毒。"

我:"毒到你了?"

三妹:"被他看一眼,屁股痒三天。"

三妹到村里多了,带回的村里新闻也多。更多的,它带回的是好消息——

"石崖坑的太秋柿熟了,村里说老灰家族的可以免费去摘几个。"

"莲花峰脚下的小甜枣,给祖父留了两斤,可以去村里拿。"

封闭施工了几个月的白云洞,对外开张了!

虎尾山迎来了它最喧腾的时刻。

千百年来,白云洞前从来没有像现在这样挤满了人头。

县里分管文化旅游的副县长汪文成,文旅局长张志浩,镇党政班子领导和桃花寺村两委干部加村民,以及闻讯而来的游客,把白云洞前的空地挤得满满的。仪式比所有人想象的都要长久。这个致欢迎辞,那个念贺信,最后由汪副县长宣布开张大吉。

钱多多上台发表了讲话:

"各位领导,来宾,父老乡亲,朋友们:万分感谢大家抽空参加白云洞旅游项目开洞仪式。人生有缘,山水相逢。我们今天能在这个时空相聚钱江源头桃花寺村,就是缘分。有人问我,为什么不在大城市继续发展而选在这小山村,还是那两个字:缘分。这辈子我始终相信两句话:命由天定,事在人为。什么意思呢? 就是每个人的命运,老天爷掌握一半,我们自己掌握一半。但今天,我要大声宣布,人的命运的另一半,我们也可以自己掌握了！我们的白云洞项目，就是为改写你的另一半命运而打造的。愿大家玩得尽兴，游得开心。"

"有请领导宣布白云洞开洞。"

"我宣布，白云洞开洞。"

"请领导先进洞考察——"

大家又等了半小时，见进洞的领导出来后个个神采奕奕，嘴里有说有笑。镇党委书记郑凯通笑着贴着汪文成的耳根："常委好！"

汪文成连连摆手："让人听了不好。"

他们是和钱多多一起进阎罗殿的。说是阎罗殿，全部是按照中西古书里说的，请设计师专门设计出来，用3D打印技术打印出来的。各种牛头马面、判官阎罗、黑白无常，按一到十八层依次出场。中间还可以走奈何桥，喝孟婆汤。

李小元碰上吃的，从不肯少一口。当下从桶里舀出一勺送进嘴里，仔细咂咂："我道什么汤，原来是个酸梅汤。"

汪副县长拍拍程晓军的肩膀："这个项目设计是符合人心人性的，也在文化的范畴之内。我们搞旅游，首先就是要搞文化。文化不搞起来，旅游也上不去。"

边上一众人连连点头称是。

程晓军："领导放心，领导请看，咱们是有言在先——"

汪文成看程晓军指的"白云洞旅游项目路线图"右下方，用蚂蚁大的字体标了八粒小字："旅游项目，纯属娱乐。"

汪文成朝程晓军和钱多多竖了个大拇指。

汪文成："有言在先是对的，同志们，咱们搞旅游，是要破常规，但不能破法规违党纪。所以程书记啊，咱们可不能没给县里添彩却添乱呀！"

"县长放心，我们对外口径是试营业试运行，如果有不可控的因素或影响，钱总这里也会第一时间做出调整。"镇党委书记郑凯通接过话说。钱多多的白云洞项目意向投资一个亿，这对他领导的这个省际边缘小镇，可以说是百年难得一遇的大项目。自从有了这个项目，他夜里睡眠的时间明显加长。

钱多多："县长，我钱多多不赚昧良心的钱。只要项目出现任何有损县里声誉的事，马上停掉另换跑道。咱们十八洞，就是什么都不做，我钱多多也要替它做广告，让天下人都知道。"

汪文成："钱总是大气魄大格局的人，我们的乡镇部门也好，企业也好，都需要钱总这种格局，要随时有换跑道的准备。一种经营一条跑道，在市场经济条件下，特别是如今县域经济竞争激烈，是容易被淘汰的。好了，我们预祝钱总在咱们桃花寺村钱途广阔、日进斗金。"

钱多多站在白云洞外，桃花寺村民看到他都"钱总钱总"地叫。他的思绪随着天上白云飘向了很远的地方。他把目光移回来时，同行的人都感受到了他目光里有两堆熊熊的烈火在燃烧。白云洞项目只是他全部商业蓝图的一次试水。

"未来的白云洞，它不仅有原生态自然奇观的展示，也是洞穴探险家的乐园和神秘生物的寻踪之地。它将集神秘传说与自然奇观于一体，因地制宜地投入一些高科技元素，真正实现'入洞一天，神游万年'的神奇体验。当然，自然与人文是不可分开的，我们在下一步的探索与实践中，会充分考虑自然与人文的完美结合，科技与现实的互动展现，更多地糅入现代人渴望探索的特性与情怀。"

钱多多向汪文成副县长做了进一步的阐述。

"好，我喜欢钱总这种干十步想百步的作风。钱总以后在项目推进上碰到困难，村里镇里解决不掉的，尽管来找我。我随时恭候为钱总服务，当好钱总的服务员。"

"碰到汪县这样好的领导，是我们生意人的福分，像汪县长这样支持企业、关心企业家的不多。很多人嘴巴上说得好的，真正找到他又踢皮球了。"

汪文成脸一红，忙拍了钱多多的肩膀："钱总言重，钱总言重，我们干部是人民群众的勤务兵，是人民的公仆，理应随叫随到。"

钱多多和郑凯通他们送走了汪文成，返回现场。

桃花寺村民除了躺在床上不能动的，全来了。为了让他们来捧场，程晓军挨家挨户承诺，到白云洞现场的，每家可以到村里领一斤鸡蛋。

部分八十岁以上的老人，没有理会钱多多的这个项目。

"姓钱的没生下来我就在里面做窝，有什么好看的。"

"孩子都是和他娘在这个洞里种下的。"

"泥土埋到脖子上了，自己什么命还不知道。"

程晓军拍板，去不去，反正是钱老板的钱买的鸡蛋，都有。桃花寺村弥漫了好几天鸡蛋炒饭的香。

领导嘉宾和游客终于都出洞了。去的村民们迫不及待涌向白云洞口，都被洞口强有力的民兵拦住："大家都有得看，等下还怕你不敢看，慌什么。"

也有刚进去两分钟就逃出洞的人：

"作孽呀，我还以为有什么好吃的摆在里面，一洞子的鬼，魂都要给它吓掉。"

大部分进去的人，半边脸绿半边脸红。

有人问："锄头佬改成拿笔头的命了？"

"天机不可泄露。"

"屁。"

李小元挤在洞口："这又不是狗洞，挤来挤去，不会搬到外面让大家改吗？"

"小元，这个你就不懂了吧。如来佛都说我不下地狱谁下地狱，说明他是去过地狱的。我们凡间人，你不闯闯鬼门关，怎么改得了命。"

出来的人多，村民排得歪歪扭扭的队形就开始摇动。大家都怕好命给人抢光了。突然有人喊："快看，两只山老鼠跑进洞去了。"

大家轰一声，队伍马上乱了。有人在骂："现在老鼠都进去了，我们还不如老鼠。"

进洞的是父亲和三妹。

白云洞前锣鼓喧天，气势慑人。以父亲性格，不要说冲进洞去，就是在人前晃一下都不敢。可自从祖父被祖母把腿咬下，父亲用十五洞石桌上的黏液给祖父搽了伤口，白云洞就成了父亲心中神一般的存在。在父亲的照顾下，祖父一天好过一天，最后竟痊愈了。这毫无疑问是洞里神药的功劳。白云洞在父亲梦里都闪现出光芒。

父亲忙空了，每天会对空瓶子发一阵子呆。连三妹都看出来它想干什么。

"爸，想去就去呗，大不了我陪你去。"

父亲吓一跳："死妮子，不声不响到身后，想吓死我吗？"

"我还不是关心你嘛。"

"你女孩子口气这么大，搞得男子汉一样，看以后哪家小伙敢要你。我早就想告诉你了，鼠女要有鼠女的样子，别生个鼠样却有颗虎胆，不然怎么死的都不知道。"

"爸，我不是你亲生的？你不带我去历练，要让我们一辈子挂在妈妈奶头上才高兴？"

"我说不过你，反正你不能去。要去，咱家不缺男子汉。"

当时刚好大哥二哥不在洞里，听到这话的只有我。我装作极为专心的样子，用爪尖剔着牙缝里的早餐渣，仿佛清理那些齿缝里的渣是世界上最重要的事。

"喂，爸爸说你呢，男子汉，要不要陪爸去白云洞找药？"

三妹真是讨厌极了，它竟然蹦过来扳了我的肩膀。

"唔，什么事啊三妹，这么唧唧喳喳的。"

"陪爸去白云洞采药。"

"药？爷爷不是好了吗，还要药干吗？"

我装傻的样子一定很傻，都被三妹看出来了。

"傻瓜，爷爷好了，咱们得自己备点。跟莲花峰那些家伙斗，难保不受伤，还有人类的老鼠夹子。"

"三妹，你真是有远虑。鼠无远虑必有近忧，可是那实在是太危险了。我可舍不得爸再去冒险。"

"你陪它去呗。"

"我，我最近肚子老痛。痛得眼睛都花，那洞里黑，路又不好走。我没去过，怕陪不好，跑步又没你快。"

"小小灰，这事跟你没关系。"父亲一挥爪子，阻止了三妹嘴上的进攻："女孩子，没事一边玩去，别在这瞎嚷嚷。"

三妹委屈地嘟起嘴。我有些得意地看着它的嘴角，为自己的小聪明得意着。

这时虎尾山突然震动起来。

"地震了，快逃！"三妹蹿出了洞。在跑这件事上，三妹无人能敌。

洞里乱成一团。祖母俨然已经是领袖，镇定地扶着祖父跳到洞外，并用目光制止了三妹的八婆嘴和其他鼠的瞎嚷嚷。虎尾山变得异常安静，小兽们就近躲藏起来，一只只耳朵竖向白云洞的方向。

锣鼓声是白云洞传过来的。

白云洞的锣鼓声，使三妹惊讶不已。四团白毛腾空而起，三妹很快就到了白云洞口隐蔽处。它从没有见过这么多人头排在洞门口，也没见过这么多人头从白云洞进进出出。三妹紧张得大气不敢出。白云洞里一定出了大事。究竟是什么大事，它暂时还不清楚。但是它突然想到了极其严重的后果。这个后果让它瞬间回到父亲面前：

"爸，快，神药要被抢光了！"

父亲不知是不是神魂一直盘绕在白云洞中，反正听三妹一喊，它回洞捧了玻璃瓶就和三妹一前一后闪进了白云洞。

"山老鼠来凑热闹了！"

有人喊道。光棍汉李小元刚好看到三妹的屁股，骂道："这哪是老鼠，屁股比小猪还圆！"

气得三妹在洞里吱吱乱叫——三妹最恨人说它圆。洞里的人听说有老鼠钻进来，一个个都跳起来怕被老鼠咬到。活老鼠比死鬼神更令人害怕。

钱多多听到喊声，不知怎么的心里动了一下。这是一种无法言说的感觉。这个头脑无比灵光的聪明人，由父亲和三妹的入洞，一下子就联想到"青衣皇后"的角和石桌上神秘的黏液。他问程晓军：

"山老鼠？山老鼠多大？"

程晓军伸手比出一尺："这么长，像小猪。"

钱多多"小猪，小猪"了两声，心里似乎有些明白过来，然而又不是很明白。下山的人见了钱多多,有好几个向钱多多打招呼。钱多多也向每个人致敬打招呼。边招呼边观察他们脸上的神情。大家对于钱多多,都如看了菩萨般:

"钱总,命改过了,你可要说话算数。"

"实现不了,就找钱总赔偿精神损失。"

钱多多:"尽管来找,反正我下辈子改成判官命了。你们来找我,大不了免费再给你们改一次——这次也是免费的。乡亲们,咱们这辈子党和国家把咱们的命改得够好了,以后你们就好好干,日子肯定是越过越红火。"

大家嘻嘻哈哈的,都说洞里的小鬼看不出来,那阎王爷可真是像钱多多。

他们下山的脚步阔大而有力。他们对自己的命越来越自信了。

"还改什么命呀,城里人。嘻嘻。"

王小二和李春梅一前一后进了白云洞。

王小二早就跟李春梅说过钱多多要把白云洞改造成转运洞。李春梅呸了一声:"都什么时代了,还在这里搞封建迷信活动,他就不怕被抓起来。"

王小二:"抓起来?钱总的气量,你看我给他只山老鼠,他就给条中华烟,出手就是阔。这种人不发财谁发财?"

李春梅:"看不出来呀,喝了两次马尿,头脑都灵光起来了,知道搞关系了。"

王小二:"搞关系谁不会的,不就是吃吃喝喝送礼么。"

李春梅:"王小二,别喝了二两马尿,就不知道东南西北。一天到晚给村干部提尿壶、当马前卒,把自己弄得像当个干部似的。"

王小二:"我争取下辈子光明正大地把你娶回家。"

李春梅的脸阴了下来。

根据钱多多设计的生死簿上的统计,桃花寺人改命有着惊人的趋同性。全村百分之九十九的男人,在簿上写下了皇帝二字。百分之九十九的女人，写下或者请边上的先生写下了或皇后或贵妃两字。只有一个例外：李春梅。

李春梅在生死轮回簿上写下两个字。王小二写的是三个字。

王小二看到李春梅的两个字，笑了。李春梅看到王小二写的三个字，也笑了。

"梅梅，你怎么没想当皇后的？我听说桃花寺村的女人，一半写皇后，一半写贵妃，眼高着呢。怎么你是这两个字？"

李春梅写下的两个字是：男人。

"我要有那命，也不用我写。我是没那命的。我这辈子做女人，吃的苦够多了，下辈子再不当女人了，要做男人。男人多好，嘴巴动动就有老酒喝，屁股动动就有孩子叫爸，你看我们女人，十个月揣在怀里累死累活，我不想再遭这个罪。"

"梅梅，那下辈子咱们当兄弟。"

"别，快别，你这辈子害得我还不够苦？下辈子别让我见到了，见一次打一次，打到不能见面为止。"

"梅梅，你可真狠哪，其实男人也苦的。"

"男人苦，男人每个月会流血？男人苦，男人会有人吊在奶头上不放，把你心血吸到六岁还不肯停？男人苦，怎会抛妻弃子自己在外风流快活？"

王小二："梅梅，既然你想当男人，那我下辈子当你女人得了。"

"就你这德性，你是想让我绿帽子戴到珠穆朗玛峰那么高吧？我可没那么傻。我倒是有个建议，你下辈子投胎当头公猪，从小让寿喜爷把你劁了，省得在外面风流乱搞。"

"那把我养在你栏里，养肥了宰肉吃，还可以卖钱给你补贴家用。"

"呸，你还是找你老婆去养你吧，你这瘦猴我养不肥的。"李春梅忽地眉头一蹙："你还没坦白自己改了什么命。"

王小二写的是"程老枪"。被李春梅一骂，打死他不敢承认自己想当程老枪。他抓破了头皮，不知道该说是哪三个字。李春梅的目光针一样刺着他，这目光似乎早就看透了他的内心。

王小二嗫嚅着报出了三个字："王八蛋！"

李春梅笑了："那你就滚吧，王八蛋。"

王小二也笑了。就算世界在哭，只要李春梅在笑，他王小二就是笑的；就算世界在笑，她李春梅在哭，他王小二也是哭的。

但李春梅揪住了他："王小二，我给你换了三字，你猜哪三个？"

"癞蛤蟆。"

李春梅笑了。

这晚，是李春梅对王小二最温柔的一晚。海浪托举着轻舟浪啊浪。王小二在波涛里起起伏伏，最后在李春梅的肚皮上筋疲力尽，幸福地睡死过去。梦里，李春梅梦见自己飞呀飞，飞成了一只长翅的母蛤蟆，后面追着一长串公蛤蟆，累得她筋疲力尽。

转运洞生意火爆，七里八村的村民将通往白云洞的山路活活踩宽了两倍。人人脚上沾满黄泥巴，不免嚷着嫌路差。钱多多站在洞口笑着说："黄金，这是大家脚下踩黄金。"

听了这话，那两脚泥巴的，下山时故意往泥里踩："多踩点黄金回家。"

人源源不断地赶来，钱多多透过显示屏看着洞前的人头，得意地对程晓军说："程书记，这就是财源呀！你有没有闻到钱的味道？"

程晓军："钱总高明，我有一事不明白要请教。"

钱多多："你我兄弟还客气什么，程书记有事尽管吩咐。"

程晓军："钱总，咱们这个项目明明可以卖门票，为什么免费？就算每次每人收一元，咱们这些天也该有整万元了吧。要是收它十天，咱村集体经济那点指标……"

钱多多："嗐，程书记，将军赶路不追小兔。你那五万元那是小钱，不要看小钱，咱们要赚大钱。"

程晓军："我奶奶教导我，可不能看不起小钱。小钱也是钱，有小才有大。一分钱要掰成两半花。"

钱多多指指脑袋："程书记，钱不是手赚来的，是这里赚来的。让利一部分，不影响长远。不收门票，就当是付广告费。金杯银杯，不如口碑。政府不同意的事，坚决不做。"

程晓军："那怎么来钱？"

钱多多："没文化了吧。外国有个作家叫但丁，写了首长诗《神曲》，从头到脚都是地狱里的鬼事，可人家说是世界名著。世界名著没有文化，难道是咱们的小学课本有文化？"

程晓军："钱总说咱们搞的是文化，咱们这一定就是文化。"

钱多多："远的不说，咱们就说自己老祖宗的《聊斋志异》。这地狱里最厉害的官，决生死判来世。要像书里写的那样在判官桌上摆本簿子摆支笔，边上摆个功德箱，这些都是文化。进去的人不写不捐都没关系，反正我们请他免费参观地狱文化。写，我们免费提供笔墨。捐，我们提供箱子，一切是他个人自觉自愿行为，我们不捏着手逼他。我们只是在捐赠箱上写'命好命坏凭心论，举头三尺有神灵'。"

程晓军："钱总高明呀。这话好像什么都没说，又把什么全说明白了。那一毛不拔的让它当猴子去。"

钱多多："对对对，绝不强求，一切全凭他自己，要有人说多捐命好点，少捐命不好点，都由他们自己去说，咱们不说，咱们只搞好服务。"

程晓军："这项目开张以来，不知钱总开过捐助箱没有？"

钱多多："都开三次箱了。不开箱把钱拿出来，后面的人怎么放得下去？"

程晓军："啊——这些吃肉都舍不得花钱的，捐起来这么痛快！"

钱多多："程书记，这哪里是捐钱，这是人家花钱求心安，是比吃肉还痛快的事。当然，这些钱可不是给我钱多多的。这些钱是老百姓对咱们项目的认可。咱们不可辜负了这信任，我的意见还是要用这钱继续投入村里的项目建设，为村民造福。你猜这几天箱里来了多少钱？"

"五千？"

"格局小了。"

"一万？"

"格局还是小。"

"三万？"

"不瞒书记，有这个数！"钱多多伸出两根指头。

程晓军："二十万？钱总，你这哪是造地狱，你分明是桃花寺的财神爷呀！"

钱多多："程书记，这叫双赢。转运洞项目要做大，不能靠一个洞。周边设施要跟上去，比如，路要修，还要亮化工程，让整座虎尾山在夜晚亮起来。就叫那个什么，'虎尾夜景'。"

程晓军："钱总，什么事到了你这里，都是水到渠成。和你相比，说个不恰当的比喻，你是大海，我们是小溪，小溪永远向大海学习。"

钱多多："我这人听不得好话，一听就飘，一飘就骂人。你是村书记，村里一把手，可不能被我骂到。村书记要有书记的威信和霸气，不可被骂损了，你怎么说我们就怎么做。"

程晓军："现在的村干部，哪有钱总说的味道。你看我白天干晚上干，忙得陀螺一样，老婆都不肯让我上床了，让我跟猪栏里的猪睡。一天到晚东家事西家事，就是忙不了自家事，他们还嫌村庄建设不如别村漂亮。要是哪天累了脸皮没扯牢往下挂，弄点脸色出来，晚上不投诉你，白天必定去告状的。哪里是爷，是他们孙子哩。"

钱多多："以后碰上什么委屈了，上我那喝两杯消解消解。哪有为大众服务不受委屈的。你别看做生意的花天酒地，心里那也是憋屈得要命。怎么办呢，喝一杯呗。"

程晓军："钱总啊，都喝你的怎么好意思。"

钱多多："酒么，水么，喝么。酒是水，老百姓是鱼，喝得下酒，养得住鱼，才是鱼水情深。"

程晓军："我挨处分没关系，别给钱总丢脸就成。另外，老是吃钱总的，我们心里过意不去。"

钱多多："我要是没酒给你们喝就罢了，有酒喝一点，喝不穷我。对了，咱们谈正经的。一个地方，要有树木也要有花草，更要有蹿上蹿下的猴子。不然这业态就不丰富多彩。下步我的意见是让虎尾山亮起来。还要修游步道，修到老虎尾巴尖上去，让大家摸摸老虎尾巴。不是说老虎尾巴摸不得吗？我们不仅要摸得，还要让人们摸到。另外，我听说咱们村的王小二同志竹上功夫好，你找找他，问问看能不能为群众增添点好看的娱乐节目，比如'竹上飞人'。"

程晓军："他哪是竹上功夫好，他是床上功夫好。那偷人的下三滥功夫，哪会有人看。他是为了偷人才练出这功夫的。"

钱多多："世上哪样功夫不是给人看的？有功夫不露出来等于没功夫。我看领导来了，先让他演起来。一场两百元。"

程晓军："钱总给他钱，保不定他翻过山头就给了女人。"

钱多多："哪个女人？"

程晓军："李春梅。"

钱多多："钱在谁手上，给猪给狗是他自由，不管他。明天请他来彩排，也不能就是来来去去上上下下。咱们设计设计，多排几套动作，要翻得好看。争取出彩不出格，出格更出彩！"

天气许可，演员又没有翘屁股罢演，白云洞前的游客可以看两场演出：上午十点一场，下午三点一场。主演王小二。

洞前依坡而建的观戏台，砍了八十根毛竹，用篾片围了三百平方米。不用说，都是王小二用篾刀劈出来的。中间十排简易杉木长条凳呈梯田状排列，每排十个位子，可坐三百人。说是凳，其实是杉木条架在 X 形杉条桩上。杉木凳底下留皮，上面用斧头劈平。山上雾大水汽多，不两天杉皮上冒绿点。人坐在凳子上，凳子好像是活的。手空的观众边坐着边用手去掐。掐掉了再长，长出来了又掐。游客中有城里来的，更是稀奇，手机照相机狂拍一阵，当它们是大山的艺术品。微信朋友圈的九宫格里必有一张留给这凳子。坐下前，却要从包里掏出纸巾，方方正正地铺平了。李小元见了，骂：

"城里屁股那么金贵？有本事屎都别拉，我李小元去把凳子舔干净。"

程晓军："人家擦屁股都用纸，你擦嘴还是用手。下次我给你讨几张，先擦擦你这臭嘴，别把桃花寺村熏臭了让外人笑话。"

观众台对面的向阳坡，竹海绿如屏幕。当年徐老秃山洪冲墓的痕迹已然不见。山风拂处，竹林整块整片地起伏着，又仿佛竖立的舞台。观众面对舞台，看看风吹听听鸟鸣，不觉心旷神怡。

两个桃花寺女人杂在外地游客间，到洞里转了转，生死簿上改了命。忽地叹了口气：

"命改过了，咱们也安心看回戏。"

"请皇后娘娘入座。"

"快别笑话，你以为我不知道你纸上写什么？凭着姓杨，下辈子就要当杨贵妃！改什么呀，这辈子还不是那牛马的地任他耕，烧饭洗衣侍候他大爷。可不想再过这日子。"

"你要么嘴老，身在福中不知福。我都见几次，两人挨挨挤挤，大白天不要脸地掏他裤裆，掏不到还拧他捶他。"

"呸，谁爱谁拿去，一根烂柴根不稀罕。该干的活不积极，不叫他干的相当积极。谁知道外面有没有偷人——敢对不起我，晚上不睡觉也要把他剪了。"

"傻！他爱新鲜肉夹馍，你就不能尝根新黄瓜？犯得着动刀动枪，把他弄成废人，你不得坐牢枪毙。"

"咦，我老公你这么关心？外面黄瓜那么多，我这根土种的，也不好侍候。肉要吃瘦的，烟要抽好的，我爸上回让他抽烟筒，他竟然不抽嫌差，服侍他比服侍个老爷还难！"

"你留着慢慢啃吧。我们自家也有根腌黄瓜，酸是酸了点，慢慢嚼还有些味道。你命改过了，要当皇后当贵妃，抓紧的明天就让他来改。别忘记当皇帝当乞丐都没关系，当你老公这事不能忘，不然下辈子见不着面了。"

女人七嘴八舌乱嚼，忽"嚯"的一声，天空划过一道黄烟。演出信号弹从白云洞前射向天空。

"快看，开场了！"

对面坡上起了一阵风。那风从竹海上向下划过一道细线，又从底部向上划过一道细线。

两个女人脖子伸得老长，看傻在那里。

"想不到这贼真会飞。"

"羡慕了吧，要是小情郎有这本事，从窗户外飞进来，啧啧。"

"呸呸呸，看来回去要把屋边的竹子都砍掉。"

"怕什么，他又不是现在会飞的，都飞了几十年了。也没见他飞到你窗户里去——这种事，你知他知天知地知的。别腌萝卜条吃了不认账。"

"我要找就找你家的牛，看起来还是耕田好手，别人家的我看不上。"

"我等会回家跟他说说，让他陪王小二练几天，晚上再去爬你家窗户——先把你家男人扔给我，他再进去。我希望他进去时把两条腿，不，三条腿都摔折了，让你一辈子养他在你家床上，屎尿都归你管。"

"瞧瞧这恶女人，好好男人给别人用舍不得，屎尿留给人家。抢了别家男人，再回头这么咒自己男人。"

"哈哈哈，你这给脸不要脸么，脸当然要拿来打的。自己先抢的，现在倒过来耙了。"

王小二在竹海里翻来覆去倒腾，像是浪里活鱼好不得意。他这本事本来为李春梅而练，但为一个人练出的本事，想不到现在竟让他有了机会到人前炫技赚钱。这使他在竹梢上不由无比感慨。感慨天下没有无用的本事。先前他去李春梅家，都是在黑夜里行动。这大白天的表演起来更是得心应手。看得对面观众台上的那些观众一个个惊讶万分。

"猴子，那是猴子。"

"猴子都没他快。"

"这小子要做贼，没人追得上。"

"他不偷东西，就偷人。"

为讨美人欢心，王小二每次去李春梅家，不是带这个，就是带那个。有时是一朵山花，有时是自家老婆做的一个玉米饼。他把山花别在李春梅耳边，她是笑的。他把饼递过去时，她却往窗外一甩：

"你老婆做的饼，我怕被她毒死哩。"

王小二就不带吃的，只把自己做篾匠得来的工钱，孝敬部分给李春梅。现在钱多多给他开的价钱，是每次两百元。他一天演出就是四百元。这个工资算起来，比村主任大人还高。结算工资的头一回，他得了二千元。就把一千元塞到李春梅怀里：

"拿去用。以后咱工资比县长高。"

李春梅:"你这钱,你老婆一分一厘都清楚明白,我敢要的?你还是拿着请人吃个饭。"

王小二:"这点钱塞人牙缝都不够。"

李春梅:"那你也不能光吃人家的,让人家瞧不起你。"

王小二:"大不了不吃。"嘴上说归说,钱多多一叫,王小二照样屁颠屁颠去,醉醺醺地回。清醒时,他想到李春梅的话,安慰自己:"譬如一条狗钻到了桌子下,都能捡两块骨头到肚子里。自己吃他们两餐饭,就当他们在喂一条狗。"

每次表演,王小二在划定的竹林区域上下翻腾两次,表演结束。这天节目眼见要结束,竹林里忽然晃晃悠悠飘起了一个气球。这是以往节目表演没有过的细节。观众们静静地坐着看剧情往下演。离气球不远的王小二,迅速移向气球的方向。这气球从竹梢飞上天空十多米时,王小二移到了气球下的竹梢上。观众们屏住呼吸,看这竹上飞人是不是要从竹子上跃起来,抓住气球绳,一起飞到天上去。

却见王小二站在竹梢上手一扬:

"着。"

一块石块从王小二的手中脱手而出,击中气球。球"啪"地破了。

观众台上都鼓起掌,大声叫起好来。

大哥那时正好在竹林里觅食,听到了那声"着"和观众的喊叫声。

大哥全身一震,呆立竹下。

"着——"它喃喃自语。它不懂这个着的意思。但一定有什么东西触动了它。

大哥抬头看了看竹梢上的王小二。对大哥来说,这是它和王小二的一次偶遇。它无法将竹梢上的这只猴子和对面山坡上的喝彩声相连起来。令它着迷的只是那声"着"。

"着。"它又念了一声。

它不明白为什么自己会对这声"着"念念不忘。大哥陷入"着"中不能自拔时,头顶上的王小二又是一声"着",在更高的空中,传来了气球"啪"地破掉的声音。

"着。"气球破。

"着。"气球破。

"着着。"上空两声气球破裂的声音。

当两声连着的"着着"声出现的时候,大哥忽然眼里含满了泪水。它听清楚了,它真真切切地听清楚了,它的心里也明白了。这个在竹梢上得意扬扬地表演着的就是"着着",就是杀害它最敬爱的老黑爷爷的杀手。

大哥发疯似地攀着竹子往上蹿。在它眼中,那个远在竹梢之上的"着着"是那么渺小而不堪一击,只有黄豆粒那么大。它要爬上去咬碎它,为老黑爷爷报仇。

等它往上爬到三分之二处的时候,黄豆粒不见了。大哥攀在竹子的高处,感受到了恐惧。

这个高度不要说去报仇,就是稍稍不抱紧点竹身,摔下去就小命不保了。

大哥滑了下去。

它坐在竹子下,再抬头时"着着"已经不知道跃到了哪根竹子上。

"着,着着。"它重复着王小二的呼喊,仿佛这能减轻它内心的仇恨似的。

突然,它跃了起来。它想到了报仇的方法。这方法烧得它在竹林里极快地乱蹿,只为跟上头顶的王小二,找到它的位置。

"着——"它听到了头顶的喊声。

王小二就在头顶。大哥的眼里喷出了火。

"'着着',是'着着'杀死了老黑爷爷。"

"'着着',我要杀了你,为老黑爷爷报仇。"大哥咬牙切齿。

大哥抱着上面有"着着"的竹子疯狂地啃噬起来。坚硬的老竹在大哥齿间犹如嫩豆腐,竹子眨眼被啃断半根。大哥的思路是非常明确的,它要啃断竹子,让"着着"从上面掉下来摔死。

"你这肯定是个好办法。"在当天的家庭会议上,祖母肯定了大哥的能干。

"想不到这王小二，是个披着人皮的狼。"

"他们人类有句古语，叫'瓦罐不离井上破，将军难免阵中亡'。这'着着'天天在竹子上蹿，咱们要给老黑爷爷报仇，还是得继续用大哥的招数。大哥也不要去啃表演处的竹子了，你们这些小的们，大家分开行动，好好观察'着着'的行踪。咱们要打就打他个措手不及，让他死得来不及找活路——我宣布，从今天起，我们桃花寺山鼠家族不准再去啃竹子，一根都不许啃。相反，要是看到别的老鼠啃，我们要坚决制止。我们不能打草惊蛇，更不能走漏风声。"

大哥果断放弃了啃竹根。为了能追上"着着"，大哥带着三妹，到了王小二表演的舞台。尽管三妹的白毛腿比我们的都快，可是它是地上快，竹子上它根本不敢动。

"怎么办？大哥。"三妹沮丧地问大哥。

"三妹，从我刚才的观察，不是你跑得不快。是方向出了问题！"二哥说。

"方向？"

"对，你跑的速度并不比'着着'慢，但方向和'着着'跑的方向不一致。只要方向一致，你不会比'着着'慢。"

"那怎样才能跑对方向？"

"团结，只要我们团结。"

大哥的方法出乎我们意料。祖母听了连连摇头："这怎么行，这怎么行的。不要没跟到'着着'，反而被'着着'着了！"

祖母完全料不到我们五兄妹的复仇决心。

大哥的方法实际也出乎我们的意料——它要爬到竹梢上盯住王小二。

它在听到王小二喊"着着"的当天，凭着满腔怒火爬上了竹子，虽然只爬到三分之二，然而这一半给了它信心，发掘了爬竹子的才能。它花了两天训练，就让自己到了竹梢顶。第三天，它甚至发现只要它拽着竹梢，从一根竹子往另一根竹子梢上跳，完成"着着"那样的飞跃也并不是难事。

它第一次试跳成功，两只后爪抓住竹梢立了起来。我们在底下脖子仰酸才能望见它的身影。大哥在竹梢上摇摇晃晃,但满怀的豪情刺激着他,让它头脑发昏地宣布:"弟兄姐妹们,我现在直接去咬死他。"

大哥的钢牙闪闪发亮。

按大哥计划,它准备伏在表演场的某棵竹梢上。等"着着"飞过来时,狠狠地在他脖子上咬一口,让"着着"血尽而亡;或者在他手上咬一口,让他抓不住竹梢,从高处掉下去摔死。

事实上,当大哥站上表演台的竹梢,它的豪情顿然消散。它发现向阳坡的竹子没有虎尾山竹子脊梁骨那么硬。它一站上去,就发现这竹子抖得非常厉害。而抖得更厉害的是他自己。这种抖动让大哥两眼发花,明白了"着着"的厉害。后来它又有了新的发现,不是向阳坡的竹子不好,而是向阳坡的风大。向阳坡比虎尾山空旷。山风比虎尾山的更大。而且向阳坡的竹子完全不同于我们虎尾山的竹子。向阳坡的竹子晒的太阳多,株株高大粗壮,比我们虎尾山的要高得多。所以问题出在向阳坡的风身上。这风呼呼地刮,不要说大哥在竹梢上止不住地抖,连竹子都要被连根拔起的样子。

以致三妹不止一次问它:

"大哥,'着着'什么情况?"

大哥都没能及时地做出回答。直到最后,大哥才发现问题不是出在风上,而是出在它的脚脖子上。它发现是自己的脚脖子在止不住地发抖。

大哥之前训练时,成功爬到竹梢的那些竹子,跟向阳坡的竹子相比,不过是它们一半的高度。

"三妹,三妹。"大哥在竹梢上向三妹发出了暗语。三妹把爪子搭在竹竿上,轻轻地扣了三下表示听见。

"三妹,按第一套方案行事。"

第一套方案,就是大家团结协作,以百分之万的忍耐,找到最能让王小二殒命的那棵竹子。

大哥适应了高度之后,显然被对面观众席上的掌声给弄迷糊了。当它站在竹梢上被山风吹得东倒西歪时,一种作为鼠辈从来没有体会过的崇高感袭击了它的心头。它既害怕被山风吹落到竹下一命呜呼,它又害怕离开这竹梢后混迹于山鼠的普通与平凡。它自己已完全无法做出去留决定，它就高高地站在竹梢上，四爪紧紧地抓着竹梢。直到耳边传来一声十分熟悉的"着"，它两眼发黑地从竹梢上坠了下去。

大哥清醒过来时，发现自己正挂在最下边的竹梢上。

"大哥，大哥。"三妹在底下焦急地喊着。按分工，我们其他几个兄弟分散在各处，只有三妹陪着大哥。大哥的方向加三妹的速度，是我们的秘密武器。

大哥沮丧地从竹子上下来："'着着'太厉害了，我被它击中了！"

"哪里哪里，看看哪里有洞。"三妹吓得蹦蹦跳跳，一下子围着大哥转了五六圈。

按三妹的想象，"着着"的暗器一定在大哥身上刺出了洞，大哥性命堪忧。

"大哥，你感受一下，究竟哪里疼。"

"我这里疼那里疼，都疼。"

大哥从竹梢上往下坠时，身子几个三百六十度大回旋，加上它四爪齐出，乱抓乱扯，这使它全方位地受到了擦伤。

"内伤，你受的是内伤！"三妹肯定地说。

三妹的说法让大哥无比虚弱。

"我要死了。"大哥觉得天空在转圈子。

"大哥，你能不能别抓着我死，都被你转晕了。"

"三妹，看来我对付不了'着着'。我没接近他就被他'着'死了。"

大哥不知道王小二并没有击中它。王小二看到大哥时，以为大哥是一只大鸟。这使他极为意外，可是他去掏武器袋时，发现里面已经空了。便虚晃一枪，对大哥喊了一声："着。"

大哥便坠了下去。

好在那时王小二表演还没有结束。他还要到挂着石块袋的竹梢上去取石子。等他回过神想到这奇怪一幕，他自己都忘记大哥在哪棵竹子上被他吓掉下去的了。

到晚上，他搂着老婆睡觉，对老婆说："今天有只傻鸟真傻，我喊了一声'着',它就从竹梢上掉下去了。"

他老婆说:"天下有这么傻的鸟?不会比你自己这只还傻吧?"

女人的手掏到王小二的腿间摸来摸去,摸得那鸟昂起了头,好不愤怒。

王小二大喜,当即忘记了大哥。爬到他老婆身上好好戏耍了一回。把他老婆弄得连连求饶,王小二才饶过她。

这边大哥摇了半响,三妹对它说:"傻大哥,一撮毛爷爷那么厉害都让他'着'死了,你被他'着'了却好好的,你是英雄哎!"

三妹跃了起来。

大哥摇了半响,也明白自己不会死了,高兴地到竹根上去啃了几大口。

大哥虽然没能咬死"着着",三妹也没跟上"着着",但祖母还是给我们开上了庆功宴。祖母拿出藏了多年的松子和山葡萄分给大家,那松子已然有了炒熟的味道,而山葡萄则成了葡萄干,咬在嘴里泛出葡萄酒的美味。

"英雄,英雄!"

我们对着大哥呼喊。

根据祖母部署,我们在庆功宴后投入了秘密训练。

"不会爬竹子的山鼠将来是要吃大亏的。"

我们四兄妹在大哥带领下,训练爬竹功和"着着"的竹上飞功夫。

"你们一定要明白,两种情况都属于战胜敌人:把敌人打得嗷嗷叫的本事,比敌人跑得快的撤退。"

这是我们只有一条腿的祖父的告诫。

祖父特意关照我们不要拘泥于哪一种情况:"哪怕只剩一条腿,也比没命强。"

逃跑是比前进更重要的技能。

我们兄妹四个不再叫大哥,而是和桃花寺的那些学生叫他们的老师一样叫它:

"大哥老师!"

大哥老师每天的教学任务是这样安排的:它上午带着三妹到向阳坡观

摩王小二表演。下午回虎尾山爬上竹梢去作示范。

"要在树上飞,得有鸟的心。得这样——"

大哥扇着自己爪子,仿佛那是两只翅膀。

爬竹子比爬树难多了。我们的爪子可以轻易地抓进树皮,竹皮却滑得要命,哪里抓得牢。三妹的爪子一上竹皮,就听见吱吱吱地往下滑的声音。

"大哥,快来托屁股。"

大哥冲上去,用爪子托住三妹屁股,完全没注意到三妹已经长成大姑娘了:

"三妹,你得减肥,瞧你这两爿屁股!"

三妹羞得脸都红了,直朝大哥翻白眼。它爪子抠在竹节上,吱吱吱地又往下滑。竹节上马上现出了十道划痕。二哥忙道:

"三妹,稳住。你得一节节来。这样,先抓竹节子!"

三妹马上明白了。它的下腿爪子钩在下边竹节上,上肢爪子攀住上边的竹节,一提就把自己提了上去。它上了第一节,后边就再也难不住它。

"欧耶!"

三妹喊出这一声时,已经站到竹梢顶。它爪上的四团白毛,就像飘落在竹梢顶的四朵雪花。它站在竹梢上伸爪去探虎尾山上空的云朵。

"二哥老师,我抓到云朵啦。"

大哥在边上默记了二哥的要诀,从三妹边上的竹子蹿了上去。比之前更很快地到了竹梢顶。

大哥高兴地去摸虎尾山尖:"三妹,你看,我要把这头老虎从地上拽出来。"

三妹:"你把它拔出来,让它吃了你吗?"

大哥:"呸呸呸,你这丫头晚上是不是吃死猪肉了,嘴这么臭的。"

我一跳就到了第二节。凡是运动方面的事,向来难不倒我。四哥不爱说话,我刚跟它说了句:"四哥跟我上。"自己就到竹子的一半高度。

四哥嘴里念念有词,每爬一节念一遍"唵嘛呢叭咪吽"。它也爬了上去。

我骂它:"这哑巴多讲一个字都舍不得,看以后骗得到女孩子不。"

大哥在头顶说:"实在娶不上虎尾山的,只好到对面山上当上门女婿去喽。"

二哥:"嘘,大哥你这乌鸦嘴,人家在听着呢。"

大哥:"那现在我教你们怎么飞到另一根竹子上去,我可不想见到这些臭屁虫。"

从一棵竹子上飞到另一根竹子上,显然比爬竹子难多了。除了大哥,我们一个个在竹梢顶哎哟唧哟,被山风晃荡得紧抱着竹梢。

大家都明白了。路是一步步走的,竹子是一节节爬的,竹梢是一根根跃的。

莲花峰的花山鼠站在莲花峰山腰看到这一幕,都笑痛了肚皮:

"老灰后代发疯了!"

"看不摔死它们。"

夜里,我们兄妹五个转移到向阳坡训练,惊讶地发现那些花山鼠在竹林里吱吱地抱竹子。它们跳上去滑下来,跳上去滑下来。看到我们,花山鼠不好意思地停住了攀爬动作。忽然,它们一个个对着竹竿拳打爪踢起来:

"练功夫,哼哼哈哈,我们在练少林功夫。"

三妹哼了一声,故意到它们边上走过去。花山鼠里有个叫花豹子的,斜着眼睛对三妹说:

"妹妹,可得躲远点。拳脚不长眼睛,别弄伤了你娇贵的身子。将来说不定是咱们莲花峰老花家的媳妇。"

三妹:"呸,脸皮会臊不?把你们莲花峰的汉子嫁过来差不多,本姑娘才不过去呢,瞧那穷山沟。"

花豹子:"姑娘,咱们莲花峰和虎尾山就隔了一条沟,怎么的就有贵贱了?"

三妹:"山没贵贱,鼠有高下。虎尾山别的没有,学校还有一所。你看看你们,动不动打来打去。哪里有点斯文相?要打也行,那就放心打,把腿脚都打折了,好证明自己没什么功夫。"

那些花山鼠果然没打两下，一个个缩拳抱爪地在那里跳。

花豹子："姑娘这么看不起下三滥功夫，不知可有什么高招给兄弟们开开眼界？"

三妹走到花豹子面前，突然"嗖"一声升上了竹子，转眼不见踪影。把花豹子吓得不轻："这姑娘娶了也管不牢."。可是它对三妹的大屁股实在是念念不忘，老是跟在后面嗅来嗅去。

这是老灰家族的完胜之夜。

也是大哥老师的完胜之夜。它带着我们兄弟姐妹，它的学生，在一轮圆月照耀之下，在竹海的浪尖追波逐浪。我们仿佛同时发现了另一种生活，这生活不同于以往的任何日子。我们兄弟姐妹摇晃在竹梢上，沐着桃花寺清水洗过一样清澈的月光，吹着从虎尾山吹来的山风，我们唱起了祖母教的古老歌谣。

花豹子一伙在我们唱着歌的时候，一只只蹿上了竹梢。没有大哥的指点，它们上了竹梢只敢紧紧抱着竹梢尖。尽管那模样看上去又傻又笨，可是毕竟它们也成了竹上鼠，享受了它们在地面上从没有享受过的轻盈与诗意。

为了怕被它们把竹上飞的技艺学去，二哥带领我们到边上练习。可是三妹不知怎么的，在竹梢上吊来跳去，过一会儿还会到花豹子面前去炫。

"喂，姑娘，你要是再慢一点点，我管保你会从竹梢上掉下去。"

"想学艺明说，本姑娘可不上你的当——你这家伙一看就不是好人。"

花豹子气得在竹梢上直打圈。可是有什么法子，三妹的四蹄踏雪是那么惹它的眼睛。月光下它看到的不是四圈白毛，而是四朵雪花。这四朵白雪花在竹梢上飞来飘去，飞到它心尖儿上去了。弄得大哥、二哥都看出了不对劲："这个娜妮（女孩）不对劲，尽往莲花峰小鼠子那边跑，可别被欺负了。"

大哥把三妹召到身边："三妹，不准再去花豹子那边。不然肚皮怎么大起来都不知道。"

三妹嘻嘻地笑道："大哥老师，我肚皮已经大了。"

大哥大惊："啊，这么快就被花豹子欺负了？"

三妹："什么欺负？"

二哥："就是那个——咱家老祖宗没教过你女孩子怎么被欺负的？"

三妹："教过。女孩子不能被男孩子抱到亲到，不然肚子要大起来。"

二哥："这不就对了吗——你被花豹子抱了还是亲了？"

三妹："什么呀二哥，瞧你想些什么乱七八糟的事。我这肚皮是大起来了，可是没被亲也没被抱，是被气大的。"

二哥："哟，反了，反了。欺负到我老灰家来了。走，哥们替你去讨个公道。"

二哥招呼了大哥五弟和我，气呼呼地找到了花豹子。

"花豹子，你真是吃了豹子胆，欺负到我妹妹头上了！"

花豹子正在那里为见不着三妹摇头摆尾，见了三妹，忙跳过来招呼："大哥，二哥，四哥，五弟。"

"我呸，谁是你五弟，是五哥。"

我朝花豹子白了一眼。花豹子忙改口："是是是，五哥。"

二哥见我和花豹子瞎胡掰，瞪了我一眼："五弟，一边去。"

花豹子见我们一大帮，讪笑道："二哥，我早说一起玩更有趣。"

二哥把头一摆："吃什么了，麻烦把嘴擦擦再说话，我可不是你二哥。"

花豹子："是，老师。"

二哥："不对，我又没收你为徒弟，怎么可以乱叫我老师。我收徒弟只收虎尾山的。"

三妹得意地看着花豹子瘪搭搭的样子，走过去拍拍花豹子的脑袋："长点记性，本姑娘可是有兄弟撑腰的。"

我和五弟忙站得笔直。凭三妹这句，不说别的，子弹飞过来我替它挡；毒药端过来我替它先尝。

有兄弟撑腰就是好。

花豹子被拍脑袋，一副享受的神情："姑娘怎么说都是……"

"错！"

莲花峰山鼠群里突然蹦出钢板钉钉的声音。

不说我们兄弟姐妹失色,连花豹子也是一脸不解。它以带头大哥的威严转身看向它们的兄弟,见鼠群中绰号叫矮脚虎的花山鼠走了出来。这矮脚虎身材胖,四爪奇短,是山鼠界的王小二。

它一走出来,三妹就忍不住笑了。

矮脚虎对着三妹挥挥爪子:"这位姑娘,我不得不郑重提醒你,大哥的头是不可以随便摸的。"

"这位壮士气度不凡,请问如何称呼?"二哥走过去问。

"在下矮脚虎。"

"请问矮脚虎兄,摸了又怎么的?"三妹一嘟嘴巴,走到花豹子面前:"这么花里胡哨,我还嫌脏了手。呸!"

三妹朝发蒙的花豹子啐了一口。

"谁敢再动我大哥,莫怪我矮脚虎不客气。"

矮脚虎把两只前爪一开。似乎只要三妹再在花豹子头上做什么动作,它就会以某种方式教训三妹。

花豹子对三妹一见倾心,它不怕三妹打它,它怕的是三妹不打它。三妹在它头上打了两下,打得它全身骨头发酥,十分舒坦。它本来高兴还来不及,不料半路杀出矮脚虎这个煞风景的。它心下大怒,过去一脚踢翻了矮脚虎:"我让你错——你才它娘的错。三姑娘错的也是对的,你的对的也是错的,明白?"

"明白了,大哥。"矮脚虎讨了个没趣。把一肚子不满装在眼眶里,投向三妹。

三妹挺了挺胸:"怎么着,矮脚虎,嫌我打你大哥不够多?我再去打。"

"滚。"

花豹子对着矮脚虎怒喝。矮脚虎忙闪到边上,抖抖皮毛,脸上现出谦恭来。

花豹子很快换上了笑脸,走到大哥面前:"大哥,我们莲花峰家族和你们虎尾山家族,年年都要比赛。今天没有长辈在场,要不咱们就比比?"

一听比赛,我来兴趣了,挤到二哥面前:"比就比,不知怎么个比法——咱们比唱歌?"

花豹子笑:"五哥,咱莲花峰哪只鼠不敬佩你五哥唱得好!都知道你五哥唱遍钱江源无敌手,咱们要比唱歌,就是我把脑子往你嘴里送——"

三妹走过去在花豹子后脑上一拍:"少啰唆,五哥让你唱歌,你就唱歌。"

天晓得我什么时候唱过歌。

这下连大哥都看不过去了,对三妹说:"三妹,你那爪子能不能收拢点,咱们虎尾山的脸面,都系在你爪尖,可不兴动手动脚。万一传出去,还说你是个妖蛮公主,想嫁出去都难。"

三妹嘴一努:"谁叫它欺负五弟的。嫁不出去更好,我到古田寺去守青灯。"

花豹子:"别别别,三妹,你爱怎么打就怎么打。我花豹子生来就是给你打的。你到天涯,我花豹子给你打到天涯;你到海角,我花豹子给你打到海角。你要是到古田寺守青灯,我就到古田寺给你守门。"

这回连我的哑巴子四哥都憋不住了,对花豹子说:"花豹子,别婆婆妈妈了,要唱就唱要比就比。以前看你还是个男子汉,今天就一娘娘腔。"

花豹子:"四哥说得没错,等你再长几天你就懂了。估计我是中了那个什么的毒,小的们,叫什么来着?"

莲花峰的山鼠纷纷捂嘴偷笑。矮脚虎又站了出来,跑到花豹子耳边:

"大哥,你准是中了爱情的毒。这毒不好解呀,轻则神思混乱、胡言乱语,重则心脉癫狂、小命难保。而且中了谁的毒,只有把它抓来才能解毒。解毒还须投毒人哩。"

花豹子把矮脚虎一爪子又踢了回去:"这个还用你来教。"

花豹子走到我跟前:"五哥说唱歌,咱们就比唱歌。五哥,咱们是不是石头剪刀布?三局两胜,赢的先唱。"

我连出三次布,后唱。花豹子跳上石块,清了清喉咙,吱了一声。

全场肃静。

花豹子唱的是《从小爱着莲花峰》,歌词是这样的:

　　睁开眼的那一刻,

莲花峰啊莲花峰，

你就长在了我心中。

长在心中的莲花峰，

像一朵莲花绽放。

你是世界上最美丽的峰，

山腰有我最喜爱的洞。

洞边清澈的泉水，

映着山顶美丽的朝霞。

远方的姑娘啊，

这里的山花开不尽，

这里的野果采不完，

爱哥你就跟哥回家。

它根本就没有唱，它是在念。

我唱的是《虎尾月光万年长》。我开口唱了两句，花豹子就拱手认输了：

"五哥，我认输了行不行？以后桃花寺的山鼠就是虎尾山的厉害。我花豹子说的，咱们莲花峰的山鼠永远是小弟，你们谁不服？"

"服。"

大哥二哥看我用两句歌就把莲花峰和虎尾山山鼠间的高下判定了，也把祖祖辈辈的江湖恩怨给抹平了，都高兴得什么似的。它们带头跃上了竹子，站上了竹梢，在竹子与竹子之间驰骋得那么畅快。三妹紧跟在后面，但是在最后，永远是三妹赶在前头。我和四哥也跃上了竹梢，我们兄妹五个在花豹子们仰慕的目光中，奔来驰去，好不快乐。

后来月亮困得不行了，从虎尾山后滑了下去。我们兄妹从竹梢上下来，发现花豹子带领着小弟为我们准备好了早餐。那是从山间采来的带着露水的榛子、毛栗和虎尾山村民遗落在地里的番薯。

我们享受着这美好的待遇，感叹前辈们的努力不如两句歌儿。

"五弟，你会成为桃花寺山鼠界最伟大的歌唱家！"

三妹对我说。

我们摸着滚圆肚皮时，二哥向花豹子传授了爬竹技巧。

"明白了，二哥。"

花豹子"嗖"地蹿上竹子，四爪并用噔噔噔上了竹顶，又快速倒退了下来。花豹子退下来的时候，还向竹子上看了一眼。那些目瞪口呆的莲花峰山鼠，以为是二哥对着花豹子吹了口仙气把它吹上去的。花豹子却很实在，对那些山鼠呵道：

"看到了吧，名师出高徒。会的一招鲜，不会的忙破天。照二哥教我的方法去做，这样那样。注意分寸，一定要注意分寸。爬的时候把小爪子搭在竹节上。"

虎尾山山鼠和莲花峰山鼠在向阳坡竹梢上胜利会师了。

这是一次伟大的会师，伟大的进步。两山的山鼠在大哥、二哥和花豹子的带领下，心潮澎湃，站在向阳坡竹梢上，静静地迎来了人类千禧年之后的第五千七百二十七个日出。

让我们记下这庄严时刻站在向阳坡竹梢顶上所有的鼠辈英雄。

虎尾山这边：大哥、二哥、三妹、四哥、我。

莲花峰那边：花豹子、矮脚虎、癫痫七、白眼狼、鬼爪子。

也许是太激动，也许是虎尾山和莲花峰山鼠之间新结盟的友谊太醉人，当然更可能是新学会的绝技是如此好玩。当最后一只莲花峰山鼠白眼狼学会了弯竹梢，跃向另一根竹子，虎尾山山鼠与莲花峰山鼠间的比拼开始了。

双方都想比对方跑得更快，把对方撇得更远，回去好吹更大的牛皮，爪子下都是全力以赴。莲花峰的山鼠本来对花豹子讨好我们兄妹心生不满，学了这技能，一心就想把师傅比下去。我们在大哥，哦不，在三妹的带领下，在竹梢尖上一遍遍飞驰。我们是五匹狂奔的飞马，五只贴地的雄鹰，我们一次次地把莲花峰的山鼠甩在后面。在我们边上，花豹子狂呼乱叫，亏它那么一个滚圆的肚皮，为了追上三妹，它是把吃奶的、吃肉的、偷油的劲儿全使上了。三妹每次回头和它相遇，都不忘半空中在它头上打一下并嘲讽一句：

"死胖子，看不累死你。"

三妹越打花豹子，花豹子越开心，而我们就越担心。在三妹以为自己绝赢的战争里，花豹子用它的隐忍与有趣，成功把三妹拽进了温柔陷阱。三妹渐渐分不清东南西北：

"要么不打你，要打就打服你。"

三妹打着打着，眼里只剩花豹子的花纹。那是世界上最具迷惑和闪亮的花纹，神被它缠住都会迷路。

以致后来三妹的眼睛只要一阵子看不到花豹子，就会：

"花豹子，那头花屁屁呢？"

唯一无敌的是三妹的四团飞雪。它们那么轻盈地跑在桃花寺的土地上，现在飞转在竹梢上，永远地跑在我们任何一只的前面。它跑得越快，我们越担忧，毕竟没谁追得上。

我就在三妹后面，心里莫名失落。从头到尾，我没有看到花豹子给三妹放毒种蛊，它只是承受了三妹的捶打。我真想对着三妹喊我也可以挨打，可是这种话怎么说得出口。花豹子是来抢我的三妹的。我忍不住悄悄地用右眼瞥了它和花豹子。未来场景使我心情低落。

我同情地望着花豹子，可是什么都不能说出口。

"三妹，你越打我越有劲，不信你打打看。"

自从看到三妹，花豹子的骨头隔几分钟就会发痒。它骨头发痒就去挑逗三妹打它。它不知道痒的其实不是骨头。

三妹当然不吃素。它现在发现世界上最好玩的事，除了跑步和到处打听消息，剩下的就是打花豹子——

只见它突然从自己的那条线路飞了过去，一下跳到花豹子背上，没头没脸地狂敲乱打：

"我让你越打越有劲，看我不打死你。"

花豹子被打得不辨东南西北的时候，它爪子不知怎么的搭到了三妹屁股上。这使三妹全身骤然一紧。三妹完全忘记了自己在什么地方，正在干什么；花豹子也忘记了自己是谁，在干什么。它们的毛发噼里啪啦炸起来，等明白过来是怎么回事时，它们已经相互拉扯着沿竹梢顶一路跌下去。

它们向下狂跌的时候，其他山鼠正玩着你追我赶的游戏。这群贪玩的山鼠，这个游戏似乎玩到地老天荒都不会疲倦。

信号弹从虎尾山山腰升起，在天空划出一道粉色烟幕。

"看，那些鸟！"

观众台发出了惊呼。

它们的确像一群欢快的鸟，贴着竹梢尖，以水上漂的功夫掠过去又奔回来。观众台上的观众根本看不出来它们是否有翅膀，自然，他们也看不到拖在后面的小尾巴。

王小二跃上竹梢后，吓一大跳。

他一眼看出在竹梢上奔跑的不是鸟，是山老鼠。它们是群山鸡也就罢了，竟然是群山鼠，还跑得那个畅快！王小二心里气得要命。本来村里人对他王小二在竹子上表演就有风言风语，他看着那些指指点点不爽的人，感觉他们面目间都藏着獐头鼠目。现在獐头鼠目跑到竹梢上来向他示威来了。这是他王小二的舞台，怎么容得这些小老鼠在上面撒野？

他从裤袋里捏出一块石头握在手上，准备把带头的山老鼠打下去。

"什么世道！老鼠要上天。"

他从后面追了上去。

多年从不间断的训练，让他在竹梢上的速度比猿猴还快。他很快就超越了莲花峰的山鼠，追上了五弟和大哥。突然，王小二眼前亮起四个白点，原来三妹和花豹子重新又爬上了竹梢。谁也不知道三妹和花豹子失踪了多久，谁也不知道它们在失踪期间干了什么。

花豹子下坠时做了很男人的事。

本来它们抱在一起往下落时，三妹在下花豹子在上，花豹子好歹是莲花峰领头鼠，知道事情利害。它虽然被三妹抱得发晕，可是心里头始终有一线清醒。

"可不能让这爱打人的小姑娘受半点伤害。"

要是三妹在下，凭花豹子的体重压下去，三妹非死即残。

花豹子在空中把自己大肚皮一腆，趁势将三妹翻在自己身上。动作刚做到位，它们"砰"的一声砸到了地面上。

好巧不巧的,花豹子和三妹跌在了竹叶铺得最厚的那片地上。三妹门牙重重磕在花豹子唇上,磕得花豹子满嘴是血。三妹摔下去时,以为这回死定。不是摔死,压都要被花豹子压死。没想到着地时,除了唇齿一碰,其他地方都砸在花豹子绵软的大肚皮上,比席梦思床垫还舒服。

三妹本来担忧着被花豹子压死在身下,没想到最后是自己压在花豹子肚皮上。又松又软又暖,是它自出生以来没有享受过的待遇。索性就赖在花豹子肚皮上装死。

装了好一阵,也没见花豹子有动静。向上看看花豹子,满嘴冒血气息全无。便明白自己是好的,花豹子是被压死了。

"活该!"三妹想。它还没嫁人,要是死在男人身下或死在男人身上,那脸就丢大了。

花豹子要是不惹自己,各玩各的,自己不会打它。不打它,它们就不会摔下来。这么一复盘,该死的确实是花豹子。三妹气起,挣起来管它死活,又要打花豹子。没想到屁股被花豹子两臂紧紧箍着,哪里起得来。它越起不来,越想打花豹子。两个爪子不顾死活地在花豹子胸上捶,把花豹子两个大奶子都打肿了。花豹子那边"哎"一声长叹一口气出来。它本来在装死吓三妹,没想到三妹没吓死,自己再不活过来都要被打死了。

花豹子忙活了过来。

三妹问:"胖子,活了?"

花豹子看三妹子活灵活现的样子,明白自己的苦心没白费,大肚皮立了功。当下继续维持原状,搞得三妹都看不过去:

"你就不擦擦血?"

花豹子摇摇头。

"你就不活动活动筋骨?"

花豹子继续摇头。

"我叫你摇,叫你摇。"

三妹忽然左右开弓,连扇了花豹子几十个耳光,终于扇开了花豹子箍在它屁股上的爪子。

"明白了?"

"明白了。"

"揩本姑娘的油，这就是代价！"

三妹从花豹子身上站起来，在花豹子肚子上踩蹦蹦床一样又踩了十多脚，才跃上了竹枝。

跳上竹梢头的三妹又跑在了最前头。

三妹滚圆的屁股在王小二面前晃动着。王小二奇怪这圆滚滚的屁股能跑这么快。按理说在它屁股上来一石块，把它直接从竹梢上打下去，只是举手之事。他准备投出石子时，看到了三妹爪子上的白毛。

他明白一定是这四团雪让三妹如此轻盈快捷。

他好胜心起来，决定和三妹比试比试。

"小姑娘，我看你怎么撒野。"

他用鼠语和三妹招呼。可是风太大，三妹根本听不见。

三妹不知道身后来了王小二，它以为追它的是那要死的花豹子。

不知道为什么，它看到花豹子就来气，就想去打它。它就是看花豹子不顺眼。它不喜欢花豹子讲话时牛逼哄哄的样子，不喜欢它年纪轻轻腆出来的大肚皮，不喜欢它看它时直白的眼神，不喜欢它随随便便就叫它的兄弟大哥、二哥、四哥、五弟——它三妹还没发表意见呢。

特别是，特别特别是，三妹摸了摸自己屁股，它屁股上还粘着花豹子的爪温。

它可没同意让花豹子摸，让花豹子搂。

它真想返身再打花豹子一顿。可是它现在特不想看到花豹子。自己虽然打得多，可实际上是吃了大亏的。

它是吃了多大亏呀。

王小二才不管三妹吃了多大亏。他追了两趟没追上三妹，便决定把三妹打下竹子。王小二想到钱多多看香的眼神，特别是钱多多看香背影的眼神，猜测钱多多一定会喜欢三妹的屁股。吃什么补什么，吃了三妹的肉，钱多多的眼神会像磁铁一样。

王小二手中的石块准备飞到三妹脑袋上去的时候，他的手机震动起来。是钱多多打来的：

"小二，听人说你在追什么鸟？"

"不是啊，钱总，它们不是鸟。"

"扯你的蛋，大家都说是鸟，偏你说不是。好好好，你在追一群鸟。王小二同志啊，这么大的事你怎么不汇报？"

"钱总啊，我这不是刚上竹子才跑了两趟嘛。我还以为是你专门安排它们来陪我玩的呢。"

"快告诉我到底是什么。"

"山老鼠呀，钱总——我正想给你打只下来补补呢。"

"山老鼠？好好的老鼠不去打地洞，去爬竹子了，真是稀里古怪。它们为什么要爬到竹子上去呢？不能打，这可不能随便打。村规民约规定的，怎么可以打，你可千万不要打。"

"听钱总的。就让它们在竹子上跑。"

"你不仅要让它们在竹子上跑，还要陪好它们跑。要让它们跑得高兴，观众看得高兴。"

王小二跟在三妹后面，盯着三妹圆滚滚的屁股和它的四蹄白雪，从向阳坡的上面追到下边，又从下边追到上边。玩得乐乎乎的山鼠，竟把为一撮毛报仇的事也忘记了。在竹梢上，王小二不过是只穿衣服的山鼠；山鼠不过是个不穿衣服的王小二。

王小二追三妹，它们追王小二。观众台上的观众看着王小二驱着一群山鼠上上下下，都惊呆了。

"这是人与自然的大和谐！"

"真是苏武牧羊向阳坡呀。"

人群中有位退休老师拈着腮边胡须，自鸣得意。

"我看就叫小二放羊。"

县城里卖羊奶粉的胡琪道看到这幕，羊奶水涌上脑壳，忙掏手机拍了视频发抖音。这条信息为他赢得了两万七千五百四十五个赞，是他开抖音以来的点赞之最。

气球升起时，王小二有心在山鼠面前露一手。他改变打法，不再一只气球一只气球击打,而是两只气球升上空中时才突然出手——

"着着。"

二哥最先清醒过来。它猛地在一棵竹梢上停住,眼里喷出了复仇的火焰。

"着着,着着。"

天哪!虎尾山的山鼠们都停在了竹梢,停在摇晃的风里。它们气极了!跑了半天,它们想起来了,原来是和那个仇人在一起奔上跑下。大哥在竹梢上一挥爪子,虎尾山的山鼠齐刷刷下了竹子。花豹子见三妹下了竹,忙跟了下去。花豹子一下竹,莲花峰的山鼠也跟着下去了。大家聚在竹下开会,竹梢上只留王小二边挥手边说:"着着,着着。"

按二哥意见,我们应该分成三批人马去啃竹子,好让王小二从竹子上掉下来摔死。

"第一批咬他前面的竹根,别咬断,让他跳过去时再断,刚好摔死;第二批咬他后面的竹根,他回头时还是得摔死;第三批在最上头或最下头各啃一根,也别啃断,这样他跳到最边上时,刚好竹子断掉摔死他。"

二哥的主意不可谓不毒,但被花豹子否掉了:"不行啊,二哥,咱们绝对不能这样干。这样干成功率不高,而且把桃花寺的山鼠全搭进去了。"

三妹:"大肚子,你个乌鸦嘴,你这一肚皮草包,可别在这瞎闹。"

花豹子:"三妹,我说的是真的。这不仅是为你好,也为虎尾山莲花峰的大家好。各位兄弟,你们想,按二哥的部署你们想想,他在哪根竹子上会摔死?"

"他只要掉下来都会死。"

"可是他掉得下来吗?兄弟们用脑子想想,咱们跳来跳去,掉下来过吗?就算掉下来,摔死了吗?"

二哥明白了,大哥明白了,我小小灰早就明白了,只有三妹还有点不明白:"摔不死?大肚子,你现在站上去跳下来,看死不死。"

"三妹呀,"花豹子摸着被三妹蹬疼的肚皮,"他是有功夫的人。为什么不会摔死?这向阳坡的竹子挤得这么密,他就是摔下来了,手脚一伸,就勾住另一根了,摔得死?"

听花豹子一说，三妹傻了："那这恶人就摔不死他了？小爷爷的仇就不报了？"

花豹子突然哎哟一声，摸着肚皮嚷痛。大家看着它在那里演戏，不知道它肚子里装了什么颜色的屎尿。只有三妹知道这个信号，是花豹子和它在矫情呢。它走过去踢了一脚：

"这么大个肚皮，想必放出来的臭屁会臭死人，你还是用嘴说吧。"

花豹子就等三妹这一脚。它让我们看到，是三妹这一脚踢开了它的智慧开关："只有一种情况王小二会摔死，你们看——"

花豹子指着向阳坡最下方："把最下边那排竹子啃到王小二扑上去就倒，那下边是悬崖，他肯定摔死。"

"行啊，大肚皮。想不到这不是草包，还是个谋略包。"

"嘿嘿，都是三妹启发出来的。"

"花豹子，你少给我贴金。本姑娘自从见了你，就是爪子痒。你要说我把你肠子踩出来还有点道理，启发出智慧实在是过奖。"

大哥指挥了大家，就要去坡边啃竹子。准备把向阳坡下边一整排竹子啃残缺了，王小二往下扑就死翘翘了。

花豹子拦住："今天把竹子啃了，就算他王小二摔死，咱们的好日子也到头了。对面那么多眼睛盯着看着，他们难道都是睁眼瞎，会不知道谁是杀人凶手？要是知道了谁是杀人凶手，以后桃花寺还有咱们的落脚之处？这人的鬼点子那么多，咱们斗得过？"

大哥甩了一把冷汗，这是它所没有想到的。

"咱们到向阳坡，就陪王小二好好玩，玩是比杀人放火更厉害的手段。玩到大家都认为咱们和王小二是好朋友时下手，就没有人会怀疑了。"

"好你个花豹子，我被你说得汗毛子都竖起来了，快离我远点，不然我到时怎么死的都不知道。"

"哎哟，三妹，我这不是想替咱小爷爷无声无息地报仇！"

"呸，骗莲花峰的傻妞去，本姑娘才不上你的当。"

初升的阳光洒向向阳坡。这又是崭新的一天！

当三妹像只猿猴扑向另一棵竹梢时，它的鼻端突地闻到了美妙的肉味。

吊在竹梢的一块五花肉令它当场流下口水。它思来想去，只有那个不怕挨打的花豹子才会有这份心思。

"傻大肚，算你有良心。"

三妹吃着香喷喷的五花肉，爪子痒得要命。要是花豹子在眼前，它一定去狠狠拗它几下。

但它并没有看到花豹子的身影。

"叫你躲，看姑奶奶不剥了你的皮。"

三妹牙齿痒起来，不咬点什么不舒坦。自从上次一跤，把花豹子垫在身下真是有趣极了。花豹子要是敢不听话，它会跳上它肚子，把花豹子长舌头踩得从嘴里吐出来。想到花豹子挺着肚皮的傻样，三妹不由笑了起来。从小祖母祖父就教育它要远离莲花峰那一伙，说是祖祖辈辈的敌人。它不懂有什么好仇恨的，一起快快乐乐地玩，不好吗。

三妹扑向了另一棵竹梢。哎呀，真是太好了。竹梢头上吊了一根排骨。

花豹子啊花豹子，你这玩的什么鬼把戏。三妹恨不得马上见到花豹子，从它肩上咬下一块肉来。

不仅仅三妹发现了竹梢上的果实，大哥、二哥、四哥和我都发现了。大哥发现的是一个鸡蛋，二哥发现一块猪头骨，我发现一根鸡大腿骨，四哥发现的则是一副鱼骨架。它们不知道这是钱多多的伟大创意！

"这些小家伙们，本来是要给它们发工钱的，它们又没地方花。哈哈，小二同志，你就当个弼鼠温，辛苦替它们摆摆宴席，我给你加一份工资。"

王小二把钱多多加给他的一份工钱给了李春梅，换了春宵一度。让老婆拿着发给山鼠的五百元，到村里养鸡场买了三十个鸡蛋煮成茶叶蛋，又去杀猪匠家里买了两斤排骨和四斤五花肉，都煮得香喷喷的。他和老婆把排骨上的肉都啃了，去屋后撕了棕皮，捆了二三十根排骨和十二个鸡蛋，趁着天亮去捆扎在竹梢上。

三妹脚快，吃了四块排骨和两个鸡蛋。吃得爪子上油油的，在屁股上揩揩，把屁股也揩得油亮油亮。

三妹又找到一根排骨时,耳边响起一声"三妹",令它芳心大跳。

一看,果然是花豹子爪子上拿着一朵百合花,正看着它笑。

三妹糊涂了,不明白这家伙一会儿蛋肉一会儿花,哪来的那么多工夫来对付这些。

三妹抓到排骨时,鼻子边也闻到了百合香。

"三妹,送你的。"

花豹子把花递给了三妹。三妹歪着头看花豹子,把花豹子看得连连摆爪:"三妹姑娘,这花绝对是亲自摘的,不是请人代劳,也不是偷来的。"

三妹:"大肚子,别怕,我只是想问问,竹子上的排骨哪里来的。"

"排骨,哪里有排骨?可不是,真够香的。"

"这么说,确定这些排骨不是你放上去的?"

"三妹,瞧你说的。你看我这大肚皮,有排骨不装这,还省得下来放到竹子上?"

三妹扑哧一笑:"这个话倒是坦诚。你有心送花,我也不好太小气的。这么着,我回你一块排骨,扯平。"

"嘿嘿,山野小花怎么好跟三妹的排骨比。"

"大肚皮,不是我争你什么,要是你觉得没扯平,可以再摘两朵花来。"

"三妹喜欢,我天天给三妹摘。把这山上的花全摘了给三妹。"

"瞧你那傻样,谁稀罕你摘花了。这花好好地开在山上,不照样看照样香。干吗要摘了放在一个人手上。不过这心意还不错,知道讨女孩子欢心了。别傻不愣登的,快把排骨吃了。"

花豹子吃得猪一样欢。

王小二自然不能让这些山鼠白吃。他用鼠语把大家召集起来训了话:

"呃,兄弟姐妹。大家是不是有点意外,今天的早餐特别丰盛?明说了吧,这是钱多多钱总看到大家表演得好,奖励给大家的。钱总说了,以后大家一起干,天天有鸡翅排骨吃。我老人家,今天早上少睡两小时,给你们把这些好吃的挂上去,腰都快断了。"

我们忽然发现,王小二没有那么令人仇恨了。

钱多多的排骨鸡蛋策略,极大赢得虎尾山和莲花峰山鼠的心。爬爬竹子，本为是玩的项目，现在有了好吃的，山鼠们爬竹子的劲头更足了。它们奔走在向阳坡的竹梢上，为对面观众表演着鼠界的各种技巧和高难度动作。它们甚至在王小二的带领下，排练起了"群鼠闹东京"的节目。

"还以为是老鼠精，原来是群戏精。"

记者李寻根，刚好来钱江源报道崇阳县创建国家公园的纪实，听闻这件奇事，有心见见这群今古未闻的山鼠。他在县乡领导的陪同下，见证了王小二的竹上飞功夫，也见识了山鼠的闪亮出场。

"就是蝙蝠到竹上也不过这两下。"

李寻根用生花妙笔，连夜写出报道：《钱江源飞鼠闹竹林，桃花寺青山变金山》。

"这死矮子老天对他好，现在老鼠也对他这么好。"桃花寺人看到报道，对于报道上那几张王小二和山鼠的特写看得眼里出火。

王小二挂了三天排骨，对钱多多抱怨："钱总，你有排骨赏我王小二吃吃，我还念你好。你喂给这些小畜生，它们忘恩负义起来，说不定晚上还来咬你枕头。偷鸡蛋啃米桶，哪件少得了它们。为了服侍这群老爷，这两天我腰都累了。钱总，你要说喂头老虎，那它还是国家保护动物，你对山老鼠这么好，我实在是想不通。"

钱多多："小二同志，不懂了吧。现在这社会，一天不学习，你就只能盯着人家屁股当落后分子。你看到的是老鼠，别人看到的是资源、流量。管它老鼠老虎，这个世界谁能吸引流量谁就是王者。所以小二啊，今天没有外人在这里，我可以掏心窝跟你说句话，这桃花寺别看你最矮小，却是我眼里最男人最英雄的人选。你尽管陪着山鼠演下去，我这里有一根雪茄，就有半根是你的。"

王小二嘴上笑着说："有钱总罩着，不说我王小二，这些山老鼠都过上了天堂的日子。以后它们生了子女，我带它们来喊爷爷外公。"

钱多多："你这王八蛋骂我是老鼠。好，以后我当这些山老鼠干爹干爷爷，雇你来照顾它们。谁要欺负它们，就是欺负我钱多多的鼠子鼠孙，我可不答应。"

除了祖父在洞口以遥望为憾事，祖母掌权后也喜欢独自待着，父亲母亲架不住我们怂恿，也亲临向阳坡看热闹。但母亲看了一眼，腿脚就直打哆嗦，骂父亲："你这爹怎么当的，它们顽皮不懂事，在上面蹦来跃去，你这当爹的不知轻重，还看得一副傻样。万一有个闪失，这些宝贝都是从我肚皮里钻出来的，我可跟你没完。"

父亲对我们在竹子上飞来飞去倒是不劳心，只是从人生经验上做了强调：无论面前有多少好吃的，记得你只有一个肚皮，装满就行——也不能装得太满，至少要还能跑动。

然后，它无限惆怅地望向竹梢和竹梢之上的天空，对母亲说："走吧，未来属于年轻人。"

而母亲则缠着父亲，在当晚秘密地怀上一批弟妹才罢休。

"你放它们出去，我可得替你老灰家留着种。"

当母亲腆着肚皮看我们在竹梢顶上飞来飞去，它又大为高兴了。母亲对目瞪口呆的父亲说："我肚皮里蹦出来的宝，和你这根木头可不一样。"父亲不反驳不辩解，事实上在竹梢上跳来跳去，对它只是小儿科。相反，它在柔情满溢的目光中，把我们给它的排骨鸡蛋全给了母亲：

"瞧我眼光多好，找的老婆比你找的老公厉害。"

我们哈哈大笑。母亲爪捧小腹嘴角上扬，这是它一生中最幸福的时光。桃花寺人可不认为母亲是被父亲凭一张巧嘴骗到手的。老灰家族靠的是品行服人。品行就是磁铁，品行就是花蜜，品行就是王牌。

"你们家老太公，那是顶呱呱的。"

在这点上，就是莲花峰的那些小家伙也不得不服。

遗憾的是，我们从来不知道这个老太公最后去了哪里。我们实在没办法，之前在和莲花峰的这些敌人对骂时，我们会为自己的老太公辩解："等着。等我家老太公从白云洞出来！"

我们理所当然地认为，老太公老灰是到白云洞修炼去了。

不知是考验山鼠的智慧还是耐心，王小二藏的食物越来越有含金量。比如，它用一根长棍把排骨拴在两棵竹子中间。这使我们在跃向另一根竹梢时，中间必须有停顿。它巧妙地用食物控制并训练了我们的阵型与技巧。这点从对面观众人数的增加和观众喉咙里发出的分贝量就可以听出来。

观礼台从原先一处，增加了一模一样的三处，呈田字形排列。观众们甚至在山鼠表演到精彩处时，自发地从座位上站起来坐下去，形成起伏波浪。这边竹浪，那边人浪。在山鼠眼中，成年人类从没像这样集体地可爱过。山鼠在王小二的领导与指挥下，也学会了站在最前排的竹梢上谢幕。

观众一遍遍地鼓掌，山鼠一遍遍地谢幕。

这天表演之前，花豹子清点莲花峰来的鼠数时，发现矮脚虎不在队列中。

"矮脚虎，矮脚虎到了吗？大家看看矮脚虎来了没。"

矮脚虎已经静静躺在黑三郎肚皮里，几天后成了一条黑不溜秋的蛇粪，重新回归桃花寺这片永恒的故乡。那天早晨，黑三郎趁着前方的队伍走远，矮脚虎躲到边上拉屎时袭击了它。

矮脚虎只来得及骂一句："别胡闹，人家在拉屎呢。"

黑三郎咬在它右腿上的毒牙立即毒倒了它。它全身抽搐，屎尿污地，睁大的眼睛充满了疑惑不解：为什么会是它？为什么偏偏是它？

深山宁静高远的天空，露出湛蓝的别有深意的微笑，然而矮脚虎再也无法读出微笑背后的含义和答案：生为矮脚，又不努力在速度上下功夫，就犹如主动成全黑三郎的这一次袭击。

队伍在表演结束返回虎尾山和莲花峰时有了小小的躁动。结论是明确的，矮脚虎不可能丢下队伍和那鲜美无比的排骨选择单飘。

"除非它昨夜长了反骨出来。"花豹子拍着肚皮说，"以它的胆量，就算长了反骨，不可能不向我报告噢。"

三妹在花豹子脑袋上敲打："别这么盲目自大。信不信你再如此，明天消失的就是你。"

"是黑三郎！"我说。

大家的鼠爪马上缩在胸前。

按大哥的意见，目前形势不明，还是先保命要紧，从明天起我们不再来表演。"肯定是黑三郎！这家伙最爱搞突然袭击。咱们是来吃排骨的，不要自己成了人家的排骨。"

大哥的话让虎尾山和莲花峰的所有山鼠都陷入了沉默。好不容易找到的这块风水宝地，就此放弃，换了天王老子都会心痛。不放弃吧，谁能保证明天自己还能在竹梢上快乐飞翔？四哥最先站到大哥身边："大哥，我听你的，明天不来表演了。不能演来演去，肉没吃到几块，命却演没了。"

"我早就看出咱妈是不乐意大家做这行当的。"二哥说，它又加了一句："雷声变了。"

四哥赶紧退到边上念它的"嗡嘛呢叭咪吽"。

三妹看看我，我看看三妹。毕竟不是每只鼠都有三妹那样的四团白毛。我低头沉思了一阵，走到大哥面前："大哥，要不先放假几天，大家休息休息，顺便观察观察情况。"

大哥和花豹子商量了一下，一致决定放假一个月。但它们毕竟是鼠明星了，不好像当初贼头贼脑来，不用和人家商量。

大哥跑到王小二跟前。王小二在竹梢上迎风摇晃，在一只山鼠面前仍然算得个伟人。这使他不免用些睥睨天下的眼神放在眶里。反正大哥近视，不计较他这些人类的矫情个性。

大哥吱吱吱说了半天。虽然山风大，王小二还是听清了，这些小山鼠要请假一个月。他差点没从竹梢上掉下去。

"难道工钱不够高，待遇不够好？"

王小二这些日子又表演又发放福利待遇的怒火一下子爆发了。好在王小二不在平地上，不然他和人家对骂，通常都是要一蹦三尺高的。王小二站的那根竹子剧烈摇晃起来。

大哥一看这架势，犹疑了。它本想和二哥、花豹子再商量商量。可这时王小二盯着它，它的兄弟姐妹在下面看着它。它知道不说出实话，恐怕这假是准不了。

"矮脚虎今天不见了，我们怀疑是黑三郎把它吞了。"

王小二站的那根竹子立马定在那里。

王小二是听丝瓜谈过黑三郎的。王小二听程老枪再三交代过，桃花寺村任何一个或一只小兽死里逃生，都要万万小心。

"只要死里逃生过，它们心里就有了毒，这种毒人世间叫作恨。恨这种东西，是永远消除不尽的。除非被恨的东西死亡或毁灭。"

黑三郎一定恨死了老灰家族的山鼠。

王小二站的竹子又轻轻摇晃了起来。王小二发怒的嘴脸是很难看的。

大哥气都不敢喘地看着这个向阳坡舞台上的男一号。他是那么高大威猛、来去如风，好几次大哥被王小二追得尿水都从管道里溢了出来。要是这个天神般的男人不再理它们，它们的生活就会重新被打回到寡淡无趣的日子里去。

"听着，你这狗胆包天的小山鼠。我老人家累死累活，都没说过要向程书记和钱总请一天假，你们吃好喝好，我好好伺候着倒来请假了。这么着，实话告诉你，我只有批一天假的权力，等我请示了领导再答复你。"

大哥忙对王小二做了几个揖表示感谢。只见王小二拿出手机，拨通了程晓军的号码，呜里哇啦一顿讲。程晓军马上打通了钱多多的电话，对着钱多多呜里哇啦一顿讲。程晓军又打回头，对着王小二呜里哇啦一顿讲。

大哥不说话。大哥十分紧张。这可是它第一次向人类请假。

父亲干公家的事，可从没请过假。

王小二清了清喉咙，向竹林下吐了一口痰。要是大哥经常在人世间行走，它就会明白王小二同志这口痰大有讲究。这是一口有官威的痰——每次程晓军在人前讲话时，都会先来这一下。咱们的小二同志看多了，也搞起了这讲究，先把一口痰远远地吐了出去。

大哥想，完蛋了，这个假多半泡汤。要真泡汤，它就告诉底下的兄弟姐妹，从明天起不干得了。

"听着，小老鼠，可要记得谁对你们好。上天最好，创造出一个和平世界。钱老板第二好，我王小二一般好。你们的假准了——不过，一个月是休想。一周，明白了？一个礼拜，一个星期，七天。"

"放假啰！"

全体山鼠跳了起来。又赶忙沿大路奔回家去。

我决定用这七天去找小黑玩玩。有些朋友你不知道它会从哪儿冒出来，你也不知道它什么时候会消失。但朋友就是它会找你玩，我也会想找它玩的人。

小黑见了我，果然也很高兴，一把缠了上去："咦，小胖子，最近发达了是不是？胖了一圈。"

小黑这把尺子几乎没怎么长。一量就把我的肚皮量了出来。

我："再不来见见你，怕是下回见不到了也不一定。"

小黑："怎么了，小小灰？"

"最近可得小心点，你们蛇界的黑三郎猖狂得很。等下要是它突然出现，咱们就各自逃命吧。"

小黑："黑三郎？"

"那条没打死也没摔死的蛇呗。我可不知道，都是听长辈说的。反正昨天矮脚虎是被它吞了。"

"小小灰，你不要被它吞进肚皮里去就好了。"

"这又由不得我喽。所以今天先来告个别，要是哪天见不到了，估计就在它肚子里。"

"你可以重新钻出来呀。"

"那都成屎条了。"

"就算变成屎，你也会是一条可爱的屎。"

"快别臭我了。给黑三郎吞，还不如给你吞。"

"够有心。这样吧，我今天就吞你一次。"

小黑不说话，游到小小灰背后，在我尾巴尖上轻轻咬了一口。我尾巴上马上鼓了一个包。小黑转过身子，用尾巴尖在我尾巴的伤口上点了点。

"会痛几天。"小黑绕着我走了两圈，似乎对自己的所作所为很满意："以后，你就安心地走自己的路。"

我们又到虎尾山尖玩了一趟。

七天过去了。大哥跑到山谷里找到花豹子，商量了半天。我们虎尾山和莲花峰的山鼠决定继续去向阳坡演出。毕竟观众台上的掌声和竹子上挂着的排骨太过诱人。而黑三郎的袭击并非不可避免。

祖母远远地站在白云洞前,对着祖父说:"上一代的恩怨,被这些小的抹平了。"

祖父:"是。"

也许矮脚虎在黑三郎肚皮中还没有消化干净,也许黑三郎到别处狩猎去了。一路上我们没有碰到特别的情况,也没有队员掉队。竹林就在前面,大哥松了口气:

"兄弟姐妹们,为了相互有个照应,我宣布三条纪律:一是只要有草丛的地方一律避开;二是不可离开群体单独行动;三是遇到紧急情况要大声呼救——就算你牺牲了,也算给别人提个醒,不然死了白死。"

大哥真是越来越有大哥范了。讲出的话又尖又利,扎进脑瓜子后想想,隐含的道理却是深刻。

飞鼠队在王小二的带领下,技艺日渐娴熟,声名远播。要是这样的生活能够永远持续下去就好了。

天气渐渐冷了起来。

低沉的乌云压到虎尾山顶,似乎是山脊撑住了苍穹。

天色一暗,路上行人稀少,车子更是难得一见。一阵风吹过,路旁的大树下飘满了黄叶。高大的苦槠树早已忘记自己年龄,噼里啪啦往下掉苦槠子。天不亮就有人去路上扫了,做城里人爱吃的苦槠豆腐和苦槠粉皮。晚上六点过后,夜雾开始从山上往下笼住桃花寺村。人在村里走动还没什么,要是从山上望下去,只见白茫茫一团。勤劳的山里人关了门,或打几圈对家的红五,或在家里看电视。只有大路上安装太阳能板的路灯彻夜亮着,仿佛是山村不寐的眼睛。

祖母已经半个多月睡不着觉了。它一次次钻出洞去,盯着虎尾山发亮的尾巴。使它怒气冲天的不仅是这根夜晚会发亮的虎尾,还有从虎尾山脚修过来的水泥路和一到晚上六点就亮起来的路灯:

"胡闹,这真是胡闹!"

母亲紧张地看着祖母。这个婆婆的一举一动都令它紧张。

"你看看这爪子!"

祖母抬起它的爪子,原来它只是到水泥路上走了几次,爪尖就被磨平了。右爪的第四指尖还折断了。"

"你看看你那些小的们。"

不用说，我们的爪尖也被磨损了很多。

"老祖宗传下来的山，不知要被他们破坏到什么样子。"祖父成为三只腿之后，祖母的声音越来越响，特别是它发现了一个秘密：它说出的话全是对的，而且没有人敢反对。

"三妹呀，你寻到村里问问，他们这么干，都不用问问我们意见？"

三妹找到了王小二，把祖母的意见一说，其实三妹也没反映祖母什么意见，它就对王小二说："这灯光照得我奶奶都睡不着觉了，你们村里得管管。"

王小二反映到程晓军那儿，程晓军一拍脑袋："对对对，我都忘记了，这些家伙鼠头鼠脑，爱黑不爱亮的。晚上十二点后，把灯灭掉。"

自从钱多多站在香溪民宿的阳台上发出亮灯指令，这根晶莹的虎尾在瞬间就让每位桃花寺人的自豪感爆棚。

钱多多经常满意地看着这根发亮的虎尾。无疑，这是继白云洞开发和向阳坡竹上飞演出之后的又一个大手笔。他似乎通过虎尾连通了上天，更多地理会了苍穹的神秘与玄奥。

"这就是虎头入地虎尾问天！"钱多多对香说。

香看着眼前的男人，她对他实在是佩服得要命。自从他住进香溪民宿，民宿的生意一路向上高歌猛进，有时根本就接待不过来。桃花寺村似乎突然之间，就变成了另一个世界。

"钱总这么个大老板，来桃花寺村这么长时间，就不想念外面的花花世界？"

"相比外面的花花世界，我更愿意在这儿卖爆米花。"

香扑哧一笑。

钱多多通过他的"多多直播室"，差不多把桃花寺村的农产品卖空了。青菜、萝卜、尖栗、豆腐干、小鱼干、白腊肉、生姜、大蒜，甚至不起眼的砚台石，都被他天花乱坠的广告推销了出去。不过他最喜欢的还是在阳台上，和香一起噼里啪啦用老玉米粒炒爆米花。

"多多牌爆米花，吃起来真的像爱情！"

程老枪也把家里阿花种的一百斤老玉米给了钱多多。

"去，给钱老板，让它们变成爱情爆米花。"

"你这不是丢我的脸吗？"

"人家亿万富翁都不丢脸，你拿什么丢脸。"

自从阿花没收了枪，程老枪每晚就爱守在电视机前看《人与自然》。那些奔跑在他瞳仁上让他眼睛发亮的野兽们，每每勾出他豪情岁月里的记忆：

"好壮的野猪，要三枪！"

"豹子再快，快不过子弹。"

程老枪有时把手指嗒嗒嗒敲着，越敲越急。仿佛某种猛兽正被手指拼命追击。阿花别有深意地笑他：

"要么现在就去，别发空屁电报。"

发电报是阿花和程老枪被窝里的暗语。

每次程老枪被体内雄性力量吵醒，火山欲要喷发之际，又不忍粗暴行动，把阿花扳向自己，他的手就会蛇一样潜过去。嗒嗒，嗒嗒，嗒嗒嗒，在阿花背上臀部或者大腿上轻轻敲击。阿花有时惊醒过来，在那贼爪上打一下，骂句"讨厌"继续睡；有时却在黑夜里睁大眼睛等，收到电报她就悄悄转过身子……

这晚程老枪刚把门关上，赛虎忽然"呜呜呜"吼着从狗洞里蹿了出去。听到院门外低沉的声音在喊："赛虎，是我！老枪叔，开门。我是一军，开门。"

会计不大，好歹是个村干部。何况这么夜，搞不清是不是组织上派来布置紧急任务的。程老枪不敢大意，警觉地看了看墙上的枪。他的枪膛里永远压着一颗子弹。要是任务紧急，说不定揣了枪就要出发参战的。迎进院门，却见蒋一军手提肩扛，逃荒一样，气喘吁吁地放下一袋米一壶油。还喘着气，把手上一个黑塑料袋放到了八仙桌上。

程老枪笑道："你访贫问苦，应该敲锣打鼓地来，让全县人民都知道。何苦这大夜里像做贼一样。"

老枪眼毒，早看出黑塑料袋里是两条香烟。但他对于烟并没有什么兴趣。何况近二十年的生意场上历练，他要么不买烟，要么兜里揣着红红的大中华。一军的性格他平素是了解的，路上就是捡到五角钱，晚上也会记入收入那一栏里去。虽然不是一个钱掰作两个花，也是两个钱当作三个花。当下估计用黑塑料袋套得再严密，里面的烟也好不到哪里去。一军喝了半杯阿花泡上的黄金茶，气才平下去。却见阿花穿了粉色厚睡衣，灯光下一站，把个喝了点酒的一军，眼光只是在那团粉光上晃。过一会儿吸住，硬扯开，过一会儿又吸上去。

老枪看着一军拿来这一大堆，心下哪里不明白的。嘴上指责他："一军，你这是何苦，不就是为了纸上一个圈。"

一军低了头："叔，你知道的，今年村里换届形势不同往年，竞争激烈哩。以后书记主任一肩挑，权大了，大家哪个不是这样。"

一军又说："现在选个村官也是如临大敌一般。听说很多地方发根烟或是群里发微信红包都算贿选，查处了好几个典型。半点人情味都没有，还能算乡里乡亲的。不过那是人家的事，咱们叔侄和他们关系不一样。"

老枪："一军，不是我批评你。我看你是官瘾重。七品芝麻官，县长才芝麻这么大，村官连看都看不到，有什么好干头的。你看你干着这活，顾得了这头顾不了那头，地里的活全部是你媳妇在干哩。"

一军："可不是，我这每天回家阿玉不是骂我嘛，说是拿家当旅馆。别人家的事一听就跑，自己家的事喊个百十遍当没听到。你是不愿干这操心的事。你要吱一声，大家还不都投你的票。我要有你一半威望，早当村书记了。"

老枪："说来说去你还是想当村书记。我看程晓军这些年干下来，村里变化不小。你平素跟着他大屁都不放一个的人，现在拿什么跟人家竞争？"

一军："叔，这个请你放一百个心，现在呀，我告诉你，组织上看重的是文凭和年龄。程书记能力水平是好的，可是他过了年就六十二，年龄上估计不符合。其他几个老支委村委，都是初中文化。我好歹是高中的文凭，又读了函授，拿了大专文凭的。"

老枪："怪事，你小子什么时候是大专生了？该不会是买来的文凭吧。"

　　一军脸一红，不过他脸喝了酒本来红，程老枪也没看出来。

　　一军："叔，你平时的教导，我可是牢记在心。做人做事，天地良心。村干部不比乡干部县干部，底下就是一根针，上面百条千条线来穿。这几年，村里的变化叔也看到。我蒋一军也没少贡献心血汗水的。别的不说，这喝酒都把胃喝坏了。"

　　老枪："没说你没干活。你们活是没少干，香那个店里我看也没少吃。"

　　一军："叔，你知道我酒量不好，哪回不是醉的。吃饭也是跟受罪一样。"

　　老枪："现在村里人对你们吃吃喝喝意见很大，说是啃了肉骨头、啃钢筋水泥。到时我看别吃了不消化。你拿这些来什么意思，是让我给你投一票？你这不是相当于买票贿选吗？怎么拿来的怎么拿回去，不然那个圈我都画不踏实。"

　　一军："谢谢叔。叔你别见外，我要是给别人家拿，那是贿选。你是叔，我是侄，跟贿选一根毛的关系都没有。叔信任我，觉得我能为村里为叔干点活，就给侄儿投一票。要是叔叔有心助侄儿一臂之力，叔叔平时熟的那些人，还可以帮忙说说话，让他们投侄儿一票。侄儿要真当了书记，这村里的事，还不是叔你一句话。"

　　老枪："我个人投你一票事不大，拉票的事我做不来，那是违法乱纪的事，这个还另请高明。不过我劝你还是不要做为好。东西怎么背来的重新背回去，不然将来选不上去纪委告我，我火起来是要给你背后一枪的。"

　　一军："叔，我一看到枪就怕，要逃了。"

　　一军兔子般蹿出了老枪家门，消失在夜色中。

　　当蒋一军逃跑般丢下东西，程老枪带着嘲讽的笑容和阿花打赌，蒋一军送来的烟不会超过三百元一条，他扯开黑塑料袋眼里却跃进两条红火的三字头中华烟时，阿花听到程老枪一声嚎叫："太阳从西边出来了！"

　　老枪对着阿花摇头："虾兵蟹将都蹦出来了，看来今年有得搞。"

　　阿花："现在纪律这么严，这些东西你真收下？"

　　老枪："难不成我还回去？他提着来没人见也就算了，我提着还回去，不是剥他的脸皮么，还多了给人看见。"

阿花："这贼骨头眼珠子骨碌碌转，看着就不是什么好料，那眼睛都会咬人的。程晓军当得好好的，干吗要换掉。要真选上他蒋一军，我看村里要乱掉。"

老枪："乱是乱不掉，小乱有小治，大乱有大治。村上面有乡，乡上面有县，县上面就不用说了。就这要闹腾出多大动静是不可能的。还治不了几只小虾公？我看他们给自己找个处分倒是有可能。"

阿花："你收了人家东西，领导就不处分你？"

老枪："这个夫人放心，我自有安排。"

一连十多天，赛虎每晚狂吠不止。程老枪任门外人怎么叫，就是不开门。到了天亮，阿花去打扫院子，惊叫起来："老枪，这里有条烟。"老枪走过去看，是条红塑料袋套起扎紧的花利群。

阿花："这烟听说是一千元一条的，现在怎么办才好，谁扔进来的都不知道。"

老枪："是乌龟还是王八，保管他自己头会探出来。你捡好就是。"

过一天天亮，阿花又在院子叫：

"老枪，天上掉红包了。"

老枪走过去把红包里的现金一数，傻了，竟有两千元现金。搞得他拿拳头擂脑袋：

"这股妖风要是刹不住，咱们天天在家里捡钱。"

"你要是去参选，我可一分钱没得给你。那些钱我留着给小牛儿子娶媳妇。"

"哎呀呀，快别笑话我。我当村主任，你就是书记，可不是都听你的。再说，我这性子当不得官，等下见了不平事，两下不听拿枪把他给崩了，那还不是得坐牢枪毙。"

"当官第一是嘴要滑头，活的能说死，死的能说活，你看电视里那些当官的，哪个不是嘴上开莲花。你这嘴——满嘴火药。"

程老枪嘿嘿两声。

老枪："我的嘴不胡吃海喝不乱骗人，就守着这对宝贝。"作势要扑向阿花，被阿花拦住："别。咱还是搞清这些没来路的货。别打了半辈子猎，被人当猎物打了。"

"你呀，女人家不懂这套路。人家是舍不得孩子套不到狼。你说蒋一军是傻子？那些想当村干部的人是傻子？他们比山上的狐狸都精。平常你去讨根烟试试，哪个不是钢镚子一个砍成两半花的人。他们这么往火上扑，说明有利可图呀。"

"国家就不管他们，由得他们乱来的？这些当着村官的，有时看他们是人，有时看着他们不是人。"

"是猛虎、豺狼、狐狸、老鼠，也是熊猫、孔雀、老鹰、麻雀。这些年咱们村庄变化大，你说他们少干活，那也不会。你说他们完全为老百姓谋福利，也说不上。国家天罗地网张在头顶，就看他们是不是管着自己。什么时候贼手、贼爪子露出来，肯定是当头一棒。"

"我看那个蒋一军，眼珠子骨碌碌转，看起女人来眼睛里有爪子会抓人的。这种人千万不能让他上去，不然一天到晚往人家屋子里钻。你得提防着点，别这条烟还没吃到嘴里，就被纪委叫去谈话了。"

"我看是得防着这贼一手。咱们老套路，有事到村委会去办，村干部上门给他们人手一碗闭门羹。"

"那这些要不要还回去？别羊肉没吃成，满身骚。"

"他敢说，我就敢用枪崩了他，看他长几个脑瓜——明天咱们就把这些送到镇敬老院去。"

阿花："他们送给你，你送给敬老院。我总觉得这事不踏实。你还是去问问乡纪委。"

老枪："瞧不出咱阿花头脑里还装着一根弦，我天亮就去镇纪委。"

阿花："我跟了你半辈子，我可不贪图你大富大贵。我也不准你跟这些人混，免得把我卖了，我还欢欢地替你数钱呢。"

"卖，还舍不得这对宝贝呢！"阿花被腾到半空，索性软成一根面条。程老枪嘴凑到阿花胸前，野猪似的拱着。没拱两下却哎哟一声："不行不行，这老腰。"

忙把阿花安置到了床上。

"敢说卖我，今晚罚你跟猪睡。"阿花在床上双脚朝天一阵乱踢，别人以为她要把老枪踢出去,哪知她把两条大腿夹住程老枪脖子,像给他戴个枷一样。

程老枪对付这美人枷自有手段,阿花这小兽饶是经验丰富,怎么斗得过猎手程老枪,眼见着潮水朝黑夜的岸边漫上来,淹没了自己也淹没了程老枪。

此时明月如镜悬在虎尾山顶,夜空星光闪烁,天河如洗。二哥站在它最喜欢站的那块石头顶上,看着桃花寺村的灯火一盏盏熄灭。村庄的小巷里有着脚步鬼祟的影子,正像它的兄弟姐妹一样,从一家到另一家,钻进钻出,谁也不知道他们去干了什么。

"雷声变了,雷声变了。"二哥喃喃道。

进入霜冻之后,桃花寺村周围的山林时常出现雾凇景象。县文旅局派出的安全生产检查组出于安全考虑,果断要求暂停竹上飞节目。王小二和山鼠们都松了一口气。这期间,泥蛙入土,冬蛇长眠,黑三郎也突然消失了它的踪影。山鼠们迎来了一年中少见的富足畅快时光。

香溪民宿送走一拨游客,又迎来一拨摄影爱好者。虎尾山毗邻的石耳山受到了摄友们的狂热追捧。

这天,新入住的客人中,一位气质儒雅的中年男人突然问:

"香总,桃花寺小学离这儿远吗?"

眼前的男人,展现的是和桃花寺村男人完全不同的气质。这种气质和钱多多也完全不同,他是儒雅而蕴藉的。他的鼻梁坚挺,眉毛清秀。乍一看,仿佛让人看到一座峰峦挺拔的高山。

香迎向他的目光,不知怎的,这目光里有她极为熟悉的东西,瞬间拨动了她深藏内心的弦,将她拽进了许多年前她高中刚毕业的日子。

"哦,不远。"香拂了拂刘海,掩饰内心的不安。她的手少见地有些抖动。

男人递上了他的名片:崇阳县委宣传部副部长、《今日崇阳》总编李子树。

啊,李子树!

香的手剧烈抖动了一下。李子树把这一切看在眼里。眼前的老板娘他在多年前就曾听程小峰提起过，只不过那时她还只是一个清纯的高中毕业生。他深深地吸了口气，对香说："要是可以，我想去桃花寺小学走走。"

李子树在齐溪镇宣传委员方东彬的陪同下，到桃花寺小学逛了一圈。回来时，香看着李子树挺拔的身影，心头不由得闪现出程小峰的身影。

"香总可认识十多年前在桃花寺小学的程小峰老师？"

天哪，香的心颤抖着。这不是哪壶不开提哪壶吗？但她究竟是见过世面的人，淡淡一笑："认识，他还在我叔叔家吃过饭呢。"

"哦，是余老师家。小峰说过的，说得我口水都流下来了。当然，可不仅仅是饭菜好吃哟，还有一位，喏，瞧我这脑子，那么你就是，哈哈哈，这里叫着香总，这里还问你是谁，香，对，香！"

香点点头。

眼前这个男人多让她亲切呀！他和程小峰一样，是心里眼里都闪着火焰的人。这个男人他无论说话抽烟，站着坐着，身上都散发着一种看不见的磁场。这种磁场，它会影响每一个靠近他的人，让人想和他说话，不，就算不说话，静静地待在一起也美好。

"我听程老师提起过李部长。"香不知道自己为什么会说出这一句，"不过，现在不知道程老师到哪个学校去了。"

男人："唉，现在他状况不太好。就是改不了他的臭脾气，我都说过他多少次了！"男人顿了顿，笑了："我可不止一次听程老师提起过你！看得出来，他对你……"

香的眼睛忽然有些酸。这世上有些人是恒星，而有些人，注定是流星，是火焰，哦，不，是鬼火！

她眼前闪现了那个酒醉的夜晚……他是火，火是真的。她是一只往火焰上扑的蛾，蛾是真的。

蛾只是靠近了火，火却点燃了蛾。狂热的火，奋不顾身的蛾，蛾在火中烧成灰烬，火把自身也烧成了灰烬。

他不知道自己是另一只蛾。

"等我完成了这件事，我一定会来找你。"

李子树见证了一场天火在香眼里熊熊燃烧,然后熄灭,再抬眼时,眼眶里已是盈盈的粉泪了。香忙擦了泪水,对李子树说:"不好意思,我只是没忍住。"

李子树在心里长长地叹了口气。孽缘哪!他庆幸自己不是女人,不然见到程小峰,也被他吸引并裹挟进他的人生。他说过他最爱的是眼前的女人啊,可是……唉!

究竟是什么让有情人终不成眷属的呢?一切都成了云烟。他没有资格,也无从开口向香过问她的伤心往事。

"离开桃花寺小学后,他去了离城近的城郊小学,那所小学叫得田希望小学……"

香脸上有一座山对远方流水的牵挂,有一缕风对一朵云的眷恋,有一座地下火山对出口的寻觅,有一颗红心对命运无常的叹息,更多的,是一个弱小的女子对命运的无奈。

李子树在香脸上看到了一位痴情女子对浪子的恨。这种恨,像刀一样藏在香的眼角眉梢,要是那个负心汉在此刻出现,片片刀锋一定会让他体无完肤、生不如死。可是看到更多的,是一座山对云的凝望与伫守,是一块石对另一块石的承诺与坚守。他的讲述最后化成了长长的一声叹息,然后两个人陷入久久的沉默里。

"你说,他现在——"

香开口的时候,把李子树吓了一大跳。那个两小时前风采逼人的香总不见了,她身上的风华、自信、雍容,被悲哀难受与绝望占领了。她的声音变得喑哑低沉,她的活力瞬间消失了,仿佛一股轻流被卷进了巨浪,她从少女直接走进了中年。

李子树沉重地点了点头。香紧紧地抿着嘴唇。她的依然白如美玉的牙齿,慢慢地咬住了下唇,越咬越用力,下唇上慢慢地沁出了鲜红的血……

几天后,香从家里搬到了民宿。那排十五个房间的民宿楼,她住这头倒数第二间,钱多多住那头第二间。

村里人在香住进去的第二晚就说:"人家香总到底眼光不一样,把钱老板都套住了。"

二哥没事的时候，依然喜欢站在白云洞前的小尖石上，对着四围的青山和村庄张望。它望得那么认真、深远的样子，使我们都不忍心去打扰它。

时而会听到它自言自语的一句：三妹又去村里了。后面又跟一句："雷声变了！雷声变了！"

开始，大家都觉得是二哥的脑子出了问题。可是渐渐地，当二哥念出这句话的时候，大家都会望望天，望望地，望望眼前和远方，品出了二哥话里那种说不出、又扯不清的味道。每个人的心头似乎都有雷声滚滚，只是谁也听不出来昨天的雷和今天的雷，近处的雷和远方的雷，它们的区别究竟在哪里。

总有一些东西不一样了。望眼看去，山花开谢，时序的轮回似乎并没有带走什么，又改变什么。

在村里蹿来蹿去的影子中，越来越多地出现三妹的白蹄子。当然，三妹的身后还跟着一个跟屁虫花豹子。三妹走到哪，花豹子跟到哪。花豹子跟到哪，它的那帮狐朋狗友跟到哪。弄得桃花寺村的狗动不动就吠声震天。赛虎冷冷地站在程老枪院门外的坡上，看着三妹的四点白雪在村里闪来晃去。

好几次赛虎要冲下去，都被程老枪喝住了："赛虎，别忘了自己是谁，这可不是你的战场和时代。"

赛虎马上就止住了脚步。它知道自己和村里的狗不一样。它站在院角，对着村庄发出了长长的嗥叫。这嗥叫里有它无边的寂寞和威风。听得三妹们心头直发颤，一个个说："谁家的狗，叫得这么凶。"

"你要害死我，就继续跟下去。"三妹在角落猛地回头截住了花豹子。

三妹原地三百六十度的回旋跳，让花豹子着实吓一大跳。特别是三妹咧出的长牙洁白而闪亮，是花豹子之前没见过的样子。花豹子当场就爱死三妹的小尖牙了，恨不得在那尖牙上亲一口。这个放肆的念头让它马上尝到了苦头。三妹一口叼住了花豹子的脖子。

"我叫你傻不愣登地看姑奶奶的牙齿。"三妹满嘴是毛的含糊声音和着它嘴里暖暖的气息,把花豹子激动得要死。它瘫软在那里,仿佛不是马上要被咬死,而是要美死在那里。

花豹子的手下见了带头大哥这没出息的样子,个个气得要命。它们早就看不惯三妹那副趾高气扬的样子。它们悄悄围出了阵型,只等三妹不注意,就立刻扑上去撕碎三妹。

三妹咬酸了面颊,呸一声吐出了花豹子。鬼爪子没有任何犹豫,冲上去咬住了三妹的大腿。其他的山鼠跟着扑上去,眼看三妹要吃大亏。缓过气来的花豹子,对着卖力咬三妹的鬼爪子眼睛上狠命踢了三爪子:

"让你没大没小,看回去不拧下你的脑袋。"

那些准备对付三妹的山鼠,忙掉转鼠头,上去对着鬼爪子一顿胖揍。

"村里最近贼多。"三妹回来后对着兄弟姐妹警告。三妹说的那些贼,它平时都见过,不知道为什么最近贼头贼脑地钻来钻去,手上还拎着东西,到了人家家里关了门拉了窗帘在那里咬耳朵。

"小心你身边那个贼。"我对三妹说,"别让人把心偷了。"

"哎,有个跟屁虫跟着真烦。"

三妹说这句话时,我们兄弟一点都听不出那个烦在哪里。或者三妹眼里的那一点点娇嗔就叫烦吧。说真的,三妹跟着我们时我们才真的好烦。它嘴上架着机关枪,时不时不放一梭子就会难受。但最近这挺机关枪经常哑火发呆。不爱睡觉的二哥,甚至在夜里听到了三妹在睡梦中大呼小叫:"花豹子,你个王八蛋,再不快点过来,看老娘不扁死你。"

二哥问我:"小小灰,看样子咱们三妹被花豹子那王八蛋欺负了,想不想替它出口气?"

"哥,省省吧,它没有把人家打死已经是大好事了。"

我和二哥悲哀涌上心头。爱情的滋味二哥还没有尝过,不知道是苦是甜。但我们隐隐觉得三妹离开我们的日子不远了。这个在身边烦得要命的姐妹,要去烦别人了。估计三妹自己都还不知道,世上的女性,嘴上越说讨厌,心里实则越是喜欢。至于何以如此,至于它如何过祖母这一关,我们对此都深感无解和无能为力。顺其自然吧,这是世间战胜一切困难与解开一切谜题的无上法宝。

那段时间，三妹自知不对劲却停不下来。大家看着它跑上跑下，一副挡我者死的神情。连祖母见了它，也要为它让让路："这三妹，犯桃花癫啰。"我们恍然大悟，爱情是有剧毒的，跑来跑去才能解毒。

好在三妹除了乱蹿，没做其他出格的事。

这一天，我们哥们正在洞里听着父亲在白云洞的奇遇，三妹回来了。它站在洞口，张嘴得意扬扬地宣布："我要去竞选村干部。"

我们对着三妹进洞后喷出的一嘴白汽，全都呆住了。

母亲忍不住对着父亲埋怨："这死娜妮，你再不好好管管，一天到晚昏头奔脑跑来跑去，这下好了，中邪了。"

父亲冲过去扇了三妹一耳光："我还是村里的一个临时工，你爬高爬低还想当领导，给我醒醒。"

父亲想用耳光把三妹扇醒。它第二个耳光快落到三妹头上时，被祖母止住了："小孩子家，胡乱讲几句，有什么好计较的。"转身问三妹："你除了跑得快，拿什么去竞选村干部？再说那是凡间凡人的事，你一只小老鼠蹦跶什么？"

三妹："奶奶，不能一个人说了算，一个人说了算那要出大问题。不信你去问问村里人，每个人都可以参选村干部。"

大哥："三妹绕这么大的圈子，是想在虎尾山称王了。"

三妹："呸，谁稀罕这芝麻粒大的洞主窝主。我只是觉得，咱们这窝里也要民主。要把最厉害的民主出来当窝主。"

祖母咳了起来。大家都觉冷飕飕的，怀疑三妹进来没把窝门关上。仔细看去，门关得严丝合缝。大家明白这股冷气来自祖母身上。好在一会儿后，窝里又渐渐暖了起来。祖母清清喉咙："三妹，你这么喜欢民主，今晚咱们就来民主一次。大家都来竞选，看看谁能当上村主任。谁当上了村主任，以后咱家的事就由它说了算。"

"好哦！"三妹跳到半空中，被父亲威严的目光打回地面，忙改口道："爸，别这么严肃，不就是大家一起陪奶奶玩一下。"

父亲硬生生把"没大没小"四个字咽了下去。

这下可把三妹和我们乐坏了。大家都在想，年龄阅历比不过老人家，借着民主的名义露一手，就算不是真的当上村主任，也可以提升提升在家族里的分量。大家摩拳擦爪，准备战斗一场。

祖母说："三妹，你跑东跑西，这民主其他人没见过，你得指导指导，当大家的民主老师，帮大家民主一下。"

三妹："民主就是大家先说话再投票。不不不，民主就是让大家都能发出声音。程晓军书记说的。"

父亲对三妹这么招风头很不满意，骂道："三妹，我不说话，我放屁算不算民主？"

三妹："爸，你有放屁拉屎的权利，大家都有放屁拉屎的权利。你拉屎放屁是权利，你当了官，不禁止别人拉屎放屁就是民主。"

我们笑得打起滚来，发出的笑声差点把虎尾山都震塌了。笑完了，大家都鼓起掌来，对三妹把民主讲得浅显易懂表示肯定。祖母"嘘"了一声，让三妹继续说。

三妹："选村主任要竞选演说，还要投票。小小灰，你眼睛最亮，当监票员。二哥，你数学好，当计票员。选票么，一人一个榛子。喜欢谁当村主任就把榛子放它面前。最后谁的榛子多，谁当村主任。"

父亲："啰里啰唆，选个村主任要这么麻烦的。我先来演说：大家选我当村主任，每人发一只野生石鸡。"

三妹："爸，你这可不成，你这明着是贿选。"

父亲："娜妮，我当了村主任让大家吃上野生石鸡，这么好的福利，怎么能叫贿选。"

二哥："就是。爸，我支持你。三妹，我这票投给爸。"

二哥把三妹发给它的榛子摆到了父亲面前。父亲对此十分得意："我还以为当村主任要去挖山填海，原来一句话就可以当上村主任——这个村主任我当了。"

三妹："爸，你可不能骄傲，要比谁的票数多。"

大哥："下面我来演说——"

三妹："大哥，竞选村主任也要讲究个尊老爱幼。爷爷，你先来还是奶奶先来?"

祖父:"我先来吧。你们就是选我当村主任,这村主任也是你们奶奶当。"

三妹:"你这表态表得真好,继续往下说呀。"

祖父:"说好了。"

祖父这马屁拍到了十环上。祖母高高兴兴地接过了祖父的榛子,在祖父的屁股上偷偷捏了一把,然后把自己的榛子一起放到了祖父面前:"老头子,我投你一票,漂亮话给你说去,搞得我好像没水平一样。"

父亲和母亲交换了眼色。父亲忙把自己的那颗投给了祖父:"爸,我支持你选到村主任给妈当。"

三妹:"停停,你们这是拉帮结派,不准拉帮结派。民主不会同意你们这么干的。"

父亲:"就你认真,就你民主,玩玩的事搞得戏台上唱戏——跟真的一样。"

二哥:"我不反对爷爷的村主任给奶奶当,但我选到了还是自己当。下面,我来演说几句。我要当了村主任,就把虎尾山的树全砍了!"二哥得意地看着大家紧紧揸着自己的榛子:"快把榛子投过来——全部砍掉,种会长鸡腿的树。"

天哪,大家眼睛发直,为二哥天才想法所折服。要是树上长鸡腿,大家爬上树就可以摘鸡腿,不用再去偷鸡,不必再怕被狗追。

"那我天天住在树上。"

三妹用爪子拂了一下口水。

眼见大家手里的榛子要全部投向二哥。可是四哥马上跳了出来:"大家先不忙投票。二哥,我接着你说。长鸡腿的树,只能种在梦里。我要当养鸡专业户,在虎尾山养十亿只鸡。大家可以骑在雄鸡身上去捡鸡蛋吃。到时,鸡蛋吃一只滚十只,当球玩。"

祖父:"好吧,都是我的好孙儿。你们一个鸡腿村主任一个鸡蛋村主任,可是我只有一颗榛子怎么投?"

三妹:"别急爷爷,我还没说呢。我要当了村主任,就在咱们窝前种一排花生。每棵花生都比竹子还高，果实长枝上。一粒花生可以吃一天，吃饱了就躺在花生树下乘凉。"

祖父："还是三妹勤劳，讲得实在，我最喜欢吃花生了。选三妹当村主任，我就有花生吃，这票投给三妹吧。"

祖母："老头子，你一票要投几人的？还有，老糊涂，你哪回去地里偷花生是从树上摘下来的？"

祖父一拍脑袋："三妹，你害我出笑话哩，花生我都是打地洞摸出来的。你不能欺负我老糊涂，这榛子不能投给你。还是给你奶奶。"

三妹："爷爷，民主同意你把榛子留着，可是我这个孙女要批评你讲话不算话。"

祖父挠出了满头皮的雪花片，看了看祖母。祖母说："先给三妹。"

祖父把榛子给了三妹。

三妹："爷爷真好，到时候你躺在花生树下，我给玩爪机。"

"爪机？"

"是啊，爪机。将来，咱们每只山鼠都会有一支爪机——村里人叫手机。我到向阳坡，你一拨爪机，我马上就知道了，你还可以看到我呢。"

"这么好的东西，你快给我弄只来，我到山上采一大捧榛子，全部投给你，让它们谁都比不上。只是，那里面有好吃的东西吗？"

"当然有。什么好吃的都有，不过，只能看看流口水。但你可以玩游戏，到时请二哥给你设计'老灰大战黑三郎'的游戏，咱们弄死那黑家伙。"

祖母："你们一老一小嘀嘀咕咕，这村主任还选不选的？"

三妹："选，选。"

祖母问母亲："你不竞选个村主任当当？"

母亲："我可没有妈的本事，就不献丑了。反正这些小家伙哪个当村主任，我都是村主任它妈。"

祖母："也对，咱们两个也不能都出风头，不然人家还说咱老灰家阴盛阳衰男人不济哩。"又问我："小小灰，那你来说两句。"

"我？"我结巴起来。我最怕人前露脸和讲话了，我硬着头皮走到中间,对着大家鞠了一躬:"大家别选我当村主任,大家选王小二当村主任吧,跟着王小二干有鸡腿吃。"

可能没人想到我会这么说,大家都呆住了。

"对对对,大家选王小二当村主任。谁让大家有鸡腿吃,谁就当咱们村的村主任。"

"王小二的鸡腿,我看也不是王小二的。王小二是吃鸡腿的。我之前看到他在竹子上啃了好几个,啃过了还把鸡腿骨扔掉,根本就没啃干净。他这种浪费分子不能当村主任。"大哥说,"咱们还是听奶奶的演说吧,大家欢迎。"

底下响起噼里啪啦拍爪声。

祖母:"我老灰家子孙个个有想法,是大好事。以后啊,肯定一代比一代强。自从你们爷爷腿出了事,我当这个家不容易。你们品甜的、喝酸的,我吃苦的、嚼辣的。当一个家这么难,当一个村的家肯定更难。村主任不好当啊,小家伙们,人类都说咱们老鼠獐头鼠目、鼠目寸光,说明咱们先天上是不占优势的。先天不行后天补,大家平时要眼亮牙尖腿快。不求出人头地,只求在虎尾山有一席之地做只好山鼠。"

祖母的演说深深刻入我们心中。我们虎尾山山鼠界后来代代相传的"鼠十条"就是以祖母这次演说为母本的。后来,我们以及我们虎尾山山鼠的后代,都照"鼠十条"行事。

鼠十条第一条是:"永远不要用一只眼睛看人事。"

祖母念出这条时看了大家,特别是看了我一眼。我用力点头,表示明白祖母的苦心。它是在告诫我守住出生时的秘密。

大家把榛子都投给了祖母。祖母当之无愧当了我们的村主任。祖母把祖父从三妹那里拿回去的票举起来:"你这票怎么这么轻?"

祖父害羞地说:

"没忍住,吃掉了。三妹,榛子壳不能算一票?"

我们笑翻在地。虎尾山山鼠吃选票事件,后来还被写进《虎尾山志》。当然是托了老灰太公的福,因为编辑《虎尾山志》的就是退休后的丝瓜老师。

桃花寺村委会选举的日子越来越近。三妹为了收集情报，每天只要村委会办公楼的灯亮着，它就会早早爬上会议室的横梁，占好座位，支起耳朵偷听。它的痴迷令祖母大为摇头：

"我这孙女要是个男人，会当市长哩。你瞧它哪里人多，就爱往哪里凑。其他小老鼠去，恐怕早被打死了，它一根毛都没有损伤。"

这天晚饭，祖母站在洞前看着桃花寺村，忽听得山边一声闷雷。二哥大惊，站到了祖母身后："奶奶，这雷声变了！"

祖母听到二哥声音发颤："打我生下地那一天，雷就这样轰隆轰隆地吵人，到今天它还是这样轰隆轰隆地吵人，哪里有什么变。"

二哥："奶奶，雷声也是不断进步的。"

祖母："你们年轻人耳朵好，听得出变不变。我老人家耳朵背，就听到轰隆轰隆。有时不打雷，它也是轰隆轰隆。"

正说着，一道闪电砰地打在离祖孙一百米的枯树上，那树当场碎成一地。祖母吓得爪尖倒竖，扯了二哥进洞：

"雷声变不变不管它，这电可千万小心，别给电到。"

它们前脚进洞，后面三妹也冲进了洞，差点将祖母撞翻在地。

"完了完了，完了完了。"

祖母吃惊地看着原地打转的三妹，疑心它得了人类的打摆子病。这病据说得了会在原地打圈圈，忙上去捂捂三妹的额头："三妹，你是不是发烧了，这么烫。"

三妹："奶奶，我没发烧。"

祖母："刚才那么大个雷，把你吓着了，还是打着了？我的心现在还扑通扑通的。这雷要打，就该打我这老不死的，不能朝你们年轻人去。"

三妹："我也没被雷吓也没被雷打。奶奶，是咱们虎尾山要被雷打了。"

二哥："虎尾山刚刚被雷打了一炮，我和奶奶亲眼见的。"

祖母："三妹，你可不要乱讲话，这天上是有雷的，专打那些做坏事和乱讲话的人。"

三妹："奶奶，我不乱讲话。我讲真话，我讲的不是这个雷，是村里的雷。"

祖母："三妹，你放心，村里人都是保护咱虎尾山的。他们的耒都是拿来耕地的。谁要敢动虎尾山，他老祖宗在天上才拿雷打他。"

二哥："奶奶，雷声变了。"

祖母："再变，他虎尾山祖宗的雷不变。"

三妹："要变啦，奶奶，真的要变啦。我说的这个雷不是耕田的耒，是天上的雷。"

祖母："他们好端端的，咋要用雷打虎尾山？"

三妹："不是奶奶，咱虎尾山要装电梯了！"

祖母："哪个发癫的人想的这歪招？我们没腿没脚没爪子了？"

三妹："是竞选的人说的。"

祖母本来就恨人在山上浇水泥路，现在听说要装电梯，急得扳着三妹的肩膀直摇："以后人爬山不走山路了？"三妹憋了好一阵，说出了更惊人的消息："虎尾山不仅要装电梯，整座山还会装上彩灯安装音响。到时候，人们会涌到虎尾山顶看云海看日出，跳舞唱歌露营，据说还要把虎尾山变为，变为——狩猎场！还要买票才能上山，买了票，就可以拿着枪到山上随便打，打到的猎物称斤卖。"

"买票？整座山都会被围起来，买票才能上山？"大哥急道。

"狩猎？那咱们不是都成了猎物？"

"我的天，这是要收我老命吗？"祖母拍着额头，跌坐在地。

"咱们桃花寺村就这样完了吗？老祖宗的话他们也不听了？"

三妹："老祖宗的话自然是听的。他们说，好不好，先在虎尾山搞起来，搞成功了是大功一件，搞不成功就当试验一次。"

原来三妹这晚趴在大会堂的横梁上，听了两个村主任候选人的演讲彩排。这两个候选人，约好了似的，主题都是虎尾山。

三妹听完了两个候选人的讲话。两个人一个人说要保护好虎尾山，以利子孙千秋万代；一个说要开发好虎尾山，要让虎尾山旧貌换新颜。

祖母："他们这是要把虎尾山拆了，还是卖了？"

三妹："这个没说，这个会有规划的。"

祖母："村级换届真够简单，上去讲讲话就成了。兴许是吹牛皮呢，吹完了，选到了，也就完事了。"

三妹："不是这样的奶奶，光讲讲话还不行，还得说到做到。"

祖母："说到做到也简单——他们还会为难自己，尽拣些自己干不成的说？"

三妹："这竞选就是八仙过海、各显神通，要比谁说得漂亮，还得比谁干得漂亮。"

祖母："这人类够幼稚，有人说得漂亮、干得不漂亮，有人干得漂亮、说得不漂亮，怎么好凭几句话就评定输赢的。"

三妹："奶奶，他们不是幼稚，他们是太聪明。要搞这种竞争，胜者为王。干得漂亮不漂亮先不管，先比说得漂亮不漂亮。反正定下来了，就得这么干。之前怎么干，现在就怎么干。"

祖母："三妹，你别寒碜我老人家不懂。我就问你，那些人上台，都是老百姓选出来的？"

三妹："当然。每个人都投，上门投票，他们也在会场摆很大的票箱，那票箱咱们全家住进去都不嫌挤。"

祖母："咱们什么时候也得去投一票。这桃花寺可不仅仅是村里人的，也有咱们的一份。村里的事，要是事关虎尾山的事，可不能都由村里人说了算。投，咱们也去投一票。"

三妹："可是，历史上人类的事，哪有过让老鼠投票呀。"

祖母："有过有什么厉害，干没有过的事才算厉害。未来时代，就是咱们这些鼠啊、兔啊、树啊都要能发声，不能任人随便抓了、吃了、砍了，那才是好时代。"

祖母这话说到了大家心里，三妹头蹭到洞顶，才发现自己跳得太高了。大哥二哥磨着爪子，好像要和村里人大干一场的样子。

祖母："小傻瓜，我可不是要你们去和人类干架。我是说三妹，你上回弄的什么投票，这回说的也是投票，那咱们能不能去给他们投投票。"

大哥："对对对，谁对咱们好，给咱吃的东西多，咱们就投他的票。"

三妹白了大哥一眼："就知道吃吃吃，有人想把白云洞都雷掉了，下回可能就轮到咱们的老鼠洞了。"

祖母:"三妹,他们玩什么游戏我不管。可是他们玩了游戏要来打虎尾山的主意,这就得问问我们山鼠同意不同意。要是同意了呢,他们尽管干去。要是不同意,那也由不得他们想来就来。"

三妹:"奶奶,咱们就算不同意还能怎么的?难道还要让人类用鼠药把咱们给药了,或者把咱们从虎尾山赶出去?"

祖母:"三妹,你这么跑来跑去,见识多。你说说看咱们虎尾山的山鼠该怎么办?"

三妹:"这还不好办,他们有雷,咱们有牙,他们拿什么来,咱们就将它咬坏了,看他们拿什么来雷虎尾山。"

祖母:"不能眼光短浅地对着干。他们来文,咱们也得来文。你不是说他们是投票选举吗?既然讲民主,世间万物都有民主,都该有选举的权利。这么着,你去和村里商量商量,看能不能咱们虎尾山的山鼠作为代表,参与投票。"

三妹面露难色:"奶奶,这是人干的事,咱们山老鼠就别掺和了吧。"

祖母:"咦,这是民主的大事,怎么会就是人的事?看来你的民主只是人的民主,不是万物的民主。以我的经验,兵来将挡、水来土掩,你自己不去求民主,人家就不民主你。快去。"

三妹"吱"的一声,就从我们眼前消失了。

祖母这才对大家说出它的策略:"参与投票,选个对虎尾山有利的村主职干部出来,比去偷偷摸摸咬东西强一万倍。"

祖母的策略让我们敬佩万分。明白三妹跑来跑去,跑的是腿。祖母虽然在洞里,但是脑子全没闲着。

我甚至怀疑祖母是一头投错胎的雄狮,它应该去草原上当一方霸主,而不是窝在我们虎尾山的老鼠洞里委屈了它的大才。

谁也不知道三妹用了什么方法或策略,反正到了村委会选举那天,我们一大队山鼠从虎尾山上下来,惊呆了桃花寺村所有参与选举的人。

"这些小老鼠集体拍马屁来了。喂,小老鼠,这么好的榛子,送一个给我老人家尝尝。"

光棍汉李小元看到三妹捧着榛子,走向前去做出要抢的样子。三妹哪里会让他抓着,几步就蹿到程晓军跟前。程晓军骂李小元:"你个瞎子,想吃榛子自己上山去捡。三妹这颗是选票,说不定待会儿还会投给你这懒汉。"

李小元:"早说是选票,我这口水也不白流了。"李小元忙对三妹做了个请的手势。

听说祖母带着一群老鼠来投票,村里的那些鸡鸭狗猪牛羊都傻了。

程晓军家的土狗阿黄一口就叼住了他的裤管。

程晓军看看小畜生的眼神,明白了,这家伙也想投票。就骂道:"狗眼长歪了,是不是?也不撒泡尿照照自己哪里生哪里长。人家从虎尾山上下来,是代表,明白吗?你被我代表了,它们是代表虎尾山上全体动物的。并且那个那个,三妹,对,是三妹,它到村委会对着投票箱和我说清楚了。它们是按程序报批的。它们的程序是合规的。它们的选票虽然不计入正式选票,可是代表虎尾山和莲花峰的意见。你这狗头,看到人家这阵势,羡慕了?你再想都没有用,用鸡蛋投票都没有用——再说,你有鸡蛋吗?"

阿黄没有鸡蛋。它被程晓军骂得怪委屈的。但委屈归委屈,它一转身脸上就现出骄傲的神情:书记骂我,你想被书记骂还没资格咧。它三步并作两步,跳到小雌狗娟娟身边撒欢去了。一会儿爪子搭到娟娟脖子上,一会儿跑到娟娟屁股后嗅个不停。

慌得李小元在边上又是赶又是骂它:"阿黄,你真是比书记还厉害。大白天就想拖妇女,也不考虑社会影响。你今天敢骑上我家娟娟的背,我就敢将你打下来。"

程晓军一听李小元骂他,回骂道:"李小元你嘴里是吃屎的?一天不骂,你就放臭屁,不讲话没人当你是哑巴。"

李小元:"嘿嘿,书记,我是骂狗,不是骂你。"

娟娟是李小元家的小母狗,李小元晚上都搂着它睡觉。当下李小元将娟娟搂在怀里,摸它的头,挠它的背。娟娟摇头摆尾的,对着李小元不停地蹭。

阿黄气得对着天空狂吠。好歹它是村书记家的狗啊。之前哪家狗敢欺负它？就是村里村外的人，对它稍稍喉咙粗点或者地上捡了石块要投它、掷它，边上都会有人提醒："那是程书记家的狗！"今天它可以说是处处不得意，还被李小元这个小人骂。平时它见李小元被程晓军骂得头抬不起来的日子多着呢。可是娟娟被李小元搂着，又使它十分无奈。它恨不得冲上去对李小元的胯间就是一口。

这时它尾巴尖痒了起来，转过头去咬那只叮在尾巴上吸血的跳蚤，打着圈追就是追不着。边上百峰家老母鸡赛芦花刚好到这边玩，看着阿黄打摆子的丑态，忍不住格格格笑了起来。

这下好了，阿黄气得七窍生烟，把赛芦花追成了芦花飞。

春娇追过去骂："它肚皮里有蛋哩，你把蛋追没了，这下子明天没得生了。"返回来对程晓军说："明天要是鸡不下蛋，我到你家拿一个。"

程晓军："我家的蛋自己不会吃？你找狗要去，你找我要，我上哪里要？"春娇气得骂："这么讲话，亏大家还选你。"原来程晓军平日做人好，威信高，大家仍是选他。这村委会主任，是村支部书记一肩挑的。以前是乡镇干部带着选举小组拿着票箱，一家家上门收选票。这回村里决定换个形式，集体公开竞选村副主任。

村民们进了村大会堂。祖母没有看到自己的位置，疑惑地看着三妹。三妹胸有成竹地往梁上一指：

"奶奶，咱们的位置是上座，在梁上呢。"

祖母往梁上一瞧，乐了。那梁上放了三十多个小沙发，都是为它们准备的。

"有心了，有心了。"祖母在三妹的护持上，爬上了屋梁，在C位坐好，其他的山鼠都找到了自己的位置。这是桃花寺村建村以来第一次这么多山鼠参与村里大事。村民们个个好奇，眼睛不朝台上看，反倒朝山鼠这边看。

祖母："这些山里螺蛳没见过大海，咱们来投个票，他们就看把戏一样。难道他们连老鼠都没见过的？"

三妹："奶奶，这村里人就是爱看热闹。你也别跟他们一般见识。他们想看，就大大方方给他们看。他们看我们，我们看他们。"

于是鼠眼看人眼，人眼看鼠眼。彼此都觉得十分有趣。大哥从没见过这么多人，见这么多眼睛瞧着它，它不知怎的牙齿打起了架。它牙齿一打架，顺手就把榛子放进嘴里磕了起来。等祖母闻到榛子香，大哥爪上只剩了个榛子壳。

祖母："你这是选票哩，现在变成空壳票了，不知道村里人算不算。三妹，你去问问王小二，看看你大哥这票还算不算。"

三妹忙去王小二边上，人鼠嘀嘀咕咕了半天。这下村人更是稀奇，纷纷问王小二：

"王小二，那只小母鼠跟你说什么呀。"

王小二得意了："就不告诉你们。"转身却向程晓军报告："书记，这有只馋嘴山鼠，把选票吃了，还剩个壳。它们让我问问等会这张票还算不算数？"

程晓军："我去问问县里派来的指导组方组长。"

程晓军先向乡书记报告了这一情况。乡书记和程晓军一起到方组长面前汇报了这事。方组长手指头在桌上磕了两磕："按照规定，这些小山鼠肯定是没有选举权的。然而为了体现民主，它们的意见建议也很重要。既然重要，壳也好，果也好，都是一票，都算一票！"

王小二告诉三妹："组长说，算！"

大哥马上不抖了。

竞职演说开始前，村民们仰着头，对我们指指点点，有的还用鼠语和我们打招呼：

"吱吱吱，吱吱。"

"吱吱吱吱，吱。"

有老人问王小二："他们人不人鼠不鼠的，在胡说些什么？"

王小二："小老鼠们说它们是来投票的。"

老人骂道："这些小老鼠坐这么高，我看它们是想翻天，你们就不该这么惯着它们。"

王小二:"嘘,老鼠们愿意来,就让它们来,譬如你家里养条狗,狗怎么叫你管它干嘛。"

老人:"告诉它们,别把我家的实木家具都咬坏了。山上种的玉米别乱偷吃。"

二哥听到这老头嘀嘀咕咕,对祖母说:"咦,奶奶,这老头儿说山上种的玉米是他家的。"

我们都笑起来。祖母说:"格局不大么。天下万物,自然是天下的,怎么好说是他家的。"

为了不使看戏太无聊,三妹带了三颗榛子。戏开始前,它就剥了一颗。没想到剥时没注意,爪子在另一颗上一磕,那圆滚滚的榛子吧嗒滚到了房梁下。

"谁?谁打我?"

一个女人尖声叫起来。三妹一听,坏事了。被人追打事小,破坏选举事大。忙把头爪和尾巴缩进房梁中间。听到底下有人骂:

"谁打你,这颗榛子打你!你找它妈报仇去。"

"榛子?榛子又没长腿长眼,我干吗找它妈,我就找它报仇——等会炒熟了配老酒。"

"安静,安静,下面开始村副主任竞聘演讲,我先宣布今天的竞选规则。"

主持会议的是联系桃花寺村的镇党委委员、人武部长马立丰。马立丰中气十足,一张嘴震得屋梁都在发抖。祖母忙嘱咐大家:"爪子抓稳,别给这家伙震下梁去,丢了虎尾山的脸。"三妹看到四只白蹄子上白毛翻动,惊道:"这家伙吃了什么牛鞭还是猪卵子了,内力这么深厚,我毛都给他掀起来了。"正想再找几个形容词,听得马立丰在台下说道:"下面请安静,有请候选人上台演讲。先请程刚强上台演讲。"

程刚强这天专门去城里OK理发店,请理发师给他设计竞选发型。他的脸上半部宽下半部圆,活脱脱一个U字。理发师一见他这脸型,对他说:"你这脸型,没有发型就是最好的发型。"咔呲咔呲用推子给他把一头长头发推了,只剩半寸长竖在那里。程刚强站在镜头前端详了半天,看到自己一个 U 字，现在变成了一个胶囊。骂理发师："你是药剂师啊，把我弄成一个胶囊了。"

他的老婆小英见了却是很喜欢，在他头上摸来摸去："这才是男人，看你敢去招蜂引蝶。"程刚强经常两三个月不剪头发，头发又爱出油，头上是狂风吹稻浪的模样。小英经常骂他："就知道在外面丢我的脸。"程刚强："咦，我这脸是自己的，怎么把你的脸丢了，你的脸是我口袋里的钢镚吗，说丢就丢的。"女人："这女人丑，被人骂的是她自己。这男人邋遢，脏的就是女人的脸面。你好歹是个退伍军人，自己头发都管理不好，还想当村干部管理村里？"男人气起来，把她上下嘴都堵了，她才讲不出话。他头顶了个板寸，小英欢喜得要命，好像嫁了个新老公一样，晚上只是搂着不肯放，程刚强见有这意外收获，也就接受了这胶囊。以后理发都包给了 OK 理发店。

他一上台，底下轰的一声，以为程刚强被人顶包了。

"各位领导、父老乡亲、梁上的朋友们：我程刚强今天为了竞选，专门理了个发。这叫从头开始。但这个头，是精神头。关于村副主任，我有三句话：第一句，不管谁当村副主任，咱们大家把自家的萝卜地种种好；第二句，不管谁当村副主任，老祖宗的山，不能让它变癞痢头；第三句，不管谁当了村副主任，出门在外的弟兄管好小弟弟，在家的媳妇把裤带管好。要是大家不选我，我一天到晚埋头在地里干活，就没空提醒了。好了，演说完毕。"

二哥问大哥："这个人讲得挺实在，半句废话都没有，要不把这颗榛子投给他？"

大哥："照理谁照顾山，咱们就应该投他的票，山是咱们的饭碗么。不过，还得看看奶奶什么意思，咱们不能只顾着自己，要体现集体的力量。等下对比了下一个再投不迟。"

祖母点点头，对大哥这话颇为赞许。

蒋一军一上台，大家眼睛都花了。原来他准备了 PPT 文档。他的封面从屏幕上一亮出来，祖母用爪尖推推我："小小灰，你眼神好，给奶奶说说那屏幕上的是什么山，怪漂亮的？"

"奶奶,那是咱们的虎尾山呀!"

"怪不得我看这山怪俊的。"

三妹对着母亲耳边:"妈,奶糊涂了?连虎尾山都认不出来了。"

母亲:"轻点声,傻丫头,你以为你奶听不到吗?它连晚上蚂蚁路过咱家门口都听得出来。你十万个聪明抵不过你奶一个糊涂。你爸还没到它肚皮里,你奶就在虎尾山蹦来跳去了。它问你话,是考你忠诚。"

三妹嘀咕:"这老人家怪吓人的。"

三妹还想讲下去,下面纪律委员拿了话筒喊话:"梁上的朋友和梁下的麻雀都不要再唧唧喳喳。"它也就把话咽了下去。

这边蒋一军口吐唾沫,讲得来劲。

"大家好!相信在座的很多领导和乡亲们,包括梁上的朋友看到我背后这座山,都会觉得眼熟。没错,它就是我们桃花寺村未来发展大引擎,村集体经济的发动机虎尾山……我今天演讲的题目,说的是一座山,讲的是我对未来发展村级经济的核心思路,'扮靓一座山,富裕一个村'。"

屏幕上图片变幻,引得梁上十几个鼠头上下晃动,鼠眼忽大、忽小、忽方、忽圆。

三妹眼尖,瞧见图片中我们鼠窝的位置,兴奋地对祖母说:"咱们家,瞧,我看见了咱们家。咱们家上电影啦。"

"山里老鼠没有见过世面,这不是电影,是图片。"

"反正咱们家在上面。"三妹嘟着嘴。

那是它们从来没有见过的虎尾山:顶峰一座檐挑天空的八角凉亭天虎亭巍然矗立。供游人歇脚小憩,也是虎尾山十景之一"虎尾眺日"的最佳观景点。在这座亭的统摄之下,虎尾山被分成了八大区块:神、圣、奇、秀、险、谜、惊、怪。

这个亭赢得了全体山鼠的喜欢。

二哥:"这座亭我喜欢的。亭造好了,我要站到亭顶去——撒尿!对着太阳撒,我要把它浇灭。"

四哥:"二哥,你就是把黄河水喷出去也浇不灭太阳,它是永远不灭的。再说,人家到亭里吟诗作对,你却去撒尿,那是没文化到顶。"

二哥："四弟，躲在亭后撒尿有文化，站到亭顶撒尿就没文化？"

四哥："拉屎撒尿的事，不要做在明处。咱们老祖宗一粒屎拉错地方，被人类骂了几千年哩。"

梁下突然轰的一声，把二哥的话淹没了。兄弟两个忙把眼睛看向屏幕，原来这蒋一军还在PPT中设置了放烟花。只见整座虎尾山赤橙黄绿闪闪烁烁，那蒋一军声嘶力竭开始喊口号："投我一票，给你一座新虎尾山；投我一票，我让全村人喝辣吃香。"

祖母吓得忙把榛子拿去打蒋一军："这个癫子，他是要把虎尾山烧了。"

我还没准备用右眼看看蒋一军，那边蒋一军已经演讲完毕。底下稀里哗啦一片掌声。祖母趁蒋一军低头鞠躬致谢时，手中的榛子就投了出去。这颗榛子不偏不倚打在了蒋一军的头顶上。被榛子击中的蒋一军一愣，抬头看到了盯着他的祖母。他忙不迭地朝祖母鞠躬致谢。

祖母投榛子，我们赶紧跟着投，一时间十几粒榛子全打在了蒋一军身上。我们的榛子虽然不算正式选票，可是祖母这一带头，误打误撞帮了蒋一军。那些原本有些犹豫要不要投票给蒋一军的村民，见了我们这么齐整地把榛子投向蒋一军（老天爷可以作证，祖母的本意是打他），一时受了热烈的感染，纷纷地把票投给了蒋一军。

这是祖母所万万没有想到的。祖父虽然没去现场，后来却以男人的大度安慰了祖母："既然投了，就许他干干，说不定比之前的干得好。"

祖母："我怕他把咱虎尾山给糟蹋了。"

祖父："说不定他就嘴上讲讲，什么都不干。我听说现在有些人，只要嘴上说得漂亮就行，等他上了台，又是另一副嘴脸。"

祖母："他什么嘴脸，本来我管不着他。他之前就是把虎尾山整座搬了，咱们大不了骂他祖宗十八代。现在我打了他一榛子，人家反说我投了他一票，我这罪名担负不起。"

祖父："夫人是个明白人。那些自作聪明的人，折腾来折腾去，还弄了很多规则，到头都不知道干了些什么。"

祖母叹气："我们再明白，都应该先问问小小灰的。"

祖父："我就不懂那一脸骄傲的小家伙有什么本事——我看它平时吧，

就爱翘屁股。我还没讲半句哩,它就翘到半里路外。"

祖母:"这小子格局要大点,咱们这些孙辈里没有哪个比得过它。"

祖父:"夫人这么大格局,也被它出生时吓一跳。我琢磨了这么久,它会不会真是一只妖怪?"

祖母:"嘻,老头子,不是我说你,以后我可不许你提小小灰是妖怪。你要讲小小灰是妖怪,那我就是妖怪的奶奶,你是妖怪的爷爷哩。"

祖父:"呃,也是。"

祖母见下面乱糟糟一团,忽然想到了什么,问:"小小灰,过来一下。"
我没有应祖母。因为我根本不在,我跑到门外撒尿去了。

最后结果公布,梁上梁下都是欢欣的。山里山外,山上山下都渴望着新的变化新的面貌。草木虽然立在原地不动,每年新春也是换了新衣裳的。虎尾山的未来都在蒋一军的 PPT 里说清楚了。那是肉眼可见的美好未来,那是舌尖可以舔到的美好未来,那是手指头可以触摸到的美好未来。虎尾山亿万年不变的旧面貌即将被打破,崭新的新图景即将呈现。大家似乎都听到了战鼓擂响的声音。那战鼓实际上应和着澎湃血管节奏的心跳。众多的心跳汇集在一处,空气似乎都嘭嘭嘭要发出声响。梁上的鼻端似乎都飘来了糖炒栗子的甜香。而梁下的味蕾上则麻麻辣辣加上了陈年老酒的浓香。

"山老鼠投票喽!"

人群中发出了阵阵惊叹。

"这是世界民主选举史上的奇迹,它将载入人类和鼠类的史册!"来自县里的村级换届指导组组长方全金发出了由衷的感叹。

我们谁也没想到,尽管我们仍然沐浴在虎尾山清凉的夜色里等结果,可是互联网上一篇《虎尾山山鼠下山投票记》已经上了各大媒体的头条。祖母怒投一票的形象被精准地捕捉,并极大地引发了共鸣。《人与自然》《世界动物报》均以头版头条的位置转发这则消息,并配发了《一颗榛子见民主》《人与自然和谐发展要多听动物意见》《尊重自然就是尊重人类自己》《人类不应该独立于动物自行其是》等评论员文章。我们虎尾山一票成名。

但三妹带来的选举结果，却使祖母当场额头上冒出了青烟：

"什么，当村主任的是蒋一军？这算什么狗屁选举！"

"副主任。奶奶，那榛子可是你自己投给他的。"

"我，我，我那是打他，是反对票。"

"奶奶，赞成投票，不赞成就不投票的。"

"唉，你去问问王小二，我那票可不可以收回来的。"

"奶奶，下次投票前，咱们要先学习学习《选举法》。"

祖母忽然想到了什么，用爪子止住了大家的喧哗。

"我前面没注意，现在回想起来，那蒋一军演说的时候，说要让桃花寺村人做城里人，你说这个人是不是脑壳坏掉了？"

"没的哩，奶奶，王瞎子给桃花寺人算命，也是这么说的。"

三妹和父亲在白云洞开洞那天溜进去，听到不断有人说起王瞎子："这死瞎子，说咱们都要当城里人呢。咱们要不要听他的，在这纸上写写？"

"他这个命要算得准，我脑袋割下来给他当尿壶。"

"你当了皇后，还能不是城里人？"

"去。"

"奶奶，命可以算出来吗？"三妹问祖母。祖母看了我一眼，我忙装作前爪子痛，用后爪子去抓。

"小小灰，你看看，桃花寺村人真的能做城里人？还是咱们的桃花寺村要变成县城了？"

"奶奶，它现在不是跟城里一样吗？楼房这么新，村道这么宽。"

"我是说这世界上怎么有人动动嘴皮子骗骗人，就可以混到饭吃。"

"奶奶，这王瞎子可不是一般人。他没有骗桃花寺人，可是，唉，奶奶，你不会懂的。有时候大事也需要算命的来做思想工作，不然搬迁这天下第一难的事怎么做？"

"小小灰是说这王瞎子是个托？"

"我可不敢说，我也没这么说。"

王瞎子的铁皮头拐杖，穿过雾气从原始宫离村最近的树后刺出来，让桃花寺村最后的那段青石板路泛起阵阵凉意。

王瞎子十多年没来桃花寺村了。在他认了村口百峰儿子留根作干儿子之后，留根都长成大伙子了，也没见这干爹来过。包铁皮的拐杖头敲响第十块青石板，耳朵上比别人多块肉的百峰，对他老婆春娇说：

"王瞎子来啦，快去把腊肉挑下来煮。"

春娇："你个神经病，那老头儿我怀疑早上西天了。"

百峰："你听听。"

春娇："你狗耳朵听得到，我耳朵里整天嗡嗡嗡的，你什么时候关心过我。自己老婆晚上翻烧饼不管，人家王瞎子来就让我挑腊肉，你怎么不说把你两腿间那三两肉割下来炒给他吃。"

百峰骂道："你个烂嘴，我等下喂给你吃。"

村里人奔走相告，都知道王瞎子来了。王瞎子听见周围闹哄哄，心里也是挺高兴。时代在进步，他的市场份额还在。他的两个嘴角就浮了上去。

王瞎子到百峰家喝了三大碗热粥，才"唉"一声暖过来，底下通通放了两个大屁。百峰小儿子留根曾患百日啼，本地樟树娘娘土地公公认了拜了哭声照旧。情急之下认了个来村里算命要饭的王干爹。

王瞎子在留根头顶摸了摸，翻过来把留根倒放在膝盖上，扯了衣服露出脊背。王瞎子两手在小留根腰部一阵拍打，直打得小留根一佛出世二佛升天，打好的当天就不哭闹了。而且小家伙从此夜夜甜香不再哭闹。

"这小家伙怎么这么爱哭的？"

"还不是盼着我这个干爹来。"王瞎子说。

这使得夫妇疑心这投胎来的爱哭分子上辈子是个乞丐，同时对外来的三教九流不免都高看一眼。当下就让小留根认了王瞎子为干爹。

当王瞎子稀饭下肚，带着鸡蛋麦饼清香的饱嗝从胸膛里迸发出来，还没跟百峰聊上两句，门口投进了光棍汉李小元的身影。

"瞎子，算一命。"

李小元跳到瞎子面前，使劲盯着两个眼窝子，不明白这有眼无珠的家伙用什么来算他的命。瞎子默不作声伸出两只枯手,将李小元的手摩挲了又摩挲。

李小元本来是来瞎胡闹,见瞎子认真,配合着让他东摸摸西摸摸,到底忍不住还是把手一抽:

"娘的,我不是娘们,要这么摸的。瞎子,有屁快放。"

李小元自个什么命还不清楚?他偏偏是个知命不认命的人。他决定了,这瞎子要说得好,他口袋里的两块钱赏给他。要敢说什么不好的话,就赏他两个耳刮子出气。他捋了袖子把手掌比在王瞎子脸边上。李小元做得出来做不出来,百峰老婆最清楚,她急得拿白眼直瞅百峰。

瞎子收回了手,接过百峰的烟点上,对着李小元的方向:"以这手相,短时间还得在村里,将来却是个城里人呀。"

李小元一个巴掌就挥了过去。他这辈子在桃花寺生桃花寺长,到崇阳城里的次数加起来没有三次。现在四十九岁的年龄,黄土都埋到脖子之上下巴之下了,还要被一个瞎子调戏。这真的使他有些生气。

但巴掌在半路自己停住了。李小元讪笑道:"瞎子蛮会说笑。城里人,去他娘的城里人,那街上哪里闻去都臭烘烘的,老子还不稀罕。"

说归说,他心尖上竟有些微微的甜。忽然之间,他整个人轻盈起来。眼前的一切矮了下去。他的额头闪出了亮光——城里人乡下人,谁说得清,万一祖坟冒青烟呢。

他呼一声跃出百峰家门,不停地跑,逢人就说:"快去百峰家算命,这瞎子算得真准。"

李小元跑出百米远了,百峰的手还停在半空。刚才李小元的手就算打下来,也在他百峰手中。客人怎么能在他家里挨揍,那不是打他百峰的脸?李小元主动把手收回去,这使百峰很高兴,欠了人情似的。对跑回来的李小元说:"城里人到我家做客,快好好坐着,等会我让你嫂子炒盘腊肉,你中午在这里吃饭。"又对王瞎子说:"老先生,李小元是城里人,你这孩子的干爹给我这亲爹算算,看能不能把我手上也摸个城里人出来。"

王瞎子手上多出一只老茧密布的手。这只手使他踏实。他从鸡蛋麦饼里领略了这只手带给他的劳动的芳香。这只手此刻传递过来友谊和谦卑,让他的嘴角又翘了上去。答案早已了然于胸。然而等待是滋味的一部分。熬一熬滋味会更好。

他摸了一阵，沉吟半晌，把两个瞎眼窝对着百峰：

"你虽然前半辈子是苦的，但也是个城里人。"

他的手在百峰手上轻轻拍了两拍。

"哟。"百峰老婆跳了起来，两个嘴角咧到耳根，又弯下了腰。她实在是忍不住肚皮要笑痛。本来瞎子说李小元是城里人时她就想笑了。看着李小元凶神恶煞地比着耳刮子要打下去，没敢笑出来。大清早的她花了气力烧早饭给这瞎子吃，本来还当他是个活神仙。没想到第一卦就算出一个笑话。一个笑话也就算了，这瞎子还把笑话说到了她老公头上。别人笑不得，她自己老公难道还笑不得？她笑出了鼻涕和眼泪，她笑得浑身乱颤，气都喘不过来。

百峰骂："你个死笑的，我当了城里人，看要不要你。"

女人豁地立起来，不笑了。走到百峰面前："你个没良心的，你再说一句试试。你要敢把刚才的话再讲一遍，我晚上就拿剪刀剪了你命根子。"

百峰对王瞎子说："干爹，你看这命算得，我不算还好，算了还挨骂——这算什么命。"

王瞎子："不是冤家不碰头。你百峰就是离不得春娇，她春娇就是离不得你百峰。山不离娇，娇不离山。"

春娇这边把手塞到瞎子手里："这个烂脚我没嫌弃他，他当了城里人就不要我了。你快给我弄个城里人当当，我不要烂脚被人笑，烂脚不要我，我怕他给别人笑死。"

王瞎子那两只朝向天空的瞎眼球，见过的人都坚信它能看到人心底里去。此刻眨巴眨巴转向百峰："真有胆量不要春娇？"

百峰："这个死女人，半点玩笑都开不起。春娇不嫌百峰烂脚，百峰不嫌春娇人小。我当了城里人，还是要把她抓去当丫环的。"

百峰小时候去山里砍柴。可怜没什么衣裤，两截光脚杆在茅杆丛里穿来跨去，经常是被割得没一块好皮。有一回，天上飞过两架飞机，日本鬼子的，也没见它们往下扔炸弹。百峰等回家后左脚直骨上痒得要命才发现中了招。到屋前小溪中冲洗一阵，越抓越痒，恨不得把骨头拆了放到火上烤一烤。后来破皮烂起来，就没好过。几十年后全市普查日军细菌战受害者，百峰才知道他自己是中了炭疽毒。当场让两个儿子报名参了军。

"干狗日的！"

他提起烂脚朝空中踢了一脚。

到了夏天，苍蝇循着烂脚嘤嘤嗡嗡，一团黑云跟在百峰身后挥不走赶不掉。人对百峰嫌得要命，捧着碗吃饭的都远远地躲他。只有家里的蜘蛛壁虎感激他，让它们有吃不完的苍蝇。苍蝇追着他跑，为不让苍蝇得逞，天再热百峰不放裤腿。他自以为百无一失，对于苍蝇来说却是小儿科。它们无惧裤脚的击打，钻进去后趴在茸茸腿毛上。百峰没半点感觉。苍蝇慢慢爬向散发着无穷魅惑气息的肉坑。它们用自带的吸管探入肉池，吸着里面鲜美无比的肉汁，边向糜软得熟透的桃子一样的腐肉上，一口口地啃些肉末下来。它们一个个肚皮吃得滚圆，慨叹人间有此美味。另一边撅了屁股，把满肚皮的子孙后代注入肉坑。那小虫子刚从苍蝇屁股后一大团喷出来，密密麻麻地在烂肉坑里搅动，马上就散布到各处。肉坑里的肉汁十分营养，不上半天，一根根粗壮如葵花籽。那一大窝的寄生虫，搅动着茅坑里才有的腐臭味。有时百峰在路上走着，身后就落下一根根滚动的肉虫。村里的孩子经常傻着眼睛，看这个身上不断掉虫子的人。不知道掉到什么时候，他整个人会掉没，或者干脆轰地掉成一堆虫子，四散蠕开。

晚上百峰干完活回家，去溪里洗脚。提了裤腿"哟"的一声，把脚在水里一阵猛搅。水面上当即泛起一片白光。溪鱼冒出嘴咕唧咕唧吞得欢，都喜欢游在百峰脚后。洗毕回家，这春娇不仅不嫌，吃过晚饭收拾完毕，常替百峰捉蛆虫。反正他家也不见人来串门，两人床边坐了。百峰把脚抬起来，架在春娇大腿上。左脚直骨边一个大坑，里面尚有几条虫子，有的半条叮在肉里，半条在外面摇着尾巴。春娇观察一阵，俨如主治医师。她倒是不慌，拿出吹凉的黄金茶叶水和一个捆在筷子上的棉花球。春娇拿棉球蘸水替百峰消毒。百峰说："你这秘方可不得外传，将来传给留根，说不定能发个大财。"

春娇："看看福贵，一天到晚给你配些什么，红霉素、青霉素。他当你是大地主，几块钱一支，你这个洞涂一次，十支下得来？"

百峰："药膏涂进去，没你这神药清凉。你这一盆茶水，放多少盐的？"

春娇："诀窍在盐上哩。放多了，人家还说我腌腊肉，放少了，白白浪费这些茶叶不起效果。你听清了，一盆茶水，加一勺半盐。"

百峰："这个你得跟留根和忠水说清楚，我是记不牢的。不然失传了，白白浪费你这发明。"

春娇："话要给你讲清楚的，我给你这么一天天臭下去，服侍皇帝老爷一样，哪里能活得长？还是得你记，到将来让他们记牢。千万莫传给人家。我看这村里也没两个好人，见了你，一个个躲瘟神一样。"

百峰："可不是，我又不吃他家饭，不去他家养老，我自己有两个儿子，用得着靠他们？我就不信他们不打嗝、放屁，难道他们放的臭屁就是香的？要么躲我的。"

春娇："人要嫌你，你也莫要怪人家。你要记得的是对你好的人，你想想看，这世界谁对你最好？"

百峰："当然是我妈——哎哟，轻点轻点，是春娇，春娇，是春娇呀！哎哟。"

春娇："没良心的，活该让虫蛀空你——得罪妇女，你会不知道怎么死。你要想死了，就多说两句，要不想死，就少说两句。"

百峰："你不现在就让我死了么。"

春娇："我要让你活不得，死不成。"

百峰："你这女人心毒的，听听这些话就能毒死人。"

春娇："想听好话还不容易，去找你的狐狸精呀。看看她们会不会让你上床，替你钳虫子，看看会不会一脚踹到床底下去。"

百峰："酱里无虫，世上无侬（人）。你就当我是盆酱。没有我这酱，你日子不香。"

春娇："呃，我要吐死了。你少给我贫嘴。一根烂脚，还在那里心动来动去，别以为我不知道。你隔着山和那些妇女说黄话。"

百峰："我这样子，走得近她们？我身上就是只有一根虫子，也要留给你春娇捉的。"

春娇:"算你头脑拎清。不然让虫子蛀空了,我都懒得理你。"

当下开始捉虫子。春娇把虫子一根根地用筷子钳出来。钳一根说句:"这肥虫,当年我爷爷用来配老酒的。"

春娇爷爷宏福,砍来新鲜肉不吃,喜欢挂在檐下晾。等一块好肉冒出臭气,叭嗒叭嗒往下掉肉虫,他才喜滋滋挑下来,把虫子一根根拨到碗里去。要拨到一根不剩,才把虫子往油里一炸。放两粒盐花,倒二两老酒,边喝边敲碗:

"比肉好吃十倍的肉笋,不信你们尝尝。"

春娇把虫子钳出来,在一个竹罐里装了。第二天一早开门,把鸡鸭放出来,竹罐一倾:

"你们这些爷爷奶奶,和我宏福爷一样有口福,快来吃肉笋。"

百峰家里的母鸡公鸡只只养得比别家皮毛光亮。年底,找最肥的公鸡杀洗剥净剁好,用茶籽壳在大火盆里烧了,把鸡装进汤瓶炖半天,给百峰补下去。百峰硬要把鸡腿夹给春娇。春娇不要:

"这是你身上掉下来的肉,自己给自己补。"

到了新世纪,国家给这些受了细菌病毒祸害烂脚的免费治,百峰住了两个月的院,彻底治好了。他家后来就没养出过那么肥美的鸡。脚好了,家里才开始有人来走动,一个个说春娇不容易。

王瞎子当下捉了春娇的手在手里。他摸得更认真、更细腻了。摸了掌心的纹路,又去摸手背。摸得女人心里有蚂蚁在爬,拿眼睛瞅百峰。百峰装作没看到。他心里还有些意见,自己把手递到人家手里去,人家摸你两下又怎么着。又不是死人,不舒服了不会自己抽出来?

瞎子在心里慨叹了一番,对百峰说春娇是要活到九十九岁的人。

百峰:"我问你她是不是城里人,你说她活九十九岁。她活那么长干嘛,我养她还不够累?"

春娇:"活到九十九岁我没子孙养我的?你这糟老头子早爬进坟里长草去了,还养我。"

王瞎子:"城里人乡下人,你不都得有命才活人?你要没命,还能叫个人?我老实说了吧,这春娇你百峰这辈子离不得她,也离不开她——她也是城里人哩。"

他们这边有说有笑，那边整个桃花寺早沸腾了。李小元这懒汉都能当城里人，他们难道就比他命坏，不能做城里人邻居？他们心理上虽然占了优势，自信程度上还远远不如在村里踱来踱去的鹅。全村人都汇聚过来让瞎子摸手。瞎子开启了流水作业模式，摸一个说句："城里人。"摸一个说句："城里人。"说得大家都乐呵呵的。全村人都摸过了，笑过了。一个瞎子让全村过上了节日。他们明白了这是瞎子说瞎话，可是瞎话说到了他们心坎里，他们听着舒坦。听完笑完，该背锄头挖地的挖地，该下河洗衣的洗衣。只有李小元兴高采烈，捺不住内心一股激动，去找了相好的。这相好的找王瞎子摸过，也是城里人。想到未来如此美好，两人趁大家去百峰家摸手相，干脆到山上野合了一回。他们在山上叫声惊天动地，山下百峰家笑声惊天动地。

没想到王瞎子的话很快应了验。桃花寺人眼见着一个个的钱包鼓起来。就把旧房子推倒了，学城里人的样子，先富后富依着时差盖起了三层楼四层楼五层楼。站在虎尾山顶望去，原先的黑瓦黄墙倏然不见，树起的是瓷砖红白黄绿，屋顶避雷针球银光闪闪。村道宽阔如街道。年轻人买起了车子，福特、起亚、大众、别克，都是十万左右的家庭版。家家户户门前筑了花栏编了篱笆，牵上牵牛花，下面种了蝴蝶兰和一串红。

村里人坐在新房子里，想起王瞎子算命，一个个跷起大拇指骂他："娘的，这个瞎子算得准的，咱们现在的生活不就是城里人的生活？他们住鸽子笼，咱们还住别墅哩。"

一个个骄傲得公鸡一样。

祖母听了这故事，笑得腰弯下去："小小灰，这王瞎子看来是忽悠大王，人家这样子，就算城里人了？"

我："奶奶，事情还没完呢。你看那打牌的，不到最后一张牌翻出来，谁知道谁输谁赢，谁知道是什么牌？"

祖母："可是这桃花寺村建村都快一千年了，都说百年大计百年大计的，这一千年变不了的事，难道到现在村庄还能长翅膀不成？"

我正想跟祖母说出我们那次站在白云洞前看到的情景，三妹忽然跌跌撞撞冲了进来：

"王小二死了！"

好像一间灯火辉煌的房间，开关叭地拉了一下，房间里所有的心都似乎坠进了黑暗。

祖母哆哆嗦嗦地问："这小矮子是被人打死的？"

三妹："他那么飞来飞去的人，除了程老枪谁打得死他？"

祖母："那程老枪打他了？"

三妹："他们兄弟一样的关系，程老枪怎么会打他？"

祖母："这就奇怪了，我看王小二就是个笑果，怎么还是有人要打死他。"

三妹："不是被人打死的，他是自己摔死的。"

大家不由得都叹息不已。大哥突然咬牙切齿，大声说道："死得好，我早想咬死他了。"

"我也想咬死他。"

"我也想。"

二哥和四哥都跳了出来。三妹看看我，我看看三妹，我们没有说话。我说："哈哈，他终究是快死了。"

王小二是在李春梅屋后的竹子上摔下悬崖的。

和以往无数次一样，他乘着内心激情的风火轮，在竹海上逐浪前行。按理说这个夜晚他不该摔下竹子，毕竟天上有月光点着，他喝的酒也并不多。他在半途中还站在竹梢上抒发了诗情，朝李春梅家那一盏灯火的方向狠狠尿了一泡浊尿。

这泡尿拉得天高地阔。王小二在竹梢上抖了抖，安抚它说："别急，小老弟，等会就轮到你耍威风啦。"

听他这一说，那话儿竖了起来。王小二快马加鞭，朝李春梅疾驰。

那扇他闭着眼睛也能从竹梢上跳进去的窗子，越来越近了。

王小二手腿加劲，朝最后那根竹子猛扑过去。他一心想着早点搂到李春梅，哪想到那么多，只顾着往竹梢上蹿。他没注意到竹子和往常有点不一样。他扯着竹梢尖往李春梅家的窗子跃时,让他魂飞魄散的事情发生了:这根忠实地支撑他做了差不多二十年坏事的从犯,突地一歪,不是向着窗子方向,而是向着悬崖方向倒了下去——

王小二怪叫着,在空中踢手踢脚乱抓乱蹬,可有什么用呢。天上既没有神灵拉他一把,地上也没有土地爷替他铺个垫子。他只能看着越来越小去的星月,而坚硬无比的地面携着地球之力向他背部砸来。

承载了他无数个美妙夜晚的竹子,独自在月光下美得妖精一样的竹子,据事后勘察,根部被类似鼠齿类的小动物,咬得仅剩十分之一左右的竹皮支撑着。从倒下方向看,竹根被啃噬的角度堪称完美。多一点少一点,竹子都会倒向李春梅家的墙壁。

王小二砰地砸到了地上。

鲜血瞬间从他嘴里狂喷而出。失去知觉前,他使劲转头向着李春梅灯火亮着的窗口,喊了一声"梅梅!"便晕了过去。

他并不知道,他的梅梅,此刻正在一个梦中飘呀飘呀。周身被迷雾团团包围,怎么也走不出去。然后她猛力一挣,从被子卷着的困境中挣脱出来,睁着大眼,再也无法入眠。

事实上,王小二并没有死。第二天李春梅站到了窗口,她还在想这猴子昨晚怎的没来。

她定定地看着悬崖。发现那里空出了一大块白色的天空。她看到窗外那棵最美的竹子没了。

程晓军带人爬上崖壁,仔细地看了竹子的根部,丢下一句:"意外,纯粹是个意外。"

到了村里,程晓军对人说:"老鼠把竹根啃断了,这矮子能不摔残废?"

钱多多听说王小二摔得在床上,少不得买了礼品去看了王小二。王小二老婆翠芳感动得眼泪水流出来:"钱总这么大的老板都来看他,平时都那么关照他的,都是他自己没福分。"王小二在床上起不来,在床上哼哼唧唧口齿不清。看到他从一只灵活的猴子,变成一个瘫痪的重残患者,钱多多叹息一阵。等钱多多出门,翠芳返身却骂王小二:"怎么不死在那狐狸精身上，让她给你洗屎洗尿去。"

王小二挨骂了不敢吭声，只是低声讨好："现在才知道还是老婆好哩。"

翠芳："鸡鸡不摔得没用了，你会说这话？"

王小二："我要好了，再好好报答你。"

翠芳："你还是死在这床上好了。你死在这床上还是我的，你要好了，又去找那狐狸精了。"王小二想着自己这一路混账过来，对不住的是老婆，没想到最后离不开的却是老婆。只恨自己手上没支笔，不然写篇传奇出来，也可警示世上那些不安分的心。

村里究竟不免闲言碎语。女人都拿这事警示老公："你看，去找狐狸精，死到临头了，她会来看你一次？贪图点乐子，敢去乱来，看看王小二的下场，不死在女人身上才怪。老天是有眼睛的哩。"

王小二的事上山干活的人传得多了，一来二去，被和老黑一起吃骨头的两只小老鼠听到了，它们凑头研究一番做出的结论，传遍了桃花寺山山谷谷：

是老灰家族后代替老黑报仇，咬断竹根报复王小二！

这阵风很快吹遍虎尾山。这个结论是如此精准要命！让我们百口莫辩。我们躲在洞里，似乎都能听到洞外吹过的冷嘲热讽。祖母召集我们一次次开会讨论，研究对策。最后总是傻在那里。

"小小灰，你看看呗，看看是哪个浑蛋在嫁祸我老灰家！我们跟它誓不两立。"

"呃，奶奶，算了吧。我最近右眼睛痛，不能看得远。"

祖母叹息了一声。祖母不会知道，我永远不会让祖母知道，咬断那根竹根的，是祖母印在我右眼瞳仁上的心上人。而花了一百只卤鸡爪买通它的，是蒋一军。原来竞选上村副主任后，蒋一军春风得意，去了两次李春梅家。第一次就一把抱住李春梅，两只手在李春梅身上乱揉：

"梅梅，憋死我了。我想你想了这么多年了，怕的是地位配不上你。现在好了，我是村里副主任了，二把手，跟我好，以后你就是这个村的皇后。"

李春梅扳开他的手："这个村要说皇帝也是程晓军，怎么是你的？"

"我蒋一军迟早将他一军,将他将下马来。村里其他人怎么能和我比,就文凭都不行哩。现在就得看文凭,这是通行证。"

"那你马上去和阿玉离婚,离了婚再来。"

"梅梅,那个臭婆娘我迟早不要她的……"

蒋一军话没说完,李春梅突然杏眼圆睁,去厨房拿了菜刀出来:"你敢玩老娘,我今天不剁了你,不姓李!"

蒋一军见一个大美人突然成了母夜叉,吓得落荒而逃。不几天,王小二就出了事。

蒋一军天天在村里说:"还不是虎尾山那帮老鼠干的!王小二杀了一撮毛哩。我亲眼见的。"

我们无以自证,而且人间的事,越解释越浑浊。我们只有静待时间,时间或许会提供答案,或许永远不会。

竹上飞节目就此成为绝唱。

按照祖母指示,我们既不能再到村里去,又不好随意在山上走动,毕竟黑三郎那双阴毒的目光就在暗中窥伺着我们。三妹无聊得在洞里打圈圈。祖母被三妹晃得美尼尔氏综合征都犯了,破例同意三妹可以到香溪民宿一带走动走动。要求是嘴可以吃,话不能乱说。免得这非常时期,再有什么影响老太公声誉的事发生。

"你去是去,有什么消息得第一时间带回来。"

没有王小二通报消息,祖母感觉闭塞多了。它迫切需要三妹带点新的消息来,不然它的决策就会越来越难。家族女掌门人实在是太不容易当了。没想到三妹去了一阵,又带回来一个惊破天的消息。

三妹在洞里朝祖母点点头,它头点到第三下就到了香溪民宿阳台下。

钱多多和香正在阳台上边直播炒爆米花,边卖爆米花——

"多多牌爆米花,吃了爱多情多钱多多。"

钱多多改了他的广告语。

三妹想,神经病啊这个男人,这个多那个多,还不是废话多。但它反正无聊,就在阳台下边逗蛐蛐玩,边听废话。

一粒异常暴烈的玉米在香挥动锅铲时,跳到空中炸开了。

雪白的爆米花像一朵雪花降落到阳台下,和三妹偶遇了。

三妹看过玉米,听过祖母嘴里谈起过雪花,却还没看过雪花和爆米花。这朵天降白光从它的目光中落到脚边,划出一道美丽的白线,使它极为惊奇。三妹把它捧了起来,这是它第一次捧到暖烘烘的雪花。浓烈的玉米甜香差点让它晕过去。

"雪。"

它捧着雪,仰头看向天空。天空白云朵朵,阳光灿烂。

三妹忽然想到二哥的那句:"雷声变了。"

"雷声变了,晴天下雪了。"它喃喃地说。

它盯着雪花,热乎乎的雪花。按祖母的说法,雪花到了爪子上,很快会化成水。但它等了很久,雪花还在手上,久久地没有化成水。

雪花实在是太香了。让它化成水,不如把它吃掉。谁让它这么香呢。三妹咬了一口,"嚓"!它马上紧紧地抿住嘴,完了,满嘴牙齿崩成了碎片。

这是多么可怕的雪花!三妹舌头僵硬,全身动弹不得。牙齿不仅碎了,看样子还在爆炸。无限多的甜美在三妹舌尖上炸开。它想它的嘴被炸没了,接下去会是脑袋。它全身都在莫名的颤抖中。哪怕后来遇上爱情,三妹也觉得滋味不过如此。过了许久,它发现自己还活着。它动了一下舌头,舌头在。它舔了牙齿,牙齿还在。它明白是雪花的美妙滋味袭击了它。"我要死了。"它悲哀地想。这一定是人类设下的毒计,用雪花诱惑了它。世界上只有毒药才有这样甜美。

阳台上的人还在炒雪花,却没有雪花再落下来。

自从吃了这第一朵雪花,三妹似乎中了爆米花的毒。只要钱多多支起锅,它在白云洞边就能闻到香味:

"我要去吃雪了。"

李小元的玉米粒全部变成爆米花的那天,钱多多内心的喜悦萦绕在锅上方久久不散。他休息了两天,手上越来越痒。他盯着从香溪民宿旁经过的山路,看着那些手上有收获的乡亲。他的喜悦和天上的云朵一样不固定。他一会儿帮程大爷卖红薯,一会儿帮张大娘卖生姜,一会儿帮王婶婶卖辣椒酱。他卖出的货好，给桃花寺村民的价钱都高于心理预期，全村上下都感谢他。可是卖来卖去，他还是觉得卖爆米花最快乐。

"香总，你去村里帮我买点玉米，不能让吃货们太长时间吃不上'多多牌爆米花'！"

"钱总，你这是要在桃花寺把爆米花产业做大呀！"

"不仅爆米花产业要做大，我们还要把整个桃花寺的蛋糕做大！"

钱多多指指白云洞。哦，这个他原本准备作为葬身之所的地方，现在竟成了他事业的转折之地。这怎能不使他心潮澎湃。

这钱多多，叫我怎么骂他才好呢。他好卖不卖，要在香溪民宿的阳台上卖爆米花。他不知道三妹自从吃了那颗雪，它的魂就没有了。不管空气里有没有香，它的鼻子老是朝空中嗅。

"香，真香。"

它魂不守舍的样子，让祖母和母亲担心。

母亲喊她："三妹，吃饭了。"

三妹："吃饭，哦，吃雪。哦，不，不，吃饭。"

母亲古怪地看了看三妹。按我们老灰家族的说法，这时候的三妹，既没有少块肉，也不见少根毛，应属健康状态。母亲放了心。还是祖母老到，秘密吩咐大哥："把你妹盯紧点，别让哪个浑小子灌了迷魂汤。饭不吃要吃雪，我看它是马上要吃亏。"

祖母的话让我们心惊肉跳。每次祖母说难听的话，我们心里就堵；而往往祖母说过话不久，就会发生让我们心更堵的事。

只有我相信三妹吃到的雪，是世界上最好吃的雪。一口下去，牙齿消失，舌头消失，虎尾山消失，桃花寺消失。

三妹的运气怎么那么好呢。在她带我去吃雪的那天下午，我们候在阳台下，大哥躲在不远处的竹林里默默地看着我们。我学三妹的样子，傻傻地抬头仰望阳台上方的天空。从阳台那条水泥线上切下来的阳光，在我睫毛上绘出了彩虹。这彩虹使我想起了两件事，一件是我已经很久没有找小黑玩了。另一件事，是我怀疑三妹受了什么刺激。但我不忍心戳穿它，而且还学着它的样子。我们就那么傻傻地竖着身子，把两只爪子缩在胸前。

好像在许愿，又好像在听训诫。

"等着，会有雪的。"三妹认真地对我说。三妹的眼睛永远像潜龙潭的水一样清澈。我点点头。有没有雪已经不重要了。我保证这辈子谁娶了三妹都会成为世界上最幸福的山鼠，也会成为最心累的山鼠——它实在是单纯得可爱。

"三妹，这么大太阳，雪要是出了大汗，它还能赶来吗？"

"能，肯定能。我上次看到的雪，就是从这儿飘下来的。"

三妹做了个甜蜜的动作，那是迎接雪、迎接幸福的动作。我看到白光一闪，一朵雪花果然落了下来。我呆呆地看着三妹把热烘烘的雪放到我鼻子下。我闻到了能让人变得酥软的香气。

"这是热雪。"我说。

"你吃。"三妹鼓励我开口咬。

我咽了口唾沫，说真的我真想咬一口。可是我不敢。

"三妹，你吃。"

三妹看到我不敢的样子，便轻轻把雪花举到嘴边，咬了下去。小半朵雪花到了三妹嘴里。三妹脸上现出了我从来没有见到过的甜美样子。

"小小灰，咬一口。"三妹再次鼓励我。我把嘴凑上去，轻轻咬了一口。三妹和眼前的一切瞬间消失了。

过了许久三妹才从眼前现出来，同时现出来的还有阳台，虎尾山和爆米花"啪啪"的声音。

"三妹，我刚才是不是飞走了？"

"不，你一动不动。"

"那你飞走了？"

"我一直陪着你呀，傻瓜。"

"那这雪有毒？"

"有毒就没三妹了。"

我们后来经常去等雪。有时会等到一朵两朵，有时只闻到香，听到上面噼里啪啦的响声。我和三妹都以为这是我们两个的秘密，却不知道大哥早就把这些看在眼里。

"它们吃煮熟的雪。"大哥秘密报告了祖母。祖母放下了心，对大哥说："反正没偷没抢，让它们去。锅里煮熟的雪，我还没尝过哩。"

祖母的宽容，让我们虎尾山家族的山鼠，在同一天吃上了煮熟的雪。

事情是这样的：这一天，我和三妹正在阳台下谈论雪。为了表达我对三妹带我吃雪的感激，我对三妹说，今天的第一朵雪花和第三朵雪花都归三妹，第二朵和第四朵才归我。三妹同意了。

我们做着多美的梦啊！

我伸出舌头舔了舔嘴。仪式感是要有的，把嘴舔干净点迎接雪花，一定可以使雪花更美好。我们舔啊舔，嘴唇差不多舔肿了，第一朵雪花还没有到来。我对三妹说："三妹，要不这样吧，等会儿第一朵雪花归我，后面的雪花都归你。"

三妹又同意了。

我的小算盘打得美美的："一天也就一两朵雪花，先吃的还赚个领先——天知道第一朵后面还有没有第二朵！"

我的小算盘三妹怎么会不懂，但是她真诚地点了点头："第一朵归你，后面的归我，就这么说定了。"

我大喜。我的豪情顿时发作，朝三妹挥挥爪子："第二朵起，后面所有的雪花，全归你！"

那天后来发生的事，让我明白了极其深刻惨痛的道理："敢把牛皮吹破，老天就敢把你的脸皮撕破。"

我的话刚说完，突然天降大雪。我和三妹听到阳台上响起欣喜若狂的喊叫："香总，分析报告来啦！"

随后爆起女人比爆米花炸开还要高的尖叫声。她一定是被抱起来了，转了圈，转了还不止一圈。因为这惊叫声在转圈。而且从音高来说，中间她的腰一定被紧紧地勒住，使她差不多喘不过气来。不过那时，我和三妹都无心关注她的死活。

爆米花不是香锅里扬出来的。那漫天而降的爆米花来自钱多多锅里。这是一锅技术与火候结合得相当完美的爆米花，当它们在锅里完成了最美丽的绽放，钱多多刚好接到了来自美国研究院对白云洞中黏液的分析报告。报告明确指出，黏液中富含大量的 T 物质，这种 T 物质能有效地与人体细胞结合，起到去腐生新的作用，而且这 T 物质与人体细胞结合后可以代代遗传下去。这天大的喜讯，令钱多多毫不犹豫地把整锅爆米花扬向了天空。

又毫不犹豫地抱起了香。

我和三妹都听到了随后发出的女人尖叫声，那是一个女人遭遇突袭才会有的尖叫。钱多多竟然把香抱了起来，在阳台上转了两圈。

除了钱多多，没有人看过在惊诧中回头的香多么美丽。阅人无数的钱多多，欣喜若狂的钱多多，在那一瞬间产生了爱情。

香没有任何犹豫，赏了钱多多一个巴掌，把自己从钱多多怀里击落下来。

"混蛋，你得征得我同意才可以！"

我和三妹被笼罩在雪中如醉如痴。三妹看着我被铺天盖地的雪暴击，我看着三妹静静站在雪中，它的眼睛变得出奇地大。

我问三妹："三妹，我们是不是在做梦？"

三妹："一定是做梦，不然怎么有这么多雪。"

我："嗯，我们在做梦。"

就算在做梦，也不妨碍我从地上捡起一朵雪塞进嘴里。

"剩下的归我，你自己说的，可不准抢。"三妹忙着去收拢那些雪。

大哥终于从竹林中走了出来。

"弟，妹，巧了。"

大哥的出现使我和三妹措手不及。我的鬼机灵三妹比我更快捧了一朵雪花到大哥面前："大哥，吃雪，吃。"大哥笑得眼睛没了缝。它白白在竹林里流了几十天口水，现在终于吃上了。

三妹白了我一眼。我明白它的意思：那是我的，我的。

大哥吃了一朵雪后，呆在地上。许久才问："你们原来在等这么好吃的东西？"

"是，大哥。"

"……"

"这雪是煮熟的?"

"是的,大哥。"

"把雪都带回去。"

"大哥,你要告诉奶奶,这些雪可都是我的。小小灰那朵它已经吃掉了。"

我把雪递给大哥,转身抽了自己两个嘴巴子。因为嘴巴胡乱承诺,地上雪的主权都成了三妹的,我在家族这场雪的聚餐中,丧失了吹牛皮的权利。

"你们三个没有把这些雪藏起来,说明心里有我这个奶奶,有大家。"

为了表示对三妹和我找到这么多雪的奖赏,祖母在分配了每只鼠三朵雪花的基础上,额外给我和三妹多分了五朵,给大哥多分了六朵。这使我和三妹十分不解,不知道大哥凭什么会比我们多一朵。

"这是个秘密。"祖母说,"站在最前面的不一定功劳最大。"

三妹的腰间忽然嘀地一声。三妹全身打了个哆嗦:

"我要尿尿。"

三妹最近有点不太对劲。它不知道从哪个角落里找到一块碎镜片,老是对着镜子里照来照去。我对它说:"你就是再照一百年,也还是一只山老鼠,照不出一个西施来。"

三妹:"呸,要你管。"

三妹的白眼飞得非常柔媚。这种全方位无死角的温柔白眼,要么是拿奥斯卡影帝的演员才做得出来,要么是陷于爱情中的角色才会有。

但是它很快跑了过来:"妖怪,你说这世界上有没有一种药,可以让老鼠变成人?"

"怎么着?不想当小老鼠了?"

"你才不想当小老鼠,人家不过随口问一下,你就这样疑神疑鬼。有你这样当弟弟的。"

"喂,我可是只讲了一句,你就挑着话箩筐来了。"

"讲真的,你说这世上到底有没有。"

"唔，要说没有那倒也不是，要说有那也是骗骗傻瓜。"

"能不能简洁点。"

"听说人间有种药，人吃了想什么来什么，美妙得很。可是那是幻觉，当不得真，而且很快会死掉；还有一种，倒是方便得很。"

三妹十分激动地抱住了我。它的心脏怦怦地像在打机关枪。

"什么情况？我可不是你小情人哦。"

"臭屁，人家不是等着你揭晓答案嘛——就不喜欢你这样讲话，人家都急死了，还不快说，我打你屁股了。"

"快别。等下我说了，你照做了，那我这辈子睡不着觉了。"

"跟你无关。"

"那人类不是经常在菜园边撒点好吃的？"

"靠，你让我去吃老鼠药啊？哈哈哈，有你这样当弟弟的？"

"还不是你要改变嘛。这老鼠药吃下去，重新投次胎，不就变了。"

"算了，就你爱耍弄人。兄弟当中，你最不让我省心。"

"三妹，你就扯，看你能不能把鼠皮扯成牛皮——有句话不知当讲不当讲。"

"我又没把你嘴缝起来。"

"既然投胎做了老鼠，就老实做一只老鼠吧。"

"你不懂我的心。"

"切，你那点小心思我还看不出来。这么着，我看花豹子还不错的。"

"你能不能别提那讨人嫌的家伙？我之前看它还顺眼，现在是越看越不顺眼。它那一身要挂满的是铜钱也就罢了，全部剥下来我看也卖不了几个钱。卖不了几个钱也就算了，走起路来还真当自己是只豹子。它这么横下去，迟早和它兄弟一样下场。"

"三妹，可能我真的不懂你的心，可是我还不是怕你被坏人骗。你要是被一只坏老鼠骗了，大不了生一窝小老鼠。可是骗子，未必都是和咱们一个样。"说到骗子，我豁地跳了起来："三妹，你老实坦白，你莫不是被骗子骗了？快说来听听，那骗子要你干吗？"

"你说什么呀，尽把别人当傻子。"三妹说这话时，它腰间的黑匣子又滴滴地响了两下。三妹跑到了屋顶上，把黑匣子中间的红点一按，钱多多跳了出来：

"三妹，烤翅和法国红酒都准备好了呀，贵客还没邀请到？"

三妹对着黑匣子吱吱叫了几声。钱多多丢下一句："再给你半小时。半小时之内一定把贵客带到我这里。不然你以后就不用再来找我了。"

三妹再靠近我时，忽然换了态度："小小灰，人各有志，以后的事以后再说。天塌下来有虎尾山顶着。趁着今晚月色好，姐带你去吃好东西。"

"我不去。"其实我心里是想去的，但我有一个巨大的缺点，就是鼠前从不干脆答应任何事。我做出转身要走的样子。在走出第三步时，吱一声竖了起来。三妹的爪子稳准狠地踩在了我的尾巴尖上。

"今晚你不去也得去。"三妹狠狠地说。

我站住不动，等着它说出更狠的话，好跟它翻脸。

"你不去，说不定又要骂我吃独食。算我倒霉，有你这样的弟弟，有好吃的还得求你去吃——日本进口的烤鸡翅配三十年陈法国红葡萄酒。去了才知道好。"

"看在法国红酒的份上，就去一趟吧。"

我知道三妹这家伙不达目的不罢休。女人都这样。

听到我松口，三妹收了爪子："搞得我这个姐姐请弟弟吃饭，跟绑架似的。"

我马上就对这次妥协后悔了。在走到香溪民宿门口时，我停住了脚步，对三妹说："三妹，有什么好吃的你去吃吧，我这辈子也就咬几粒榛子心安，没那个命喝酒啃鸡翅。"

三妹："小小灰，你谦虚了。现在有个办大事的大老板，正要求你帮忙呢。只要你完成他这个心愿，下半辈子天天鸡翅红酒都没问题。"

"我可不想早死。"

"来吧，都到门口了，不然说我这个姐姐亏待了弟弟。"

"三妹，你这么说话，搞得自己是这里的女主人一般。你老实坦白，是不是对那个家伙上心了。对了，你腰间别的这个东西，就是心上人送你的吧。"

"如果可以，我倒是希望你叫他姐夫。"

"三妹，我姐夫难道不该住在山洞里吗？这味道不对劲啊。你讲的话里一点鼠味都没有，尽是人味。"

"我是希望他能住到山洞里去。可是咱们那么小的洞，还塞不下他一个肚皮。"

"啊，你爱上的是，是，是——"

三妹鼓励地望着我，希望我说出那三个字。哦，从自己的亲人嘴里说出爱人的名字，那意义可真不一样。可是巨大的惊讶扯住了我的嘴皮子，塞住了我的心房。

"疯了，三妹你一定是疯了，快跟我回虎尾山去。"

"回去？你以为回去了就是你自己？不，小小灰，别天真了。不管你回不回去，虎尾山都姓钱了！"

"钱多多？"

"是的，今后无论谁当村干部，钱总早就和村里签订了租赁虎尾山八百年的合同。所以，从今往后八百年里，虎尾山是钱总钱多多的。你是虎尾山的小小灰，你也是钱总的小小灰。"

"不！"我痛苦地抱住了头。八百年的合同，脑壳子进水才签得下。

"程晓军书记签的?"

"不，是崭新崭新的蒋一军副主任签的。"

"我呸，这狗屁的副主任。"

"不过，小小灰你也不必太难过。只要我和钱总结了婚，这虎尾山还不就是咱们自己的？你小时候不是说，我要和一个大肚皮结婚的?"

我的头更痛了。我的猜测变成了现实：三妹这个昏头耷脑的家伙，它果然爱上了不该爱的人。要是它嫁给了钱多多，那么我以后在它面前再也抬不起头。按三妹的得意劲，它就是我的女主人了。

"你是因为他钱多？"

"不，因为爱情！"

三妹在无数个夜晚醒来，发现自己迷失在一片雪中。这雪并非冬日的雪，冰凉的雪，易化的雪。它温暖，甜香，美如鲜花，随时随地都会从它心中飘落。它承认，要是没有这雪，它早就沦陷在花豹子的柔情蜜意之中了。它一度享受着花豹子前前后后的追随。它也喜欢花豹子身上那股野蛮的自信和永动机般的精力。最重要的是花豹子听话。花豹子从来没有拒绝过它，也没有惹它不高兴过。它想怎么打就怎么打，想怎么扁就怎么扁。有好几次，趁着兄弟们不在，花豹子从背后抱住三妹。下体腾地捅出一根棍子，要放到三妹身体里去。三妹大怒，一爪子踢翻了花豹子：

"搞什么鬼东西，干嘛拿棍子捅我。"

花豹子羞惭地收起了它的棍子。

有一次三妹看着花豹子宽大的肩膀，心里一动，想要为花豹子生一大窝小花豹子。可惜花豹子再没胆量对三妹亮出它红得火筷子一样的武器。

那一天，想和花豹子生一大窝小老鼠的三妹独自从香溪民宿阳台下的小路跑过，它的心忽然飘起了雪。雪让记忆全部复活，雪让舌尖泛起甜蜜的味道。雪让花豹子消失到了九霄云外。

它顺着雪飘下的方向，向阳台上抬起了头。刚好钱多多站在阳台上，他们的视线在空中相遇了。

"一只小老鼠！"

它记得他转过身子对身后的人说。

"你好，小老鼠！"

它永远记得第一次钱多多和它打招呼的样子。它看到他蹲了下来，那是一个大人物向它蹲下来的样子。它喜欢他蹲着和它说话。那时隔在他们中间的只有阳光和爆米花的甜香。天哪，我们的鼠三妹一下就爱上了钱多多。

三妹的心思简单极了，要是嫁给钱多多，一辈子就不愁没有爆米花吃。

香那时也从阳台上探了下头。说真的，三妹第一眼也很喜欢这个姑娘。喜欢她看着它的眼神，喜欢她身上草木的气息，喜欢她能爬上虎尾山顶的腿力。

三妹成为钱多多座上宾的日子，它常有机会隔着就餐的圆桌观察香。

它的一双鼠眼认真凝视香的时候，三妹甚至动了令自己都无比惊异的念头：它想成为香的男人。这样它就可以什么时候想摸香的头发，它就去摸香的头发；什么时候想去亲香的嘴，就去亲香的嘴；什么时候想跳到香的怀里，就跳进香的怀里。三妹觉得自己的牙齿痒得要命。它恨不得把香全身上下都咬一遍。就像咬一个香喷喷的奶油面包。

但是无意间，它看到钱多多用极为炽热的眼神看香，它闻到了这眼神里浓浓的爱情烧烤味道。它听到了内心一个发狂的声音在叫"香，香，香"！那不是叫，是剪刀在剪，是尖刀在戳，是锯子在锯，是锤子在敲。香在这叫声中成了碎片。

它又变回了雌鼠。它对香嫉妒得发了狂。它恨不得扑到她怀里，跳到她头上把她鼻子咬下来，用爪子把她的脸抓个稀巴烂。这不是一只雌老鼠对一个女人的嫉妒，而是一个女人对另一个女人的嫉妒。

三妹从来没有这样渴望过要成为尘世的女人，一个香一样的女人。

香害怕了，对钱多多说："钱总，你看三妹看我，眼睛里尽是刀片。"

钱多多："嘻，一只山鼠，它不这样看人，难道还要我这样看你？"

钱多多把眼睛瞪得牛眼一样。香笑着打了他："你这比三妹可怕多了。不过，钱总你发现没，三妹看你的眼神，我是女人我是懂的，它别是爱上你了。"

"切。"

"我是女人，它看我眼神我也是懂的。只有女人才懂男人，也只有女人才懂女人。"

"香总，你骂吧，你骂我是老鼠，我也是高兴的。"

"它真的爱上你了。"

"什么呀，它就是一只小宠物。来，三妹，到爸爸这来。"

三妹高兴地跳上了钱多多的手掌，钱多多拍拍它的屁股："瞧这两块大屁股，将来准能生一大窝娃。"

三妹被拍得骨头酥麻，它真愿钱多多一直这样拍着它。从见到第一朵雪花的那天，它的骨头里就有了这种酥麻和甜蜜。这时它看着香走过来，看她把一盘烤鸡翅端过来，它看她眼神里的刀片消失了。它听见她说：

"吃吧,小姑娘!"

吃着烤鸡翅的时候,它真想叫她一声姐姐。只要姐姐愿意,她们就一起嫁给钱多多。

它也动过念头,将钱多多变成一只山老鼠。山老鼠钱多多,一定有一个比花豹子还大的肚皮,还会戴着他指甲盖那么大的墨镜,抽他火柴棒一样粗的雪茄。它会带他上虎尾山,给它的兄弟们看,给它的父母看,给它的祖父母看,给虎尾山所有的山老鼠看。它特别想让那个小小灰弟弟看看,看看自己多么有眼光。小小灰的青瞳里大概会映出闪闪发光的大金块来。

"你捡到金元宝啦。"

它希望小小灰对它这样喊一句。

幸福来得这么突然,让它恍然如梦。

它常蜷在钱多多怀里,隔着桌子看香,一种濒临悬崖边的极其不真实的感觉会袭上它心头。可能香是上辈子的自己,也可能香是下辈子的自己。但它怎么就成了钱多多的座上宾了呢?它一想到这事,就全身跌进云里雾里,跌进梦里。

三妹自己审定的这个梦是这样开始的:它又梦见了雪,甜甜的雪,白白的雪。它从虎尾山的洞中走了出去,它的眼里放着光。世界上要是有种可以透视的眼镜,就可以看到这光里飘着一片片的雪。三妹是跟着雪花片走的。它和雪一起,走向雪飘下来的方向。

它走到了香溪民宿的阳台下,抬起头痴痴地向上望。就在这里,它收获了第一朵雪花,看到了那个能制造雪花的人。他的身材无比巨大,可是在它眼里却一点也不大。

"噢,小姑娘来了!"

他向它招手。天哪,他叫它小姑娘。它看了看他的身边,它也看了看自己的身边。没错,叫的就是它,鼠三妹!

它没来由地觉得钱多多叫错了人,可是它又是多么迷醉于这声小姑娘。

它不知道钱多多有无数个小姑娘,他叫每个女人都是小姑娘,除了他的妈妈和奶奶。

它永远不知道的是，钱多多温柔地叫出这声"小姑娘"时，心里映现出的是香。香就在他身后。他当然可以直白地对她喊一声"小姑娘"，他喊了很多次，每次离喉咙口只差一点点，声音就是爬不上来。一个男人，无论他多么有权有势，多么威风八面，在自己喜欢的女人面前，都会是个害羞的孩子。

钱多多自己都没想到在香面前会如此拘谨。

在香面前，那个流连在花柳丛中的浪荡子不见了，他变成了一个在心爱人面前会手足无措的谦谦君子。那些在其他女人面前谎话连篇，花钱如流水的人间富豪，在香面前捧着一个乞讨温情的碗。

他如此羞于坦白他的内心，直到他从阳台上向下探头看到了鼠三妹。

钱多多看到这目光，不知怎的，心就荡漾了一下。他喜欢这只小老鼠。他们四目相对。他在它眼中看到了只有见到英雄才有的仰慕。那两颗黄豆一般大的小鼠眼里溢出来的仰慕，让他无比受用。他突然发现了自己来桃花寺，来香溪民宿之后一直是多么孤单。

现在，他静静地泡在那两粒黄豆大的鼠眼中。

三妹发现雪又落了下来。钱多多手上拿着爆米花往下丢，一颗，两颗，三颗。三妹捧起一颗爆米花，发现自己才是一片雪，站在原地不停地飘啊飘。他的目光融化了它。它抬起头望着他，它知道自己完了。

它仰望着他，他高高在上地俯视着它。这是神的角度。神在上面为它下雪。

神高高在上。而它毫无遮掩，是一只卑微的小老鼠。它忽然有些懊恼，怪自己这么轻易地就进了爱的牢笼，怪自己这么轻易地就来到了他的面前。它真想挖个地洞钻下去。它不想让他看出，见到他的瞬间就爱上了他，还显得它是专门为他来的一样。

呸，本姑娘才不是。它忽然咬住了自己的小尾巴。在原地打起圈来。它看到他露出了笑容，然后它一个大卧倒，把自己平铺在大地上。也许它的动作过于滑稽，也许它脚上的四朵白雪引起了他的注意。

"哦，小姑娘，上来。"

这回它听清楚了,钱多多是在叫它。它原来只是想发泄一下自己的懊恼,却没想到得到了他如此热烈的响应和邀请。

是的,这回它听清楚了,确定钱多多是在叫它。

它看到了他的手在召唤。它砰地跳起了两尺高,沿着阳台的竹子爬上去。它轻盈地奔跑在阳台边的栏杆上,在他眼里是四朵跃动的白雪。

"来来来,到这儿来。"

钱多多用右手拍拍左手臂。三妹一个凌空跃起,它瞬时成了四朵空中飞舞的白雪。准确地落在了钱多多的臂弯里。

"小心它咬你。"香惊叫起来。

这把钱多多和三妹都吓了一跳。钱多多甚至有些脸红。他把那只向它飞奔而来的小山鼠当成香了。可他多么喜欢三妹这热烈的奔赴。

这并不奇怪。你爱上一个人,她就不会只在原地不动。她也不会只是她自己。她会成为风,成为水,成为树叶,成为云朵,成为你眼前经过的一切。哪怕是成为一只小山鼠。

三妹白了香一眼。你才咬人。它不知道为什么突然很不喜欢这个女人,看着她就想和她作对。后来在它牙齿痒痒的时候,它又发现香是对的。它确实想咬钱多多。它想咬遍钱多多全身的每一个地方。它要把他咬得他死去活来呱呱叫。它想把他吃了。从头到脚,吃遍每一寸肌肤,把他吃得一毛不剩。

"这是缘分。我一看这小姑娘就很喜欢。"(钱多多想说的是:我一见香这个小姑娘就很喜欢。)

"它是一只山老鼠哎。"

"不,它就是一个小姑娘。"

(钱多多想说的是:在我眼里,香永远是个小姑娘。)

"哦,那就让它当你老婆。"

(钱多多不说话了。钱多多想听到香说的是:我愿意。)

三妹马上又喜欢这个叫香的女人了。瞧她多会说话啊。但是,嗯,当他老婆?三妹白了香一眼。喜欢归喜欢,我可不是随便的女人,不是谁想娶就娶的哦。三妹端庄起来,胸脯挺得挺挺的。

三妹有八粒米粒大的乳房。它们贴在它的肚皮上，散发着三月春天的气息。那里春草萌动，竹笋挺起。

这时香正式看了三妹一眼，三妹正式看了香一眼。三妹发现香胸脯不仅挺，还大。它的目光就趴在香的胸上下不来。

它好喜欢那个大胸脯。

她们在灵魂的某处相遇了。香对三妹说："留下来吧，我们养你。"

大哥、二哥、四哥和我满山谷找三妹的日子，三妹把自己忘在香溪民宿的阳台上，用钱多多的墨镜遮住眼睛，仰躺在藤椅上度着悠闲的时光。

就在它的身边，钱多多透过雪茄浓浓的烟雾，把大把大把的时间投掷在研究三妹上。他对这只小山鼠在自己面前如此自信，感到极为不可思议。

"凭什么？你说这只小老鼠凭什么？"有一回钱多多故意生气地问香。

"我怎么知道，你得问它呀。"

"我恨不得把它甩进白云洞去。"

"那可不行，老灰家的子孙，都是咱桃花寺人的座上宾。只要三妹愿意，它可以在这里一直住下去。你不收留它，我收留它。你别看它是只小老鼠，这世间很多人不如一只小老鼠。"

"也许，咱们可以给它十个烤鸡翅，把它打发回虎尾山去。"

"不，从今天起它就是我的干妹妹。三妹，来，叫姐姐。"

三妹吱吱两声。这两声使香十分满意，对钱多多说："你看它在叫姐姐呢。来，小乖乖，姐姐抱抱。"

香两臂张开，三妹嗖一声蹿上去。香吓一大跳："你是鸟吗？这么快。"边用手摸三妹的头，对三妹爪子上四点白雪啧啧称奇。

三妹趴在香胸前，陷在波涛耸起的浪尖不敢动弹。香的乳房让它大感温暖和意外。它打出生没有遭受过这种温暖和意外，于是忍不住用爪尖偷偷按了按。所按之处，都是柔软的波的起伏，哪里用得上力。它好一会儿才探到了这乳房的边际，要不是它们被什么束缚着，估计疆域会更大，这使三妹更为惊讶和羡慕。要是它有香这么大两只乳房，昂首挺胸地回虎尾山，虎尾山一定会发生地震的。它保证花豹子见了它，眼珠子会飞出来粘到它身上。花豹子的兄弟们会走不动路，会流下让虎尾山和莲花峰沟里发生洪水的口水。它会让虎尾山所有的母山鼠低下头去，包括它的祖母。至于它的父亲和母亲，它无法保证不会操了棍棒把它赶出洞去，骂它是妖精。

这两只乳房实在令三妹无限遐想，飘在云端。它偷偷觑着自己胸前米粒大的两排小乳头，忽地感受到了极度自卑，悄悄把它们藏到了身下。同为女人，这是多么惨烈的对比。爪子摸了还不算，它把头埋在了香的胸前。它头埋在香胸前时，它的心脏扑通扑通直跳，差点在香的乳房的香中醉去。它忽然不想当香的姐妹了，它想做香的永远长不大的女儿，永远地腻歪在香的胸前，让香的乳汁永远滋养着它。它这样想着，竟然迷醉似地用小嘴在香的胸前做出吮吸的动作。

它看去那么甜美乖巧，激发了香的温柔。她低下头去看三妹，发现三妹正用一双很好看的眼睛看她。它们的灵魂再一次在一个奇妙的时空里相遇了。在那里，香是母亲，而三妹是她小小的女儿。人与鼠都不过是躯壳，而生命的奇迹在呼吸之间弥漫，并喷吐出美妙的气息。

香就是在这一刻想当母亲的。

三妹这双眼睛同样在夜晚打动了钱多多。

"把它留下来陪你吧。"香在三妹来的第一晚对钱多多说。

三妹没想到香会提议钱多多把它留下来。

三妹更没想到的是钱多多竟然同意了。

"可不许欺负人家小姑娘哦。"香临走之前，调皮地看了钱多多一眼。让钱多多差点没忍住，要把香拉住。香目光里瞬间探出两条大棒，打走了钱多多的贼心。钱多多发现香经常待在最边上的房间里不出来。

有时客人来了，明明还剩十三个房间，香总会说剩十二间。这使钱多多有些莫名其妙。

钱多多没有欺负三妹。

三妹贵客般坐在他旁边的沙发上。钱多多请三妹品尝了他的零食。

"喝点红酒，有助于睡眠。特别是这种陈年老酒，它能在梦中带你回归历史，让你品尝到浪漫优雅的时光滋味——让你的小心脏扑通扑通。"

三妹第一次品尝到了三十年陈的进口原装法国葡萄酒。三妹没法像钱多多一样把高脚杯举在爪尖喝。它自有它的方法。它把尾巴从杯口垂下去，在酒中浸湿了尾巴尖，然后它把尾巴尖吮在嘴里。

历史果然拽着它的舌头尖，把它带到未曾体验过的通道里去。吓得三妹忙把尾巴尖吐了出来。三妹不喜欢历史，三妹更喜欢现在，三妹觉得历史有一股腌制烂棉花的酸臭味和油炸腌萝卜条的味道。

钱多多甚至请三妹吸了一口雪茄，把三妹心肝肺都差点呛出来，连连咳嗽。

雪茄的辛辣没有减轻钱多多在三妹心中的好感，相反，钱多多在三妹心中的形象异常高大起来。能吸这么辣的烟，还那么享受的样子，必是英雄无疑。三妹仰慕地站在沙发上，看钱多多把一口口浓浓的烟雾朝自己喷吐过来。

三妹东避西躲的样子，逗得钱多多哈哈大笑。他在香面前的失败，似乎在三妹这里得到了无限的补偿。

睡觉之前，钱多多指指自己两百多斤的身材，向三妹摊摊手。那意思很明白，他不好把三妹带到床上当宠物。

"我会把你压扁的，小姑娘。"

两百多斤的钱多多，自信放个屁都能把三妹刮倒。他要是夜里翻个身，压到三妹身上，估计三妹就会成为床上的一张鼠饼。

三妹趴到了床铺对面写字台的桌子上。

这个角度，它抬头就看到钱多多。脱卸了外面衣物换上了睡衣睡裤的钱多多，活像一条只有四条爪子的章鱼。那个差不多顶到胸口的大肚皮在三妹眼里可爱极了。它真想躺到那个巨大的肚皮上去。在那里，它能感受到钱多多的每一次呼吸，体会到钱多多的每一次心跳，它能感受到钱多多的温度。

最令三妹讶异的是钱多多的乳头。钱多多两只乳房大馒头一样垂在大肚皮上方，而乳头突出犹如成熟葡萄，这使三妹眼睛发亮。

"三妹，你咕叽咕叽咬啥？"

三妹没敢说它想咬钱多多乳头。

　　刚进房间时，钱多多一把将三妹捏住，提到写字桌上的台灯下观察过。他想看看这只小母鼠究竟是不是偷吃了熊心豹子胆，竟然一点都不怕他。他亲眼看到三妹在香胸前做了很多亲昵动作。这小山鼠花着哩。随着身体日渐康健，他体内的雄狮苏醒过来，而且饥肠辘辘，急需填充或者释放。要是还在外面的花花世界，说不定他早就左拥右抱了。在桃花寺，他只想当一只和三妹一样的小山鼠，和一个李小元王小二一样的村里男人。这个村庄有让他畏惧的规则束缚了他的手脚，这个村有着更多的神秘狂热地吸引着他想去做出惊天动地的大事。

　　三妹怎么会怕他呢？三妹喜欢还来不及。它想去咬钱多多乳头，不为吃，就想含蜜枣一样含在嘴里。又想把头垫在爪子下，躺到钱多多大肚皮上去，那是世界上最温软的席梦思。一个男人就该有这么大的肚皮，可以食万物也可以装天下，至少肚皮上可以躺它鼠三妹。它要每天枕着他的心跳入睡，这样就知道他有多喜欢它或多不喜欢它。男人千万不能像小小灰，动不动就转屁股生气，肠子小得像根毛线。想到小小灰，三妹不由笑了起来。这个谜般的弟弟，它可是怎么也没看透。

　　"三妹，你在笑什么？"
　　一路上，我听见三妹嘻嘻嘻地傻笑着。我很想睁开右眼看看这个姐姐身上发生了什么。可是很快打消了这个念头。提前知道事情走向，并不会改变事件的进程，反而会减少人生很多趣味。事物自有规律和命运。你今天把它拨个弯让它顺你的意，来天它照样走它的阳关道或独木桥。
　　这也是我不告诉祖母和任何人太公老灰在哪里的原因——老灰绝对不愿意让人知道它在哪里的。
　　"跟紧点小小灰。"
　　"三妹，你这么鬼鬼祟祟，别是拉我去当小贼，这种下三滥事我可干不来。"
　　"请你去当贵客行不行？你就给我少说话，等会儿放开肚皮吃就成。

另外，把你两只小眼睛睁大点，多放点光进去，免得人家对你第一印象不好。瞧人家是黑眼睛，就你搞怪要染成青色的，看你就是任性。地球要是有肚皮，都要给你气爆。"

"我最反感人家对我第一印象好，以后我还得端着，那岂不是要累死我老人家。"

"好好好，老人家，我就求你给我跑快点。别等到天上月亮都熄灯了才到，那可算不成今晚。"

"慢着，三妹，你给我老实坦白，今天究竟要去干什么，杀人放火和偷鸡摸狗都得说清楚，不然我现在就转屁股走人。"

"你走，你现在就走。你个没良心的，几个兄弟里面，我就请了你一个，你还当我在挖坑害你。快走，别在这里惹我眼烦。你要不走得快点，我在你屁股上踹两脚。"

三妹这话我是信的。论起脚功，别说虎尾山，我估计全世界的老鼠三妹都可以排前三。它要来踹我屁股，那我只有给它踹的份。

但我小小灰有个脾气，是别人从来不知道的，就是做事从来看是不是兴起。兴起了就干，扫兴了就拉倒。三妹这副自信的神情，令我大感好奇，十分兴起。我忙追上去扯住它的小尾巴："大不了你拽我一程，你以为大家都有你这会飞的蹄子？"

我挂在三妹尾巴上，爪子都没挨到地面，一路向香溪民宿飞去。

三妹其实也是爪尖冒汗。这是它第一次带家人见钱多多，意义十分重大。它嘴上虽然不说，心里还是很担心我会半途不理它，搞自由撤退。它一个姑娘家，又不好说得太明白。它要当众真说明白了，我估计不被父亲打死，也会被祖母和母亲骂死，两个加起来都没死，大概率会死在我们兄弟比洪水还厉害的唾沫之下。再说，除了我们家族的，还有莲花峰家族的。要是你在意的话，就会发现世界上会羞辱人的老鼠真是太多了。

三妹一路上心里那个起伏，比山路崎岖多了。我在它尾巴上都感觉到了："三妹，咱们虎尾山还有这么不平的路？"

"唔，最近可能是在修路。"

修什么呀，我"切"了一声，要说修路，那也是三妹心里的鬼在修。

三妹眼前晃动着一个白晃晃的肚皮。那是它的太阳，它的方向，它的明天。三妹要把它最大的秘密和我分享。但是它嘴里说出来的却是："小小灰，你就少说话，姐带你去吃最好吃的东西。"

三妹是真心想让我尝尝它尝到过的一切。包括钱多多的雪茄和红酒。

三妹眼睛沦陷在钱多多肚皮上不能自拔时，钱多多腾地从床上跳了起来。

钱多多是被吓跳起来的。他本来睡在床上，一只能喝红酒会抽雪茄又被雪茄烟呛得连连咳嗽的小母鼠，让他觉得有趣。他一看就知道它是个处女，不谙世事的雏儿。不知怎么的，他看到了三妹眼里的光。这光开始像两粒黄豆那么大，可是豆中心的温度越来越高，烤得他整张床都发烫起来。他要是再静躺下去，说不定就会成为一具烧烤。他疑心这是山妖变成的山鼠，或者是桃花寺小学后面坟场里的女鬼变成的山鼠。这念头又使他脊背发凉。但是看着看着，他看到了三妹眼里飘着的雪花。它看着他的时候，雪就在它的眼里飘呀飘呀。在雪花中有一尊天神，那天神不是别人，正是他钱多多。在迷糊这只母山鼠究竟从哪里钻出来的时候，他捕捉到了一抹极为熟悉的仰望。他终于想起制作爆米花的那一次。三妹在抬头时把他当成了天神，会下雪的天神。

房间里忽明忽暗，钱多多身上忽冷忽烫。

他看清眼前不过是一只小老鼠时，颓然地倒在了床上。风月场中历练过万千回的浪子，多少狐媚的眼波里闯荡过江湖，怎么会在意一只小母鼠的眼神？他想到了不堪的过往。他的如洪水般喷泻的激情和欲望，他的身下辗转过的成百上千的女人面孔。那些眼神要么如深坑，要么如刀片，吞噬着他的财富，切割着他的健康。总是在短暂的片刻的欢娱之后，他如一段枯木浮于海面，生机全无，茫然不问东西。过去的岁月是个举着杯子的女人，杯子里盛着醇香的高度烈酒。他一次次醉倒在女人的石榴裙下，被她们贪婪的嘴巴无限度地索取着。他以为自己捕获了幸福与欢乐，实际上他得到的只是空虚与茫然。死神的镰刀早就悄悄悬在他的头顶，随时准备给他致命一击。

今夜，一只小母鼠静静地陪伴着他。他忽然希望它是个女人。丰满、妖艳、饱含汁水和火焰。他抬头望向它，发现它在静静地看着他。这种安静令他心动。在过往的猎艳史中，他从没有捕获过这么专注的眼神。那些如飞蛾向他扑来的女人，在缴获了他或多或少的金钱与财富之后，带着她们永远填不满的欲洞奔向下一个目标，留给他火焰消失后的疲惫空虚与冷漠。说实话，在那些缠绵与交接中，他只是参与了肉体，而灵魂始终在上空鄙夷地注视着自己翻来滚去。那些来来去去的幺蛾子从来没有得到过他内心的尊重。

他从来没有注视过她们的眼睛。他的眼睛向来只粘在她们的乳房和屁股上。那是欲望的开关、生死的门户。

灵魂在欲望满足后重新回归肉体，而在欲望下一次来临前又逃离。

女人堆里半生颠倒，不如此刻与一只小母鼠四目相对。只是飞蛾扑火，必有它不要命的理由，这只小老鼠又是为何而来？

他想在三妹眼睛里找到答案。他没有读懂三妹，又仿佛在刹那间读懂了三妹——三妹的眼神里住着一个女人。

钱多多重新清醒过来。他不想到这点还好，一想到便忽然觉得三妹的眼睛，那种神气和香像极了。

香啊，你是故意留下小山鼠探测我的心意？

他想到这点，再看三妹的眼睛，便觉得眼前趴在桌子上的并不是三妹而是香。

他躺在床上对着三妹一招手。那是意念中向香一招手。三妹等的就是他的号令。他的右手还撤在半途，三妹便蜷进了他的左臂弯里。

"小姑娘，缘分啊！"

钱多多只用一句呓语就把三妹灌醉了。三妹哪里知道，它是做了一个叫香的女人的替代品呢。

知道了又能怎么了？一个能造雪的男人，就算温存只有一次，就算一次只有一秒，便就足够了。就算和全世界的女人共享他，也是够幸福了。三妹眼里藏着无限的话，要是把这些话都倾出来，足以淹没床上的钱多多，让他飘浮起来。这些话通过视线源源不断地倾吐到钱多多的肌肤上和眼神里，让钱多多感受到了它的乖巧听话与温情。

"哦，小姑娘。"钱多多多毛的手在三妹头上肩上摩挲着。他对香的恋情借由虎尾山的一只小兽在燃烧。这是无可形容的单方满足。三妹体格健康毛发油亮，手感极佳，比钱多多摸过最细腻的女人还光滑，这使他十分满意。而这个会造雪的男人的声音，让三妹毛尖上都溢出了幸福。这个会造雪的男人的抚摸，让它的骨头和血脉都在跳舞。三妹相信，他只要持续不断地摸下去，它会被他摸化掉，化为一缕青烟或别的什么消失。

它不敢发出声音，它连爪尖都不敢动，它怕多动一下幸福会消失，而它会在虎尾山冰凉的老鼠洞里醒来。

它希望钱多多永远不停地摸下去，等着钱多多给它说更多的话。但是钱多多说了两句后再没说什么，用嘴在三妹头上亲了一下，随即响起了鼾声。

这是钱多多最幸福的一段时光。香并不知道自己已经活在三妹的眼睛和身体里。钱多多只要看到三妹的眼睛，他就看到了香。钱多多抱着三妹，就感觉抱到了香。

钱多多眼里闪现的自信与坚定让香惊奇不已。这个曾经不断献媚的男人，长出了新脊梁骨，拥有了更方正的步态和更从容的语调。他视线的中心不再在香的身上而在三妹身上。

村里人很快知道钱多多来去都带着三妹，个个惊奇不已：
"玩虎玩豹不稀奇，现在时兴玩老鼠了？"
李小元骂得最出格：
"死变态，女老鼠都要。"
他甚至组织了几个村头闲汉，晚上要去钱多多窗下偷听。
人家骂他："天鹅叫没听过，老鼠叫还没听过？"
李小元："娘的，你几个老婆，人家几个老婆？你信不信那只母鼠叫得比女人还好听？"
人家不去，李小元自己去。听了十分钟，第二天到村头大樟树下宣布：
"各位父老乡亲，大家抓紧准备红包鞭炮上虎尾山，咱们虎尾山马上有一位大人物作女婿哩。"

"再大大得过你李小元?"

"别瞎扯,我是讲真话。那个在香溪民宿待着不走的钱多多钱总,他马上是咱们虎尾山女婿哩。"

"那村委会赶紧买鞭炮放,放它个几万响,从村委会放到村口去。最好放到镇里县里去,让大家知道,到底还是咱们桃花寺村的女人厉害,把人家钱总都娶回来了。"

"放你娘个屁!"李小元骂,"你以为他钱多多是当咱村里人女婿?"

"虎尾山不是桃花寺村的山?你李小元昨晚把它卖掉了?"

"虎尾山属咱村不错,可钱总没说要娶咱村的女人。你要放鞭炮,还是到虎尾山上去放。他钱总钱多多要当的是虎尾山山老鼠的女婿——不是咱们桃花寺村老古的女婿,是老灰家的女婿。他要娶老鼠,懂不懂,蒙子。"

老古是香的父亲的外号。

这个消息把桃花寺人都炸晕了。程晓军第一个骂李小元:

"没事就在家,不要到外面乱放屁。人家钱总什么人物,容得你这么抹黑?等下舌头被割掉不要来找我咿哩呜噜。"

"书记大人冤枉呀,我亲耳听到的会有错?我耳朵要么没猪耳大块,书记你站到一百米外放个屁试试,就是蚊子放屁我都听得出来。你要么现在派人把我耳朵割掉,我这舌头要留着给自己作证。青天在上,我叫你们去,你们不去,现在反过来冤枉我——不信你们自己去问问钱总?"

李小元讲得没错,这点,三妹可以作证。它不仅可以作证,还可以拍了胸脯拍大腿,拍破天底下任何一张台子保证,李小元听到的句句属实字字为真。

李小元潜到窗外时,室内钱多多和三妹正四眼相对,嗞嗞发射着电光。李小元看不见这电光,他闻到了空气中某种焦味。这种焦味和村里杀年猪时,小孩子把空猪爪子壳放进火熜烤出的焦味有些相似。

那是三妹因为激动差点把自己烤焦的毛发味。

"哦,我的天!"三妹嘴里发出了惊叫。

别说三妹不相信钱多多,李小元更是扯着耳朵呆在当场。

他的耳朵在手中剧烈震动。他搓了搓,再次把左耳贴在窗格子防盗钢

275

窗上。他用手抚慰了小老弟："兄弟莫急，马上有好戏听哩。"

不用说，这小老弟今晚只有流口水的份。

窗内，愣愣地站在写字桌上的三妹同样是万分不信的神情。它双爪举在胸前，如看到极度恐怖的画面。

三妹面前，满面春光的钱多多含情脉脉。三妹的表现似乎正中他的下怀，他拉起了三妹的爪子，把前面说过的话又重复了一遍：

"嫁给我吧，小姑娘。"

这回李小元是听清楚了。钱多多在求婚。他忙对着窗帘布留下的一条缝往里张望。他就着这条缝头移来移去，看到钱多多正庄重地站在三妹面前。

这个死变态在向一只母老鼠求婚！哈哈，这有钱人真是太会玩了。李小元激动得想举个大喇叭到村里大喊大叫一番。

而钱多多面前的三妹，则呆若木鸡。它完全不能从这当场砸晕它的幸福中挣脱出来。钱多多嘴里出来的七个字，字字如雷霆万钧敲击在它耳膜上，让它个个细胞都饱胀得要死，随时会爆炸开来。它那能蹦起几尺高的雄壮鼠腿，剧烈地发抖着，令它几乎支撑不住，要倒在被窝上。它眼前闪现着无数朵金花，它的灵魂在烟花般绚丽的幻景中战栗着，似乎它的一切都要在这金光中飞升而去。这才是爱情，这是花豹子以及虎尾山和莲花峰雄性山鼠从来不曾给过它的。它的爱情惊世骇俗，它的爱情惊天动地，它的爱情天下无双。它不晕眩过去，都对不住这伟大的爱情。

幸好，钱多多及时牵住了它的爪子。哦，他的手是那么柔软多情温暖有力。三妹把它怦怦怦的心跳靠在钱多多手上。钱多多食指上被个小鼓槌擂着。

李小元也紧张不已，在窗外替钱多多和三妹着急。按他认知，他已经无法编排接下去该发生的事情了。他晚上去村里王寡妇家或者别的女人家里，得便有机会，都是直接搂住，把他臭烘烘的嘴堵上去。一只手在那里乱摸乱捏，一只手就把人家的裤子扯下去了。女人都气得要命，这心急的功夫既不济，事后还得让她们自己到床底下或者角落找裤子纽扣钉上去。

"娘的，我看你们怎么搞。"

李小元把眼珠子贴在窗玻璃上。这时他希望三妹是只鼠妖，马上会从鼠皮下钻出一个妖艳异常的女子滚在钱多多的床单上。这个妖精，他也想不到其他造型。他日常惯想着的李春梅跳了出来。啊，李春梅是多么白皙丰满啊！李春梅就是虎尾山莲花峰向阳坡，李春梅就是山间的母野猪花豹子。他只要想到这个女人，嘴角就流下了长长的口水。他对自己这想象相当满意，甚至还点了点头："这才是郎才女貌。"

他对王小二酒醉后吹牛皮，说和李春梅睡过觉气得要命。死矮子，配吗？他的女神难道会这么瞎？他宁愿他的女神守一辈子活寡，也不要让人染指到。他不止一次动手打王小二，打得王小二见到他就逃。王小二逃了，他却觉得失落。在酒桌上碰到，又拿酒敬他，渴求从王小二嘴里漏点让他晚上睡不着觉的料。王小二喝了马尿牛尿，也不管李小元死活，对他说他王小二晚上睡觉根本不用床，李春梅就是他的席梦思床。他仰躺着的时候，头就枕在两座山的中间。只要他王小二愿意，头一歪，马上就可以吸到李春梅的奶。

王小二举起酒杯，长长地放在嘴边吸了一口："爱吸哪只吸哪只，没奶水更甜。"

气得李小元在他脑袋连砸爆栗："吹牛皮，我让你吹牛皮。"

天下男人死绝了，还有他李小元在哩。每回想到这事，他都义愤填膺，恨不得拿出拯救宇宙的勇气到李春梅面前自荐。他也不知道李春梅身上有什么神力，反正向他看一眼，他就软了。但是看到钱多多的第一眼，他就觉得李春梅该和钱多多钱总睡觉，这才是个匹配的样子。他在窗外点了点头。为自己有月老的才能颇感自得。

他是如此渴望着人妖大战。可惜眼珠子快睁爆了，都没见三妹的鼠皮下钻出女妖精来。

这是李小元和三妹所不懂的钱多多：自从在三妹眼里发现了香的影子，他心底的爱情被彻底地激发了。他把鼠三妹当成了替代品。他发现自己在别人面前舌头上开得出莲花，在香面前就是一根枯荷叶梗。

他的那些在香面前说不出来的话，全都倾给了三妹。

忽然，他看到三妹张了张嘴，两只前爪害羞地在胸前搓着，嘴里吱吱吱地在讲着些什么。钱多多忙把耳朵贴到了三妹嘴边。啊，他听清楚了，可爱的三妹在问："那怎样咱们才能变成一样，同一个样子生活呢？"

钱多多明白了，眼前的小母鼠不仅听懂了他的话，而且还上了心。他呆了一瞬，马上想到了王小二之前跟他说的一段话。之前他给王小二拿了一箱茅台酒和两盒雪茄，只为让王小二说出那天晚上吃到的那盆菜究竟出自哪种山兽身上。

"真话，我只要真话。"

钱多多的大眼睛让王小二心里发毛，明白眼前人可以给他喝茅台抽雪茄，也可以喂自己枪刀屎尿。他心一横，就直说了："一撮毛，那不过是一只叫一撮毛的山老鼠，老灰家的山老鼠。"

王小二等着钱多多骂他。

钱多多并不在意吃的是山鼠还是老虎。他要的是王小二告诉他究竟是老虎还是老鼠。

钱多多听说是一撮毛，是老灰家的，愣了愣，然后他满意地拍拍王小二的肩膀："慢慢喝，喝完了再来拿。"

把王小二傻得一愣一愣的。王小二抽着雪茄时，对着那一团团对着虎尾山尖吹出去的烟雾，他头脑里也是一团团的烟雾，怎么也想不明白，这虎尾山上一只山老鼠，怎么就值这么多茅台酒。

现在，眼前的小母山鼠让钱多多想到了王小二和一撮毛。他觉得求证事情真相的时候到了。他咽了口唾沫，甚至还有点小紧张。他本来想直接问一句：

"小姑娘，你知道这一带有只叫一撮毛的山老鼠？"

要是在二十年前，他一定会这样问。但现在他是四十多岁的人，他根本就不急。相反，他用无比柔情的目光看着眼前的小老鼠，轻轻牵起了它的小爪子：

"网络，网络会让我们合二为一。我们可以在网络里共同生活，三妹。我们现在就可跳进去。来，让我们一起创造幸福殿堂。"

钱多多打开平板电脑，对着三妹一阵拍摄，又对着自己一阵拍摄。然后在屏幕上左划右划。三妹看到钱多多很快在平板上建造了一座巨大的宫殿，里面卫兵森严，女仆众多。

"这，是咱们的房子？"

三妹狐疑地问。

"当然，你看，你不在这儿吗？"钱多多鼠标一点，平板上出现了三妹，"你看看喜欢穿哪件衣服。"

一看到那么多花花绿绿的衣服，三妹兴奋极了。它一件件地试过去。看着电脑里花枝招展的自己，再看看屏幕外一身灰毛的自己，三妹不由得有些丧气：

"假的，那些衣服穿不到我身上。"

"不，三妹，这些都是真的。外面是我们的肉身，这电脑里的才是我们的灵魂。我们的灵魂会在电脑里一直相爱下去，永生永世。就算肉体不在了，灵魂还在，爱还在，这些漂亮的衣服还在。它们都是属于你一个人的。我钱多多也只属于你！"

"可是，我们可以生小宝宝吗？"

"当然可以，你瞧，它们来了！"

三妹一看，它高兴极了，平板电脑里的它，后面果然跟着一群小老鼠。

"我要像妈妈一样，生一个大哥，一个二哥，一个四弟，一个五弟。五弟最讨厌了，老是跟我抢奶吃，可是它好厉害哦。"

"真是一群有趣的兄弟。可以为我介绍介绍它们的情况吗？这都是我的小舅子呢，当然，还有爷爷奶奶、爸爸妈妈。"

三妹把我们家的故事全讲了一遍。三妹不知道，它无意间把我们家族的机密给泄露了。

"我还有个小爷爷一撮毛，可是它给王小二打死了。我一定要给小爷爷报仇。"三妹的眼里闪出了光。

钱多多一听，眼里也闪出了光。一撮毛啊一撮毛，原来真是老灰家族的。

"我真想见见咱们的小小灰弟弟。"

"那还不简单，我去叫它来。"

"不，亲爱的，现在太迟了。"

"怎么迟了，对我们老鼠来说，人类的黑夜就是我们的白天。所以，你看到我们老鼠都是晚上出来活动的。"

"对对对。不过，我可不希望你走黑路。你就安心地在这儿待着吧，反正来日方长。你再看看，这电脑上可有什么不满意的？"

"哦，亲爱的，咱们的子女，不能只有老鼠呀。我希望有你这么高大的一个儿子，有这么大的肚皮。"三妹的爪子在钱多多肚皮上按了按。

"简单，你看，你的乖宝宝来了！"

屏幕上果然出现了一个可爱的人类婴儿。

"可是，我怎么给他喂奶呀？"

"没问题，你看，你在给他喂奶了。"钱多多在平板上一阵操作，那个人类婴儿就在平板电脑里甜甜地吸着三妹的奶。屏幕里的三妹，八只乳房鼓得小酒盏一样。

三妹高兴得吱吱直叫。它看看电脑里的自己，又看看自己胸前米粒大的乳房，对屏幕里那八只酒盏大的乳房惊讶不已。

"还能生吗？"三妹小心翼翼地问。

"可以啊，你想生什么样的都可以。你可以生下一支军队。"

钱多多在三妹的要求下，生下了一窝又一窝他们的虚拟子女。除了鼠宝宝，他们还生了一窝鼠头人身的宝宝，一窝人头鼠身的宝宝。

三妹看得摇头晃脑，惊奇极了。

三妹突然紧紧抱住了钱多多："多多，我爱死你了！"

钱多多捧起了三妹的脸："咱们家族的故事真是太有趣了，我真希望现在就见到这些亲人。等你有空，一定把它们请来这里做客。"

"亲爱的，你真是太好了。我一定把它们都请来，让它们看看咱们的宝宝。你别关这个，我怕小宝宝会害怕。"

三妹阻止了钱多多关电脑的举动。三妹足足盯了电脑平板一个晚上。它紧紧地抱着电脑平板，爱死了眼前的这个男人。

在三妹入睡前，钱多多终于问出了那个好几次爬到喉咙口的问题：

"三妹，一撮毛爷爷平时爱吃些什么呀？"

"谁管得了它，奶奶都管不了它。不过听奶奶说，它最爱到白云洞，还有，它最爱到坟堆里跑来跑去。"

钱多多一把抱住了三妹，他的心都快跳出来了。踏破铁鞋无觅处，得来全不费功夫。原来一撮毛和三妹是同一家族的，它们的血脉里一定有着不一样的东西。他吃了一撮毛的肉，现在这只叫三妹的山鼠又爱上了自己，上天啊，你真是对我钱多多太眷顾了。

钱多多盯着眼前这只善良可爱的小母鼠，想到了他第一次吃到一撮毛肉的那个夜晚。他的喉结耸动，恨不得把三妹当场剥了皮下锅炒了吃下去。他的眼珠子骨碌碌地转着。眼前的小老鼠灰色的鼠毛，在他眼里发出的不是灰色的光，而是金山银山的光！只要如此如此，他听见自己内心发出了海啸般的狂笑……

"小小灰，你知道吗，那么大个的男人，原来也会说情意绵绵的话。你猜，他说了什么？"不等我回答，三妹自己说了下去："他让我嫁给他！他说，只要他钱多多有一个面包，一定有半个是鼠三妹的。"

"这样的鬼话你也听。那你怎么说？"

"我说，"三妹有些忸怩不安，我从没看过风风火火的三妹还有这么害羞的一面，它下了很大决心似的："我说，虎尾山上哪怕只剩最后一粒榛子，有半颗也是要给他钱多多的。"

我白了三妹一眼。

"你真是大方啊三妹，看着你弟弟饿死，也要把最后半颗榛子给别人。"

三妹吓了一大跳。

"小小灰，我刚才说了什么？"

"说不说，这些话都在你眼睛里蹦着，哪里还用说。你大概还想说，只要有他钱总，这世界这么大，你只要个老鼠窝，对不对？"

"对对对。讨厌，人家怎么想的，你都能看出来。"

"三妹，你这样子要吃大亏的。"

"小小灰，我这不是把你找来了嘛，你要帮我。"

"你是不是想让我帮你咬他一口？不然这种事怎么帮得了的。都是愿打愿挨自作自受，别人哪里插得上爪子。那些能插到中间去的，又有哪个不挨骂的。"

"小小灰，你就爱逗笑。现在只有你帮得了我这个忙。"

"好吧，咱们马上回头，远离这个钱总。他没爱情还好，他有爱情的话，这爱情就是你的老鼠药。不要你一条命，也会让你脱层皮。我们大家都会被你害死的。"

我还不懂爱情，但好歹我看得清。这种冲动、懵懂的爱情，往往经不起考验。不是阴谋，就是陷阱。

"不，你不懂钱总。咱们吃过钱总的鸡爪排骨还少吗？他能说出一块面包有我半块这种话，难道还不能称为爱情？"

"哎，三妹呀，那些人类说起这种话来哪里要打草稿的？还不是一个人说出来，其他人照着背照着说。这不是面包问题爱情问题，而是合适不合适的问题——三妹，醒醒吧，听我的，你们不合适。"

"小小灰，那是你没碰到爱情。总有一天你会碰到的。你会和我一样……"

我盯着三妹。三妹眼睛里尽是幸福的泡泡。我知道自己说服不了它。

谁能说服处在爱情中的女人呢，哪怕它是一只母老鼠。爱情的魔力也正在于此：明明自己是只老鼠，照起镜子来，里面却端坐着公主。

香溪民宿的灯光就在眼前了。我突然四爪发软额头发紧，忙对三妹说："三妹，我肚子痛。要不，你先走，我在路边拉一泡再来赶你？你知道肚子痛起来，就吃不了好东西了。"

三妹难过地转头看着我："小小灰，我就这么讨人嫌吗？可能你不看好这爱情，可是去吃一餐好吃的，应该不会太难吧。再说，臭小子，每回吃起好吃的，你肚皮什么时候痛过。你拉，你现在就拉，当着我的面拉，拉完就走。从小到大，你还有什么没被我看过？"

"三妹，你能不能别这么说。都这么大了，该害羞要害羞一下。大不了去吃一顿。不过，吃了就吃了，你可别告诉奶奶。不然人家说我吃独食，这么大的锅盖我可背不住。"

"小小灰，你去了只管放开肚皮吃，其他的不用管。"

三妹就是有这种气魄，经它决定的事，它比男子汉来得更坚决。怪不得祖母经常表扬它:"我家三妹哟,要是个男的,那咱家族顶天喽。"

当然,三妹还不忘提醒我:"吃好了,你只需帮我一个小忙。小小的忙。"

天下果然没免费的午餐。

"能不能不要这么现世报,饭还没吃下去,这里就要报答了。"

"小小灰,这个对你来说容易着呢。你帮我看看钱多多,他心里是不是只有我一个。"

"三妹,我还是不要吃东西,现在就回去吧。天底下的男人,他就算现在心里只有你一个,转屁股试试。而且我那眼睛不能随便开,开一次头痛十天,你忍心让我头痛十天?"

"你不开开眼,谁看得清他钱多多钱少少,说不定我痛苦一辈子,小小灰求求你啦。"

三妹好说歹说,我答应替它看一眼。

钱多多见到我时,态度异常热情。"小小灰大师来了,欢迎欢迎!"看得出钱多多是想给我来个拥抱的。他眼里的惊讶程度可以看出,他之前接触过的大师都体型庞大、食量惊人。见到我和三妹差不多的身材,钱多多把拥抱的手势顺势分解为一个优雅的请:"三妹,请小小灰大师吃东西,多吃点。"

这使我疑心让我来吃东西根本不是三妹的主意。拉到边上一问,果然。

"钱总听说你的厉害,一定让我带你过来给他认识。"

"你这长嘴婆也有功劳的吧。"

这是我头一次近距离看钱多多。他的钱多不多我不知道,他眼睛里的鬼点子肯定是多的。我和他对视时,就看他两只眼睛嗒嗒嗒地,像一个发报机键在不停敲。在这么机灵的人面前,还是老老实实吃东西好。

我一方面没见过这么多好吃的,另一方面刚才和三妹在山路上奔跑了一阵,肚子早就饿了。在三妹优雅地用爪子钳起一块块饼干或蛋糕往嘴里塞时,我根本就顾不上优雅。我的爪子刚抓上鸭掌,啃了一口就扔到了一边,我跳到另一个位置啃起了全麦吐司。我太爱吐司里的核桃仁和葡萄干了,像推土机一样掘进去,把它们扒拉出来。我很快头上、腿上、肚皮上粘满了面包屑。

三妹忙跑过来替我掸掉身上屑:"瞧你这吃相。"

我说:"小气了吧,还没过门,就知道替自己男人节约了。"

钱多多的可爱之处在于,他把那些美食都取了很少的部分做成了拼盘。我至少尝到了五个国家的饼干,甜的咸的酸的;三个国家的红酒和八个省份的特色小吃,或软或糯或干或脆。当肚皮越来越鼓,我也看到了三妹眼里的渴望。我懂它的意思,路上不是早就说明白了。已经说明白的事,最好当作越不在意越好。往往在越清空的状态下,事情才越是能做到极致。可是世上的女人大都不明白这一点。至少我的三妹是这样。它一次次用目光向我示意钱多多。

它的样子把我搞得有些紧张起来,忽然深深自责于自己没管好嘴巴。

钱多多看我抚着肚皮,把他手中的大雪茄往我嘴巴上凑:"吸一口,灰灰大师。"

不用吸,我就领教了这根冒烟管子的厉害。我剧烈咳嗽起来。

"我要出去透透风。"我对钱多多和三妹说,"我吃不消这么辣。"

"小小灰,不用那么麻烦到外面去。"三妹把窗户打开了一半,"你到这里来坐坐,空气真新鲜。"

三妹有时就是这样不讨人喜欢。我原本想借着烟味太大出去透口气,出了门拍屁股走人,没想到被三妹看出来了。

"快看看。"三妹到我耳边催促。

"有什么好看的,自己喜欢就行。只要自己喜欢,别说钱多多,钱少少也行。"

"不,小小灰,这个忙你一定要帮。我可不能和心中有别的女人的男人一起生活。"

"三妹,这样子的话,我劝你还是别让我看的好。我怕这老家伙心中的女人我眼眶里装不下。"

"以前他有多少女人我不管,以后只准有我一个——他要有了我,心里还装其他女人,我趁他睡着一个个把她们从心里挖出来扔掉。"

"三妹，你这么爱他，就是为了这样一天到晚陪着他吃吃喝喝？"

"不，小小灰。"三妹突然附在我耳边，"总有一天，我要吃了这家伙。他的大肚皮太可爱了，嘻嘻嘻。"

我放下了心，明白了三妹的爱情。好的爱情都是可以吃的，不好的爱情却是难以下咽。很多年后，有消息传来，花豹子在某个夜晚消失了。我一点都不吃惊，三妹在这个夜晚就告诉了我答案。

我借着雪茄辣眼睛的烟味，捂着左眼走向了钱多多。不用回头，我都能感觉到三妹的紧张。

"等等。"钱多多原本大马金刀敞坐在沙发上吸雪茄，看到我走近，他也有些紧张起来。拿着雪茄的手突然朝我一指。

我立在他指前半尺。

他看着我，我看着他的大肚皮。他的大肚皮可爱极了。我真想上去摸一把。也许那只是穿着衣服的一个西瓜。不然三妹怎么会说要吃了他呢。

钱多多努力朝前探出了身子，鼻子几乎顶到我鼻子上。

"唔，小家伙，眼睛果然青得漂亮极了。"

他满意地重新把身子靠向沙发，重重地舒了口气。我听到海绵内部弹簧发出惨叫。这是某种事件的结尾或者高潮部分通常会响起的配音。

我身后也有一根这样的弹簧，它在三妹的心里被挤得扁扁的。

但是他忽然又扑了过来，死死盯住我的右眼。我忙捂住了右眼：

"钱总，您这烟太呛啦。"

我睁开了左眼。

"刚才，怎么回事？"钱多多惊魂未定，指着我已经打开的双眼中的右眼："我怎么看到了一只狼？"

"烟，钱总，那是烟。您这烟太厉害了。那只是烟气的幻影。您要以我这只眼睛里的形象为准。"

钱多多满意地点了点头。

我的左眼瞳仁上清晰地映出了他的最爱：一个巨大的山一样大的金元宝！

"多，您看到什么呀。"三妹摇上去，跳在钱多多怀里。我很看不惯这样的三妹，它腰肢间散发出浓浓的妖精味道让我想吐。

"三妹，那还用说嘛。"钱多多摸摸三妹的头。

"讨厌，人家不就想看看这里有没有人家嘛。"

三妹爪尖在钱多多胸前轻轻挠了两下。钱多多故意哎哟哎哟，好像心被挖出来的样子逗乐了三妹。三妹和他在沙发上闹了一阵。

闹完，三妹回头看了我一眼。我没有回应它。我对它这种没出息的样子表示生气。三妹见我不理它，把头又转向了钱多多："说嘛，说嘛，到底有没有三妹。"

"有有有，怎么可能没有这么可爱的三妹呢。喏，这里都装满了。"钱多多拍拍肚皮。

"你爱那个端盘子的吧。"三妹撇撇嘴。

"咦，可不许这么说，人家是这民宿老总呢。"

"老总也不行，公主都不行。"

三妹不高兴了。从钱多多身上跳下来，把我拉到一边："小小灰，你说，你究竟有没有看到我在里面？小小灰，其实你不说我就知道了，这家伙心里装着她。"三妹努努嘴。还能说谁呢，三妹指的自然是香。"肯定是她！"

三妹有女人的天然敏感。

"不！"我肯定地对三妹说，"不是她。"

三妹一下高兴起来："只要不是她，管她是哪个，天高皇帝远，反正别人也抢不走。"

"这个倒是。"我对三妹的乐天派大为赞赏。对付男人么，你永远不必太在意这个，不然要受重伤。

"三妹，没给你要的结果，还请见谅。"我对三妹邀请我来吃大餐，却没有给它满意的结果甚感歉意。

"有没有我不重要，只是不能有她——"三妹指指窗外。

三妹指的是香。它这奇怪逻辑令我无法理解。我想到了爷爷、父亲和花豹子以及熟悉的那些雄性面孔，他们一定和我一样，一辈子都无法理解女人。

"要是有她，小小灰，咱们得想办法把她移出去。"

把一个女人从一个男人心里移出去，自然不愁没有好法子，只是要把法子教给古灵精怪的三妹，不由我不考虑再三。

"兄妹俩在那嘀嘀咕咕地商量什么呀，还不过来吃好吃的。"钱多多的招呼，让三妹马上又蹦过去。蹦过去又马上蹦回来："小小灰，来，钱总让你多吃点。"三妹往我爪子上塞了个羊肉串。不用说，这是钱多多下午专门派人到县城的买买提烤羊肉铺买来的。

"不吃了。想让我肚皮吃得滚圆，跑不掉吗?"

我这话一出口，连自己都颇为惊讶，不知道何以要这么说。只能将它归为自己特别敏感。钱多多倒是不客气，两只眼睛瞪得牛眼一样："灰灰大师太见外了。能把灰灰大师请来，让我钱多多一睹大师风采，真是三生有幸。这事要给三妹记三等功一次的。来，三妹，先敬你一杯。"

钱多多从桌子上拿起指甲盖大的小酒杯，倒满红酒，递给三妹。三妹接过一饮而尽。跳到钱多多怀里，攀住他胳膊，嗲声嗲气地说："多，你对我真好。"

钱多多笑着拍拍三妹的屁股："跟着我混，有肉吃肉，有酒喝酒。"

三妹捧了钱多多给我倒的红酒："小小灰，来一杯。"

我忙推辞："不不不，我没喝过酒。"

钱多多从三妹手中接过酒杯，举到了我的眼前："哪有男子汉不喝酒的。来，我敬灰灰大师一杯。"

小酒杯杀到了我的鼻子下。酒杯对面，是钱多多热烈而真诚的眼睛。他眼里不可拒绝的光芒映在酒杯中，晃荡着一片刀光剑影。

原来酒杯中装着战场。看来，我今天是非喝下不可了。要是不喝，钱多多的眼中一定会飞出利剑，酒杯中会刺出大刀，我今晚一定会倒毙在这刀光剑影之下。这是住在虎尾山上的我原来万万没有想到的。

我决定喝下它的时候，举起的爪子或许在钱多多看来是推拒，他的大手猛然向前一推，他的大拳头啪地打在我的左眼上。我的左眼顿时火光四起，朦胧一片。而这同时，几道白光刺入了我右眼。我右眼瞳仁映出钱多多原本胖乎乎的手指尖上亮出了狼爪。

"失礼了。"

钱多多伸出狼爪抚摸着我左额头,那么柔软温暖,那么悲悯动人。我左眼的刺痛被橡皮在练习本上拂过一般擦掉了,重新睁开。摸着我的爪子又变回了钱多多丰满富态的手指。

"这酒真是太厉害,闻了就醉!"我窘迫地摸摸额头,掩饰内心的不安。

"哈哈哈,灰灰大师真幽默。不过是杯红酒,灰灰大师喜欢,还可以喝茅台酒,那才叫一个爽。"钱多多一把抓住了我右爪:"只要灰灰大师喝下这杯合作酒,以后虎尾山就是咱们的虎尾山,合作成功之后别说天下名山,就是金山银山灰灰大师也可以独占一座。"

钱多多说完仰头大笑起来。那真是豪气干云的大笑,发出的气浪差不多可以把房顶掀翻。我在声浪中一阵阵晕眩。金山银山诚然光芒四射,可对于一只小老鼠来说,最好的还是我的虎尾山。

我朝偷开了卫生间门,被钱多多笑声震在门口的三妹使使眼色,三妹推开门蹿到了我身边。

"走!"

我们一起朝外面蹿去。有时三妹还是会听我的话的。

我的脚步要是能和三妹一样快,不,三妹的脚步要是能和我一样快,也许我们很快就消失在夜色中了。可惜三妹脚快,钱多多嘴更快。

"走也不招呼一声?"见我扯了三妹的爪子要出门,钱多多不紧不慢来了一句。

三妹停在原地走不动了。按它原来的速度,只要出了门,眼睛眨眨就到白云洞。可见不是真心想走的,用绳子穿了鼻子拉都拉不快。

"多,你想留小小灰在这儿住?"

三妹疑惑地看着钱多多。

"三妹,你的记性有点差哦,忘了为什么让你叫小小灰来?"

钱多多用一种异常温柔的眼神看着三妹。他们能够这么无障碍地交流,当然要感谢王小二。为了三妹,钱多多专门请王小二来教了半个多月的鼠语。而三妹突然爆发的语言天赋也大大出乎钱多多和王小二的预料。

三妹忽然害羞起来。我从来没有见过这么害羞的三妹。它的身子变成了巧克力那般甜美，它的喉咙里注进了蜂蜜水。

"当然，还有重要的事要麻烦小小灰呢。"

"钱总有话请直说，山里老鼠肠子里没多少弯弯，喜欢有话直说。"

"哈哈，灰灰大师言重了。这事对别人难，对灰灰大师只是小菜一碟。"

钱多多朝三妹使使眼色，只见三妹把卫生间的门一推，把自己关了进去。三妹的尾巴从门缝消失的刹那，我对钱多多万分敬佩。几天不见，三妹身上发生了如此重大的变化，这个肚皮比西瓜还圆的家伙功不可没。当然，我更愿意信三妹自己的理解——这是爱情的力量。

"有些事，万万不可以让女人知道。"钱多多压低了声音，"根本没有脑子，一天到晚就知道吃吃吃，薯片吃进脑子还以为吃了补脑汁。脑子里稍微有点想法的又沉不住气，仿佛天底下最聪明的就是它。灰灰大师，你身边可有沉得住气不发脾气的女人？要是有，可以为我引荐引荐，我到时请人编本《圣女传》，可以增添进去。"

我本来想给钱多多推荐推荐祖母，毫无疑问，随着身材日渐庞大，祖母额头上的亮光和眼里的神采越来越浓。上至天上飞鸟，下至水中游鱼，只要它嘴一张，我们就能迅速让鸟无法飞翔堕在面前，就能让鱼游到爪边，我们爪子一勾就能享受美味。这聪明后来已经不仅仅来源于祖母的脑袋，也来自它强大的气场、坚定的语气、爪子有力的挥动和锐利眼神的射出，以及我们整齐划一的听话。我们在听话中感受到集体的团结和力量，感受到祖母的威严和可怕。和祖父的领导风格不同，祖母每次指挥之后都要回头推演，这里好，那里好，敲敲打打。它每次痛心疾首的样子，都让我们觉得没有它，虎尾山就会塌下来。我们就会居无定所颠沛流离肚皮贴到脊梁骨。而只要我们听话，阳光就会照彻虎尾山尖，我们这群山鼠就会鼠路光明前途灿烂家族兴旺鼠运连连。祖母只有看到我们眼神聚光鼠耳贴脑才会心情舒畅。最后必得她心情舒畅，事情才能有个定论。我们发现，事情做得好不好不是绝对重要，祖母心情好不好才最重要。祖母心情好，事情做得坏些也能原谅。祖母心情不好，事情再圆满也没有功劳。我们渐渐明白一条铁打不动的真理：做得好不如说得好，说得好不如哄得好，哄得好不好，看祖母心情好不好。

可是祖父受伤的那天，祖母照样晕厥倒地。按照这个标准，钱多多说的女人至少在虎尾山是不存在的。

我嘿嘿笑了两声。

当我用两只眼睛看钱多多时，他确如三妹所说，是个丰满富态可爱的大肚皮。

"既然来了，就别走了，灰灰大师。要是咱们联手干，别说金山银山，世界的财富都是我们的。"

"可是钱总，财富只对喜欢它的人有用。你看我们虎尾山的老鼠，一身皮毛，只愿过得自由自在。这清风明月自由欢快的日子才是财富。那真财富对我们来说，只是锁链和镣铐。"

"小小灰，你说得真是太好了。我真不知道怎么表达我对你们老灰家族的感动。你们家族出了老灰这么知恩图报的山鼠，我们就是要把它宣传给全世界看。它是道德楷模呀！同志们，我们扪心自问，我们有没有比一只山鼠高尚？还有，我也是刚刚听说的，昨天，前天，大前天，反正是到了桃花寺听到的，你们这里有个程德寿老师，他用一生守着丁小艺老师的坟墓——感人，真是太感人了！小小灰，为了这个爱情故事，为了你们的太公老灰，我把虎尾山给租下来了，租了八百年。"

我傻傻地看着钱多多，真是钱多，好折腾哪，八百年的合同也签得出来。

"小小灰，今天你无论在民宿还是在虎尾山，从理论上说，你和三妹都是属于我钱多多的。我钱多多就是你的主人，但我从不这么认为。我和三妹的爱情是真诚的，所以我真诚地希望小小灰能帮我一个忙——或者说帮我们老灰家族一个忙。只要找到这个源头，以后金钱就会像潮水一样涌来，我钱多多用得着那么多的钱？我是用钱在虎尾山来打造一个幸福家园，一个独属于我们老灰家族的乐园！"

看着钱多多真诚的目光，不知怎么的，我都被他感动了。

"那其他的那些动物呢？"

"呃，当然，它们付得起租金的话，可以继续住下去。"

"那虎尾山上未来只有山老鼠了?"

"是的,把虎尾山打造成我们老灰家族的乐园,是我钱多多义不容辞的责任!今天请小小灰来,是听三妹说起小小灰的眼睛,可以看透过去和未来。所以呢,我就想请灰灰大师看看白云洞里那张桌子上那黏黏的水是哪里来的。"

我吁了口气。明白过来,这家伙就是冲着神药来的。只是三妹何以知道我眼睛的秘密?是祖母泄露了这秘密,还是……我百思不得其解。我无意间眯起左眼,朝白云洞的方向看了一眼。其实白云洞正像罗亦龙所说的那样,另外的三个洞就在十五洞的顶上。那张石桌的上方,有一个小小的孔洞。而孔洞的不远处,盘着一条很大很大的头上长角的……对于这个人间的谜,其实我早就知道。那石桌上的神药,不过是那条头上长角的家伙的小便罢了。

但是等等——我发现我的右眼原来可以穿透墙壁穿越时空,现在只能看到眼前的钱多多这个房间的景象。我忙换了左眼睁开右眼闭上,左眼的透视能力也消失了。

钱多多见我愣神在那里,他笑眯眯地盯着我:"灰灰大师,咱们不急。来日方长嘛!"

"不,钱总,我——"

"呃,灰灰大师不必谦虚,咱们都是一家人了。有什么事,尽管说。我正准备着要为三妹打造一座世界经典爱情园。所以特想请灰灰大师为我给那块土地把脉,看看风水。这事关我和三妹的长久幸福,想来灰灰大师不会拒绝。我和三妹将在这个世界经典爱情园里举行我们的婚礼。"

"钱总,我,我现在不——"

我本想告诉钱多多,我的超能力突然失灵了。

钱多多笑着摆摆手。我又听他说了半天。要是我不是虎尾山的山鼠,我敢保证一定会为钱多多鼓掌的。他的天才创意和高屋建瓴的格局与气魄,即将为虎尾山带来翻天覆地的变化。

按钱多多的规划,他将用现代的手段重新打造虎尾山。未来的虎尾山,所有的动物都将有自己的楼房;所有的植物都有自己的身份标识,并且只要外人愿意，他们就可以来领养一棵。它将被置于全天候360°无死角的监控之下。

"哪怕你走上几个鼠步，拉几粒老鼠屎，都能马上知道自己创造了多少碳汇价值。它将成为自然界第一座不'自然'的山！"

天哪，他果然是一头狼，他要吃掉虎尾山的"自然"！

我哪里还有心情和三妹在这里吃吃喝喝。我心急火燎却不得不耐心地听钱多多描绘完宏图，又和三妹向钱多多告别了十多次才成功脱身。离开了香溪民宿很远，我才悄悄地告诉三妹："三妹，这是一头狼呀。"

"不，小小灰，"三妹坚定地看着我，"他不是狼，他现在是我们的主人。"

我们路过白云洞时，我忍不住悄悄地用右眼看了洞内。我惊讶地发现，自己又可以看清洞内的景象了。在十五洞上方的十六洞内，那条长角的家伙正在小便，而下面的罗亦龙他们，正用小瓶装着这不断滴下的神药。他们脸上的神情是那么兴奋，仿佛这神药里藏着一座座金山。

"啊呸呸，真是奇了怪了。"我朝三妹嚷道。

"怎么了，小小灰？"

"三妹，你还是离这家伙远点吧。我在他那里根本就是一个瞎子，现在离他远了，又好了。他不仅是钱多瞎折腾，还是钱多乱折腾哩。"

"小小灰，你不理解他。他和村干部们容易吗？以前你看到过这么多人来桃花寺来虎尾山？他是来帮我们的呀。他描绘的虎尾山多么诱人！"

"可是三妹，那还是虎尾山吗？你别吃了几个鸡爪子，就说给你鸡爪子的是个大好人。你要是不怕心碎的话，咱们现在重新杀回去，说不定你会看到一场大戏！我让你看看这个骗子的真面目。"

"大戏？我最喜欢看戏了。走，现在就回去。"

我们走到香溪民宿阳台下的时候，我拉住了三妹。我把爪子放在嘴边，示意三妹别说话。我们攀上了阳台边的竹子。此时，月朗风清，不远处的桃花寺村早已沉沉入睡。

月光将阳台照得一片白亮。看三妹在竹梢上坐定，我用爪子朝阳台上指指。三妹看到的只是一片空阳台。它疑惑不解地附在我耳边："戏呢？"

"主角就要上场了！"

我话音刚落,只见阳台上慢慢走过来一个身影。三妹一见到那身影,差点叫出声来,是香。

香走到阳台的栏杆边,她不时抬头望月,又时而低头叹息。三妹目光炯炯地看着香,它的心底涌起了无限复杂的情绪。它多么渴望现在站在阳台上的不是香,而是它鼠三妹。这样它就可以妖娆地走进钱多多的房间去……三妹的脸红了起来。幸好月光下看不清。

三妹想象着那个叫三妹而身子是香的女人,在黑暗中走进了钱多多的房间。她悄悄地钻进了钱多多的被窝,用它的爪子,不,用香的玉手抚摸着钱多多的全身。钱多多被摸得像块铁一样发烫发红起来。他在黑暗中发现了是三妹:"哦,三妹,是三妹,是三妹来了!"

三妹就用香的嘴堵住了钱多多的嘴。这可真是太好了,他们的嘴这时才是温柔贴合的,他们相互吮吸着,他们吸到了爱情的蜜汁与火焰。三妹还准备用香的身子和钱多多生个孩子。人类宝宝是多么可爱呀,眼睛那么大!

我听到三妹嘴里发出哑哑哑的声音,回头一看,天哪,我的傻三妹正对着空中的月亮在做着亲吻的动作。它的动作是那么火热而不知羞耻,以致让我想到了它小时候在我身边抢奶吃的情景。它的嘴就在我的嘴边吸啊吸。我用爪子捅捅三妹:"快看——"

三妹清醒过来,忙向阳台上望去。却见香的身边已经多了一个人。不用说,看那个凸起的圆滚滚的肚皮,就可以知道是钱多多。

"这么晚了还不睡?"是钱多多的声音。

"睡不着出来走走。钱总怎么这么迟也不睡?"

钱多多看着月光下的香,竟一时间忘记了回答。和白天的精明强干相比,夜晚的香更女人、更柔媚。钱多多看着月光下香的身影,近在身边,恨不得一把揽过抱在怀里。可是他情急之下,从嘴里出来的竟是一句:"香总,我明天就要走了。"

三妹在竹上惊得差点叫出来,两只小眼睛盯着我,我拍拍它的肩膀,轻声说:"你信他鬼话,他要走才怪。别声张,好戏在后头。"

阳台上香也是吃了一惊。她万没想到自己这么迟了出来走走,本以为一个人可以清静清静，却不想还有个人和她一样是不睡的，而且劈头就是一句告别的话。虽说聚散本是无常，可是在这月夜来这样一句，不由得香心里头一阵失落。她哪里知道这是钱多多惯用伎俩，逢场作戏时信手拈来的鬼话，目的无非是想让人心潮起伏，他好乘虚而入罢了。

钱多多本来在香溪民宿住了这么长时间，日久生情，加上身体日渐康复，精虫上脑。现在一见香略带失落的样子，他怎样会感受不到。当下不知怎么的，鬼差神使地竟想去牵香的手。

香本来有心事，现在又陷入莫名的失落中，手不知怎的，就到了钱多多手中。她迷迷糊糊地也就让他握着。这钱多多得寸进尺，见了香这副样子，心头一时狂喜，把那在三妹身上演练了许多遍的情话，缠缠绵绵地倾诉了出来。

不说香在迷蒙中有多少受了感染，三妹在竹子上却是听得如醉如痴。我听到她嘴里喃喃道："多多，我也爱你，多多，我爱死你了！"

我怕我这傻妹子从竹子上摔下去，忙去扯住它的尾巴，在它耳边说："三妹，醒醒，三妹，醒醒，他不是对你说，他是对香总说呢。"

三妹一时清醒不过来，问我："这些话，都是他先对我说的呀。"

我不由得感到好笑："三妹，这样的话，在你之前他已经对成百上千的女人说过了。今后还不知道要对多少女人去说，只有你这傻瓜才去相信他的鬼话。"

三妹："你不是女人，你怎么懂他的话。他对我说的才是真心话，他对香总说的这些，全是在演戏，是假的。"

我："唉，真真假假，你再听下去便知真假了。"

香："钱总，你这是何苦呢，前两天我从你房门口过，你刚才说的这些，你可是都对三妹说过的。"

钱多多："啊，香总全听到了？好吧，我正好对着这月亮发一发誓，我对着三妹说的那些话，其实全是给香总的。三妹只不过是个替身，我拿它练习练习。香总，你说我怎么可能爱上一只山老鼠呢？"

香："山老鼠也可爱呀。你看它那双眼睛，连我看了都把持不住，想要多看它一眼的。"

钱多多："误会呀，香总，这是天大的误会。我钱多多对天发誓，自从来了桃花寺，心中装的可就只有香总一个人。"

香从钱多多手里抽出了手："可惜钱总的明珠我无福消受。我看那只小老鼠对钱总是真心，钱总以后就好好待它吧。"

钱多多："唉，香总有所不知。我钱多多到桃花寺来，开始并无计划目的，只是乱开乱闯，没想到在这里还能碰上香总……"

三妹耳边又响了一遍它听过的话。三妹问我："这家伙就会这几句？"

我："说明这些话刻骨铭心，一时半会儿忘却不了的。"

三妹正要说话，那边香又叹了一声："钱总可别小看了虎尾山的鼠，它们都是重情重义的，钱总要真是爱三妹，就莫要辜负了三妹的一片心。人家好歹也是一个姑娘，一片春心托付在钱总身上，钱总可要好好善待它，不能因为它是只老鼠就随口轻诺。"

钱多多："香，你批评得对。要是我钱多多真心对三妹，此刻任香总是杀是剐毫无怨言。只是我对三妹说的那些，只不过是在下口齿愚钝，借三妹来练个嘴罢了，哪里有半分心意在里面。要说真有什么，我看这只小老鼠眼神里倒有三分和香总相似的东西，所以有时糊涂，就将它错当香总了。"

钱多多说得真诚。他这边说着，这里就将另一只手环抱过去，想把香抱在怀里。他人虽在月光里，心底实际有团火在烧着。巴不得香身子一软，他就此横抱过去，倒到床上轻薄一番。哪里想到香心里想的却是另一个人。

当下香身子往后一退，钱多多不仅人没扑到，原先握着的手，也被香抽了回去。只听香又是一叹："三妹是个好姑娘，我看它对钱总是真心实意。说不定你们的故事会代代流传下去呢。"

钱多多见香态度坚决，一时心头意气难平，竟随口说出了一句："罢罢罢，那我就和三妹结婚了吧。"

这个结局，大大出乎我的意料。原本我拉三妹来看戏，虽则残酷，实际上是想让三妹清醒清醒，彻底看清钱多多的真面目。哪里料到看到的是这一幕！三妹得意地拍拍我的脑袋："小小灰，老实地叫他一声姐夫吧。"

我傻在竹梢上,三妹拉了许久才把我拉下竹子。一路上我只是迷迷糊糊想不通,为什么自己右眼看到的景象,会在实际中变成了另一种演绎。

唯一的解释是钱多多能蒙蔽我的眼睛。钱多瞎折腾,钱多竟可以把我的青瞳也蒙蔽了,这实在是出乎我意料。

三妹和钱多多的婚礼很快被提上了议事日程。如果不是那场意外,我相信这场婚礼一定是这个世界上最浪漫的一场婚礼。钱多多不仅向他五湖四海所有的朋友散发了请柬,他还让三妹求着我们,给桃花寺方圆十里的飞禽走兽全送了请柬。据说,到那一天,光是牛就要宰杀五头,猪要杀二十头。生猛海鲜要用拖拉机去城里拉五次。

而三妹和钱多多的婚礼将在白云洞边举行,届时会用卫星向全球直播。

那场意外是罗亦龙他们在白云洞里发生了火并!

杀人动机是不言而喻的,老李在收集了一次次黏液后,终于没抵住私心,悄悄地把五小瓶藏在树底下的黏液卖了出去。得了巨款的他不动声色地跟着罗亦龙和老项继续在白云洞中干活。却被老项从背后拿了石头把脑袋都敲没了。罗亦龙也没客气,承诺老李卖神药的钱和老项一人一半,收集到的神药也是一人一半。老项高兴地背着钱准备回家的时候,罗亦龙从背后给了他一刀子。

白云洞发生了这么大的事。政府干脆用砖块把洞口封了,白云洞就此被封闭起来。

钱多多这才发觉,原来自己除了寄往美国用于检测的黏液,手上竟是一滴都没留下。那三个浑蛋不仅私自截留了黏液,还把自己的老命都搭了进去。这样的结果自然使钱多多极为痛悔。

"娘的,早知道这样,就该多留点在手上,搞得到头来只是得了一份空报告。"

白云洞封洞也让我们一窝山鼠陷入了恐慌。

"三妹,看到了吧,这都是姓钱的惹出来的杀人放火的事。你爱不爱钱多多是你的事,可是咱们虎尾山不能姓钱,也不能让姓钱的这么瞎折腾下去。我宣布，你们的婚礼，取消！"

祖母向三妹下了通牒：三天之内，把钱多多和蒋一军私下签的那份长达八百年的合同偷出来。

"这哪里是人签得出来的合同！"

祖母这么说了，三妹再落泪也没有用。偷合同也不能去太多老鼠。我们研究了又研究，决定还是三妹上场。

"那你得先看看合同放在哪。"

三妹赌气地对我说。

没办法，我只得老老实实地告诉三妹："在床头的保险柜里。"

钱多多为了保存这份合同，专门买了一个保险柜。保险柜是有密码的。三妹趁钱多多在阳台上直播时，偷偷溜进他房间。密码难住了三妹，三妹随手拨了几组数字，怎么也打不开保险柜。三妹对着那个圆圈里的数字苦思冥想。突然，它高兴得跳了起来。它记起钱多多曾经说过，这保险柜的密码是他最爱的女人的生日。

"小小灰，别以为就你的眼睛厉害，现在本姑娘让你看看什么是真爱！"

三妹想都没想，就觉得这密码是自己的生日。它决定输自己的生日。

"咦，是几号呢？"

三妹要输数字时傻了眼。我们出生时的年月日，是以虎尾山的植物来计的。要把它重新转化成数字，这么难的问题三妹可从来没有想过——只有问接生婆祖母了。

"奶奶，我的出生日期是几年几月几日，要六位数的。"三妹跑回去问。

祖母报出了枫树年榛子月蒲公英日。然后一窝子老鼠在那里左凑右凑，终于核出了三妹的生日数字。三妹兴冲冲跑去输进去。

"开开开！"三妹挥舞着爪子。它满心希望听到咔嗒一声，保险柜门打开。

可是什么也没发生。面对它的仍是保险柜冷冰冰的脸。

三妹的眼眶里涌上了泪水。也幸好这时候钱多多不在它身边，不然它一定会跳上钱多多的脖子去抓他的脸。

"这个死没良心的，小小灰果然没有说错，他最爱的女人不是我。"

三妹跑到阳台下静坐了半天。钱多多还在阳台上声嘶力竭地卖他的爆米花。三妹忽然不想见他了。偶尔还会有爆米花飘下来。这天它发现天上飘下的爆米花都不香甜了。它心里堵着一口气。三妹坐在那里看着虎尾山尖，想着自己究竟是属于虎尾山的，钱多多不是最爱自己也就罢了，关键是要揪出他最爱的是谁。

忽然，它听到了香的声音。

是她！

一定是这个女人！三妹为自己判断出密码感到无比高兴，可却流下了眼泪。它没想到自己真的败给了这个女人。小小灰是对的——小小灰我讨厌你那双眼睛。三妹拿爪子不停地捶打着地面。我和大哥、二哥、四哥在竹林里同情地看着三妹，花豹子也在我们身边看着三妹。几天不见，花豹子的肚皮明显瘦了一圈。

"我去劝劝三妹，它要打我就让它打。它这么打地面，爪子要受伤的！"

花豹子准备冲过去安慰三妹。看到三妹这么伤心，花豹子的心都碎了。

"不，花豹子，你现在不能出去。"

大哥拦住了花豹子。尽管虎尾山和莲花峰的山鼠结怨已久，可是一段时间以来，以花豹子为首的莲花峰山鼠，已经充分获得了我们虎尾山山鼠的信赖。大家都品尝到了友谊的香甜。特别是花豹子对三妹打不还手，骂不还口，获得了我们四兄弟的高度认可。

"花豹子，你现在去只有挨揍的份，说不定三妹还更难走出来。解铃还须系铃人，我们静观其变吧。"

按大哥的意见，如果三妹拿不到合同，就由大哥上，用它的钢牙把保险柜咬开。亲爱的读者，你一定会认为大哥吹牛，事实上大哥并没吹牛。要不是考虑到咬开保险柜会发出噪声，大哥早就去把合同爪到擒来了。

三妹果然很快抹干了眼泪，平静地接受了现实。它先去柜台边瞄了营业执照上香的身份证号，把年月日记下来。它觉得它不是记的数字，而是几把小刀在扎它的心。它记牢了，又重复了一遍，才再次潜入钱多多的房间。

它颤抖着爪子,把香的生日一个数字一个数字输进去。每输一个,它把爪子套在轮箍内转一圈。转一圈骂一遍钱多多是个负心的。骂到第六圈,爪子上的劲全使上了,恨不得眼前的保险柜就是香的脸,柜门打开,它就将它抓烂。

三妹转了六圈,数字输完,不见柜门打开。它疑心自己输错数字,忙又输了一遍。那柜门还是哑在那里。三妹不由狂喜,捡了宝贝一般高兴。明白原来香也不是钱多多的最爱。

"死相。"它对钱多多的喜爱又回归了大半。

这下难住了三妹。向四位兄弟求援吧,那就显得它三妹水平不济。不求援吧,它的脑力实在是不够用了。它坐在保险柜前差点睡去。这时,房门吧嗒开了。钱多多走进来,鼻子吸了两吸。

"一股味。"

钱多多说。好在之前三妹在这里待了很长时间,有点什么味道正常。三妹忙闪在保险柜后。钱多多到卫生间小便后,又倒了半杯法国红葡萄酒,慢慢喝下。嘴里不知嘀咕了句什么,又出去了。

三妹这时福至心灵,想到了小小灰说的,忙去书桌抽屉里找了钱多多的身份证。看了年龄,嫌弃道:"原来这么老的。"

当下把钱多多的出生年月输进去,保险柜门吧嗒开了。三妹骂道:

"果然最爱的是他自己。"

拿了合同,三妹和四个兄弟高高兴兴回山了。祖母见了合同,上面写着蒋一军的名字,顿脚道:"这卖祖宗的,我当时要打的就是他。看看,把祖宗的山都卖了八百年!"

又问三妹:"醒了?"

三妹低着头不说话。

祖母:"我实话告诉你了吧,你再不悬崖勒马,就是下一个你一撮毛爷爷哩。小小灰,你说是不是?"

我点点头。为了让三妹死心,我和大哥专门去找了王小二。可怜的王小二躺在病床上,蜷缩着像个婴儿。听了我们的来意,他十分惭愧地向我们道歉:

"小小灰，当时酒醉了，就想戏弄戏弄那个姓钱的，没想到把一撮毛爷爷给害了。你们把没喝的茅台酒拿两瓶去，权当我的赔偿吧。"

大哥骂道："王小二，要不是看你今天这副神样儿，我们兄弟咬断了你的脖子也是为一撮毛爷爷报仇。以后好好做人吧。"

王小二苦笑道："我哪里还做得了人。我下面都跌没用了。你给我个女人我都吃不了了。"

大哥："你这狗改不了吃屎的。一撮毛爷爷是你打的，你就说哪些人吃了它的肉？"

王小二这时倒是老实："还不全是那姓钱的吃的。"

大哥："这算你自首。"

三妹一听，哇地哭了。明白之前自己爱的竟是仇人。当下心上对钱多多那一点念头，就此熄灭。

我对三妹和三个哥哥说："三妹，你立了大功，可是决战的日子也快到了，打起你们的精神吧。虎尾山需要我们！"

到了三月，处处春暖花开。二哥从梦中被惊醒，喊出了"雷声来了，雷声来了"的惊叫！

谁也没想到，淅淅沥沥的春雨中，一场事关虎尾山的大战悄悄拉开了帷幕。

三妹的突然退场，让钱多多和老灰家族联姻的计划破灭了。原本按他这个计划，他只要让我们老灰家族的后代繁荣昌盛，就可以源源不断地实现他的财富帝国梦。而他的健康，也会随时有我们饱含 T 物质的肌肉营养着。

钱多多坐在阳台上，看着被封禁的白云洞，他想了又想。又一个完美的主意在他头脑中诞生了。

挖掘机是在一个下着春雨的夜晚，悄悄开进桃花寺小学操场的。

谁也没想到，跟随着这台巨兽入场的，还有消失了几个月之久的黑三郎。它悄悄地跟随着它。谁也没想到，挖掘机成了黑三郎的新主人！黑三郎践行着它在无数个黑暗的日子里立下的誓言：谁能把它从石洞里救出来，谁就是它终生效劳的主人。现在，主人跑到哪里，它就跟到哪里。尽管主人惊天动地的威风使它敬佩，它还是决定，谁要是欺负了它的主人，它一定会第一个冲出去给它一口。

经过一个冬天冬眠，黑三郎的毒牙里充满了恶毒的汁液。它从桃花寺小学围墙边游过的时候，脑袋里不断地闪现着追击老灰的夜晚。它听见了毒牙格格咬合的声音。

四哥躲到角落里不停地念着它的"唵嘛呢叭咪吽"。父亲骂它："你还是到庙里去念吧，念得人烦死了。"

我们听着山脚隆隆的挖掘机声，这回我们全都信了二哥：雷声，真的来了。

按照钱多多和程晓军商量的计划，他们先要在十二间后的菜园地里改造丁小艺的坟墓，并以此为中心打造一座世界经典爱情博览园。

"这么动人的爱情故事，怎么可以只有这么土的坟墓呢？我们要按照名人的标准去打造墓地！同时，为了表示我个人对老灰的崇敬，向第四届义鼠节献礼，我决定出资一千万在虎尾山建设一个'万鼠安居'工程，让虎尾山所有山鼠都住进高楼大厦！"

"那不如让我们都直接住进他钱多多肚皮里去好了。"

长久没有发出声音的祖父，从角落里发出了这一句。

"他钱多多就是想把我们关在一个牢笼里，然后一只只地吃掉。"

"虎尾山是山鼠的家，我们坚决不住楼房住鼠洞！"

"我们要阻止它，不能让它施工。不能让他钱多多瞎折腾。"

"还我们虎尾山！"

"我们要住老鼠洞。"

"你们拿什么跟挖掘机斗？"祖母冷冷的一句，像冷水一样从我们的头顶浇下。刚才还异常热闹的鼠洞安静了下来。

挖掘机的威力是有目共睹的。

"奶奶，黑三郎也来了！"我对祖母说。摩拳擦掌的兄弟们更加发不出声音了。这个黑色幽灵，现在成了挖掘机的护法。

浓浓的阴云笼罩在虎尾山的上空。雷声阵阵，虎尾山深处的机声隆隆。这一夜我们大家都没有睡好。我忽然想起了小筷子。不知道它现在到了哪里。我的思绪仿佛又回到了和小筷子一起玩耍的日子。

我独自爬上了虎尾山顶。上山途中,我就有不祥的预感。

我想起和小筷子一起爬上了虎尾山顶。那天山风呼啸,天上快速卷动的云朵让我们一时不辨南北东西。

"天是圆的。"小筷子摇头晃脑。脑袋因为晕眩不停画着圆圈。

"你都可以到桃花寺小学当老师了。"

"我才不!等下被那些贼皮学生抓起来当橡皮筋,估计扯不了两下就断了。"

"阿强说了,雷声变了,以后会好起来的。"

一阵山风吹来,呼呼作响。我被吹得毛发凌乱脚步不稳,忙两爪撑膝:"这山风吓人。咱们在山下可感受不到这么吓人的风。不是爪上有劲,还不给吹山下去,白爬这么高。"回头看小筷子一条长舌垂在嘴外面,身子绕在一根藤上在风中晃荡,吓得话都说不出来了。

风停了一阵。两个小家伙站在最顶尖的一块石头上,不免洋洋得意:"现在我们就是虎尾山。"

"我们就是虎尾山尖。"

我们两个彼此望望,都得意得哈哈大笑。

歇了一阵,我回过气来。踮起脚去摸天,哪里摸得到。头顶这么一大块天,这使我既兴奋又恐惧,仿佛一个蓝色大湖罩在头顶。头仰了一阵又低头盯着爪尖,爪尖都扒到泥里去了。我怕自己会掉进天里去。过了一会儿,整座山忽然摇动起来,我和小筷子大惊失色,忙抱在一起。

"看来不该上山,我们太重,山被压塌了。"

"切,你横竖不过二两,要压塌它也是我的功劳——"

"你几两?"

"我半斤了。还好这两天没吃奶,不然山早塌了——虎尾山看着雄壮,原来不经压。"

"哇,死就死,只是遗憾从出生亲妈都没见过一次。"

小筷子突然放声大哭。我一时没了主意,只得陪着掉泪。

"没妈，死了倒也没牵挂。要是有妈，怕是更难受。"

"有妈还会更难受？"

"当然。比如一块平地，本来是平的，失去了还是一块平地。要是有妈，这平地上就有一个洞。有洞自然比没洞更难受。不过能和你死一块，倒也不怕。只是死前要能跟妈说声道歉，不该咬伤它，就不留遗憾了。"

"怕是奶没喝够，想再吸一次吧。"

"讨厌！"我想小筷子这孩子没妈归没妈，倒是会猜心思。它没猜错，我是真的想再吸一次奶呢。要是能再吸到奶，我一定不会像之前那样捧到就喝。我要闻闻奶香，小口小口慢慢地喝。我要喝出母亲的体温，喝出母亲融在奶水里的期望和牵挂。三妹要是挤过来，我就让三妹先喝。母亲要是站起来，我会马上松开嘴不喝。等母亲方便了再喝。我会是多么乖啊！我自己感动得眼泪都要出来了。模糊中看到母亲来替我揩眼泪："傻孩子，哭什么呢，妈不是没死吗？"可是妈，你知道吗，现在死到临头的是我，小小灰呀。

一想到自己要死，再不能吸到母亲又香又甜的奶，我心痛得简直想满地打滚。母亲的乳房已多日未捧到，不知伤好没？就算现在能飞到它面前，它还会原谅自己，给奶喝吗？自己跑出来这么长时间，母亲那么多子女，多一个少一个肯定是无所谓的。可自己只一个母亲，是万分舍不得失去的。这么一想，不觉备感伤心，哭得哇哇哇的，想从崖上一跳，跳到母亲身边去。

这时只见山越摇越快，两个小家伙头晕目眩，都稳不住身体，在山顶转着圈子，山一倒掉，就到老天爷那儿报到。我究竟多几两肉，比小筷子稳得住。当下扶住小筷子脖子，快速地说了一句："小筷子，你我都快完蛋，有件事不讲，会死不瞑目。"

"有屁抓紧放，不放没机会了。"

"你我都快完蛋了，我就放了吧。虽然相识不久，你我很是投缘。自古就有蛇鼠一窝的说法，你我何不就在死前结为兄弟，这样死后也不会成孤魂野鬼了。"

"好主意。到底肉多，当大哥吧。哥，下辈子希望还能当你小弟——

永别了!"

我和小筷子闭了眼睛等最后时刻的降临。

我们把满天云朵闭进眼。一团团云朵在旋转。那是地狱的通道。两个家伙在风中左右摇晃。只觉在通往地狱的通道上一路前行。

晃了好一阵,我们似乎站到了地狱的入口,两颗小心脏怦怦跳动,不敢移动脚步。

我睁开眼。几乎不敢相信自己的眼睛。我看见头顶一片蓝天。风止了,山不摇了。我用爪子掰开小筷子的眼皮:

"小筷子,醒醒。"

"哥,死好了?"

"阎王爷嫌你太瘦,等你胖点再收——"

"它不收我,那不就是没死啊,刚才是不是发了神经?"

"你再想想,刚才——"

"刚才,刚才——你是说,是云?"

"对,动的是云。我们没有动。现在云不动了,山就不动了。"

"动来动去,原来是云啊。该死的云,差点没给它晕死。"

两个小家伙呆呆地看云。

"筷子,要能抓住一朵云就好啰。"

想到云朵刚才虽然在天上把我们晃得七荤八素,可云朵确是十分可爱。何况是离得这么近。

晕眩感一消失,我就想躺在云朵上悠哉悠哉。

"虎尾,虎尾。"小筷子竖了起来,"我是虎尾。"

我明白它的意思。小筷子是说它成了虎尾。我走过去把小黑提了起来:"哪有你这么细的虎尾,快别作声,人类要是听到了,说不定要将咱们写进书里,不说咱们虎头虎尾,而会说咱们虎头蛇尾。"

"不,我就是虎尾,虎尾。"

可不管怎么竖,它只有我肚皮那么高。这使小筷子很急,绕着我转了两圈。想找个点好爬到我身上去。

"好吧,小家伙,我让你成为虎尾山最高处。"

我把小筷子举了起来。

小筷子立刻全身发直——它从没这么高过——真成了一根直挺挺的黑筷子。

我们在风中骄傲着，胸中充溢着英雄气概。半晌不说话。小筷子成了小小灰的火炬，云朵是它冒出的白烟。

小筷子忽然张大了嘴，对着天空猛啃。

"你吃天吗？"

"吃棉花糖。"

在山腰看去戴在峰顶的白云突地高了上去。小筷子咬了两口，边咬边嚼。它咬到的是自己的想象。

我俯视众山，嘴里问小筷子："云朵甜吗？"

"甜，真甜！"

我放下小筷子，往上纵了两纵，没抓着。

"永远不要去抓一朵高高在上的云。"我走向了悬崖边，"你不可能抓得到它。它是无心的。"

小筷子游过去，身子哧溜一声打个回旋。我笑笑，小蛇儿刹车挺灵。它走向崖边。

"但是不必因此想不开，你可以抓住我。"小筷子说。

我不说话，往前又跨了半步。这时一阵山风拂过，我全身的毛全部倒向凌空的一边。这使我看去半个身子倾向了悬崖外。

"别，你会摔下去的。"

"不，我会飞下去。"做了个飞翔的姿势。小筷子"嗖"一声蹿过去，一口咬住了小小灰的小尾巴尖。

"要飞一起飞！"

"飞啰，飞啰！"

我扇动着两只爪子。突然，我身子猛地一个回旋，小尾巴飞了起来。它的小尾巴变得好长啊——被甩过悬崖上方的小筷子，全身又吓成了一根黑筷子。

"一起嘘嘘？"

"不用，尿早被你甩光了。还嘘嘘，骨头都嘘软了。"

"哈哈，原来你也这样。之前我妈嘘两声，我就哆嗦。今天咱们索性尿个痛快。"

"我不尿。"

"怕我笑你是个女的？"

"你才女的——我只是不喜欢人家看着尿。"

"那你尿你的，我尿我的。来，嘘嘘——"

"别嘘了，我尿不出来。"

"那你给自己嘘嘘。"

"我脊梁骨都这么软了，更不能嘘。"

"反正你就这么弯来弯去。"

"我还是不尿了。我要尿到杜鹃树下去。"

"我陪你。把它尿到长到天上去。"

虎尾山顶那棵杜鹃花一定很高兴。自从我和小筷子对着它尿过后，每年山顶的杜鹃花开时，就数它最红。

……

"出来吧，黑三郎，我不怕你。"

我独自从虎尾山顶下来后站在白云洞边，对着面前的一棵树后喊道。我强烈的预感得到了证实：我被黑三郎锁住了必经的路口。事实上，黑三郎在我爬虎尾山顶的时候，就悄悄地埋伏在了树下。以它在石壁洞里的修炼，等待个十天半月都是小菜一碟。

树后的尾巴动了动。黑三郎的大草鞋蛇头从树后探了出来。

"小小灰，听说虎尾山就数你眼睛最亮。吃什么补什么，黑大爷我今天就补补眼力。"

我的心一阵紧缩。这些天心思都在钱多多的事情上，把黑三郎这个魔头给忘了。跑吧，我的速度肯定在黑三郎的捕猎距离之内。不跑吧，就这么被一条蛇吞了，真是有些不甘心。

我看着黑三郎竖起的蛇头，它长得真是够丑的。它眼睛里的火焰是那么旺盛，似乎只要靠近，就可以把东西烧掉。我迎着它走了过去。

黑三郎从树后绕了出来。

我站在了它的蛇头下。毫无疑问，只要它低下头，就可以含住我的脑袋，把它的毒液滋入我的血脉。

"你真可怜！"我说，"一条活在仇恨里的蛇是没有未来的。"

"我不要未来。"黑三郎冷冷地说，"我的未来就是消灭遇见的全部山鼠。"

"可是，你这样会毁了自己。难道你就没发现，除了山鼠，虎尾山顶上还有广阔的天空，你的肚皮下还有清新的大地。仇恨会蒙住你的眼睛。"

"是的，小家伙。但是仇恨也支撑我活下来。没有仇恨，我早就不在人间了。也许，这仇恨是种病。不过，好在它并非无药可医。"

"黑三郎，我可以帮你找到治病的药。"

"你就是我的药！小家伙，闭上眼睛等死吧，我讨厌你这双青色的眼睛。"

黑三郎逼了过来。它的速度极为惊人。我只看了一眼，就明白自己躲避不过这黑闪电的攻击。

我闭上了眼睛。心里出奇地平静。我甚至想起了四哥平时念过的那句"唵嘛呢叭咪吽"，我曾无数次笑过这句。现在不由自主地念了一遍。

然后又念了一遍。

黑三郎腥臊无比的嘴巴停在了我鼻前。

我等着它下嘴。

它的毒牙扎入肌肤时一定会有点痛。我久久没有等到这种痛。我睁开眼，看到黑三郎惊惧的眼神。它在快速地转过身子。

"神一定诅咒过你，小家伙，你是臭的。记得平时多去潜龙潭洗洗。"

黑三郎游远了。

我用爪子抹抹额头，忽然明白了小筷子为什么要咬我一口。

我回洞时，洞里哭成一团。祖父不见了。

我们找到祖父时，它背枕巍峨葱郁的虎尾山，安详淡定。

祖父的身后是丁小艺老师的坟墓。

祖父一条好腿架在瘸腿上不停抖动。它仿佛找到了多年不曾展示的英雄气概。虎尾山是它的靠椅，它是虎尾山的大佬。要是把瘸腿架在好腿上，我想祖父一定会更酷的。可是孔雀不让人看它屁眼，英雄也不想让人看它的瘸腿。

乍见祖父身影，祖母眼眶一亮。那是青春少女看到情郎才有的亮光。可是祖母迅即用爪子在脸上一揉，把亮光揉掉了。

祖母只觑了祖父一眼。祖父的肠子已经被看穿了。

"想死？谁也别去拦。让它去死，老废物！"

啊，祖父原来是寻死来的。这使我们不胜惊诧，换上了各种古怪表情凝在那里。哪个子孙愿意有个寻死的祖父？该吃吃，该喝喝，我们哪点亏待了它？

我们呆呆站着，看去像一群傻瓜。心里却是翻江倒海。

父亲和我们兄弟的脚步被祖母冷冷一句阻住。

祖母比冰还冷酷的话语，有着死刑判决书一般严苛的力量。多年夫妻，还有谁能比祖母了解祖父？我们一时明白过来，对祖母英明无比的目光五体投地，同时毛孔下沁出汗珠——祖父已然是一具死尸，只是暂时还有几口呼吸。

我们傻傻望着祖母，等着它下一步指示。

我们一直以为，祖父应该死在祖母的怀里。那里才该是祖父离开人世最佳的场所。

事实上，不管祖父来虎尾山脚寻死还是寻活，祖父离死亡已经近在咫尺了。我甚至怀疑死神的镰刀尖已经触到了祖父的鼻尖。死亡那带着秋天灿烂枫叶味道的气息，已经盘旋在祖父的头顶。无论多么绚烂，死神的镰刀尖上永远有一股腐臭味。

祖父应该是活腻无疑了。死神的巨爪高高举起，一次次在它面前沉重地落下，它都没有露出半点恐惧之色。

挖掘机发出的吼声大极了，我们刚从山角转过来，它的吼声就直扑我们耳膜，震得我们的脑子发痛耳膜发胀。原本嘈杂的讲话声被轰隆的潮水淹没得无影无踪。平时我们的爪子挖得最快也要半天才能挖出个小洞，而这巨爪只需从上往下轻轻一碰，坡上便会被耙出一个坑。我们惊心动魄目摇神眩。

让我们惊奇的是，它肚子里还有人形的蛔虫，跳上跳下。这人坐在一个透明的方斗内，谁也不知他在里面干些什么。他大概操控着巨兽的肠子，向左一摸向右一推，巨兽就按他的指挥行动。巨兽不断地挥舞着爪子，发出隆隆巨吼向着祖父的方向进攻。

"爷爷真可怜！"

三妹忍不住抽泣起来。这是三妹唯一一次没有让我们反感的哭泣。相反，我们都想像三妹一样哭起来，毕竟对于即将死去的祖父，已经没有比哭泣更好的礼物了。

我们想哭，可是我们又怕像三妹一样被祖母哼。

"哼——"

祖母果然极为不满："看我死了你会不会哭。老废物早该死了，我也没看它怎么心疼你，你就这么舍不得。"

三妹呆呆地不敢再哭，两只红眼圈盯着祖母。祖母不知怎的，被这目光看得一寒，骂道："死妮子眼珠子会咬人了。"

三妹把眼一收，它不再看祖母的嘴脸。我们兄弟也当作没看到。祖母的话并非全无道理，祖父废就废了，不该死都要死得这么丢人现眼。

可是谁又能明白祖父？

父亲说："妈，我去背爸下来。"

祖母又哼了一声。父亲向土坡冲去。

自从残疾了右腿，祖父还没这么庄严过。平时它怎么舒服怎么躺，当英雄气从它身上消失，似乎连骨头也从它身上消失了。它甚至比面团还柔软，让别人骨折的角度它都可以歪下去。人类在二十一世纪才出现的以一个著名影星命名的躺法，祖父随便一摆，都摆得比他舒适和颓废。而且，妖娆度更要胜上三分。它不妖还好，它一妖，祖母一瞟见，便会见到某种极不可忍耐的场景般，眼里冒出火星。

"老不死的，躺边上去。"

窝在角落里的祖父越来越没声响。常常被遗忘在角落。

谁也没想到，祖父会在桃花寺小学后面菜园挖掘机开工的日子，独自从虎尾山上下来，坐在了挖掘机的跟前。

它这么一坐，仿佛所有英雄过的时光，一寸寸地从被征召的路上，重回它身上。

在它不断地以瘸腿的姿态在人们面前来去的日子，它英雄的过去被瘸腿一遍遍走得越来越歪。"当年我——"有时它会拽住子孙中的一个，讲它曾经的热血澎湃。然而，迟暮英雄的故事永远属于过去。它只开了个头，它的不肖子孙早已跑远：

"听了不知道几百遍了。"它的目光越来越冷，越来越不近人情。祖母一句："这个倔老头，你们别听它胡扯。"直接把它推进了无人理睬的角落沉默着。

只有它瘸腿无声告诉人们，它曾经遭受过多么无情的一击。

阳光透过坡上一棵大树斑驳的枝叶洒在它身上。阳光为它披上披风。它伸出爪子挠挠身上的灰毛。轻蔑地看了一眼眼前的挖掘机。

挖掘机发着巨大的轰鸣，雄壮的钢铁巨臂高高举在半空。凭这铁家伙的威力，不要说一只山鼠，就是一头雄狮也得落荒而逃。

我们全家的心都被提到了挖掘机的巨齿那么高。

"哇——"三妹再次哭了出来。挖掘机携着巨齿直扑而下。

许是祖父沉静的目光惊动了什么，或者是挖掘机手往下关注的目光发现了祖父。在我们惊呼着祖父要被一挖两断，或者被巨大的挖斗砸成一团血水时，挖掘机戛然停住。

"娘的，这畜生找死！"

驾驶员骂骂咧咧跳下挖掘机。他跳下车的动作帅极了。这个一头金发的年轻人，他跳下来时，就好像有一团金云笼罩着他。我差不多要为他鼓起掌来。可是一看到他没穿上衣的上半身，我的心就收紧了。

他赤膊的上半身纹着一条张牙舞爪的黑龙。

事实上，挖掘机并没有针对祖父。按钱多多的打算，挖掘机要耙开的是丁小艺的坟墓。

"我们应该看看爱情的真面目！"

祖父忽然发现自己并不孤单。它的面前出现了头发雪白的程德寿。程德寿走了过来，他在祖父的身边坐了下去。

"喂，死老头，让开！"

金发青年再次停下了挖掘机。他冲到了程德寿面前。

程德寿抬起眼睛。他从来没有这么坚定地看过一个人。他的眼里燃烧着火焰。这股看不见的火焰，让金发青年退回了挖掘机。挖掘机巨大的挖齿从祖父，从程德寿的面前挖了下去。

"老灰太公！"

我惊叫起来。

我太熟悉那目光了。挖掘机抬起的一刻，丁小艺坟墓前的泥土下，一只盘腿而坐的小老鼠激起了我的惊呼。

黑三郎同时蹿了出去。黑三郎恶毒的眼神，也看出了眼前那个小了两号的就是老灰！

周围响起了尖叫声……

那些个夜晚，十二间楼上最后一盏灯光熄灭之后，直插夜空的虎尾山被星月点亮，幽深而沉默。往低处看，和星光一起亮的还有萤火飞舞。夜的舞台是兽的主场。人间兽和山间兽陆续出场，出演各自的角色。不断从角落探出山鼠的脑袋，后面拖曳肥胖臃肿的身子和长长尾巴，贼行向程德寿菜园。每只小兽都心怀鬼胎，向着菜园地里的小坟墓前进。

徐老秃的故事激发了桃花寺方圆大大小小的欲望。那个临死前喝了一碗青衣皇后汤的丁小艺老师的墓地，成了黑夜里无数怀着欲望的心觊觎的宝地。

老灰默默坐在十二间屋顶北面的小窗台，小佛像一样盘在那里，无声无息。明月照亮人间一切。老灰的目光映出那些冲动山鼠的下场。它的心在忏悔中煎熬着。没有人知道它老灰的心，也没有人知道它老灰从地下挖洞的本事。当它从那具仿若鲜活的肉体上啃下一截小指头之后，满嘴绿血的它忽然就陷入了无比的忏悔之中。它明白自己犯了不可饶恕的罪过。而唯一的赎罪的道路，就是阻止再次的伤害发生。

它在星光下看到了那些心怀不轨的，或倒于丁小艺坟外围毒鼠药的诱惑，或惨死于程德寿布置在坟周的捕兽夹。一只小兽怎么可能承受捕兽夹暴烈的攻击？就算皮厚如野猪也承受不了。那些不自量力的简单头脑要么当场脑浆迸裂，要么一夹两断仿若腰斩，前半部还能拖着断肠往前爬一段，后半段则卧于血泊屎尿一动不动。做贼的下场赢不到半分同情。侥幸没夹中要害，骨断筋折，在无边黑夜中挨到天明仍没有死的，那个早早提着锄头进菜园的人，会默默抡起锄头，倒转锄把高高砸下。那时候他不是人，是斩妖除魔的护法，牙尖上泛出冷酷的白光。

坟，是困住一生的城。

守城人是无怨无悔的神。

它老灰，愿意在地下的通道里，以生命的守护，赎罪一次对宝物的侵犯。

从小窗上下来，老灰心间已有一条暗道。这条暗道从常人无法想象的外围开启，心思缜密，极度迂回。中间七拐八弯，有互通，有绝路，老灰甚至设置了陷阱——它不能保证后面没有突然袭击。每隔一段，它还会在顶上留孔洞。这样可以确保后路不可退时不会闷毙洞中。这样的透气孔，自然都留在某个极为隐秘的角落。

地道在地底下秘密生长。地上一切如常。自然从不会刻意阻止一只老鼠在地下挖洞，也不会干扰一只夜枭在树顶歌唱。只偶尔某只蛐蛐会惊讶地停住发声，然而也只是一阵，便继续它的欢歌。老灰每隔一段会从地道中往地面上留一个秘密标记。萤火虫会在夜晚站在它的标记顶端发光。

在我们代代寻找太公老灰的日子，老灰就在丁小艺墓前的地道里，在丁小艺的棺木前默默守护着……

黑三郎的毒牙就要咬上老灰的一刻，边上黑光一闪。挖掘机齿下蹿出一条小蛇，只见它闪电似地射向黑三郎，并死死咬住了黑三郎的眼睛。

小筷子！我惊叫起来。

黑三郎在地上扭曲了一阵，马上就死去了。它恶毒的眼神，仍然像利箭一样刺向在场的每一颗心。

我冲上去抱住了小筷子。不知道它何以会出现在这里,也不知道这么一条小蛇,何以会有这么强的能量,在瞬间就杀死了黑三郎。

"小筷子,你怎么来了?"

"就许你们来呀,我不是虎尾山的吗?"

挖掘机的巨齿悬停在我们的头顶,再也没有落下来——及时赶到的新任镇党委书记姚国标,宣布了上级的决定:桃花寺村范围属于未来的钱江源国家公园保护区,未经审批,禁止一切基建行为!

姚书记带来的另一个让桃花寺人目瞪口呆的消息,是齐溪镇下游的马金镇开工建设崇阳水库,桃花寺村将整体搬迁到县城芹阳社区。未来的桃花寺村人,将全体成为城里人。

李小元听到消息的那一秒,刚好在他的中药材基地里锄草。他愣了三秒,把手上的锄头扔得远远的。他跳上村路,向前助跑了很长一段距离,然后死命向上一跃:娘的,算你王瞎子厉害!

尾声

李春梅站到窗前。她的身边是悬在摇篮中的王小二。

李春梅是在某个清晨开门的时候发现王小二的。他像个弃婴一样被装在亲手编织的竹篮里。在李春梅开门时,眨着眼睛看着李春梅。

李春梅的第一个念头,是把他像条野狗一样从门前扔出去。可是王小二那么静静地看着她,让她想到了她把他从溪水中提起来的那个下午。

她再次把他,把装着他的篮子从时光的河里提起来,想送他回家去。但是她把手又缩了回来。去死吧,她想。她希望山里的豹子把王小二叼了去,希望天上的老鹰把他抓了去。她希望她的生命中从来没有出现过这个男人。他是只苍蝇,是条蛆虫,恶心了她最美好的青春年华。

她就像没有看到他一样在门口来去了两天,不管王小二的死活。但是当她在村里走着,她听到了一个让她震撼的消息:王小二的老婆翠芳,在把王小二送到李春梅的院门口后,回家就用绳子上吊自杀了!

李春梅一顿脚,又一顿脚。李春梅心里苦呀。她第一次顿脚,是为她出门就再无消息的老公;她第二次顿脚,是为摇篮里的王小二。

李春梅回家的时候，把王小二提进了院子。

　　李春梅是最后搬离桃花寺村的一户。此刻，她站在窗前。她也要走了，到城里的社区去。

　　雪，从窗外飘落下来。

　　雪像小情人一样击中了她内心的深处。

　　她一去无踪的冤家留给她的大窗，忠实陪伴每个晨昏。窗把如画的江山，把她视线占领的、高耸入云的虎尾山下的这一片山水村庄全装进了格子。窗也把她装进了格子。窗玻璃镂出她凹凸有致的暗影，窗外远山沉落在暮霭中。她呆呆地看着窗玻璃上自己的胸影，那里也有两座远山。春天，窗外的春光和窗内的春光一样明艳的日子，李春梅还会轻轻地哼上几句。在这个窗前，她内心的喜怒忧乐均匀地分布到远山的草草木木间。她的心除了偶尔咒骂几句那个再未归来的冤家，就时常沉在无边的沉默的海里。她凝伫的样子，要有男人恰巧从窗前经过，不幸又恰巧向上望一眼。他一定会自愿舍弃身后的江山，心甘情愿被这窗内的美人俘虏——要是美人的窗他能爬上去，或者美人能为他失手掉下一领草席的话。她以这样的站姿，站到了桃花寺男人的梦里。

　　现在，这片以青翠远山为背景的格子里，一朵小白光调皮闪现又消逝了。

　　她仿佛乘着小白光回到了见雪就欢呼雀跃的童年。又仿佛在蜡梅花红艳的日子，她含羞地出现在爱人的面前。她伸出手去，等待又一朵雪花降临手中。雪花，就像多年来一直等候的消息。

　　伸手之前就飘落的第一朵雪花，被大地用整个手掌接住。一朵雪花化成泪水渗入了大地的胸膛。哦，它原本是天上的一颗小任性，自由自在，光洁透明。一定是受了风的诱惑，才从空中为谁一跃成雪？雪，被自己感动了，在大地的怀中，化成了一颗泪滴。

　　窗格子里开出了一朵朵雪花。一朵又一朵。李春梅屏住呼吸，她怕自己呵出的热气会化掉窗格子里的这些小精灵。但是雪源源而来，她长睫毛的瞳仁里很快飘满了雪花。

　　雪，簌簌地落在群山的波涛中。融化，消失。一朵朵雪前赴后继。不知不觉间，波涛的浪尖起了白。李春梅似乎听见了一朵雪花推挤着另一朵雪花的声音，听见了一朵雪花踩在另一朵雪花上的声音。山谷间传来了涛声。那是连绵的白色的波涛。越来越白的波涛，越来越雄壮的涛声淹没了桃花寺。李春梅听见那铺天盖地的涛声，来自她的内心。

她把窗推开到最大。时光在扑面而来的冰寒空气中变得透明。她恍然这透明的时光里另有一条通道，在这条通道里她的冤家向她走来，带着他的青春，他的羞涩，他的腼腆和他的火焰。

突然，她转过身子，扑向角落里的樟木箱。一件件衣物从箱子里飞出来，飞到了床铺上。樟木箱很快扔空了。最后捧在她手上的是一条围巾。

白色的围巾。

比雪还白的围巾。

比雪还白还柔软的围巾。

比雪还白还柔软的白狐围巾。

她想起了王小二捧着围巾走向她的夜晚。她呆呆地，以为他捧着的是一簇月光。那么白，那么亮。他跳到了床上，站在床上的他还只到她脖子那里。他把月光围在了她的脖子上。一阵异样的温暖和柔软包围了她，令她差点在幸福中瞬间死去。

"白狐围巾！"

她听到这个站在床上才到她脖子高的男人说。

当她再次站在窗前，她已经肩披大红披风，成了桃花寺的女王。她曾经无比白皙如今皱纹深刻的脖子，围上了白狐围巾。整个桃花寺最让女人爱慕的男人程老枪亲手打下的白狐，整个桃花寺最风流、最无赖的王小二用神不知鬼不觉的手法给她送来的白狐围巾。

那是程老枪做梦都不曾想到的：当他趴在两座坟墓中间，一只小猴子安安静静地待在角落里，紧紧盯着菜园地中的小坟墓，手中牵着一根绳子。每次都比他程老枪早来，比他迟走……

李春梅当天就想围了白狐围巾到村里走上三圈。却被王小二告知不能披着白狐围巾走到人前。

"偷来的，还是抢来的？你这见不得人的货！"

她一把将白狐围巾掷到地上，眉毛剑一般竖起来，脸上全是寒霜。

王小二最怕李春梅这个样子，忙跳过去捧到她面前：

"天下那么多宝贝，哪件没有被偷过抢过？在谁手里就是谁的。"

"那为什么见不得人？"

"姑娘天上降下来的人，自然跟她们不一样。好在平时不大跟村里来往，不然村里的汗臭味就把你熏臭。她们哪个不嫉妒你？你不用白狐围巾，她们就指指点点了，你要围上这个，她们还不把舌头嚼断。这白狐围巾围给自己看看就得了。好东西不要随便给一般人看。给俗人看了，他们的眼光会弄脏了它。"

不知怎的，李春梅这回竟信了王小二的鬼话，决定不把白狐围巾围到人前去。

呸，你们不爱看，还不给你们看，看拿什么嚼舌头。

不知站了多久，她的身边多了一个小身影。这小身影搬来了一张小凳子，跳上去。他站在凳子上，双手背在后面，挺出了他西瓜一样圆润的大肚皮。

这个男人用他火柴棒一样长的手指朝窗外一指："夫人，今天你就是这片土地的女王，村里那些臭婆娘，最多给你当丫环，捧洗脸水。"

但这只是她的想象。她一回头，小男人突然委顿下去，缩进了摇篮。

李春梅看着眼前摇篮中的男人，不知怎的，鼻端飘过一缕狗尿的骚臊气。她不知道这狗的骚臊气就来自脖子上的围巾。这骚臊气令她很想把眼前的皮球提起来，扔在地上拍动几下。想到他皮球一样上下跳动，她忍不住嘴角上扬，扑哧笑了出来。

然后，她提起摇篮走出了门……

春风拂动的桃花寺。野蜡梅悄然向枝条运送花蕾的桃花寺。山涧泉哗然欢歌的桃花寺。看不见的地下，春笋倔强地向着地面钻探。蛰伏一冬的蚯蚓伸了懒腰，惊讶地发现冻得铁硬的土地，变得清凉滋润。它头一探，从泥土中滑了出去。

三妹在窝里窸窸窣窣地忙乱。搬起一粒榛子，放下；嗅嗅一颗尖栗，咬在嘴里。祖母忧虑地看着它。

"快快快，搬搬搬。"

"三妹，干吗，要搬你男人家去吗？"

"奶奶，瞧你说什么呀——搬城里，知道吗？搬城里，大家都去，我们也去，多热闹。"

这个时常让人判别不出究竟是神经大条还是头脑有病的孙女，令祖母眉头拧出一个川字。它过去摸摸三妹的额头：

"不要命了你？城把那么多人吃了，你这只山老鼠也敢去胡闹。别见了三个村里人，就搞得自己是个人似的。你是只老鼠，不管到了哪里都是山——老——鼠。"

祖母在三妹头上敲了三下。

大概是这三下把三妹敲醒了。

三妹看着祖母严肃的样子，忽然一肚皮憧憬泄了下去，哭道："我不就是想每天去啃块城里的鸡骨头嘛。"

祖母叹了口气，摸摸三妹的脑袋："你想着城里鸡骨头香，城里人还惦着山鼠肉香呢。你不去惹他们还好，你要去惹他们，他们等着你送到他们嘴里去。那个开着狼车的城里人就差点把我们赶得无家可归了。你倒好，还想把自己送到城里去。"

三妹："城里人比村里人坏吗？"

"坏。"祖母看着村里的方向："村里人不吃山鼠肉，是山里比山鼠肉好吃的东西多。你看一到过年的时候，城里人就会把村里人全赶回来，他们自己在城里吃香的、喝辣的。"

三妹："啊，城里人可真坏，我不去城里了。"

二哥阿强："三妹，你不去城里，我真替你高兴。你去了城里，也会逃回来。听说，城里人喜欢吃'三叫'。你知道哪三叫？"

三妹疑惑地看着阿强。

二哥阿强："他们最喜欢吃你刚生出来的鼠宝宝。筷子夹起来叫一声，放在酱料里浸浸叫一声，咬在嘴里吃的时候叫一声。"

"快别说，我要吐了。城里人太恶心了。"三妹捧着肚皮蹲了下去。城里梦就此熄灭。我们兄弟四个,悄悄放进了探头在洞口的花豹子。

　　虎尾山脚的白莲桥下,清水渐漫上来。慢慢地漫上来的水,映了蓝天白云和青山在里面,那么绿,那么青,它好像一只青色瞳仁,无声映照着这生机勃勃的人间……

关于《十二间》的一些评价

桃花寺三部曲第一部《十二间》以魔幻现实主义手法,生动表现了20世纪90年代初以程德寿为代表的山村教师的纯贞爱情。有人说,翻开《十二间》读上几段就会想到沈从文的《边城》;有人说,《十二间》是一个比《山楂树之恋》更纯洁凄美的爱情故事;更有人说,读过《十二间》就会想亲身体验浙皖赣交界那片有冰糖味星星和水蜜桃香气土地的神秘,去钱江源头寻找"十二间",住住"十二间",感受感受"十二间"的奇幻魔力!

书友精彩点评:
海飞(小说家、编剧)
《十二间》是写给大地的情诗。小说精心描述的冰糖味星星和土地里的水蜜桃香气,其实就是《十二间》文字的味道。《十二间》打动我的,不仅是李寂如对于他所抒写的那片土地的深情,还有那个竹笕下清泉洗过一样澄澈的爱情故事!作为地域性小说,李寂如为浙江小说创作加入了清新的一笔乡土味和桃花寺的魔幻味。

周新华(小说家)
姚立雄觉得爹妈给的名字太野性,就为自己取了一个温柔的笔名叫李寂如,他以为这样就能把自己藏起来了。他万万没想到,他那些真实的文字出卖了他——这种君临天下的野性怎么可能受桎梏呢?至少我是看见了,李寂如正以文为马,在魔幻现实主义小说的道路上狂奔。

洪加祥（著名报告文学作家和国家级文物鉴定专家，浙江日报首席记者，中国计量大学、宁波大学特聘教授）

我读了李寂如的长篇小说《十二间》，似乎有万语千言，归纳一句我最初的印象，就是他绝对是开化才子。《十二间》用开化腔调，反映了中国山地新老教师与社会生活的百态，本身就是一个特殊的历史范本。山高水长岭深，桃花寺小学很小，但人物格局与心理活动的探索不小。李寂如这次给我们端上的《十二间》这杯自酿的开化酒，我以为不仅在长篇小说创作思想与写作手法上能醉人，而且他还异军突起，让浙军小说从此出现开化腔调与思维创作，接下来可走向全国，更有可能走向世界。

吕煊（文学硕士，高级记者，中国作家协会会员，九三学社社员。现任浙江文联《山海经》杂志社编委。系九三学社浙江省第九届委员会教育与文化专门委员会副主任）

为乡村振兴助力，是作家应有的历史使命。李寂如的长篇小说《十二间》所反映的是，20世纪八九十年代的中国乡村状态，以桃花寺村小学十二间房为背景，为我们展示了各色的人物、波澜起伏的村风民情与山里生活，对于我们正在开展的振兴乡村战略，是一部很好的小说范本，值得我们关注与研究。

除了写诗，我最近也在写小说，觉得对中国当代乡村生活的深入挖掘，振兴乡村是我们这一代作家应有的历史使命。为此，我热烈祝贺李寂如的这部长篇小说问世，并希望其继续努力写出更多更好的小说！

郑翔（浙江文学院创研部主任）

《十二间》这部小说，语言非常的自然纯净质朴，简洁生动的白描手法，让人想到沈从文的《边城》。小说里写的一些场景对话和人物心理，都非常贴合当时那个地方的氛围。尤其是自然风光描写，还加了一些神秘的元素进去，同时细节处理把握十分到位，显示作者非凡的天赋和灵气！他讲到七个老师出场，他怎么写？七个老师高矮胖瘦，像秋天丰收后的庭院。土豆、冬瓜、茄子、南瓜、丝瓜、红薯，不是藤上结出来的，就是黄土地里耙出来的，土虽土了点，但是朴实和真诚却真实地写在每一个人的脸上，叫程小峰一见喜欢。你看，就我说，很简洁，形象生动，但该说的都说清楚了。所以我说这个挺好，这种感觉，这种天赋的东西，其实就是写作的天花板。

周华诚（稻田工作者，作家，独立出版人。"父亲的水稻田"创始人。出版作品有《草木滋味》《向美而生》《下田：写给城市的稻米书》《造物之美》等十余种。）

《十二间》讲述了一个凄美的爱情故事，同时也向读者展开了一个桃花源般的地理空间。这个爱情故事会让人不由自主地想到沈从文《边城》中的翠翠和老大、老二，想到《山楂树之恋》中的老三。而地理空间上的十二间在浙江开化的密林深处是有原型地的，它在哪个角落？哪条道路通向它？它是否一如往昔那般神秘动人？在扑面而来的浙西大地的生活气息里，李寂如不急不缓，带领读者走进他内心的桃花源，那个纯净高远又沉寂已久的世界。

吕峰（江苏作家）

在人们的心目中，江南一直是风雅的、富足的、温婉的、可人的，可是李寂如的《十二间》却打破我对江南的认知。他独辟蹊径，描写了江南山地人的情感世界与社会生活百态，堪称一部来自江南的山林密语。阅读起来，绝对是快意至极的享受。

凡人（诗人）

《十二间》构建了一个类似《边城》的世外桃源，那里的山巍峨逶迤、神秘莫测，那里的水清澈纯净、沁人心脾，那里的人善良、纯朴、热情、保守、固执、迷信。在喧嚣浮躁的现实世界，我们需要一座精神的乌托邦，为焦虑不安的灵魂寻找栖息之所。每个人心中都藏着一个美好的过去：充满梦想和幻想的年龄，无处安放的荷尔蒙，路不拾遗、夜不闭户的民风……《十二间》是致青春，也是对那个逝去岁月的怀念和祭奠。

阿剑（工商管理硕士，诗人）

或许是浙西的群山让一个中年男人沉下心来。我看见沈从文贾平凹莫言韩少功们在这方土地上若隐若现，他们却说着钱塘江源头、万山之中那独特的口音。我看见一个个民俗的、野性的、诗情的人物，不断纠缠、交织、冲突的多线条叙事，宛如大山之间肆意生长的植被，铺天盖地，新陈相依。这是消失了时间的山中岁月，这里有比现代文明更古老的东西，但又时有新词窜入，表示时代的无形之手还在影响着被外界遗忘的乡村。在这里，山水绝佳而奇崛，鬼怪、侏儒、灵兽、僵尸、再生人，所有乱力怪神却以一种温情脉脉的日常面目出现。这种史铁生遥远的清平湾式的抒情叙事与贾平凹秦腔式的乱力怪神，势必会左冲右突，陷入一种语言的悖论与自我叙事的陷阱，从而无限考验着读者的耐心。好在语言够味，随意截出一段，都是好文章。我甚至想，若把这二十几万字的长篇拆解成数十个短篇，该会形成何等瑰丽的集束。

周晓清（诗人）

最近的电影《第二十条》大火，笔者不太会赶时尚，且贺岁片一般以娱乐大众为主，不太注重思想深度，可据说这部电影是对刑法第二十条——有些沉睡的"正当防卫"的思考和唤醒，这就超越了电影娱乐的一般形态，并且通过大众的关注和推动，确实有助于法律的运用和法治的实践，是一举而多得的文艺盛事。李寂如的小说《十二间》，恰巧也以数字命名，如果有慧眼识珠者，将之搬上银幕，可能也会大受欢迎。但读过《十二间》的读者，好评如潮，是不争的事实。且李寂如已掷出一把出色的"小李飞刀"，就不会轻易收手，已着手继续创作新的小说，可以预见，他将在文学的道路上走得越来越远，越来越好，这是开化山水养育的结果，更是他孜孜以求，厚积雄发的必然。

徐俊民（农工党党员。"衢州市教坛新秀"，开化县名师）

汪曾祺说："写小说就是写语言。"没有鲜活的文字，《红楼梦》不可能成为中国小说创作的巅峰。《十二间》的语言极精致，极优美。读《十二间》，我常常跟随作者的文字在脑中遐想，那一片冰糖味的天空，水蜜桃香气的土地，还有那土地上一个个温暖的形象，那个叫香的女孩，那个叫丁小艺的女人，还有方金珠、李春梅、阿花……她们有着丰满、美丽、温柔的共性。在共性之下，我们看到了香的青涩与娇羞，方金珠的爽朗与率真，李春梅的压抑与宣泄，阿花的贤惠与忠贞，丁小艺的勇敢与救赎。这些水蜜桃一般又充满母性的女性，性格迥异，个性突出，又如此的美好，让人禁不住感叹这水蜜桃一般香气四溢的文字。

余兴龙（清华大学教授）

《十二间》的出版发行为乡土文学百花园增添了一株绚丽的花朵。小说叙述的乡情、乡貌、高山和溪水，迎面而来，如回到老家；先后出现的各种人物，如此熟悉，那不就是老家的乡亲们吗？每个人物的言语或对话，浓浓乡音，美美地萦绕耳畔不息。小说叙述的故事精心构思，曲折离奇，读者无法通过眼前的情节去推断出后面故事的走向，绝了，催人一气看完。文学作品应源于生活，又高于生活，这就是《十二间》成功所在。不仅如此，《十二间》的语言，一不是普通话，二不是浙江方言，恰是土生土长的开化腔调，很少见。这样，在透彻反映山里人情感世界的同时，又完美地叙述诡异故事，特色格外鲜明，为小说大大添色。

汤学敏（开化传媒集团主任记者）

李寂如在《十二间》中营造了一个初恋般玄幻的情感世界。桃花寺的点点滴滴，潜移默化地浸润了作者的情感世界。他的笔下，程德寿凄美的爱情以及一辈子守护小小墓地，彰显了一个男人的痴情与坚守；族长的果决一刀，血性的"杀子禁山"，诠释了"这不是血淋淋的杀戮，这是一个男人和大山的爱情"；一位彪悍的猎户，程老枪面对自己的娇妻却一反常态地展现了一个男人的温存和绵柔；还有香，方金珠，李春梅，阿花以及丁小艺等，所有女人都散发着"水蜜桃香气"；甚至闹鬼，白狐，知恩图报的大山鼠，徐老秃尸变等各种奇幻与灵异，也在作者充满爱意的笔墨中，或温柔、或含蓄、或豪放、或野性地渲染成了一幅幅柔情而又精美的丹青画卷。

王继红（媒体记者）

李寂如的《十二间》让我吓了一跳，山有如此之趣？故事情节就不剧透了，自己看吧。但他笔下的温情与洞察，让我汗颜：有人看到了美，我看到了什么？有人挖到了宝石，我找到了什么？也有丑，但那是真实而不能忘却的记忆。

罗俊霞（浙江省作协会员）

《十二间》，是一部体现语言的奥妙和力量的小说，是一部情节蜿蜒流淌而又汹涌澎湃的小说，是一部活色生香的小说，读它，是会着迷的。活，香，甜，暖，悬疑，奇幻，惊异，动情，扑面而来的太多，让你应接不暇，而又情不自禁去咀嚼，去回味，你沉入它的世界，不能自拔，物我两忘。

程玲仙（常山县小学老师）

李寂如长篇小说《十二间》的中的两个情节，读来分外亲切，这校长不就是我们师范学校"一指定乾坤"的彭校长吗？这"菱湖"不就是我们教学楼前那个垂柳依依、波光漾漾的"菱湖"吗？那1975年出生，师范学校毕业的李寂如就是我的师弟啰，我们一定吹过同样的风，赏过同样的雪，在同一座琴楼里练过声，在同一个操场上流过汗……

林新娟（浙江省作协会员）

《十二间》这个小说名，有种令人一眼就疑云顿生的魔力。桃花寺小学有十二间教职工宿舍，到底这只是一幢百年老屋，还是象征着一年十二个月？喻意着十二生肖，芸芸众生，又在各自的属相命运中跌跌撞撞、起起伏伏行走着各自的人生道路？也许都是，也许都不是。李寂如的文字，独成一派，不失诗歌的活跃、散文的柔美、小说的力透，他把这样有生命力的语言用在《十二间》，尘世间的山妖、风妖、人妖，因此在纸页里活生生地呈现，呼吸，在时间之外跃然眼前。

郑凌红（浙江省作家协会会员）

香，阿花，丁小艺，方金珠，李春梅，阿花，一个个摇曳生姿，文字是他发出的号令，让每一个男人看了心服口服，让每一个女人暗暗点头自己的那些欲望。这就像小说的两条线索，一个阳刚，一个妩媚。一个把两代老师在山村执教与不同的爱情观投射到纯净之地，一个把桃花寺内人物的活动轨迹串联起来，让人进退两难，左右徘徊，久久未定其心。两条线，内外联通，阴阳交替，打通了作者，尤其是对乡土生活，乡间教育有期待的作者的"任督二脉"。

王芳仙（诗人，老师）

他掬下手去，月光哗地漫进掌中，月亮被捧在了手里。他喝了一口，他把月光喝进了肚子，月光在肚皮里晃荡，程老枪整个人都轻盈了……正因为他如此美妙的描写，让我这个白天带一群娃的老师，只有晚上才有空看书的人，并不觉得有半点害怕。夜色、月亮、星光、竹林、鸟鸣、涧水等等，都不及程老枪心尖里的阿花，即使有鬼也不怕。因为程老枪的爱之深，让我深深感动。

戴金辉（作者同事，桃花寺小学原型地老师）

每每打开《十二间》或合上《十二间》的书页时，我都会从心底里发出呼唤：这《十二间》里面提及到的种种生态资源以及这里的人们生活所需的各种各样的原生态物种，何尝不是家乡人民发家致富的蓝本？《十二间》里有大量的篇幅是描写这里优美生态环境的，这何尝不是我们家乡生态立县最具体的宏伟蓝图？《十二间》是我们生态立县、发展生态农业和商品经济的规划书！值得文学爱好者（学生）阅读的同时，又何尝不值得当地干部、群众阅读？我发自内心、由衷地为创作《十二间》的作者、曾经的同事李寂如先生（姚立雄同志）点赞。

余宗良（驾校教练，开化作协会员）

读李寂如的长篇小说《十二间》，亲切自然，仿佛身置于小说里。从中我也感悟到：世间万物，都有自己的行走轨迹，如轻轻的浮云，如婉婉的流水，如我们一天天向衰老走去一样，无从改变，无力挽住。《十二间》里的一根小小的藤，作家是这样描写的："别乱跑别乱跑，可得守规矩！"程德寿小心翼翼地牵着藤的小手，嘴里嘟囔着，又小心地给那不听话的藤，重新规划了攀爬的路径。他却小看了这些顽皮的小精灵，它们至多只听话一个晚上，第二天早上起来，它们早迈出一大步，往他所不知的角度绕出去了。一部好看的小说魅力，就在于小说里的"活"。小小的一根藤，在作家的笔下它是一种活生生生命的存在，小说里的老鼠也是，蛇也是，白颈长尾雉也是……

严建平（诗人）

一本让人废寝忘食急着读完寻求答案的小说，才是好小说。寂如做到了。《十二间》给我有三大感触，归结为三个词：魔幻。小说大量神鬼梦幻篇章，目的是打开更广阔的空间。让小说的情节富有变幻，一些在现实中不能讲不敢讲的话，才可以抒发出来。离地半尺说话，是寂如的高妙之处。结构。寂如的小说是多重花瓣组成的。它的每个章节看似独立，却环环相扣、相互穿插，你中有我、我中有你，这样的结构使小说厚重。它打破了线性写作一眼望穿的尴尬。最美的小说一定是耐人寻味的、跳跃的。寂如的小说让一个平时只写百来字诗歌分行的我替他着实捏了把汗，可最终放下心来。他的笔端可以生出无数条藤蔓，延伸至无数个角度，将一部小说写成几十万字并处处能照应周全，很牛。语言。寂如也是个诗人。他的小说语言精确，毫无废话。更妙的是他可以将现场的语言一推再推，形成波涛涟漪的浪，发散到话外事外。他对山村景物和人物心理的描写，堪称一绝。最后，小说离不开爱情，爱情离不开做爱。寂如写的那么粗鲁又那么含蓄，那么概括又那么细致。我喜欢。喜欢那些他对人性本质的描写。

周海燕（衢州市作协会员）

最早知道《十二间》，是严师兄（严师兄是寂如兄上下铺的兄弟）在衢江区文学群里发了一篇《十二间》读后感，字里行间满是赞誉。这样的好书自然不能错过，想起来寂如兄说当当网可以购买，即刻点开购买。第二天就到了。猴急猴急地拆开快递袋子，拆开书外面的一层塑料薄膜，净手，坐下，开始阅读。

读了两个晚上，读完了。似乎又没有完——怎么就读完了呢？有点怪寂如兄写得太少了，但是不少了，350千字。要么怪他戛然而止，意犹未尽。还可以怪他结尾处让一个年轻美丽的生命香消玉殒，这令读者痛心。

陈庆霞（开化县新华书店经理）

文学究其本质就是语言的艺术，语言是否有美感和吸引力是评价一部文学作品好坏的重要方面，翻开《十二间》，最直观的感受是，诗人写小说简直就是降维打击，小说的题记中说，"谨以此书献给那片有冰糖味星星和水蜜桃香气的土地"。是的，几吨重的冰糖甜味和带着水蜜桃香气的强烈泥土气息扑面而来，那些稠密的、华丽的、轻灵的句子实在太美，美得经常不忍再往下翻，这些字句把开化空明灵秀的山水草木、七窍玲珑的人物春秋写活了、写绝了，如果把这些篇章精选出单独成书，绝对是一本不可多得的优秀乡土散文集束。

何蔚萍（浙江省作协会员）

《十二间》里，一种全新的语言形式应运而生。这种语言形式具有极强的张力，宛如富有弹性的琴弦，既能收缩又能反弹。一个个精妙的词语，一行行生动的句子，如同跳跃的音符，从字里行间、故事的页面上欢快地腾跳出来。它们以独特的方式强化和加固着原有的表达，犹如工匠精心打造的艺术品，每一次敲打都赋予它更深的内涵和更美的形态。